D1673991

ZU DIESEM BUCH

Harmlos wie ein Pfadfinderunternehmen beginnt der Wochenendausflug von Lewis, Ed, Drew und Bobby, vier gutsituierten Durchschnittsbürgern, die sich von einer Fahrt im Kanu eine Erholung von der ermüdenden Routine des Alltags und privater Enttäuschungen versprechen, ein männliches Abenteuer ohne größere Risiken. Ausgerüstet mit Jagdmesser, Pfeil und Bogen und genügend Bier, wollen sie einen reißenden Gebirgsfluß hinunterfahren, um ein abgelegenes, urwüchsiges, kaum je besuchtes Tal in den Wäldern des Südens kennenzulernen, ehe ein Stausee seine Romantik ertränkt. Die treibende Kraft ist Lewis, ein enthusiastischer Naturfreund und leidenschaftlicher Bogenschütze, besessen von dem Glauben, daß ein durchtrainierter Körper alles zu überstehen vermag. Der Zauber der wilden Landschaft schlägt die Männer in den Bann. Auch als das Wasser rauher wird, sind sie den Strapazen noch gewachsen, und abends am Lagerfeuer erklingt Drews Gitarre. Am nächsten Tag jedoch verwandelt sich das harmlose Abenteuer einer Flußfahrt in einen Alptraum von Perversion, Schrecken und Mord. Eine Menschenjagd beginnt, die männlich-herbe Idylle schlägt um in einen Kampf auf Leben und Tod, und der trügerische Fluß wird zum Grab für die, die nicht die Kraft oder das Glück haben zu überleben. Was sich auf dem Wildwasser und in den Waldschluchten zuträgt, wird die Außenwelt nie erfahren, die Augenzeugen schweigen und die Fluten des neuen Stausees decken alles mit ihren blauen Wassern zu. – Dieses erschreckende Buch ist ein Abenteuerroman von bestürzender Vitalität und zugleich eine Erforschung des ungeahnten Chaos, das auf dem Grunde der menschlichen Seele lauert und das in Augenblicken des Unheils jäh ausbricht. Die differenzierte Charakterisierung der Personen und die grandiosen Naturschilderungen machen diesen Roman in der zeitgenössischen Literatur zu einem unverhofften Ereignis.

«Dialog, Charakterzeichnung und Naturbeschreibung sind brillant. Ein fesselnder, erregender Roman voller Magie und Zauber» (London Magazine). «Ein Abenteuerroman, ein aufregendes Buch, das tief beeindruckt» (Sunday Times). «Ohne Rücksicht auf Verluste verschlingt man Seite für Seite, um herauszufinden, wie es weitergeht» (New York Times). «Ein schaurig-schöner Abenteuerroman von knallharter Dramatik und hohem literarischen Niveau» (Deutsche Presse-Agentur).

James Dickey, geboren 1923 in Atlanta/Georgia, studierte an der Vanderbilt University/Tennessee und wurde Werbeleiter. Seit 1961 arbeitet er als freier Schriftsteller. Seine Essays und Gedichte erschienen in allen bedeutenden amerikanischen Zeitschriften. 1966 wurde er mit dem National Book Award ausgezeichnet. «Flußfahrt» ist sein erster Roman. Er wurde zu einem internationalen Erfolg und mit Burt Reynolds verfilmt. James Dickey lebt in Columbia/South Carolina.

James Dickey

Flußfahrt

Roman

Rowohlt

Die Originalausgabe erschien bei Houghton Mifflin Company, Boston,
unter dem Titel «Deliverance»
Aus dem Amerikanischen übertragen von Jürgen Abel
Umschlagentwurf Werner Rebhuhn
(Szenenfoto aus dem Film «Beim Sterben ist jeder der erste»,
Warner-Columbia)

Ungekürzte Ausgabe
Veröffentlicht im Rowohlt Taschenbuch Verlag GmbH,
Reinbek bei Hamburg, November 1974
© Rowohlt Verlag GmbH, Reinbek bei Hamburg, 1971
«Deliverance» © James Dickey, 1970
Alle deutschen Rechte vorbehalten
Satz Aldus (Linotron 505 C)
Gesamtherstellung Clausen & Bosse, Leck/Schleswig
Printed in Germany
ISBN 3 499 11778 9

Für die
Gefährten Edward L. King
und Albert Braselton

Jedem Menschenleben liegt ein Prinzip der Unzulänglichkeit zu Grunde.

Georges Bataille

Der Hochmut deines Herzens hat dich betrogen, weil du in der Felsen Klüften wohnest, in deinen hohen Schlössern, und sprichst in deinem Herzen: Wer will mich zu Boden stoßen?

Obadja, Vers 3

Vorher

Die Karte entrollte sich langsam, schien ihre Farben nur unwillig preiszu-
geben und schnellte sofort wieder zusammen, wenn einer von uns sie
losließ. Das ganze Gebiet lag widerspenstig da, bis wir unsere vier
Bierkrüge auf die Ecken stellten und den Fluß auf seinem 240 Kilometer
langen Weg nordwärts durch die Berge verfolgen konnten. Lewis' Hand
griff nach einem Bleistift, zeichnete damit an einem Punkt, wo ein Teil
des Grüns verblaßte und das Papier die Farbe der Berge annahm, ein
kleines, kräftiges x ein und bewegte sich dann flußabwärts durch die
gedruckten Wälder hindurch von Nordosten nach Südwesten. Mein Blick
war mehr auf die Hand gerichtet als auf das Gelände, denn sie schien das
Land in der Gewalt zu haben, und als sie innehielt, weil Lewis irgend
etwas erklärte, war es, als hörten alle Flüsse auf zu fließen, als warteten
sie schweigend darauf, daß man ihnen ein Zeichen gab. Der Bleistift
kehrte sich um, so, als wolle er mit seinem Radiergummi ein Gebiet
umreißen, das ungefähr achtzig Kilometer lang sein mußte und in dem
der Fluß sich krümmte und wand.

«Wenn man die nächste Vermessung macht und die Karte neu bearbeitet», sagte Lewis, «wird hier alles blau sein. Bei Aintry hat man schon mit
dem Bau des Dammes begonnen, und wenn er nächstes Frühjahr fertig
ist, wird sich der Fluß sehr schnell stauen. Das ganze Tal wird dann unter
Wasser stehen. Aber jetzt ist es noch ganz wild. Und wenn ich wild sage,
dann meine ich das auch; es sieht aus, als läge es irgendwo oben in Alaska.
Wir sollten wirklich hinfahren, ehe es die Grundstücksmakler in Besitz
nehmen und eines ihrer sogenannten Paradiese daraus machen.»

Ich lehnte mich nach vorn, betrachtete angestrengt das von ihm unsichtbar eingegrenzte Gebiet und versuchte, mir die zukünftigen Veränderungen vorzustellen, den nächtlichen Anstieg des gestauten Wassers,
das einen neuen See entstehen ließ, einen See mit all den schrecklichen
Ufergrundstücken, Bootsstegen und Bierdosen, und ich versuchte auch,
mir vorzustellen, wie das Land nach Lewis' Worten im Augenblick
aussah – frei und von Touristen unbehelligt. Ich atmete einmal tief ein
und aus, ganz bewußt; mein Körper, besonders der Rücken und die
Arme, war bereit für etwas wie das hier. Ich blickte mich in der Bar um
und sah dann wieder auf die Karte und jenen Punkt des Flusses, wo wir
die Fahrt antreten wollten. Etwas weiter südwestlich war die Karte weiß.

«Bedeutet das, daß es hier höher ist?» fragte ich.

«Ja», sagte Lewis und warf mir einen schnellen Blick zu, als wolle er
sich überzeugen, ob ich bemerkte, wie geduldig er war.

Aha, dachte ich, gleich wird er wieder grundsätzlich werden. Wird eine Lektion liefern. Eine Moral. Ein Prinzip fürs Leben. Etwas Richtungweisendes.

Doch er sagte nur: «Er muß dort durch eine Schlucht oder so was fließen. Aber wir können leicht an einem Tag durchkommen. Und das Wasser dürfte gut sein, jedenfalls in diesem Teil hier.»

Ich konnte mir nicht recht vorstellen, was gut bedeutete, wenn es um Flußwasser ging, aber wenn es Lewis gut vorkam, mußte es schon irgendwelchen ganz bestimmten Ansprüchen genügen. Er hatte eine sehr persönliche Art, an die Dinge heranzugehen; und gerade das reizte ihn daran. Er bevorzugte nur gewisse extrem spezialisierte und schwierige Sportarten – meist solche, die er für sich allein betreiben konnte – und entwickelte dabei einen sehr persönlichen Stil, über den er sich dann verbreiten konnte. Das hatte ich schon öfter über mich ergehen lassen müssen – Auslassungen über das Angeln mit künstlichen Fliegen, das Bogenschießen, Gewichtheben und die Erforschung von Höhlen, wobei er jedesmal eine komplette, geradezu mystische Doktrin entwickelt hatte. Nun war es das Kanufahren. Ich lehnte mich zurück und verließ den Bereich der Karte.

Bobby Trippe saß mir gegenüber. Er hatte weiches, dünnes Haar und eine rosige Gesichtsfarbe. Ich kannte ihn nicht so gut wie die anderen am Tisch, aber ich mochte ihn trotzdem ganz gern. Er hatte eine erfreulich zynische Art und vermittelte mir das Gefühl, zwischen uns bestünde eine Art stillschweigendes Einverständnis, Lewis nicht allzu ernst zu nehmen.

«Man sagt, daß alle besseren Familienväter hin und wieder von so etwas träumen», sagte Bobby. «Aber die meisten legen sich auf die Couch und warten, bis die Anwandlung vorüber ist.»

«Und die meisten liegen auf dem Friedhof, bevor sie ans Aufstehen denken», sagte Lewis.

«Es ist der alte Wunsch, sich endlich wieder einmal in Form zu bringen. Du hast ihn gehabt, als du auf der High School in der B-Mannschaft warst und pausenlos Kurzstrecken laufen mußtest. Natürlich gibt es ein paar Leute, die sich ab und zu mal aufraffen. Aber wer läuft schon Kurzstrecken? Wer unternimmt schon eine Flußfahrt?»

«Na, ihr habt jetzt jedenfalls die Chance, eine zu machen», sagte Lewis. «Und zwar schon am nächsten Wochenende, wenn ihr euch Freitag freimachen könnt. Entweder werden Ed und ich fahren, oder wir fahren alle vier. Aber ihr müßt euch jetzt entscheiden, damit ich das andere Kanu noch besorgen kann.»

Ich mochte Lewis; ich fühlte, wie mich seine spontane und ansteckende Begeisterung wieder einmal mitriß wie früher schon beim Bogenschießen und Schmetterlingssammeln, oder damals, als wir in eine kleine, erbärmlich kalte Berghöhle eindrangen, in der wir außer einem versteinerten Frosch nichts fanden. Lewis war der einzige Mann in meinem Bekanntenkreis, der so leben konnte, wie er wollte. Er sprach dauernd davon, sich in Neuseeland oder Südafrika oder Uruguay niederzulassen, aber er konnte den Besitz, den er geerbt und verpachtet hatte, nicht im Stich lassen, und ich glaubte nicht recht daran, daß er jemals fortgehen würde. Aber in Gedanken ging er ständig fort, reiste pausenlos umher, tat immer etwas anderes. Dieses Gebaren, dieses mystische Verhalten hatte in ihm etwas entstehen lassen, das mich jedenfalls stark beeindruckte. Er war nicht nur unabhängig, sondern handelte auch entschlossen. Er war einer unserer besten Turnier-Bogenschützen und noch mit seinen achtunddreißig oder neununddreißig Jahren einer der kräftigsten Männer, denen ich jemals die Hand geschüttelt hatte. In einem wohlüberlegten, alternierenden Rhythmus stemmte er jeden Tag Gewichte und schoß mit dem Bogen; und er verdankte dem eine solche Stärke, daß er einen Fünfzig-Pfund-Bogen mit Leichtigkeit zwanzig Sekunden lang voll gespannt halten konnte. Ich sah einmal, wie er mit einem Aluminiumpfeil, der eigentlich nur für die Zielscheibe bestimmt war, auf vierzig Meter Entfernung eine Wachtel tötete, wobei der Pfeil im allerletzten Moment in die Schwanzfedern des Tieres eindrang.

Ich ging fast immer mit, wenn er mich dazu aufforderte. Ich besaß einen Bogen, bei dessen Kauf er mich beraten hatte, und ein paar Zusatzgeräte und andere Teile, die zur Ausrüstung gehören; es machte mir Spaß, mit Lewis in den Wäldern herumzustreifen, wenn das Wetter gut war, und das ist bei uns im Süden während der Jagdsaison fast immer der Fall. Da alles in einer so reizvollen Landschaft stattfand, und auch wegen Lewis, mochte ich das Bogenschießen im freien Gelände – mit der vagen Aussicht, vielleicht eines Tages einen Hirsch zu erlegen – lieber als Golf. Aber in Wirklichkeit ging es doch mehr um Lewis. Er war der einzige unter meinen Bekannten, der entschlossen war, etwas aus seinem Leben zu machen, und der dazu sowohl die Mittel als auch den Willen besaß. Ich wollte miterleben, wie er es schaffte; schon das Experiment faszinierte mich.

Ich selbst hielt nicht viel von Theorien. Aber bei diesem Ausflug hatte ich ein gutes Gefühl. Nach dem häufigen Schießen auf Papphirsche war der Gedanke, einmal einem wirklichen zu begegnen, aufregend.

«Wie kommen wir eigentlich zum Fluß?» fragte Drew Ballinger.

«Hinter den ersten Höhenzügen gibt es ein kleines Kaff namens Oree. Wir können da in die Kanus steigen, und zwei Tage später sind wir in Aintry. Wenn wir Freitag noch aufs Wasser kommen, können wir Sonntag am späten Nachmittag wieder hier sein, vielleicht gerade noch rechtzeitig für die zweite Hälfte der Fernsehübertragung von den Profi-spielen.»

«Etwas stört mich bei der Sache», sagte Drew. «Wir wissen doch gar nicht, worauf wir uns da einlassen. Keiner von uns weiß auch nur das geringste über Wälder oder über Flüsse. Das letzte Boot, in dem ich saß, war die Motoryacht meines Schwiegervaters auf dem Lake Bodie. Ich kann ein Boot nicht einmal geradeaus rudern, ganz zu schweigen vom Paddeln eines Kanus. Was habe ich in den Bergen überhaupt zu suchen?»

«Hör mal», sagte Lewis und machte mit dem Knöchel seines Zeigefingers eine Klopfbewegung in der Luft. «Wenn du heute abend mit dem Wagen nach Haus fährst, bist du in größerer Gefahr als auf dem Fluß. Braucht nur jemand die Spur zu wechseln oder was weiß ich.»

«Ich meine», sagte Bobby, «das ganze Unternehmen ist doch irgend-wie verrückt.»

«Na schön», sagte Lewis. «Ich will's mal anders erklären. Was habt ihr heute nachmittag vor?»

«Also», sagte Bobby und überlegte eine Minute. «Höchstwahrschein-lich werde ich ein paar neue Kunden für Investmentpapiere zu gewinnen versuchen. Außerdem muß ich noch einige Verträge aufsetzen und notariell beglaubigen lassen.»

«Und was ist mit dir, Drew?»

«Besprechung mit unseren Vertretern. Wir wollen endlich eine klare Vorstellung davon gewinnen, wer überhaupt was macht und wo wir mit den Verkäufen zurückfallen. Wir versuchen, den Absatz unserer Kaltge-tränke anzuheben. Manchmal steigt er, manchmal sinkt er ab. Im Augen-blick sind wir gerade in einer Talsohle.»

«Ed?»

«Oh», sagte ich. «Ich werde ein paar Fotos für Katts' Textilfabriken machen. Katts' Angoras. Kesses Mädchen in unseren Höschen streichelt ihr Kätzchen. Aber eine richtige Katze natürlich.»

«Wie schade», sagte Lewis und grinste, obgleich er nicht gern über Sex zu reden schien. Er hatte sein Ziel erreicht, ohne etwas darüber zu sagen, was er am Nachmittag vorhatte. Er blickte sich in der Bar um, stützte das Kinn auf die Hand und wartete darauf, daß die beiden anderen einen Entschluß faßten.

Ich dachte, daß sie wahrscheinlich nicht mitmachen würden. Sie waren mit ihrem Alltagsleben zufrieden, sie litten nicht unter Langeweile wie Lewis und ich, und besonders Bobby schien das Leben, das er führte, durchaus zu genießen. Er stammte, glaube ich, aus einem anderen der Südstaaten, vielleicht aus Louisiana, und seitdem er hier war – jedenfalls seitdem ich ihn kannte –, schien er ganz gut zurechtzukommen. Er war sehr gesellig, und es hätte ihn gar nicht weiter gestört, wenn ihn jemand als den geborenen Geschäftsmann bezeichnet hätte. Er sei gern mit Menschen zusammen, sagte er, und die meisten Leute mochten ihn auch – einige wirklich und andere nur deshalb, weil er Junggeselle und ein guter Dinner- oder Partygast war. Er war allgegenwärtig. Wohin ich auch ging, traf ich ihn oder sah ihn kurz hereinschauen oder sich verabschieden. Wenn ich auf dem Golfplatz oder in einem Supermarkt war, konnte ich sicher sein, daß ich ihm begegnete; wenn ich von vornherein damit rechnete, daß er mir über den Weg lief, traf ich ihn sicher, und wenn ich nicht darauf gefaßt war, traf ich ihn auch. Er war ein angenehmer, höflicher Mensch; einmal hatte ich allerdings auf einer Party miterlebt, wie er hochging, und das hatte ich nie vergessen. Den Grund weiß ich heute noch nicht, aber sein Gesicht verzerrte sich auf fürchterliche Weise – der Tobsuchtsanfall eines schwachen Herrschers, aber das war nur einmal passiert.

Drew Ballinger war ein ruhiger und aufrechter Bursche. Er lebte für seine Familie, besonders für seinen kleinen Sohn Pope, der einen hornartig vorstehenden Blutknoten auf der Stirn hatte, um den die eine Augenbraue herumwuchs, so daß einem die Schrecken der Biologie bewußt wurden. Drew arbeitete als Verkaufsleiter einer großen Firma für Erfrischungsgetränke, und er glaubte mit ganzem Herzen an seine Firma und an das, was sie angeblich repräsentierte. Auf einem Tischchen in seinem Wohnzimmer lag ein Exemplar der Firmengeschichte, und ich habe ihn nur ein einziges Mal aus der Haut fahren sehen, und zwar, als ein Konkurrenzunternehmen damit warb, daß seine Getränke gewichtsreduzierend wirkten. «Verdammte Lügner», hatte er gesagt. «Sie haben genausoviel Kalorien wie wir, und wir können es beweisen.»

Aber Lewis und ich waren anders, und auch wir unterschieden uns voneinander. Ich hatte nichts von seinem Schwung und von seiner Besessenheit. Lewis strebte nach Unsterblichkeit. Er hatte alles, was das Leben zu bieten hatte, aber er konnte damit nichts anfangen. Und er konnte weder verzichten noch mit ansehen, wie das Alter ihm nahm, was er wollte, weil er in der Zwischenzeit ja vielleicht herausfand, was er denn eigentlich wollte – irgend etwas mußte es ja sein, und ebendies wollte er um jeden Preis seinem Willen unterwerfen. Er gehörte zu den Menschen, die mit allen Mitteln – Gewichtheben, Diät, Gymnastik, mit Leitfäden für alles, von der Taxidermi bis hin zur modernen Kunst – versuchen, Körper und Geist fit zu erhalten, sie zu stählen, um so die Zeit zu überlisten. Und trotzdem war er der erste, der etwas riskierte, so als ob die Bürde seiner mühselig erstrebten Unsterblichkeit zu schwer zu tragen sei und er sie durch einen Unfall oder durch etwas, das anderen als Unfall erscheinen würde, loswerden wollte. Vor ein oder zwei Jahren war er fünf Kilometer weit durch einen Wald gestolpert und gekrochen, um wieder zu seinem Auto zu kommen, und dann war er nach Hause gefahren, indem er das Gaspedal mit einem Stock bediente, weil er sich höchst schmerzhaft den rechten Knöchel gebrochen hatte. Ich besuchte ihn hauptsächlich deshalb im Krankenhaus, weil er mich vorher darum gebeten hatte, mit in den Wald zu fahren, und ich hatte keine Zeit gehabt, und ich fragte ihn, wie er sich fühlte. «Es ist der reine Luxus», sagte er. «Jetzt brauche ich jedenfalls eine Weile lang nicht mehr Gewichte zu heben oder den Punchingball zu bearbeiten.»

Ich sah zu ihm hinüber. Er hatte ein Gesicht wie ein Falke, wie ein ganz besonderer Falke, ein Gesicht, das nicht von oben nach unten modelliert zu sein schien, sondern so aussah, als sei es von beiden Seiten her mit flachen Händen in eine langnasige Form gepreßt worden. Seine Haut hatte die Farbe roten Lehms, und sein Haar war aschblond mit einem weißlichen Fleck oben am Wirbel, wo das Haar dunkler wurde.

«Also», sagte er, «wie steht es nun?»

Ich war sehr froh, daß ich mitfuhr. Während ich an Drew und seine klare Vorstellung von den Dingen dachte, entstand vor meinen Augen das Bild meines Nachmittags. Ohne daß ich es wollte, leuchteten die Atelierlampen auf, und ich hörte das Rascheln von Zeitungspapier unter meinen Füßen. Ich sah das Fotomodell vor mir, obwohl ich sie nur von einem Gruppenbild her kannte, auf dem sie beim Schönheitswettbewerb einer benachbarten Kleinstadt in der zweiten Reihe stand. Mein Partner, Thad Emerson, hatte den Kopf mit dem Rotstift eingekreist. Er hatte sie mit Hilfe der Zeitung und der Handelskammer ausfindig gemacht und sie zu Katts mitgenommen, wo man von ihr sehr angetan war. Die Agentur, mit der diese Textilfirma zusammenarbeitete, war ebenfalls ganz zufrieden mit ihr, obwohl sie dem für Kundenwerbung zuständigen Mann nicht «routiniert» genug erschien; und nun gingen wir daran, sie zu fotografieren. Sie würde als eine der üblichen Blickfangschönheiten das Ergebnis von tausend Entscheidungen und Kompromissen sein und schließlich in einem wenig verbreiteten Fachblatt erscheinen, wo sie sich kaum von den anderen Anzeigenschönheiten unterscheiden würde. Ich sah, wie sie sein würde und was wir mit ihr machen würden; und ich sah die Layouts, mit denen ich mich dann stundenlang zu beschäftigen hatte, und das endlose Hin und Her mit der Agentur, das Gefeilsche um die Placierung, den buchhalterischen Kleinkram und all das, und ich war froh, daß ich mit Lewis wegfuhr. In einer eigenartigen Überblendung der Zeit, die ich im Augenblick hier mit Lewis verbrachte, und der sonst üblichen Art, meine Zeit zu verbringen, blickte ich wieder auf die Karte, jetzt aber so, als handle es sich um ein Layout.

Vom Design her war sicher nicht allzuviel damit los. Die Berge waren in dunklerem und hellerem Braun gehalten und zogen sich durch verschiedene grüne Schattierungen und Flächen, und es gab nichts, was Aufmerksamkeit erregte oder das Auge fesselte. Dennoch herrschte da eine gewisse Harmonie, so daß man den Blick nicht einfach abwenden konnte. Vielleicht, dachte ich, liegt es daran, daß das Ganze zu zeigen versucht, was existiert. Und auch weil es etwas zeigt, das sich bald für immer verändern wird. Dort, wo jetzt meine linke Hand lag, würde eine neue Farbe, ein kräftiges Blau, in das Papier sickern, und ich versuchte, meine Gedanken darauf, und auf nichts anderes, zu konzentrieren und mir irgendein Detail vorzustellen, das ich niemals sehen würde, wenn ich es nicht am nächsten Wochenende sah; ich versuchte, das Auge eines Hirsches im Dickicht auszumachen oder einen Stein aufzunehmen. Ich spürte die Vergänglichkeit der Welt.

«Ich komme mit», sagte Drew, «wenn ich meine Gitarre mitnehmen kann.»

«Sicher, nimm sie mit», sagte Lewis. «Es wird schön sein, in der Einsamkeit dort oben so etwas zu hören.»

Drew hatte zwar kein ausgesprochenes Talent, wie er selbst als erster zugab, aber er spielte sehr gut, vor allem mit wahrer Hingabe. Er spielte seit zwölf Jahren Gitarre und Banjo – meistens Gitarre –, und seine Finger wagten sich an die schwierigsten Stücke; er hätte es aufnehmen können mit Reverend Gary Davis, Dave Van Ronk, Merle Travis, Doc Watson.

«Ich habe noch eine gesprungene, aber wieder reparierte Gitarre, die ich einem Studenten abgeschwatzt habe», sagte Drew. «Keine Angst, mein Prunkstück werde ich nicht mitnehmen.»

«Okay, Stammesbrüder», sagte Bobby. «Aber ich bestehe auf gewissen Errungenschaften der Zivilisation. Nämlich Alkohol.»

«Nimm soviel mit, wie du willst», sagte Lewis. «Das Gefühl, in halbbetrunkenem Zustand das Wildwasser hinabzusausen, läßt sich mit nichts vergleichen.»

«Nimmst du deinen Bogen mit, Lewis?» fragte ich.

«Und ob», sagte er. «Und wenn einer von uns einen Hirsch erlegt, können wir das Fleisch essen und Geweih und Fell mitnehmen, und ich werde das Fell gerben und das Geweih präparieren.»

«Leben wie nach der Atombombe, was?» sagte Bobby.

«Das Beste, was man tun kann.»

Mir sollte es schon recht sein, obwohl ich wußte, daß es so früh im Herbst einfach Wildern hieß. Aber ich wußte, daß Lewis tun würde, was er sich vorgenommen hatte; mit erlegtem Wild umgehen gehörte zu den Dingen, auf die er sich verstand.

Serviererinnen in Netzstrumpfhosen und Korsagen begannen sich für die Karte zu interessieren. Es war Zeit, daß wir gingen. Lewis schob zwei

Bierkrüge beiseite, und die Karte schnellte zusammen.

«Können wir deinen Wagen nehmen, Drew?» fragte Lewis, als wir aufstanden.

«Natürlich», sagte Drew. «Einer von den beiden gehört ja schließlich mir, und mein Junge ist noch nicht alt genug zum Fahren.»

«Ed und ich erwarten euch also Freitag früh um halb sieben, da, wo die Schnellstraße von Will's Ferry Road abgeht, an dem neuen großen Will's Plaza-Einkaufszentrum. Ich rufe Sam Steinhauser heute abend noch an und frage ihn, ob sein Boot auch in Ordnung ist. Was wir sonst an Ausrüstung brauchen, habe ich schon beisammen. Zieht Tennisschuhe an. Bringt Alkohol mit und gute Laune.»

Wir verabschiedeten uns.

Draußen schien die Sonne. Ich ging die Straße entlang und dachte nach. Ich hatte mich schon ein bißchen verspätet, aber das machte nichts. Wir waren schließlich kein Expreßdienst, eine Formulierung Thads, die zu seiner Genugtuung in der Stadt die Runde machte und innerhalb kurzer Zeit wieder zu uns zurückkam. Wir hatten das Atelier vor ungefähr zehn Jahren von dem – jetzt siebzigjährigen – Mann übernommen, der es gegründet hatte und der sich jetzt seinen lebenslangen Wunsch erfüllte, in Cuernavaca als freier Künstler die Touristen zu porträtieren. Irgendwie machte es Spaß, bei Emerson-Gentry zu arbeiten, jedenfalls wenn man daran dachte, wie es in den anderen Ateliers der Stadt zuging. Thad hatte sich allmählich zu einem ganz passablen Geschäftsmann gemausert, und wenn ich mich richtig ins Zeug legte, war ich als Chefgraphiker und Art-Director besser als andere. Das Atelier wimmelte von freundlichen Durchschnittsgestalten, die in New York gescheitert und nun für immer in den Süden zurückgekehrt waren. Es waren durchaus fähige Leute, auch wenn wir keine sehr hohen Anforderungen an sie stellten, und wenn sie nicht gerade an Layouts oder Klebeentwürfen arbeiteten, saßen sie, die Hände hinter dem Kopf verschränkt, zurückgelehnt vor ihrem Zeichenbrett und starrten auf das, was darauf zu sehen war. Gelegentlich hatten wir auch junge Leute, die gerade von der Kunstschule – oder, seltener, von der Ingenieurschule – kamen und ungefähr alle sechs Monate einmal einen erstaunlich guten graphischen Einfall hatten, während sie sonst nur mit Absurditäten aufwarten konnten. Keiner von ihnen blieb lange; entweder sammelten sie bei uns ihre ersten Erfahrungen und nahmen dann besser bezahlte Jobs an, oder sie wechselten nach einiger Zeit überhaupt den Beruf. Seit Thad und ich die Firma führten, hatten wir auch ein paar Leute eingestellt, die sich als wirkliche Künstler betrachteten und die Arbeit bei uns im Grunde für unter ihrer Würde hielten und sie nur taten, um am Feierabend, an den Wochenenden und in den Ferien sich der wahren Kunst widmen zu können. Das waren die traurigsten Fälle: trauriger als der ehemalige Bomber-Kopilot, der nun Papiersäcke für Düngemittel entwarf; trauriger als der junge Mann, der die Design-Schule absolviert hatte und allmählich einsah, daß er den Beruf würde aufgeben müssen, weil er es darin zu nichts brachte. So hatten wir einmal einen Hiesigen in mittlerem Alter gehabt, der in seinem Arbeitsraum bei uns Utrillo-Drucke aufhängte und den Eindruck zu erwecken suchte, als sei die Arbeit hier für ihn eine Art Zwischenstation, wo man sich bestimmt an ihn erinnern würde, wenn er erst einmal gegangen war. Aber wenn wir ihn behalten hätten, säße er sicher heute noch bei uns. Nachdem wir ihn entlassen hatten, arbeitete er noch eine Zeitlang in einem anderen Atelier, und dann verloren wir ihn ganz aus den Augen. Ich habe nie jemanden gesehen, der sich so leidenschaftlich für Kunst interessierte. Im Gegensatz zu Lewis hatte er nur ein Interesse, und er war fest davon überzeugt, daß er genügend Talent besaß, um zu mehr als nur zu lokalem Ruhm zu gelangen; für die Künstler und Sonntagsmaler kannte er nur Verachtung, und er lehnte es ab, auch nur eine ihrer Ausstellungen zu besuchen. Ständig redete er davon, Braques Collagetechnik auf die Layouts anzuwenden, die wir gerade für Werbebroschüren für Düngemittel und für die Werbung von zellstoffverarbeitenden Fabriken anfertigten, und es war eine große Erleichterung für mich, das nun alles nicht mehr anhören zu müssen.

Denn inzwischen lief der Laden als Werbeatelier ganz hübsch, wie sich zeigte, und ich war damit sehr zufrieden; ich hatte nicht die geringsten Ambitionen und kannte unsere Grenzen, und ich sah auch keinen Anlaß, irgendwelchen Genies auf dem Weg ins Whitney-Museum oder in den Selbstmord eine vorübergehende Bleibe zu bieten. Ich wußte, daß wir unter einem guten Stern standen und wahrscheinlich auch weiterhin stehen würden, daß wir unseren Erfolg hauptsächlich der Tatsache verdankten, daß in unserem Umkreis keine graphischen Raffinessen gefragt waren. Den Aufträgen, die wir erhielten, wurden wir gerecht, und die Geschäftslage war so, daß jeder bei uns sein Auskommen hatte, selbst die weniger fähigen Mitarbeiter, solange sie sich nur bemühten und pünktlich waren. Die größeren Agenturen in der Stadt und die Filialen der wirklich bedeutenden Agenturen New Yorks und Chicagos arbeiteten kaum mit uns zusammen. Gelegentlich unterbreiteten wir ihnen ohne großen Enthusiasmus Angebote, aber wenn diese keine Gegenliebe fanden, waren wir – oder zumindest Thad und ich – ganz damit zufrieden, so weiterzumachen wie bisher. Wir arbeiteten am liebsten und am besten mit den Agenturen zusammen, die eine ähnliche Einstellung hatten wie wir – die nicht auf Sensationen aus waren, sondern ihre Kunden gut bedienten. Wir führten kleinere Aufträge für Firmen aus der Stadt und der näheren Umgebung aus, für Banken, Juweliere, Supermärkte, Radiostationen, Großbäckereien, Textilfabriken. Damit kamen wir ganz gut zurecht.

Ich ging gerade im Schatten eines großen Baumes, als ich das Bier in mir hochkommen fühlte, nicht in meiner Kehle, sondern in meinen Augen. Das Tageslicht blendete schmerzhaft, schien alles irgendwie zu verzerren, und durch das Flimmern fiel ein Blatt, das an der Spitze ungewöhnlich gefärbt war. Zum erstenmal wurde mir bewußt, daß der Herbst vor der Tür stand. Ich ging das letzte Stück der leicht ansteigenden Straße hinauf und hatte es schon fast geschafft, als ich plötzlich die vielen Frauen um mich herum bemerkte. Von der Tankstelle an war ich keinem einzigen Mann mehr begegnet. Ich blickte in die vorbeifahrenden Wagen, aber in den wenigen Minuten bis zum Bürogebäude kam mir nicht einer zu Gesicht. Die Frauen waren fast alle Sekretärinnen und Büroangestellte, Mädchen, junge und ältere Frauen, und ihre Frisuren, hochgetürmt, mit Spray behandelt, gelockt oder toupiert, ließen sie alle so steif und künstlich erscheinen, daß mich die schiere Verzweiflung packte. Ich hielt nach einem soliden Hintern Ausschau und entdeckte auch einen in einem beigefarbenen Rock, aber als mir das Mädchen ihr langweiliges, kaugummikauendes Gesicht zuwandte, war alles vorbei. Ich fühlte mich plötzlich, wie George Holley, mein alter Braque-Enthusiast, sich gefühlt haben mußte, wenn er sich im Atelier bei uns immer wieder sagte, ich arbeite zwar für euch, gehöre aber nicht zu euch. Aber ich wußte es besser. Ich gehörte zu ihnen, da gab es keinen Zweifel, zu denen, die da vor mir dem Bürogebäude zustrebten. Und ich befand mich mitten in einer jener Menschenschlangen, die sich, wie in einer Zeremonie, an einem modernen Springbrunnen voller Münzen teilten.

Die Tür drehte sich, und ein kleines Mädchen mit Bienenkorbfrisur schoß unter meinem Arm hindurch in die kalte Luft im Innern. Mit mir und einigen anderen Frauen drang leise der Atem der Mittagspause durch die Drehtür ins Gebäude. Im Fahrstuhl die übliche Musik, und zu den Klängen von ‹Wiener Blut› – gespielt von zahllosen Violinen – sausten wir nach oben. In der kurzen Spanne zwischen Anfang und Ende eines Motivs sackte mein Magen wie ein Stein nach unten. Ich lockerte meinen Gürtel, und als ich mir die Stirn mit dem Jackenärmel abwischte, beruhigte sich das Bier. Im sechsten Stock gab es nur noch zwei weibliche Überlebende und mich: die anderen arbeiteten in den offenen Großraumbüros der unteren Stockwerke – Versicherungsgesellschaften. Ich ging den sauberen fensterlosen Gang entlang auf die Tür unseres Ateliers zu, deren Glas mit einem Pferdekopf geschmückt war. Ihn verdankten wir Holley, der hier einen von Braques Vögeln in einen Pegasus verwandelt hatte. Als ich eintrat, flog er lautlos zur Seite und dann, hinter mir, wieder an seinen Platz zurück.

«Irgendwelche Anrufe?»

«Nichts Wichtiges, Mr. Gentry. Shadow-Row Shell erwartet in der nächsten Woche die Verträge. Eine junge Dame, die ihren Namen nicht genannt hat, wollte sich bei Ihnen um eine Anstellung bewerben. Sie ruft noch einmal an. Und das Fotomodell für Katts ist da.»

«Vielen Dank», sagte ich zu Peg Wyman, die von Anfang an bei uns war und das bei jeder Gelegenheit spüren ließ. «Ich geh schon nach hinten.»

Während ich durch den Empfangsraum schritt, knöpfte ich langsam den Mantel auf. Zum erstenmal wurde mir bewußt, daß dieser Raum Teil eines größeren Raumes war, der sich in dieser Etage fast über die ganze Länge des Gebäudes erstreckte. Es war alles sehr geschmackvoll gemacht. Thad und ich hatten schöne große Büroräume, die von starkem indirektem Licht beleuchtet wurden, und die besser bezahlten Art-Directors – oder die, die schon länger bei uns waren – hatten kleine Büros oder zumindest abgeteilte Arbeitsplätze. Der übrige Teil des Ateliers war ein großer offener Raum voller Zeichenbretter, und ich beobachtete eine Minute lang die grauen und kahlen Köpfe, die sich darüberbeugten, die glänzenden schwarzen und glatthaarigen – alle eben vom Lunch zurückgekehrt. Vielleicht habe ich das hier nicht alles selbst geschaffen, sagte ich mir im stillen, aber immerhin habe ich daran mitgewirkt. Noch nie zuvor hatte ich so stark das Empfinden, an einem Ort zu sein, den ich selbst mitgeschaffen hatte. Alton Rogers säße ohne mich nicht hier und träumte von den Zeiten, als er noch den Bomber flog. Ohne mich hinge der Arbeitsraum von George Holley noch immer voller Urtrillos. Ohne mich sähe diese Vielfalt von Köpfen, Händen und Brillen ganz anders aus, als sie sich mir in diesem Augenblick darbot. Wahrscheinlich würden diese Leute für jemand anders arbeiten, jedenfalls säßen sie nicht hier. In gewisser Weise sind sie meine Gefangenen; hier verbringen sie – manche zu einem kleineren, andere zum größten Teil – ihr Leben.

Aber schließlich ging es mir genauso. Im Grunde dachte ich gar nicht, daß sie meine Gefangenen waren, sondern daß ich mein eigener Gefangener war. Ich ging in mein Büro, hängte den Mantel auf und legte meine Hand eine Sekunde lang auf das Zeichenbrett, als wollte ich für eine Selbst-Anzeige posieren: Vizepräsident Gentry trifft eine wichtige Entscheidung. Es wäre eine jener Posen geworden, die den Leuten suggerieren möchten, daß derartige Entscheidungen, von verantwortlichen Männern mittleren Alters getroffen, wesentlich dazu beitragen, die Wirtschaft und die Moral der gesamten westlichen Welt aufrechtzuerhalten. Vielleicht stimmte das sogar, wenigstens soweit ich das beurteilen konnte. Irgendwie mußte es wohl so sein.

Zwischen Stapeln von Rohabzügen ein Foto von meiner Frau und meinem kleinen Sohn Dean. Haufen von druckfertigen oder noch nicht geprüften Entwürfen, die von Agenturen stammten, lagen herum, und ich machte mir eine Notiz, weil ich mit Thad darüber sprechen wollte, daß einige der weniger einfallsreichen Werbeagenturen zu glauben schienen, wir wären ihre Graphikabteilung, und das mochten wir beide ganz und gar nicht. Ich rief Jack Waskow an, den Fotografen, ob wir anfangen könnten. Er war aber noch beschäftigt, und ich setzte mich hin, um zu sehen, ob es etwas gab, das ich schnell erledigen und vom Tisch schaffen konnte.

Aber bevor ich mich an die Arbeit machte, saß ich ungefähr zwanzig Sekunden da und lauschte vergeblich auf meinen Herzschlag. Was immer ich jetzt tun mochte, was ich auch anfassen oder überlegen würde, alles, womit ich mich jetzt beschäftigen konnte – das Gefühl, daß es in jedem Fall absurd und inkonsequent war, setzte sich in ebendiesem Augenblick tief in mir fest. Wie übersteht man so etwas? fragte ich mich. Indem man etwas tut, was sich gerade zur Erledigung anbietet, war die beste Antwort, die ich mir geben konnte; bloß niemandem etwas über das Gefühl sagen, das man eben gehabt hat. Es war das alte, tödliche, hilflose Gefühl des von der Zeit terrorisierten Menschen, genau das. Schon vorher hatte ich hier im Büro ein- oder zweimal solche Anwandlungen gehabt; häufiger überfielen sie mich aber, wenn ich mit meiner Familie zusammen war, denn im Atelier gab es immer etwas zu tun, oder ich konnte mir wenigstens einreden, ich täte etwas, was manchmal schwieriger war, als wirklich zu arbeiten. Aber diesmal hatte ich echte Angst. Es hatte mich erwischt, und ich sagte mir, selbst wenn ich es jetzt fertigbrächte, aufzustehen und die enorme Last der Lethargie abzuschütteln, würde ich zwar zum Trinkwasserbehälter gehen oder mit Jack Waskow oder Thad sprechen können, aber dabei doch das Gefühl haben, ich sei ein anderer, ein bedauernswerter Narr, der so unbeachtet und ohnmächtig dahinvegetierte wie ein Schemen und die wenigen ihm zur Verfügung stehenden Bewegungen absolviert.

Ich griff nach einer Rohskizze, die ich für die Anzeige von Katts gemacht hatte. Wenn es etwas gab, worüber ich mir einigermaßen sicher sein konnte, dann war es meine Fähigkeit, die einzelnen Elemente eines Layouts in eine harmonische Beziehung zueinander zu bringen. In der Regel konnte ich die traditionellen, billigen Boraxy-Anzeigen mit ihrer schreienden Schrift und der eindeutig eiskalt kommerziellen Verwendung von Sex nicht ausstehen, mochte andererseits aber auch die übertrieben kreative Art von Anzeigen nicht, bei denen man mit an den Haaren herbeigezogenen oder hochgespielten Effekten oder mit gewollter Verrücktheit arbeitete. Ich liebte Harmonie und eine Anordnung, in der die Elemente nicht gegeneinander kämpfen oder sich gegenseitig totschlagen. Ich hatte hier und in der näheren Umgebung ein paar bescheidene Preise für Werbegraphik gewonnen, aber die Konkurrenz war zugegebenermaßen nicht gerade Spitzenklasse gewesen, und die Diplome hingen in meinem Büro herum. Ich betrachtete das Layout für Katts genauer. Es war bestimmt für ein Sortiment von Damenunterwäsche aus Angorawolle, das unter «Katts' Angoras» laufen sollte. Das Foto auf dem Layout zeigte ein Mädchen, das nichts weiter als eines dieser Höschen trug und über die Schulter blickend mit dem Rücken zur Kamera aufgenommen worden war. Wir hatten vorgehabt, daß sich der Kopf eines Kätzchens an ihre Wange schmiegen sollte, und ich war etwas besorgt, daß, da wir die Höschen in ihrer ganzen Länge auf dem Foto zeigen mußten, der Kopf der Katze zu klein ausfiele. Natürlich konnten wir die Einstellung ändern; und vielleicht war es, wie der Werbeleiter von Katts gemeint hatte, wirklich nicht unbedingt notwendig, die *Füße* des Mädchens zu zeigen, aber das reizte mich gerade. Ich habe nun einmal für Füße etwas übrig, und dann ist eine Ganzaufnahme auf merkwürdige Weise immer wirkungsvoller, als wenn es so aussieht, als hätte man jemanden mit der Schere amputiert. Darüber hatten wir mit der Agentur schon unzählige Male diskutiert und auch mit dem Verkaufsleiter von Katts, einer unglaublich provinziellen Flasche. Dieser Knabe hatte die Idee gehabt, ein kleines Mädchen in einer ähnlichen Situation zu zeigen wie in der Coppertone-Anzeige, wo dem Mädchen ein Scotchterrier das Badehöschen vom blanken Popo zieht. «Wenn wir statt des Scotch eine Katze nehmen», hatte er gesagt, «dann wird zugleich klar, daß unsere Höschen maschenfest und strapazierfähig sind.» Der Agentur und mir war es gelungen, ihm das auszureden, indem wir ihn darauf hinwiesen, daß Fachzeitschriften von Rang so etwas nicht brächten und sich im übrigen kein anständig aussehendes Mädchen für so eine Aufgabe hergäbe. Er gab schließlich nach, bestand aber immer noch auf mehr eindeutigem Sex, als ich in der Anzeige haben wollte, und hatte mir beim Abschied erklärt, daß «unser Mannequin auf jeden Fall das Höschen auch wirklich schön füllen müßte».

Ich schob die Elemente des Layouts hin und her, brachte das Mädchen mehr in den Vordergrund, dann wieder mehr in den Hintergrund, bis ich den Eindruck hatte, ich hätte eine gute Kompromißlösung gefunden, bei der die Schrift um die Hüften des Mädchens lief. Wie sie wohl sein mag? fragte ich mich. Wie wird der Körper aussehen, der die Umrisse, die ich hier skizziert habe, ausfüllen soll? Ich ging ins Studio.

Thad war da und bewegte Objekte und Leute mit der für ihn kennzeichnenden routinierten Förmlichkeit und Geschäftigkeit des Innenarchitekten. Das Fotomodell saß in einem Klappstuhl im Scheinwerferlicht und hielt schützend die Hand vor die Augen. Sie trug einen schwarz-weiß karierten Umhang, der – zumindest für mein Gefühl – etwas überraschend Karnevalhaftes hatte, dabei sah sie selbst Gott sei Dank ganz und gar nicht nach Karneval aus. Um sie herum schien es von Männern zu wimmeln, obwohl wir einschließlich des Beleuchters nur zu fünft waren. Thads Sekretärin, eine schmallippige kleine Person namens Wilma, kam mit der Katze, die wir vom Tierschutzverein bekommen hatten, und hielt das Tier im Arm, als sollte sie selbst fotografiert werden. Max Fraley, einer unserer Layouter, brachte eine Untertasse mit Milch. Ich setzte mich auf einen Tisch und band mir die Krawatte los. In dem grellen Licht der Scheinwerfer lag etwas eigentümlich Blaues, Starres, Schmerzhaftes, etwas unverkennbar Künstliches, das ich haßte. Es erinnerte mich an Gefängnisse und Verhöre, und dieser Gedanke überfiel mich ganz plötzlich. Das war die eine Seite der Sache, schön, und die andere war Pornographie. Ich mußte an jene Filme denken, die man bei Herrenabenden und in Offiziersclubs vorgeführt bekommt und wo man mit Schrecken feststellt, daß sich die Kamera nicht diskret senkt, wenn das Mädchen das Handtuch fallen läßt – im Gegensatz zu den alten Hollywoodfilmen, in denen die Kamera den nackten Füßen folgt, bis diese sich hinter einem Paravent verstecken –, sondern bleibt und näher herangeht, sobald das Handtuch gefallen ist; wenn man das Geheimste einer Frau vergewaltigt, zerstört man damit alles Weibliche in ihr; dann bleibt nichts mehr übrig.

Thad bat das Mädchen aufzustehen. Ihre Füße hatten kräftige Zehen, sahen gesund und etwas jungenhaft aus; ich hätte wetten mögen, daß sie auf dem Land aufgewachsen war. Sie hatte ein hübsches, offenes Gesicht mit grauen Augen und ein paar Sommersprossen. Sie war ein Mädchen, dem ich gern in die Augen sehen würde. Und zwar ganz direkt, so daß der Blick sehr tief ging, wenn sie es erlaubte. Ich tat es, weil mir im Augenblick danach war. In ihrem linken Auge war ein eigenartiger Fleck, eine Art goldbrauner Strich, und das traf mich, wie ich sofort merkte, mit großer Kraft; ich würde mich nicht nur seiner wieder erinnern, sondern er würde sich mir ganz von selbst wieder aufdrängen. Die eine Hand, ebenfalls ruhig und kräftig, hielt den Umhang am Hals zusammen, und sie legte den Kopf zurück – sehr weit zurück, fast wie eine Akrobatin – und schüttelte das Haar, so daß es frei hinter ihrem Nacken herunterhing. Plötzlich erschienen zwei weitere Sekretärinnen auf der Bildfläche, wie Krankenschwestern oder Gefängniswärterinnen, und umkreisten das Fotomodell. Thad forderte das Mädchen auf, sich in den Kreidekreis zu stellen, den er markiert hatte und aus dem wir alles Zeitungspapier entfernt hatten. Ihre Füße standen fest auf dem kalten Korkfußboden. Sie hielt die Arme von sich gestreckt, und Wilma nahm ihr den Umhang ab. Sie hatte lange geschmeidige Beine, fleischig und nicht ganz so muskulös, wie ich es ihren Füßen nach erwartet hatte, aber durchaus wohlgeformt, obgleich mir sofort der Gedanke kam, daß sie diese harmonische Schönheit nicht lange behalten würden, da es ihnen an Festigkeit fehlte. Ihr bloßer Rücken wirkte irgendwie hilflos und unentwickelt, und das schien mir, wenn man von den Augen absah, weiblicher und liebenswerter als alles andere an ihr. Sie füllte die Angoras auch wirklich schön aus, aber bei ihr hatte das nichts besonders Aufreizendes; sie hätte irgend jemandes Schwester sein können, und das war ganz und gar nicht der erwünschte Effekt. Ich wußte nicht genau, ob das vielleicht an ihrer Haltung lag und wie diese sich etwa ändern ließe, aber ich trat auf sie zu und berührte sie.

Sie drehte sich um und sah mir aus nächster Nähe ins Gesicht, und das golden schimmernde Fleckchen ruhte fest auf mir; es war goldener, als wirkliches Gold überhaupt sein konnte; es lebte, und es sah mich. Aus der geringen Entfernung machte sie einen völlig anderen Eindruck; sie sah aus wie ein Mädchen, das in weniger als einer Minute zur Frau geworden war. Ihre Hände waren in einer Weise über der Brust gefaltet, die ganz zufällig wirkte, und Max wußte nicht recht, wohin mit der Katze. Sie nahm sie schließlich mit der einen Hand, während sie sich schützend mit der anderen an die linke Brust griff, und diese Geste ging mir durch und durch und löste in mir eine tiefe und starke Erregung aus, so als hätte jemand meine Prostata berührt. Das Mädchen setzte ihre Füße ganz fest auf die beiden weißen Kreuze im Kreis, bebte einen Moment lang und schüttelte das Licht von ihren Schultern ab, wobei die dünnen Fäden der Glühbirnen über ihr summten und sirrten und endlich zur Ruhe zu kommen schienen.

Wir kamen, wie Thad meinte, zu einem recht brauchbaren Ergebnis, obwohl er – so sagte er jedenfalls – nicht glaubte, daß das Mädchen gut genug sei, um sie bei anderer Gelegenheit wieder einmal heranzuziehen. Ich ging in mein Büro zurück und tat etwas, was ich seit meinen ersten Tagen in der Firma nicht mehr getan hatte. Ich ließ meiner Phantasie den ganzen Nachmittag freien Lauf. Dabei kam zwar nicht viel heraus, aber meine Gedanken sprangen schnell von einer Sache zur anderen, und daraus ergaben sich ganz gute Assoziationen. Ich brachte Thad ein paar Entwürfe und sagte ihm bei der Gelegenheit, daß ich mir Freitag freinähme, um verschiedene Arbeiten am Haus und im Garten auszuführen. Er fragte nicht lange. Wir hatten es für heute geschafft; wir hatten es überhaupt geschafft.

14. September

Irgend etwas in mir hinderte mich am Träumen oder vielleicht auch daran, mich an meine Träume zu erinnern: entweder war ich wach, oder ich schlief wie ein Toter und kam dann immer nur langsam wieder zu mir. Ich hatte das Gefühl, wenn absolute Stille herrschte, wenn ich nichts hören könnte, so würde ich nie wieder aufwachen. Irgend etwas auf der Welt mußte mich zurückholen, denn jede Nacht glitt ich ganz tief hinab, und wenn ich im Schlaf irgendein Gefühl hatte, dann das, tiefer und tiefer zu gleiten; so als ob ich versuchte, einen Punkt zu erreichen, eine Linie, irgendeine Grenze.

Diesmal weckte der Wind mich, und ich zog mich aus der Tiefe herauf und versuchte wieder einmal, mir mit dem Instinkt des Überlebenden klarzuwerden, wo ich gewesen war. Ich war daran gewöhnt, daß das Geräusch von Marthas Atem mich zurückbrachte, denn sie atmete ziemlich laut, aber diesmal war es der Wind. Zunächst der Wind allein und dann der Wind, der eine kleine Gruppe von Metallfiguren zum Klingen brachte, die Martha im Patio aufgehängt hatte – Bronzefiguren von Vögeln, die eine Eule umkreisten; dank eines langen Flügels, der an ihr befestigt war, bewegte sich die Eule bei jedem Luftzug und verursachte so, die anderen Vögel berührend, ein melodisches Klingelgeräusch, ähnlich den chinesischen Windglocken aus Glas, die man in den dreißiger Jahren, als ich noch ein Junge war, überall sah. Es war ein zarter, unsteter Klang, ein lieblicher Klang, dachte ich immer, und als ich aus dem Schlafdunkel in das wirkliche Dunkel des Zimmers hochtauchte, kam mir der Gedanke, es könnte irgend etwas beschwören, und ich lag da im Dunkel, neben meiner Frau, während mein Körper und der Raum um mich herum allmählich Wirklichkeit wurden.

Wie immer streckte ich die Hand nach Martha aus, und sie bewegte den Kopf, um den sie sich nachts ein Tuch zu binden pflegte. Ich berührte leicht ihre Schulter, und in diesem Augenblick erinnerte ich mich daran, daß ich mit Lewis wegfahren würde. Die tägliche Routine, an die ich mich gewöhnt hatte, zerrte an mir, aber etwas in mir lehnte sich dagegen auf, furchtsam und schwach und unzulänglich, aber leidenschaftlich. Ich nahm Martha in die Arme, um zu sehen, ob sie versuchen würde, mir auszuweichen und weiterzuschlafen, oder ob sie erst meine Wärme suchen und dann in den Schlaf zurücksinken würde.

Sie war ein mageres Mädchen gewesen, als ich sie vor fünfzehn Jahren geheiratet hatte; sie hatte als Krankenschwester auf einer chirurgischen Station gearbeitet. Die Frage, ob sie hübsch war oder nicht, stellte ich mir überhaupt nicht, obwohl meine Freunde mir ohne große Begeisterung oder Überzeugungskraft sagten, sei sei es. Aber abgesehen von gewissen auf der Hand liegenden Überlegungen hatte mich bei Frauen Schönheit nie wirklich interessiert; das, wonach ich suchte und was ich fühlen wollte, war der Funke, die absolut persönliche Bindung, und als ich in Martha eine zwar bescheidene, aber anhaltende Verwirklichung meiner Vorstellung fand, hatte ich sie geheiratet. Es gab daran nichts zu bereuen, und ich bereute es auch nicht. Sie war eine gute Ehefrau und eine gute Gefährtin, vielleicht ein bißchen zu robust, aber mit dieser Robustheit schaffte sie auch alles. Sie war ernstlich stolz darauf, daß ich Vizepräsident einer Firma war, und sie blieb hartnäckig bei ihrer Überzeugung, ich hätte das Talent zu einem Künstler, wovon nicht die Rede sein konnte. Die graphische Kunst war für mich reines Handwerk, und nur dann, wenn ich ein Problem handwerklich angehen konnte und nicht auf Inspiration angewiesen war, brachte ich etwas zustande. So hatte ich für unser Wohnzimmer ein paar große Collagen angefertigt, die aus Plakatfetzen, Filmzeitungsbildern, Schlagzeilen aus dem Sportteil der Zeitung und ähnlichem bestanden. Und das war, was die Kunst bei mir anging, auch schon alles. Wenn ich jetzt an diese Collagen dachte, glaubte ich, Martha schätzte sie nicht deshalb so sehr, weil sie von mir stammten, sondern weil sie ihr eine Seite meines Wesens zeigten, die sie nicht kannte. Aber ihr Glaube an den Künstler in mir war ein Irrtum, in dem ich sie nicht bestärkte, wenn ich ihr auch nicht sagte, wie ich selbst darüber dachte. Ich zog sie an mich.

«Wie spät ist es?» sagte sie.

«Sechs», sagte ich und sah auf die zerbrechlichen, fluoreszierenden Zeiger der Uhr neben dem Bett. «Lewis wird kurz vor halb sieben hier sein.»

«Was mußt du noch alles vorbereiten?» fragte sie.

«Nicht viel. Nur meinen alten Fliegerdress aus Nylon und die Tennisschuhe anziehen. Und wenn Lewis kommt, meine Sachen in seinen Wagen packen. Es ist nicht viel, und ich habe schon alles zurechtgelegt. Ich habe es im Wohnzimmer aufgestapelt, als du schon im Bett warst.»

«Willst du denn *wirklich* mitfahren, Liebling?»

«Nun, mein Leben hängt nicht gerade daran», sagte ich. «Und ich würde auch nicht gerade daran sterben, wenn ich hierbliebe. Aber das Atelier hängt mir wirklich zum Hals heraus. Ich hatte gestern einen furchtbaren Tag, bis ich mich dann endlich in die Arbeit stürzte, und alles schien so entsetzlich unwichtig. Mir war plötzlich alles gleichgültig geworden. Wenn dieser Ausflug in die Wälder mir neuen Auftrieb gäbe, dann hätte er sich gelohnt.»

«Hat es etwas mit mir zu tun?»

«Um Gottes willen», sagte ich, obwohl daran etwas war; es ist immer ein Fehler, wenn Frauen allzu nüchtern sind.

«In dieser Stimmung lasse ich dich nicht gern gehen. Ich meine, daß du dir nur davon etwas erhoffst. Ich wünschte, *ich* könnte etwas für dich tun.»

«Das kannst du auch.»

«Haben wir noch genug Zeit?»

«Das will ich meinen. So wichtig nehme ich die Sache mit Lewis nun auch wieder nicht. Im übrigen kann er ruhig etwas warten. Ich aber nicht.»

Wir lagen ineinander verschlungen wie Liebende.

«Leg dich auf den Rücken», sagte sie.

Sie hatte wunderbare erfahrene Hände. Da war noch etwas von der Krankenschwester in ihr, das mich immer wieder erregte: die sachliche Einstellung zum Sex, die entschiedene und direkte Art, einem wohlzutun. Mein Blut ebbte und stieg im Dunkeln unter ihren wissenden Händen und dem leicht schmatzenden Geräusch der Creme. Martha legte ein Kissen in die Mitte des Bettes, warf dann mit einer stürmischen Bewegung die Decke zurück und drückte ihr Gesicht in das Kissen. Ich kniete mich hin und drang in sie ein, und ihre Gesäßbacken hoben und senkten sich. «Oh», sagte sie. «Oh, ja.»

Ich spürte die Körperwärme einer anderen, die mich erhitzte und ein Bild in mir aufsteigen ließ. Das Mädchen im Studio warf die Haare zurück und griff sich an die Brust, und mitten in Marthas erfahrenem Sichheben und -senken schimmerte das goldene Auge – es hatte nichts von der Nüchternheit jenes Sex, der sich selbst überleben will, sondern war seine Verheißung, die zugleich anderes verhieß, ein anderes Leben, Befreiung.

Ich ging ins Badezimmer und urinierte mit geschlossenen Augen. Als meine Blase leer war, warf ich den Bademantel über und sah in den von den Seiten her beleuchteten Spiegel, aus dem das reflektierte Licht auf die dünnste Stelle meines Haares fiel, auf genau jene Stelle, wo es sich am stärksten zu lichten begann. Und es warf Schatten auf die Partie unter meinen Augen, die mir bewußt machten, daß die Augen nie wieder so sein würden, wie sie gewesen waren. Ich würde schnell altern. Aber noch hatte ich kräftige Schultern, meine Hüften und der Bauch waren zwar schwer, aber fest. Das Haar wuchs zottig auf meiner Brust, und oben auf dem Rücken lag es so dicht und dick wie ein Joch, und in diesem Licht glänzte sein sanftes Grau wie Affenfell.

Wenn ich hätte wählen können, wem ich gern geglichen oder auch nur ähnlich gesehen hätte unter den auf Erden lebenden Männern oder denen der Vergangenheit, wäre ich in Verlegenheit geraten. Ich glaube, daß ich diese Einstellung zum Teil von Lewis übernommen habe, der unaufhörlich an seinem Körper arbeitete, aber keinen Wert auf Kleidung legte. Er trieb keinen Kleiderkult, aber einen Kult mit seinem Körper. «Es geht darum, was man aus ihm herausholen kann», pflegte er zu sagen, «und was er für dich leisten kann, auch dann, wenn du selbst noch gar nicht weißt, worum es geht. Kondition und Training, nur das kann dich retten.» – «Mich retten?» fragte ich Lewis. «Mich retten? Wovor und wofür?» Trotzdem schätzte mich Lewis immerhin so, daß er sich mit mir abgab; ich war vermutlich sein bester Freund. Er hatte mir das Bogenschießen beigebracht, und darin war ich ganz gut. Lewis sagte, ich hätte einen ungewöhnlich sicheren Stand und zielte fast ebenso unfehlbar wie er. Ich hatte aber Schwierigkeiten, Entfernungen richtig abzuschätzen, und Lewis hielt Bogenschießen mit Visier nicht für richtiges Bogenschießen; seiner Ansicht nach kam es allein auf den Instinkt an. Beim Wettschießen erreichte ich bei vierzehn Zielschüssen immer zwischen 160 und 170 Punkte. Lewis lag bei 230, und einmal war er sogar schon auf 250 gekommen. Es war ein reines Vergnügen, ihn beim Schießen zu beobachten und zu sehen, wie liebevoll er mit Pfeil und Bogen umging. Er fertigte sich das alles selbst an, sogar die Bogensehnen.

Im Wohnzimmer war es noch dämmerig. Der Mond schien nicht mehr durchs Fenster herein auf den Fußboden. Ich sah hinaus in den anbrechenden Morgen, was ich in den letzten zehn Jahren nur höchst selten getan hatte, und Martha, in einen gerüschten Morgenmantel gehüllt, kam leise ins Zimmer und ging dann an mir vorbei in die Küche. An der Tür blieb sie stehen.

«Hast du Dean irgendwo gesehen?» fragte sie.

«Wieso? Ist er denn nicht in seinem Zimmer?»

Da, wo meine Ausrüstung auf dem Fußboden lag, dunkel wie ein Schatten, der sich verfestigt hatte, erklang Deans Lachen, und dann tauchte er dahinter auf. In der Hand hatte er einen großen Jagddolch, den er jedoch nicht aus dem Futteral gezogen hatte.

Es war eigenartig. Einerseits schien er durchaus zu wissen, wie gefährlich dieses Messer war, andererseits aber auch wieder nicht, und während er es hin und her schwenkte und mich damit bedrohte – und das geschah mit der größten Zärtlichkeit –, sah ich mich in den gleichen seltsam magischen Tanz gezogen wie er, sehr wohl wissend, zu was so ein Messer fähig war, ohne es doch auch nur einen Augenblick lang für möglich zu halten. Schließlich nahm ich es ihm weg und warf es wieder dahin, wo er es hergeholt hatte, auf den dunklen Haufen der übrigen Ausrüstung. Erst jetzt fühlte ich die Kälte im Zimmer und bemerkte, wie vom Fußboden trotz des Teppichs eiskalte Luft aufstieg und daß ich unter dem Bademantel nackt war.

Auf der Luftmatratze, dem Schlafsack und dem dünnen Nylonseil lagen das Messer, mein Bogen und vier Pfeile. Das Seil hatte ich aus einem plötzlichen Impuls heraus in einem Laden für überschüssigen Armeebedarf gekauft, hauptsächlich weil Lewis mir einmal gesagt hatte, man solle «niemals ohne Seil in die Wälder gehen». Ich hob den Bogen auf und genoß es, wie kühl und glatt er sich an den beiden Enden anfühlte. Es war ein guter Bogen, wahrscheinlich ein besserer, als ich ihn verdiente. Es war keine der gängigen Marken – kein Drake beispielsweise und kein Ben Pearson oder Howatt oder Bear –, sondern er war handgefertigt und schien alle Qualitäten der anderen in sich zu vereinigen; jedenfalls sah er besser aus und schoß auch besser als jeder von diesen. Der Griffabschnitt lag schwer in der Hand; das Ganze machte den Eindruck eines Versuchsbogens. Mit der Zeit hatte ich mich aber an das Gewicht und die tiefe Einkerbung der Griffpartie gewöhnt, und ich wäre mit einem kleineren Griff schlechter zurechtgekommen. Es war ein gebrauchter Bogen, den Lewis von einem ehemaligen Champion gekauft hatte, der ihn selbst angefertigt hatte und mit der gleichen Art Bogen schoß, und Lewis rühmte mir ständig seine Vorzüge, die, soweit ich mich erinnere, zunächst rein psychologischer Natur zu sein schienen, mir dann aber allmählich recht real vorkamen. Beim Losschnellen des Pfeils spürte die Hand nur einen sehr geringen Rückstoß. Der Pfeil ging vielmehr weich und ruhig ab – da war nichts von dem Schnappen und Stoßen von Lewis' Bögen. Die Abschußgeschwindigkeit hielt sich in Grenzen; als ich zum erstenmal mit ihm schoß, hatte ich das Gefühl, sie sei schrecklich niedrig, aber als ich dann das Ziel prüfte, entdeckte ich, daß der Bogen noch auf sechzig Meter Entfernung genau auf den Punkt hielt. Wenn man die Sehne losgelassen hatte, schien der Bogen zunächst zu zögern, aber dann gewannen seine beiden Arme eine enorme Geschwindigkeit, und der Pfeil sauste von der Sehne, als sei er nicht geschossen, sondern katapultiert worden. Die Flugbahn war so flach, wie ich es noch bei keinem anderen Bogen erlebt hatte, und das Links-rechts-Problem trat längst nicht so in Erscheinung wie bei Lewis' Bögen. Als ich jetzt den Bogen in der Hand hielt und ihn betrachtete mit seinen weißen Gordon-Glasfiber-Schichten, schien es mir, daß es genau der richtige Bogen für mich war. Ich verließ mich auf ihn und glaubte an ihn, obgleich die Beschichtung schon ein wenig zu stark strapaziert worden war, so daß sich an den Rändern des oberen Bogenarmes einige Glasfibersplitter lösten. Außerdem hatte ich eine neue Sehne. Im Gegensatz zu Lewis benutzte ich eine Sehne, die eine Visieröffnung hatte, und das war wirklich etwas Gutes. Martha und ich hatten die Dacronstränge getrennt, mit einem Druckknopf auseinandergeklemmt und die so entstandene

26

Öffnung mit einem ganz dünnen, orangefarbenen Draht umwickelt. Es war eine hübsche Bogensehne, und es machte mir Spaß, sie zu benutzen. Wenn der Bogen voll gespannt war, kam die Visieröffnung ganz von selbst an das Auge heran, und das Ziel erschien dann schließlich in ihr und vibrierte bei der Anstrengung des Körpers, den Bogen vollkommen ruhig zu halten. Der Effekt, das Ziel gewissermaßen einzurahmen, war ein großer Vorteil, jedenfalls für mich, denn er isolierte das, was getroffen werden mußte, und brachte es in eine eigentümlich intime Beziehung zum Schützen. Außerhalb des orangefarbenen Rahmens existierte nichts mehr, und alles, was darin war, war auf erschreckend konsequente und lebenswichtige Weise darin; es war, als sei das Ziel von dem Auge geschaffen worden, das es beobachtete.

Die Pfeile waren nicht so gut, obgleich sie ihren Zweck erfüllen würden. Sie waren aus Aluminium, denn ich benutzte immer Zielpfeile aus Aluminium und wußte aus Erfahrung, daß Pfeile von dieser Dicke und Länge – vierundsiebzig Zentimeter – von meinem Bogen exakt geschossen wurden. Sie steckten in einem Köcher, der am Bogen befestigt war, denn ich wollte alles mit einer Hand tragen können, und einen Rückenköcher besaß ich nicht. Mit ihren scharfen Doppelspitzen von Howard Hill und den langen, gelben, spiralförmigen Federn wirkten sie absolut tödlich. Ich hatte versucht, sie mit schwarzer und grüner Tarnfarbe anzumalen, indem ich die Schäfte wahllos mit Klecksen versah; die Spitzen hatte ich auf dem Schleifstein eines Nachbarn geschärft. Das war etwas, was ich gut gemacht hatte, denn sie waren jetzt beinahe so scharf wie neue Rasierklingen. Sie hätten Haare abrasieren können, und mit einer Feile hatte ich sie auch ein bißchen angerauht, was nach den Zeitschriften für Bogenschützen sehr gut für tiefes Eindringen war. Mit dem Daumen betastete ich die Kante der einen Doppelspitze und ging dann in den Flur, um bei Licht sehen zu können, ob ich mich dabei geschnitten hatte.

Ich hatte mich nicht geschnitten, und ich ging wieder ins Schlafzimmer, holte zwanzig Dollar aus meiner Brieftasche und ging dann durch das Wohnzimmer in die Küche, wo Martha sich mit aufblitzenden Brillengläsern barfüßig vor dem Herd hin und her bewegte. Ich sah in den Hinterhof hinaus. Ich hielt meine Tennisschuhe in der Hand und setzte mich auf den Fußboden, um sie anzuziehen, immer noch hinausblickend. Die Bäume da draußen erschienen mir wild und urwüchsig, freie Objekte, die nur durch Zufall in eine domestizierte Umgebung verschlagen worden waren, und aus irgendeinem Grund fühlte ich mich seltsam gerührt. Dean erschien hinter mir und zog an den Hosen meiner Fliegerkluft. Ich hob ihn hoch und schaute dabei immer noch auf die Umgebung, in der ich lebte. Meist langweilen sich Kinder, wenn man in eine Richtung blickt, in der sich nichts bewegt. Diesmal aber verhielt sich Dean genauso still wie ich und betrachtete, was da draußen war. Ich gab ihm einen Kuß, und er hielt meinen Hals fest umschlungen. Er war sonst kein sehr zärtliches Kind, und sein Verhalten jetzt beunruhigte mich. Martha kam auch herbei, ihr Gesicht war von der aufsteigenden Hitze des Herdes gerötet. Ich erhob mich, und wir standen da wie ein Familienbild.

«Weißt du überhaupt, wohin ihr fahrt?» fragte sie.

«Nicht genau. Lewis weiß es. Irgendwo in den Nordosten, wo er schon mal gefischt hat. Wenn alles gutgeht, müßten wir Sonntag abend zurück sein.»

«Warum sollte es denn nicht gutgehen?»

«Es wird schon gutgehen, aber man weiß ja nie. Du kannst sicher sein, wenn ich glaubte, daß es irgendwie gefährlich wäre, würde ich nicht fahren, ganz bestimmt nicht. Es geht nur darum, mal ein bißchen rauszukommen. Und man sagt, in den Bergen sei es um diese Jahreszeit herrlich. Da fällt mir ein, daß ich auch ein paar Fotos machen könnte.»

Ich ging zurück ins Schlafzimmer und holte eine Rolleiflex, die ich aus dem Studio mitgebracht hatte. Ich nahm auch noch eine weitere Bogensehne mit und steckte sie in die Beintasche meiner Fliegerkombination. Als ich zurückkam, war Lewis gerade in den Hof gefahren. Ich legte kameradschaftlich den Arm um Martha. Dann nahm ich sie in beide Arme und verschränkte die Hände hinter ihrem Rücken, während Dean hinter sie trat und meine Hände zu lockern versuchte. Ich öffnete die Tür, und in diesem Moment war Lewis schon aus seinem Kombi gestiegen und kam auf uns zu. Sein langes Wolfsgesicht war gerötet, und er grinste. Er grinste ständig, aber andere Leute grinste er nie direkt, sondern immer nur von der Seite an. Sein Blick hatte so immer etwas Ausweichendes, leicht Verrücktes; es war das Gesicht des geborenen Enthusiasten. Er trug einen australischen Buschhut mit ledernem Kinnriemen, und ich dachte unwillkürlich, daß es für das, was wir vorhatten, eine angemessene Kopfbedeckung war. Ich nahm Bogen und Fotoapparat auf und ging mit ihm hinaus zum Wagen.

Er war bis obenhin vollgepackt: zwei einfache Zweimannzelte, Bodenmatten, zwei Bogen, ein Kasten mit Pfeilen, Schwimmwesten, eine Angelrute, Lebensmittel. Er war ein Organisationsgenie – von ihm angesteckt, hatte ich mir auch das Seil besorgt, das jetzt an meinem Gürtel hing, obwohl ich sicher war, daß ich es nie gebrauchen würde, und auch die Fliegerkluft, denn «Nylon trocknet so schnell» –, und doch würde er gleich irgendeine holprige Straße nehmen, die seit fünfzehn Jahren nicht mehr benutzt worden war, und ohne Rücksicht auf sich, auf das Auto und die Mitfahrenden über Äste und Schlaglöcher dahinbrausen. Ich hoffte, es würde nicht so schlimm werden. Wie ich so im Licht des frühen

Morgens stand, fühlte ich mich ihm besonders nahe. Er machte den Eindruck, als sei er ständig auf dem Sprung, als sähe er allem, was er unternahm, voller Freude und guter Vorahnungen entgegen. Der Alltag ödete mich an; ich fühlte mich um vieles leichter und leistungsfähiger, wenn ich mit Lewis zusammen war.

Jetzt schleppte er meine Sachen zum Wagen und verstaute sie. Das Rückfenster füllte sich mit der Ausrüstung, die fast ausnahmslos verschiedene Grünschattierungen aufwies. Bevor Lewis meinen Bogen in den Wagen legte, drehte er ihn prüfend in der Hand.

«Die Beschichtung löst sich», sagte er und fuhr mit dem Daumen über den Rand des oberen Bogenarms.

«Der hält schon noch was aus, glaube ich. Er sieht schon länger so aus.»

«Weißt du», sagte Lewis, «ich mag diesen Bogen. Man steht da und hält ihn, wenn man die Sehne losgelassen hat, und denkt, verdammt noch mal. Und dann blickt man nach vorn, und der Pfeil steckt genau im Ziel.»

«Man gewöhnt sich daran», sagte ich. «Er ist sehr elastisch.»

«Und jetzt paß auf!» sagte Lewis, den Bogen spannend. «Und zack – und zack – und zack.»

«Komm, laß uns fahren», sagte ich. «Die Sonne steigt schon. Wir können unterwegs was essen. Im Norden wartet das Wasser auf uns . . .»

Er verzog grinsend sein schmales Gesicht. «Du redest ja schon genau wie ich», sagte er.

«Na und», sagte ich und ging ein letztes Mal zurück und holte eine Tasche, in die ich in letzter Minute ein Wollhemd, ein paar Unterhemden und eine lange Unterhose für die Nacht gestopft hatte.

Wir drehten uns um und winkten Martha und Dean, die dicht nebeneinander in der Tür standen, noch einmal zu. In der steigenden Sonne glänzten Marthas Brillengläser orangefarben. Ich stieg ein und schlug die Wagentür zu. Die Bögen und die Ausrüstungsgegenstände hinter uns wogen schwer, und das Kanu drückte den Wagen herunter. Wir – oder zumindest ich – waren jetzt nicht mehr die, die wir gewesen waren. Wenn wir einen Unfall gehabt hätten und man uns nach unserer Ladung und nach unserer Kleidung hätte identifizieren müssen, hätte man uns für Ingenieure oder Trapper, Landvermesser oder das Vorauskommando einer Invasionsarmee halten können. Ich wußte, daß ich mich der Ausrüstung entsprechend verhalten mußte, denn sonst würde der ganze Ausflug als ein kläglicher Witz enden wie alles andere.

Ich fragte mich, wo ich wohl am Abend sein würde, dachte an die vielen Schlangen, die bei der ungewöhnlichen Hitze aus ihren Löchern schlüpften, und wie mir wohl zumute sein würde, wenn ich mich an entlegenen Waldstellen im Dickicht befand, umschwärmt von Insekten, und ich war versucht – das muß ich offen bekennen –, auszuscheren, krank zu werden, irgendeine Ausrede zu erfinden. Ich hoffte, daß das Telefon klingeln würde und überlegte mir, was ich wohl dem Zeitungsjungen oder dem Versicherungsvertreter, oder wem auch immer, sagen könnte, damit ich aus dem Wagen steigen, Lewis gegenüber eine glaubwürdige Ausrede vorbringen und meine Kostümierung ablegen konnte. Ich wollte im Grunde wieder ins Haus zurück, noch einen Augenblick schlafen, ehe ich zur Arbeit fuhr. Oder, da ich mir freigenommen hatte, vielleicht ins Grüne fahren und ein paar Löcher Golf spielen. Aber die Ausrüstung war im Auto, und Lewis saß neben mir und grinste sein breitestes Lächeln und zeigte ganz offen, daß ich zu den Auserwählten gehörte, daß er mich für eine Weile den ausgefahrenen Gleisen entreißen oder, wie er sich ausdrückte, mir dabei helfen würde, das «Alltagsschema zu durchbrechen».

«Ab geht's», sagte er, «raus aus dem Schlaf der friedlichen Bürger, hinein in das schäumende Wildwasser.»

Das Kanu ragte vorn wie ein Schnabel über das Verdeck des Wagens hinaus, und wir glitten die Straße entlang, bogen nach links ein und wurden schneller, bogen dann noch einmal nach links und brausten davon. Ich stemmte einen Fuß hoch und wartete darauf, daß wir die abschüssige Strecke hinter uns ließen, und als wir unten waren, hatten wir auch schon das Einkaufszentrum erreicht. Drews Oldsmobile parkte ungefähr fünfzig Meter diesseits der Ausfallstraße. Ein altes Holzkanu, das aussah, als gehöre es nicht auf einen Fluß, sondern auf einen See, war mit einem langen ausgefransten Tau auf das Autoverdeck geschnürt; darunter lag eine Armeedecke, damit das Wagendach nicht zerkratzt wurde.

Lewis schoß am Olds vorbei und auf die Auffahrt zur Autostraße. Als wir vorbeisausten, machte ich den anderen Churchills V-Zeichen, und Bobby antwortete mit dem klassischen Zeigefinger-Hoch. Ich sah wieder nach vorn, streckte mich auf dem Sitz aus und sah zu, wie die Helligkeit des Tages zunahm.

Die Sonne ruhte stärker und stärker auf meinem rechten Arm, sie stieg hinter den Texaco- und Shell-Tankstellen empor und hinter den Drive-in-Restaurants für Hamburger und Bier, die auf den nächsten dreißig Kilometern des Highways an uns vorbeiflogen. Zu keinem von ihnen hatte ich irgendwelche Beziehung; sie waren vor mir verschlossen und glitten hinter einem glasigen Luftstrom an mir vorbei. Aber irgendwann war ich schon einmal hier gewesen; ich spürte jetzt, daß mein Magen leer war. Rechts bewegte sich eine lange Reihe von weißen Zementpfählen auf uns zu, ein weiß-rotes Drive-in, dessen verzinktes Blechdach die Sonne zittern und schwingen ließ, und meine halb geschlossenen Augen trennten einen der Pfähle von den übrigen und vergrößerten ihn, wie

Falkenaugen es tun.

Weihnachten vor zwei Jahren hatte ich daran gelehnt. Ich hatte lange dort gelehnt, bis das Lehnen schließlich zu einem Drehen um den Pfahl wurde, und dann hatte ich es endlich fertiggebracht innezuhalten und hatte erbrochen, hatte zunächst halbfeste Nahrung von mir gegeben und dann alle möglichen Farben starker, kräftiger Flüssigkeiten, die alle von der Weihnachtsfeier im Atelier stammten. Wie ich mich erinnerte, hatte Thad gedacht, wenn er mit mir hier auf ein letztes Bier hinausführe, könnte mir das helfen, wieder nüchtern zu werden, aber als er sah, in was für einem Zustand ich mich befand, war er entsetzter, als jeder Fremde es hätte sein können. Wenn ich betrunken war, hatte ich oft das Gefühl, daß die Dinge um mich herum genauso betrunken waren wie ich – freundliche Tische und Sofas und sogar Bäume –, aber der Pfahl vor dem Drive-in-Restaurant stand da kalt und zementen in unserem südlichen Winter. Es war keinerlei Bewegung in ihm, und ich konnte ihm auch die meine nicht mitteilen, betrunken wie ich war; ich torkelte zwischen den Autos herum, in denen angeekelte Leute saßen, tief in ihre Mäntel vermummt, die Gesichter blau und rot vom Neonlicht – jenem eintönigen, unaufhörlichen Wechsel der Farben –, und tief unten berührte etwas meinen Magen, das kälter war als das Metall in meiner Hand, mir schoß es hoch, und ich hielt mich am Pfahl fest und ließ es kommen. Ich konnte hören, wie die Autos neben mir anfuhren, und ich versuchte mit allen Muskeln, meinen Magen hochzubringen. Vielleicht bin ich auch ein paarmal mit dem Kopf gegen den Pfahl gestoßen, denn über dem einen Auge hatte ich später auf der Stirn einige Beulen. Als wir jetzt vorbeifuhren, drehte ich mich um, damit ich auf den Pfahl blicken konnte, und erwartete beinahe, etwas Besonderes daran zu sehen: vielleicht war der Boden um ihn herum ausgebleicht, oder es gab einen anderen Hinweis darauf, daß ich dort einmal gestanden hatte. Natürlich sah ich nichts dergleichen, aber eine unmenschliche Kälte berührte mich, mein Magen zog sich zusammen, und dann waren wir vorbei. Der Highway schrumpfte auf zwei Fahrspuren zusammen; wir waren auf dem Lande.

Es war kein allmählicher Übergang; man hätte das Auto anhalten und genau an der Stelle aussteigen können, wo die Vorstadt endete und der rotfelsige Süden begann. Ich hätte es gern getan, um festzustellen, ob das irgendeinen Sinn hatte. Dort war ein Motel, dann kam ein Feld mit lauter Unkraut, und dann kam auf beiden Seiten das Clabber-Strumpfgirl aus seinem Versteck, sprang auf die Scheunenwände, und dann begannen Vat 69 und Papst's Bier sich zu drehen, und Jesus begann zu predigen. Wir brummten weiter, glitten mit dem umgekippten Kanu auf einer langen Woge von Patentmedizinen und religiösen Erweckungsplakaten dahin. Nach einer solchen Fahrt könnte man glauben, der gesamte Süden tue nichts anderes, als dauernd Abführmittel zu nehmen und Gospelsongs zu singen; man könnte meinen, die Gedärme der Leute aus dem Süden seien für immer verstopft, könnten sich nie mehr öffnen und der Natur freien Lauf lassen. Allem Anschein nach brauchten sie ein Purgativum nach dem anderen, um es noch bis zur nächsten Kirche zu schaffen.

Wir hielten in einem Ort, der Seluca hieß, und frühstückten in dem Lokal «Zur fleißigen Biene». Es war großartig, fand ich, ein richtiges Männermahl mit Hafergrütze, Eiern, viel Butter, Gebäck und Marmelade. Mein Bauch schwoll an und rieb sich an dem glatten Nylonzeug, das ich trug, und als ich wieder in den Wagen stieg, wanderte die Sonne von meinem Gesicht hinunter zu einem vitalen Körperteil. Ich erinnere mich kaum noch daran, daß Lewis den Wagen startete, aber ich erinnere mich, daß ich an Martha und Dean dachte, als wir wieder auf freier Strecke waren, und wußte, daß ich zu ihnen gehörte, daß ich in jenem Haus immer willkommen war.

Ich war tot und fuhr dahin, und das ist eine besondere Art von Schlaf, die keiner anderen gleicht; ich hörte, wie Lewis etwas sagte, das in mein Bewußtsein drang, aber sofort wieder hinausglitt. Später auf der Fahrt bat ich ihn, es zu wiederholen.

«. . . und ich war da oben im Grass-Mountain-Nationalpark und wollte Forellen fischen. Es ist nicht sehr weit von dort, wo wir hin wollen. Ziemlich schlechte Straße da, aber mein Gott, schon der kleine Teil des Flusses, den ich gesehen habe, würde dir die Augen aus dem Kopf springen lassen. Als ich das letzte Mal in der Gegend war, fragte ich ein paar Waldläufer nach dem Fluß, aber keiner von ihnen wußte was. Sie sagten, dort oben wären sie noch nie gewesen, und die Art, wie sie ‹dort oben› sagten, klang so, als wäre die Stelle nicht gerade leicht zu erreichen. Das stimmt wohl auch, aber dadurch wird die Sache ja erst reizvoll. Soweit ich gesehen habe, ist der Fluß ziemlich wild, aber südlich von Oree nicht mehr ganz so wild. Nur habe ich keine Ahnung, wie er weiter abwärts aussieht. Zuerst müssen wir einen Platz finden, wo wir die Boote ins Wasser bringen können. Oree liegt auf einer Art Steilufer, und höchstwahrscheinlich müssen wir auf die andere Seite gelangen, um die Boote aufs Wasser zu bringen. Aber zuerst wollen wir in Oree vielleicht noch ein paar Lebensmittel kaufen.»

Meine Augen öffneten und schlossen sich langsam, ohne etwas zu sehen; ich sah zwar allerlei, aber nichts, das die Kraft hatte, zu bleiben oder in die Erinnerung einzugehen. Die Welt glich einem bunten Tagtraum mit vielen Objekten darin. Dann, in einem Moment, wo meine Augenlider sich ohne jeden Befehl hoben, starrte ich mit schlafendem Gehirn – aber mit geöffneten Augen – geradeaus. Wir fuhren durch die

Außenbezirke einer kleinen Stadt, bogen rechts ab und fuhren durch das dürre graue Zeug, das im Süden überall an den Highways wächst. Vor uns lief die Straße zwischen zwei Hügeln hindurch. Im roten Winkel dazwischen zeichnete sich ein hoher, breiter und blauer Berg ab, er hatte die Farbe von starkem Holzfeuerrauch. Weiter dahinter waren andere, die zurückfielen, links und rechts zurückwichen.

«Komische Sache», sagte Lewis.

Ich wandte mich ihm zu. «Was?»

«Komische Sache da drüben, meine ich», sagte er. «Alles anders da. Ich meine, die ganze Art, wie man dort lebt, und die Bedingungen, unter denen man dort lebt.»

«Davon weiß ich leider nichts», sagte ich.

«Das Schlimme ist, daß du nicht nur nichts darüber weißt, sondern daß du auch gar nichts darüber wissen *willst*.»

«Warum sollte ich?»

«Weil es da in den Bergen vielleicht irgendwas sehr Wichtiges gibt, verdammt noch mal. Du hast ja keine Ahnung.»

«Nein. Habe ich auch nicht. Ich habe zwar nichts dagegen, mit dir ein paar Stromschnellen hinunterzufahren und am Lagerfeuer einen kleinen Whiskey zu trinken. Aber auf die Berge und Hügel da scheiße ich.»

«Aber weißt du», sagte er mit einer seltsam ruhigen Stimme, die mich aufhorchen ließ, wenn auch mit dem Vorbehalt, daß bei soviel Pathos nun endlich etwas Wichtiges kommen mußte, «dort in den Bergen gibt es Lieder, die noch kein Sammler auf Tonband aufgenommen hat. Und ich habe sogar eine Familie getroffen, die eine Schlagzither hatte.»

«Na und, was beweist das schon?»

«Vielleicht nichts, vielleicht aber auch eine ganze Menge.»

«Das überlasse ich lieber Drew», sagte ich. «Aber soll ich dir mal was sagen, Lewis? Wenn die Leute da oben in den Bergen, die mit ihren Volksliedern und Zithern, aus ihren Bergverstecken kämen und uns alle einem neuen Himmel oder einer neuen Erde entgegenführten, ließe mich das auch völlig kalt. Ich bin einer von denen, die nur von einem Tag zum anderen leben. Bin nie anders gewesen. Ich bin kein großer Art-Director. Ich bin kein großer Bogenschütze. Was mich am meisten interessiert, ist Durchrutschen. Weißt du, was ich damit meine?»

«Nein, soll ich raten?»

«Ich will es dir sagen. Durchrutschen ist das Mittel, ohne Reibung zu leben. Oder besser, durchrutschen heißt leben wie auf Kugellagern. Man muß nur eine bescheidene Sache finden, mit der man fertig wird, und die schmiert man dann kräftig. Auf beiden Seiten. Dann kommt man bequem überall durch.»

«Und für etwas Verrücktes hast du nichts übrig, oder?»

«Ganz und gar nicht. Ich bin viel zu schlau, um mit so etwas zu spielen.»

«Also dann machst du . . .»

«Also dann macht man so weiter. Also dann tut man, was getan werden muß. Und was man selten tut – und ich meine wirklich selten –, ist, damit zu kokettieren.»

«Wir werden ja sehen», sagte Lewis und sah mich an, als ob er mich schon in der Schlinge hätte. «Wir werden sehen. Du hast dauernd die ganzen Büromöbel vor den Augen gehabt, Schreibtische und Bücherregale und Aktenschränke und all den Kram. Du hast in einem Sessel gehockt, der sich nicht von der Stelle bewegte. Du hast einen sicheren Platz gehabt. Aber wenn du erst einmal den Fluß unter dir hast, wird sich das alles ändern. Nichts von dem, was du als Vizepräsident von Emerson-Gentry tust, wird noch von Belang sein, wenn das Wildwasser erst einmal aufschäumt. Dann nützt dir auch der Vizepräsident nichts mehr, dann kommt es nur noch darauf an, was du am Schluß geleistet hast. Verstehst du: *geleistet*.»

Er hielt einen Augenblick inne, und ich wurde hellwach und war an einem Ort, wo ich noch nie gewesen war.

«Ich weiß», sagte er, «du hältst mich für einen narzißtischen Fanatiker. Aber das bin ich nicht.»

«So würde ich es auch nie ausdrücken», sagte ich.

«Ich glaube nur», sagte er, «daß die ganze Chose eines schönen Tages ausschließlich vom Körper, von der Physis abhängen wird. Und dann will ich bereit sein.»

«*Was* für eine Chose?»

«Die Menschheit und so. Ich glaube, daß die Technik versagen wird, daß die politischen Systeme versagen werden und daß ein paar Leute dann in die Berge gehen und ganz von vorn anfangen werden.»

Ich sah ihn an. Er lebte in einem der Vororte der Stadt wie wir anderen auch. Er hatte Geld, eine gutaussehende Frau und drei Kinder. Ich konnte nicht glauben, daß er jeden Abend, nach den beschwichtigenden Gesprächen mit seinen vielen Mietern, nach Haus kam und sich dann höchst feierlich der Sache mit dem Überleben widmete, soweit es seinen Körper betraf. Welche Phantasievorstellungen führten zu so etwas? fragte ich mich. Hatte er vielleicht häufiger vom atomaren Schrecken geträumt und davon, wie er sich mit seiner Familie aus den Trümmern erhob, in denen die wenigen Starken hingestreckt lagen, und wie er jenen blauen Bergen zustrebte, denen wir uns jetzt näherten?

«Ich hab mir einen Luftschutzbunker bauen lassen», sagte er. «Ich werde dich mal mit hinunternehmen. Es gibt dort doppelte Türen, und die Vorräte an Fleischbrühe und Büchsenfleisch reichen mindestens für ein paar Jahre. Wir haben Spiele für die Kinder und ein Tonbandgerät und einen Haufen Bänder mit Anleitungen, wie das Gerät funktioniert und wie man gemeinsam Familien-Tonbandaufnahmen macht. Aber eines Tages stieg ich da hinunter und saß eine Zeitlang da. Ich kam zu dem Schluß, das Überleben stecke doch nicht in den Nägeln und im Metall und nicht in den doppelten, feuersicheren Türen und nicht im Marmor der chinesischen Schachfiguren. Es steckt in mir. Es kommt auf den Menschen an und darauf, was er zu leisten vermag. Der Körper ist das einzige, für das es keinen Ersatz gibt, er muß einfach dasein.»

«Nimm doch mal an, es gäbe einen Atomregen, und man könnte nicht mehr atmen? Nimm mal an, daß die radioaktiven Strahlen keinen Respekt vor deinem Körper haben?»

«In diesem Fall, mein Junge», sagte er, «bin ich darauf vorbereitet, Schluß zu machen. Aber wenn die Lage so ist, daß ich noch etwas tun kann, werde ich auf keinen Fall klein beigeben. Du kennst mich doch ganz gut, Ed. Du kannst dir sicher vorstellen, daß ich in diese Berge ginge, und ich glaube, daß ich zurechtkäme, wo viele andere versagen würden.»

«Du bist also bereit dazu?»

«Ich glaube ja», sagte er. «Psychologisch bin ich es bestimmt. Manchmal ist mir, als könnte ich nicht mehr warten. Das Leben ist heutzutage so beschissen und so kompliziert, daß es mir nichts ausmachen würde, wenn es jetzt gleich passierte, ganz schnell, damit nur die Leute überleben, die sich darauf vorbereitet haben. Du kannst natürlich sagen, ich hätte den großen Überlebens-Tick, einen richtigen Klaps. Und um die Wahrheit zu sagen, glaube ich, daß den die meisten anderen Menschen nicht haben. Sie heulen vielleicht und raufen sich die Haare und sind höchstens auf irgendeine Massenhysterie oder so vorbereitet, aber ich glaube, die meisten wären noch nicht mal unglücklich, wenn alles schnell vorbeiginge und sie es hinter sich hätten.»

«Machst du dir eigentlich allein Gedanken darüber? Oder weiß deine Frau davon?»

«Klar. Die Sache mit dem Bunker hat sie sehr interessiert. Jetzt lernt sie Kochen im Freien. Und sie kann es auch schon verdammt gut. Sie spricht sogar davon, ihre Farben mitzunehmen und eine neue Kunst zu machen, wo die Dinge auf das absolut Wesentliche reduziert werden, wie bei den Höhlenmalereien, und wo es den ganzen Hokuspokus der Kunst nicht mehr gibt.»

Ich hatte das deutliche Gefühl, daß er über das alles mit seiner Frau und vielleicht noch ein paar anderen Leuten schon viel zu oft geredet und im Grunde am Kern der Sache vorbeigeredet hatte.

«Wo würdest du denn hingehen?» fragte er. «Wohin würdest du gehen, wenn die Rundfunkstationen plötzlich nicht mehr senden? Wenn es niemanden mehr gibt, der dir sagt, wohin du gehen kannst?»

«Also», sagte ich, «ich würde wahrscheinlich nach Süden gehen, wo das Klima besser ist. Ich würde versuchen, mich bis zur Küste von Florida durchzuschlagen, wo man fischen kann, wenn es sonst keine Nahrung gibt.»

Er deutete nach vorn, wo die Berge sich von der einen Seite der Straße auf die andere schoben und immer massiver wurden. «Und ich werde dorthin gehen», sagte er. «Genau dahin, wo wir jetzt hinfahren. Da oben kann man etwas anfangen. Man kann etwas schaffen und braucht nicht auf Sand zu bauen.»

«Was kann man denn schaffen?»

«Wenn noch nicht alles tot ist, kann man sich ein Leben schaffen, das immer noch mit allem in Berührung ist, mit allen anderen Formen des Lebens. Wo der Wechsel der Jahreszeiten noch etwas bedeutet, wo er alles bedeutet. Wo man auf die Jagd gehen kann, wenn es nötig ist, und vielleicht ein bißchen Landwirtschaft betreibt und sich so durchschlägt. Man würde früh sterben, man würde leiden, und die Kinder würden leiden, aber man wäre mit allem in Berührung.»

«Also, ich weiß nicht», sagte ich. «Wenn du unbedingt wolltest, könntest du doch jetzt schon in die Berge gehen und dort leben. Unter genau den gleichen Bedingungen. Du könntest auf Jagd gehen, und du könntest Landwirtschaft betreiben. Du könntest schon jetzt genauso leiden wie nach dem Abwurf der Wasserstoffbombe. Du könntest sogar eine Art Siedlerkolonie gründen. Was glaubst du, wie Carolyn ein solches Leben gefiele?»

«Das ist nicht dasselbe», sagte Lewis. «Siehst du das denn nicht ein? Es wäre lediglich exzentrisch. Das Überleben hängt davon ab . . . also, es hängt davon ab, daß man überleben *muß*. Die Art Leben, von der ich spreche, hängt davon ab, daß sie die letzte Chance ist. Die allerletzte.»

«Ich hoffe, daß du sie nicht haben wirst», sagte ich. «Der Preis, den man dafür zu zahlen hätte, wäre sehr hoch.»

«Kein Preis ist zu hoch», sagte Lewis, und ich wußte, daß dieses Thema abgeschlossen war.

«Wie sieht das Leben da oben denn heute aus?» fragte ich. «Ich meine, bevor du dich endgültig in die Berge aufmachst und das Königreich der Empfindsamen errichtest?»

«Wahrscheinlich heute nicht viel anders, wie wenn ich dann hinkäme», sagte er. «Ein bißchen jagen, eine Menge vögeln und ein wenig Landarbeit. Ein bißchen Whiskeybrennen. Und viel Musik wird da gemacht, sie erklingt praktisch aus allen Bäumen. Jeder spielt irgendwas: Gitarre, Banjo, Zupfharfe, Schlagzither – oder Hackbrett, wie sie es nennen. Ich werde ziemlich enttäuscht sein, wenn Drew nicht was von der Musik zu hören bekommt, solange wir da oben sind. Es sind gute Menschen, Ed. Aber sie halten fürchterlich zusammen und leben auf ihre Art. Sie tun genau das, was sie wollen, einerlei, worum es geht. Jede Familie, die ich da oben kennengelernt habe, hat mindestens einen Angehörigen im Gefängnis. Einige sitzen, weil sie Alkohol gebrannt oder damit gehandelt haben, aber die meisten sitzen wegen Mordes. Hier oben denkt man über das Töten nicht soviel nach. Wirklich nicht. Aber wenn man es genauso macht, lassen sie einen im allgemeinen wenigstens in Ruhe. Und wenn einer von ihnen dich mag, wird er alles für dich tun. Und seine Familie auch. Ich will dir erzählen, was mir vor zwei Jahren passiert ist.»

«Schieß los.»

«Shad Mackey und ich fuhren den Blackwell Creek hinunter. Das Wasser war dort niedrig, und es wurde ziemlich langweilig. Wir taten nichts als paddeln, und es war höllisch heiß. Shad sagte, er würde lieber seinen Bogen nehmen und weiter flußabwärts Kaninchen jagen. Er stieg aus, und wir verabredeten, uns dort zu treffen, wo der Blackwell in den Cahula mündet, weit unterhalb der Stelle, wo wir jetzt hinfahren. Er ging in östlicher Richtung in den Wald, und ich paddelte weiter. Ich weiß noch, daß ich an dem Tag eine Wildkatze beim Trinken beobachtet hatte. Jedenfalls fuhr ich weiter und zog dann das Kanu ans Ufer und streckte mich auf einem Felsen aus, um auf ihn zu warten. Es passierte nichts. Ich horchte, aber außer den üblichen Geräuschen des Waldes hörte ich nichts. Es wurde langsam dunkel, und ich fing an, mir Sorgen zu machen. Ich wollte nicht, daß er im Dunkeln allein war, und ich wollte im Dunkeln auch nicht dableiben. Darauf war ich nicht vorbereitet, weißt du, ich war nicht *vorbereitet*. Ich hatte nichts zu essen dabei. Ich hatte keinen Bogen mitgenommen, ich war ein Idiot. Ich hatte ein Taschenmesser und eine Rolle Bindfaden, das war alles.»

«Das hättest du als Herausforderung auffassen sollen, Lewis.» Das zu sagen, konnte ich mir nicht verkneifen.

Aber er war nicht empfindlich in solchen Dingen; er ließ sich nicht so leicht aus der Ruhe bringen. «Es war nicht die passende Gelegenheit dazu», sagte er. «Jedenfalls», fuhr er fort, «lag ich auf einem großen Felsen, und langsam drang die Kälte in meine Knochen. Ich sah mich zufällig um, und da stand plötzlich ein Kerl und blickte mich an. ‹Was willst du denn hier in der Gegend, Kleiner?› sagte er. Er war hager und trug Overallhosen und ein weißes Hemd mit hochgerollten Ärmeln. Ich erzählte ihm, daß ich mit einem Freund den Fluß hinunterführe und darauf wartete, daß er zu mir stieß. Es fiel ihm schwer, mir das zu glauben, aber allmählich kamen wir ins Gespräch. Ich war keineswegs überrascht, daß er in der Nähe eine Schnapsbrennerei hatte. Er und sein

Sohn betrieben sie. Zusammen gingen wir vom Fluß aus ungefähr fünf-hundert Meter in den Wald. Sein Sohn machte gerade ein Feuer. Wir setzten uns hin und unterhielten uns. ‹Sie sagen, Sie haben da oben einen, der mit Pfeil und Bogen jagt. Weiß er, was da oben los ist?› fragte er mich. ‹Nein›, sagte ich. ‹Es ist schlimmer als eine Gefängnisnacht in Süd-Georgia›, sagte er, ‹und ich weiß, wovon ich spreche. Haben Sie 'ne Ahnung, wo er ungefähr ist?› Ich sagte nein. ‹Wir haben uns irgendwo weiter oben am Fluß getrennt.›»

Fast hätte ich gelacht. Obwohl er immer alles wie besessen vorausplan-te, brachte Lewis sich und andere Leute immer wieder in derartige Situationen. Und ich wollte doch stark hoffen, daß es diesmal nicht zu so etwas kam. «Und was passierte dann?» fragte ich.

«Das Feuer loderte und warf gespenstisch zuckende Schatten. Der Mann stand auf und trat auf seinen Sohn zu, der höchstens fünfzehn Jahre alt war. Er sprach eine Weile auf ihn ein und kam dann wieder zu mir, drehte sich aber auf halbem Weg um und sagte: ‹Sohn, suche den Mann!› Mir lief es kalt über den Rücken. Der Junge sagte keinen Ton. Er holte von irgendwoher eine Taschenlampe und ein altes einschüssiges zweiundzwanziger Gewehr. Aus einer Schachtel nahm er eine Handvoll Kugeln und steckte sie sich in die Jackentasche. Er rief den Hund und war auch schon verschwunden.»

«Was? Er ging einfach so los?»

«Er ging in die Richtung, in die ich gezeigt hatte. Das war sein einziger Anhaltspunkt. Das und die Worte seines Vaters. Deshalb erzähle ich ja die Geschichte. Du kannst sagen, was du willst. Ich *weiß* es einfach. Zuverlässigkeit. Hier oben ist sie etwas Selbstverständliches. Dieser Mann zwang seinem Sohn nicht etwa seinen Willen auf. Der Junge wußte einfach, was er zu tun hatte. Er ging einfach los in die Dunkelheit.»

«Na und?»

«Na und? Diese Menschen sind uns eben überlegen, Ed! Es tut mir leid, aber sie sind es nun mal. Glaubst du vielleicht, Dean wäre zu so etwas imstande, wenn er fünfzehn ist? Zunächst einmal käme es gar nicht dazu. Und wenn es sein müßte, brächte er es gar nicht fertig, so wie dieser Junge einfach loszuziehen mit seinem Hund in die Dunkelheit.»

«Es hätte ihm was zustoßen können. Vielleicht war der Vater ganz einfach ein Arschloch», sagte ich.

«Vielleicht war er's auch, aber nicht für den Jungen», sagte Lewis. «So was ist für die Eltern genauso hart wie für die Kinder. Und wenn beide Seiten sich darüber klar sind, klappt es eben. Verstehst du?»

Ich verstand es nicht ganz, aber das gab ich nicht zu. «Und wie endete die Geschichte?»

«Gegen zwei Uhr morgens, als das Feuer fast heruntergebrannt war und ich gegen einen Baum gelehnt schlief, kam der Junge mit Shad zurück. Shad hatte sich ein Bein gebrochen und war in der Dunkelheit hilflos im Buschwerk herumgekrochen, als der Junge ihn fand. Weiß Gott, wie er das geschafft hat.»

«Und wenn er es nicht geschafft hätte?»

«Das würde an der Sache nichts ändern», sagte Lewis. «Er ging eben los und versuchte es. Er hätte es nicht zu tun brauchen. Oder vielmehr, er mußte es tun. Jedenfalls ging er los, und wenn er das nicht getan hätte, wäre Shad übel dran gewesen.»

«Letzten Monat habe ich Shad auf einer Sitzung getroffen», sagte ich. «Er mag ja ein Freund von dir sein, aber viel hat man mit ihm da oben in den Wäldern nicht gerettet.»

«Du bist ganz schön zynisch, Ed.»

«Bin ich auch», sagte ich. «Und wennschon.»

«Zufällig bin ich diesmal deiner Meinung», sagte er nach einer Weile. «Es ist nicht viel dran an ihm. Trinkt sinnlos herum. Redet zuviel. Leistet nicht genug, weder bei solchen Flußfahrten noch bei der Arbeit und auch nicht – da bin ich ziemlich sicher – im Bett bei seiner Frau oder einer anderen. Aber darum geht es auch nicht. Es ist seine Sache, wie er sich sein Leben einrichtet und was für Wertbegriffe er sich setzt. Entscheidend sind die Wertbegriffe des Jungen, der ihn aus dem Wald herausschleppte. Und die hatte er von seinem Alten und von der Lebensweise seines Alten; dabei waren beide voller Ignoranz, voller Aberglauben, und der Hintergrund dafür waren Blutvergießen, Mord, Schnaps, Holzwürmer, Waldgespenster und frühes Sterben. Das bewundere ich, und ich bewundere die Menschen, die so beschaffen sind und die so leben, und wenn du das immer noch nicht begreifst, dann bist du ein Arschloch.»

«Okay», sagte ich, «dann bin ich eben ein Arschloch. Aber ich werde mich trotzdem an die Stadt halten.»

«Das wirst du wohl», sagte Lewis. «Aber dir werden allmählich Zweifel kommen.»

«Vielleicht, aber das soll mich nicht weiter stören.»

«Das ist es ja. Die Stadt hat von dir Besitz ergriffen.»

«Hat sie auch. Aber von dir auch, Lewis. Ich sage es nicht gern, aber du verbringst dein Leben mit allen möglichen Spielchen. Und ich spiele den Art-Director. Aber ich richte mein Leben und das meiner Familie nach den Umständen ein. Mir bleibt nichts anderes übrig, und so tue ich es auch. Ich träume nicht von einer neuen Gesellschaft. Ich nehme die Dinge so, wie sie sind. Ich lese keine Bücher und habe keine Theorien. Wozu auch? Du lebst in deinen Phantasievorstellungen.»

«Was anderes hat man ja auch nicht. Es kommt nur darauf an, wie stark deine Phantasie ist und ob dein Bewußtsein sich wirklich – *wirklich*

– mit deiner Phantasie vereinbaren läßt, ob du den Dingen gewachsen bist, die deine Phantasie entwickelt. Ich weiß nicht, wie das bei dir ist, aber ich wette, daß du nicht damit zurechtkommst.»

«Meine Phantasie ist ziemlich schlicht», sagte ich. Ich sagte allerdings nicht, welche Formen sie gerade in diesen Tagen entwickelt hatte, und auch nichts von dem Mondsplitter in jenem Goldauge, das mich anblickte, als meine Frau ihren Hintern auf und ab bewegte.

«Meine Phantasie ist auch schlicht, und ich arbeite an ihr. Vielleicht wird es nie zu einer Situation kommen, in der wir gerade noch das nackte Leben retten können. Wahrscheinlich nicht. Aber soll ich dir mal was sagen? Ich kann nachts schlafen. Ich habe keine Angst. Ich werde immer mehr ich selbst, so inkonsequent das auch sein mag. Ich habe mir nichts aufzwingen lassen. Ich bin das, was ich selbst sein will, und nur das bin ich.»

«Es gibt sicher noch eine Menge Leute, die genauso sind wie du», sagte ich.

«Sicher gibt es solche. Aber ich bin es auf meine eigene Art. Es ist das gleiche Gefühl, wie wenn du den Pfeil losläßt und weißt, daß du alles richtig gemacht hast. Du weißt, wohin der Pfeil fliegt. Es gibt kein anderes Ziel für ihn.»

«Mein Gott, Lewis», sagte ich, «du bist ganz schön verdreht.»

«Kann sein», sagte er. «Jedenfalls glaube ich an den Willen zum Überleben. Auf welche Art auch immer. Und jedesmal, wenn ich hier heraufkomme, glaube ich mehr daran. Weißt du, bei allen sogenannten Errungenschaften des modernen Lebens kann ein Mann doch noch stürzen. Er kann sich das Bein brechen, wie Shad Mackey, kann da im Wald liegen, während die Nacht heraufzieht, obwohl er zwei Autos in der Garage hat und eine Frau und drei Kinder, die sich im Fernsehen «Star Treak» anschauen, während er im Dickicht nach Atem ringt. Der alte Menschenkörper ist der gleiche wie eh und je. Er spürt noch immer die alte Furcht und den alten Schmerz. Als ich das letzte Mal hier oben war . . .»

«Ja, du hast ja selber mal mit so etwas Bekanntschaft gemacht, nicht wahr, alter Knabe?»

«Das will ich meinen», sagte er. «Ich verdammter Idiot habe mir hier oben selber das Bein gebrochen. Es gibt hier einen großen Bach mit Forellen, wo ich angeln wollte, und es war sehr schwierig heranzukommen. Ich hatte gut zehn Meter Seil mit und ließ mich zum Bach runter und angelte . . . ja, ich *angelte*. Es war einer der besten Nachmittage, die ich je hatte. Als ich wieder hochkletterte, schnitt das Seil in meine rechte Hand, es schmerzte so höllisch, daß ich die Hand lockern und den Griff wechseln wollte, aber ehe ich mich's versah, glitt mir das verdammte Seil durch die andere Hand; ich stürzte ab und lag auch schon unten. Ich fiel auf mein rechtes Bein, und ich hörte, wie etwas im Fußgelenk brach. Ich hatte allerhand zu tun, bis ich mit den langen Wasserstiefeln wieder aus dem Bach heraus war, und als ich dann versuchte, auf beiden Beinen zu stehen, wußte ich, was mir bevorstand.»

«Wie bist du dann wieder hochgekommen?»

«Ich bin Hand über Hand das Seil wieder hochgeklettert; und dann fing ich an zu humpeln und zu hopsen und zu kriechen. Und verdammt noch mal, ich kann dir nur wünschen, daß du nie auf einem Bein durch irgendwelche Wälder zu gehen brauchst. Ich hielt mich an jedem Baum fest, als wär's mein Bruder.»

«Vielleicht war er das auch.»

«Nein», sagte Lewis. «Na, jedenfalls habe ich es schließlich geschafft. Das übrige weißt du.»

«Ja. Und nun geht's wieder los.»

«Ja, da kannst du dich drauf gefaßt machen. Aber weißt du was, Ed? So ein intensives Erlebnis ist was ganz Besonderes. Das war 'ne große Sache damals, trotz gebrochenem Knöchel und allem. Am Abend vorher habe ich noch den alten Tom McCaskill gehört. Das war die Sache wert.»

«Wer ist denn das?»

«Also, ich kann dir sagen. Du kommst hier herauf und kampierst im Wald, manchmal direkt am Fluß, manchmal im Dickicht, du jagst oder tust sonst was, und mitten in der Nacht hörst du dann den fürchterlichsten Schrei, der je aus dem Mund eines Menschen kam. Es gibt keine Erklärung dafür. Du hörst ihn nur, das ist alles. Manchmal hörst du ihn nur einmal, und manchmal hält es eine Weile an.»

«Wovon sprichst du denn bloß, um Gottes willen?»

«Da gibt's hier diesen alten Kerl, der sich alle paar Wochen Schnaps verschafft oder sich selber welchen brennt – und dann nachts im Wald herumwandert. Man sagt, er hat keine Ahnung, wohin er eigentlich geht. Er geht einfach mitten durch den Wald und geht und geht, bis er schließlich anhält. Dann macht er sich ein Feuer und setzt sich hin mit seinem Schnapskrug. Wenn er betrunken genug ist, fängt er an zu brüllen. Das ist nun mal sein Tick. Jedem Tierchen sein Pläsierchen. Und wer weiß? Hast du es denn schon mal versucht?»

«Nein, aber vielleicht haben wir jetzt Gelegenheit dazu. Ich glaube nicht, daß sich mir die Chance ein zweites Mal bietet. Vielleicht brauchen wir gar nicht erst den Fluß runterzufahren. Vielleicht sollten wir einfach losgehen und saufen und brüllen. Und Drew könnte die Gitarre dazu spielen. Wetten, daß er daran Spaß hätte? Wetten, daß er sich nicht lange bitten ließe?»

«Na, für mich wär's ja jedenfalls nichts. Für dich etwa?»

«Jedem Tierchen sein Pläsierchen», sagte ich. «Aber ich glaube, es wäre auch nichts für mich. Ich kann's kaum abwarten, daß wir auf den Fluß kommen. Du hast mich mit deiner Flußmystik so vollgepumpt, daß ich sicher bin, mit dem ersten Paddelschlag ein anderer Mensch zu werden.»

«Wart nur ab, mein Sohn», sagte er. «Du wirst dich immer wieder hierher zurücksehnen. Hier ist die Wirklichkeit.»

Ich sah hinüber zu den blauen Bergen, deren wolkige Silhouetten immer massiver wurden, die ständig ihre Lage änderten, sich von einer Seite der Straße auf die andere bewegten, wieder zurückkamen und genau vor uns lagen und dann wieder über die Straße wegrutschten. Aber immer mächtiger wirkten. Wir fuhren durch etwas Buschwerk und dann über ein riesiges Feld, das sich kilometerweit vor uns erstreckte und genau bis zum Rand der Berge reichte, die nun allmählich, Kilometer für Kilometer, ihr Blau verloren und leicht goldgrün zu schimmern begannen. Milliarden Blätter färbten sie so.

Gegen Mittag hatten wir sie erreicht, wir waren immer noch auf dem Highway. An der nächsten Kreuzung bogen wir ab auf eine schwarzgeteerte Bundesstraße und dann wieder auf einen aufgerissenen und unkrautüberwucherten alten Highway – aus den dreißiger Jahren, soweit ich es beurteilen konnte –, dessen alte, aufgespritzte Mittellinie aus Teer vor uns herschwebte. Dann bogen wir wieder ab, und zwar auf eine Zementstraße mit zahllosen Schlaglöchern, Senkungen und Rissen. Sie war eine Instandsetzung gar nicht mehr wert.

Nach Oree waren es immer noch gut sechzig Kilometer. Wir mußten dorthin fahren, um zwei Männer anzuheuern, die unsere Wagen nach Aintry herunterbringen sollten, und dann mußten wir flußab paddeln, einen Lagerplatz finden und die Zelte aufschlagen. Wenn möglich, wollten wir auch noch einige Lebensmittel kaufen. Wir waren mit der Zeit zwar nicht knapp dran, durften aber auch keine vergeuden. Lewis trat aufs Gaspedal; schlechte Straßen waren immer eine Herausforderung für ihn. Das Kanu über unseren Köpfen bumste und scharrte.

Wir waren jetzt zwischen Bäumen, zwischen vielen Bäumen. Ich hätte es auch mit geschlossenen Augen gemerkt; ich konnte hören, wie sie rauschten, wie die Wipfel sich öffneten und dann mit einem neuen Rauschen wieder schlossen. Ich war überrascht über all die Farben, die es hier gab. Ich hatte immer geglaubt, es gäbe bei uns nur Kiefern, aber wie ich jetzt sah, war das keineswegs der Fall. Ich hatte keine Ahnung, um was für Bäume es sich handelte, aber sie waren wunderschön, leuchteten frühherbstlich und wechselten die Farben fast bei jedem Blick. Sie fingen gerade an, sich zu färben, und flammten noch nicht im späten Rot. Aber der Herbst kündigte sich schon an.

«Du guckst dir die Bäume an», sagte Lewis. «Ich bin im April hier gewesen; da kannst du an ihnen etwas sehr Aufregendes erleben.»

«Ich finde es jetzt schon aufregend genug», sagte ich. «Aber was meinst du?»

«Hast du schon mal was von der Raupe des Lindenfalters gehört?»

«Klar», sagte ich. «Immerzu. Um die Wahrheit zu sagen, nein.»

«Jedes Jahr, wenn die Raupen sich verpuppen wollen, dann tut sich hier was an den Bäumen.»

«Was denn?»

«Dann kannst du sie in Massen hängen sehen. Millionen von ihnen hängen sich da auf.»

«Soll das ein Witz sein?»

«Nein, mein Sohn. Sie lassen sich an dünnen Fäden runter. Du kannst hinsehen, wo du willst, und du siehst, wie sie an den Fäden hängen und sich krümmen und drehen wie Menschen, die nicht sterben können. Manche von ihnen sind schwarz, andere wieder braun. Alles ringsum ist Stille, eine große Stille; und da hängen sie und winden sich. Aber leider fressen sie die Blätter, und von amtlicher Stelle versucht man, sie auszurotten.»

Es war ein warmer Tag. Alles war grün, und durch das Grün drang jene sanfte, frühe Goldfarbe, die die Augen schmerzen läßt, wenn man auf das Grün schaut. Wir fuhren durch Whitepath und Pelham, Orte, die noch kleiner waren als die vorigen, und Pelham war noch kleiner als Whitepath, und dann begannen wir hinaufzukurven. Zwischen den Ortschaften wurde der Wald immer dichter und schloß sie schließlich ganz ein.

«Paß auf die Hirsche auf», sagte Lewis. «Wenn sie nicht genug Futter finden, kommen sie auf die Kornfelder bis an den Straßenrand herunter.»

Ich sah mich um, aber ich sah keinen, obgleich ich bei einer Kurve den Eindruck hatte, rechts schösse etwas in den Wald zurück. Aber da, wo ich es zu sehen geglaubt hatte, bewegte sich kein Blatt, und so war es vermutlich nur Einbildung gewesen.

Schließlich erreichten wir Oree. Offensichtlich war es die Kreisstadt, denn hier gab es ein kleines weißgestrichenes Gebäude mit der Aufschrift Rathaus; ein Teil davon war das Gefängnis, und an der einen Seite parkte ein altmodischer Feuerlöschwagen. Wir fuhren zur Texaco-Tankstelle, um zu fragen, ob es jemanden gäbe, der sich ein bißchen Geld verdienen wollte. Als Lewis den Motor abstellte, erwachte die Luft zum Leben und war plötzlich voller Insekten, selbst mitten im Städtchen; ein Summen umgab uns in der plötzlich einsetzenden Stille. An Lewis' Fenster stand ein alter Mann mit Strohhut und Arbeitshemd und sagte etwas. Er sah aus wie ein Hinterwäldler aus einem schlechten Film, eine Gestalt, die zu echt war, um noch glaubwürdig zu sein. Wo war hier all das Aufregende, das Lewis so sehr reizte? Dieses Oree war verschlafen und versponnen und häßlich, ein gottverlassenes Nest, das keinen vernünftigen Menschen hervorbringen konnte. Nichts von Originalität, wie die meisten Orte und Menschen keine Originalität besitzen. Lewis fragte den Kerl, ob er und irgendwer anders unsere Wagen für zwanzig Dollar nach Aintry hinunterfahren wollten.

«Braucht man denn zwei Leute, um das Ding da zu fahren?» sagte der Mann.

«In dem Fall würden wir vier Leute brauchen», sagte Lewis ohne jede nähere Erklärung. Er saß einfach da und wartete. Ich blickte hoch zum Bug des Kanus, der wie ein Schnabel über uns hing.

Nach einer endlosen Minute hielten Drew und Bobby neben uns.

«Kapiert, was ich gemeint habe?» sagte Lewis.

Die beiden stiegen aus und kamen zu uns. Der Alte drehte sich um, als fühle er sich bedroht. Seine Bewegungen waren sehr langsam, wie bei jemandem, dessen Kräfte nicht vom Alter, sondern von etwas anderem aufgezehrt worden sind. Es war ein beschämender Anblick, besonders da Lewis die Muskeln seines Armes, den er lässig aus dem Wagenfenster hielt, in der Sonne spielen ließ. Aus den Augenwinkeln heraus bemerkte ich, daß die fleckigen Hände des alten Mannes so zitterten, als täte er das absichtlich. Bei den Leuten auf dem Lande stimmt doch immer irgendwas nicht, dachte ich. Ich war verhältnismäßig selten im ländlichen Teil des Südens gewesen, aber jedesmal war mir aufgefallen, wie vielen Leuten hier ein oder gar mehrere Finger fehlten. Ich erinnerte mich, mindestens zwanzig solcher Fälle gesehen zu haben. Und es gab hier auch Krüppel oder Epileptiker oder Blinde oder Einäugige. Vielleicht lag es an der unzureichenden ärztlichen Versorgung. Aber da war noch etwas anderes. Man denkt immer, daß Farmer ein gesundes Leben führen, mit viel frischer Luft und frischen Lebensmitteln und viel körperlicher Bewegung, aber ich hatte noch nie einen Farmer gesehen, dem nicht etwas gefehlt hätte, und meist sah man es schon auf den ersten Blick; es gab auch keinen unter ihnen, der körperlich sehr kräftig gewesen wäre, geschweige denn so stark wie Lewis. Trotz all der frischen Luft und der Sonne muß körperliche Arbeit ja wirklich irrsinnig gefährlich sein, dachte ich bei mir: da geraten einem auf offenem Feld die Arme in einen Traktor, und es geschieht weiter nichts, als daß einem die brennende Sonne in den brüllenden Mund scheint. Und all die Schlangenbisse in den Wäldern, wenn man gerade über einen verfaulten Baumstamm tritt, und all die lieben Haustiere, die plötzlich wild werden und einen gegen eine splitternde Scheunenwand schmettern. Das konnte mir alles gestohlen bleiben, und ich wollte auch nicht dabeisein, wenn so etwas passierte. Aber ich war nun einmal hier und konnte diesem Land der Neun-Finger-

Leute nur noch auf dem Wasserweg entkommen.

Dann blickte ich zum Wald hinüber und warf auch einen kurzen Blick zur Seite, auf meinen Bogen. Diesmal würde ich sicherlich tiefer denn je in die Wälder vordringen; würde mehr wilden Tieren begegnen als je zuvor. Lewis sagte, er glaube, in den Bergen gäbe es auch noch Bären und Wildschweine, bei den Wildschweinen allerdings handle es sich meist um davongelaufene Hausschweine; sie verwilderten schnell, sagte er; in ihrem Nacken wächst das Borstenhaar, der Rüssel wird länger, die Fangzähne wachsen, und nach sechs oder sieben Jahren sehen sie aus wie die Wildschweine in den tiefsten Wäldern Rußlands, abgesehen vielleicht von einer Kerbe im Ohr oder einem Ring im Rüssel. Ich wußte, daß uns kaum ein Bär oder ein Wildschwein über den Weg laufen würde; das waren romantische Träume. Aber schließlich war ja die ganze Idee, hier oben auf Jagd zu gehen, solch ein Traum. Einem lebendigen Hirsch den Todesstoß zu geben war nur eine ferne, nebulöse Vorstellung, die die fünfundvierzig Meter entfernte Figur des Papphirsches auf unserem Übungsgelände als Ziel Nummer sechs in mir hervorrief, wenn ich versuchte, die mit einem intensiven Schwarz markierte Herz-Lungen-Gegend zu treffen.

«'nen tollen Hut haben Sie da auf, Mann», sagte Bobby zu dem Alten.

Der Mann nahm den Hut ab und betrachtete ihn prüfend; es war nichts Auffallendes daran; wenn er ihn aber auf seinen Kopf setzte, hatte er den seltsamen, arroganten schiefen Sitz, wie man es nur im ländlichen Süden sieht. Er setzte den Hut wieder auf, genauso schief, aber diesmal nach der anderen Seite.

«Was wissen Sie schon», sagte er zu Bobby.

Drew sagte: «Können Sie uns was über die Gegend hier sagen? Wenn wir zum Beispiel flußabwärts paddeln wollen, nach Aintry, ist das zu schaffen?»

Der Mann wandte sich so abrupt und entschieden von Bobby ab, daß ich unwillkürlich zu Bobby hinübersah, ob er überhaupt noch da war. Bobby lächelte auf eine Art, wie man manchmal lächelt, ehe man irgendeine Gemeinheit sagt.

«Na ja», sagte der Mann. «Ziemlich felsig da unten 'ne Strecke. Wenn's geregnet hat, steht das Wasser hoch, aber über die Ufer tritt es nicht, nur hier und da mal. Daß das Tal überschwemmt wird, da besteht keine Gefahr. Und wennschon, was gibt's da schon. Ich bin noch nicht weitergekommen als bis Walker's Point, ungefähr zwanzig Kilometer von hier, da, wo's felsig wird. Bei Trockenheit sieht man von da oben den Fluß gar nicht mehr; man muß sich schon weit über die Felsen beugen, wenn man ihn überhaupt sehen will. Und weiter flußabwärts soll's noch 'ne große Schlucht geben, aber da bin ich noch nie gewesen.»

«Glauben Sie denn, daß wir den Fluß runterfahren können?» fragte Drew.

«Womit?»

«Mit den beiden Kanus hier.»

«Na, ich tät's nicht gern», sagte der Alte und richtete sich bei diesen Worten auf. «Wenn's regnet, haben Sie bestimmt Ärger. Dann klettert das Wasser im Nu die Felsen hoch.»

«Ach was», sagte Lewis. «Warum soll's denn regnen? Sieh mal da rüber.»

Ich sah hinüber: ein flimmernder, klarer, wolkenloser Himmel. Wenn es so blieb, war alles in Ordnung.

«Wenn's regnet, werden wir schon ein trockenes Plätzchen finden», sagte Lewis. «Das habe ich noch immer geschafft.»

«Na, in der Schlucht werden Sie damit nicht viel Glück haben.»

«Das lassen Sie mal unsere Sorge sein.»

«Schon gut», sagte der alte Mann. «Ich hab Ihnen ja bloß meine Meinung gesagt.»

Drew und Bobby drehten sich um und gingen wieder zum Oldsmobile, und der Texaco-Mann ging neben Drew her. Ich hörte, wie er fragte: «Wem gehört denn die Gitarre da drin?» Dann hüpfte er plötzlich, wie ein Hund auf den Hinterbeinen, zur Tankstelle zurück. «Lonnie», rief er. «Komm doch mal raus da!»

Er kam zurück, und hinter ihm her trottete ein Junge, ein Albino, mit roten Augen wie ein weißes Kaninchen; eins davon schielte wild. Es war das Auge, mit dem er uns anblickte, während sein Gesicht in eine andere Richtung gewandt war. Das gesunde, gerade blickende Auge war auf etwas nicht Vorhandenes im Staub der Straße gerichtet.

«Hol dein Banjo», sagte der alte Mann. Dann zu Drew: «Spielen Sie uns 'n bißchen was vor.»

Drew grinste, ließ das Rückfenster vom Kombi herunter, holte die große, schon etwas ramponierte Gitarre heraus und steckte sich die Zupfer auf die Finger. Er kam wieder zur Kühlerhaube des Olds, schwang sich hinauf und zog das eine Bein etwas hoch, damit er die Gitarre daraufstützen konnte. Eine Minute lang stimmte er sie, und dann kam Lonnie zurück mit einem fünfsaitigen Banjo, dessen Stimmboden aus Lumpen und Gummibändern bestand.

«Lonnie kann nichts, aber Banjo spielen, das kann er», sagte der Alte. «Nie zur Schule gegangen; immer nur im Hof herumgesessen und mit 'm Stock auf 'ner Blechbüchse rumgetrommelt.»

«Was wollen wir spielen, Lonnie?» fragte Drew. Seine Brillengläser blitzten vor Freude.

Lonnie stand da mit seinem Banjo, und seine Augen blickten uns nun

46

beide nicht an, starrten beide in verschiedene Richtungen; wir alle waren im toten Winkel.

«Irgendwas», sagte der Alte. «Spielen Sie irgendwas.»

Drew fing mit ‹Wildwood Flower› an, spielte es in gemäßigtem Tempo und ohne viele Läufe einzuflechten. Lonnie zog an den Gummibändern und spannte den Stimmbogen. Drew spielte voller; die Gitarrenklänge hoben sich von der staubigen Tankstelle hinweg. Ich hatte ihn noch nie so gut spielen hören, und ich hörte jetzt ganz aufmerksam zu, war bewegt, wie jeder unmusikalische Mensch es ist, wenn er bemerkt, daß die Musik tief empfunden ist. Nach einer Weile klang es, als füge Drew jedem Ton, den er spielte, einen zusätzlichen Klang hinzu, ein hohes, spitzes Echo der Melodie, und erst da wurde mir klar, daß es das Banjo war; es wurde so weich und richtig gespielt, daß es klang, als brächte Drews Fingerfertigkeit diese Klänge hervor. Drews Gesicht sah ich zwar nicht, aber sein Nacken drückte reine Freude aus. Er ließ die Melodie verklingen und spielte jetzt nur noch Rhythmus, und Lonnie nahm ihn auf. Er verzichtete auf Betonungen, aber in allem, was er spielte, war ein liebliches, schwereloses Fließen, das ohne Ende schien. Seine Hände, voller langer Schrammen, nahmen sich Zeit; die Finger bewegten sich nur ganz leicht, so wie geübte Finger auf einer Schreibmaschine – die Musik war da, das war alles. Drew fiel in die neue Tonart ein, und im Gleichklang beendeten sie das Spiel. Ein paar Minuten, bevor das Lied endete, ließ sich Drew von der Kühlerhaube heruntergleiten und stellte sich neben Lonnie. Sie brachten ihre Instrumente dicht zusammen und lehnten sich in jener Pose aneinander, wie man sie aus dem Fernsehen von Vokalensembles und sogenannten Folkloregruppen her kennt, und doch hatte ich das Gefühl, etwas Seltenes, Unwiederholbares zu erleben, wie ich sie da stehen sah, den schwachsinnigen Jungen vom Lande und den unauffälligen Städter mit dem breiten Gesicht, den Sonntagsgärtner und Mitglied des Gemeinderats. Drews wegen war ich froh, daß wir hierhergekommen waren. Allein schon um dieses Augenblickes willen würde sich die Fahrt für ihn gelohnt haben.

«Verdammt», sagte er, als sie aufhörten.

«Aber jetzt komm, Drew», sagte Lewis. «Leg das Ding weg. Wir müssen jetzt sehen, daß wir aufs Wasser kommen.»

«Ich könnte den ganzen Tag lang mit dem Jungen spielen», sagte Drew. «Könnt ihr nicht noch eine Minute warten? Ich möchte mir seinen Namen und seine Adresse aufschreiben.»

Er wandte sich erst Lonnie und dann schnell dem Alten zu; er schien Angst zu haben, daß Lonnie weder seinen Namen noch seine Adresse wußte. Sie gingen ein paar Schritte miteinander und standen dann am anderen Ende der Tankstelle und redeten. Dann reichte Drew dem alten

Mann die Gitarre und holte seine Brieftasche und einen Bleistift aus der Tasche und schrieb sorgfältig auf, was der Alte ihm sagte. Einmal berührte der Mann Drews Schulter. Drew kam zurück, und der Alte und Lonnie gingen hinein.

«Wißt ihr», sagte Drew zu uns, «hier möchte ich wieder mal herfahren, nur um noch ein bißchen von dieser Musik zu hören. Ich dachte immer, die guten Spieler vom Lande wären längst alle nach Nashville gegangen.»

«Und was ist nun mit dem Fluß?» fragte Lewis.

«Er hat mir gesagt, daß wir hier in der Nähe der Stadt nirgends zum Fluß runterkommen. Hier ist es zu steil. Aber zehn oder fünfzehn Kilometer weiter nordlich wird das Land flach. Wir müssen noch ein Stück durch die Wälder. Vor ein paar Jahren wurde der Wald da oben gerodet, und er glaubt, daß es dort jetzt noch irgendwo Wege gibt, die zum Fluß hinunterführen.»

«Und wer fährt unsere Wagen?»

«Hier weiß er niemanden, aber an der Straße, die wir nehmen müssen, gibt es zwei Brüder, die eine Werkstatt betreiben, und vielleicht werden die es machen.»

Wir verließen den Ort. Wir waren bereits höher, als ich gedacht hatte. Wir fuhren über eine Brücke, und ganz tief unten, zwischen den vibrierenden Stahlträgern hindurch, flimmerte der Fluß. Er war grün, friedlich, langsam und, wie ich fand, ganz schmal. Er sah überhaupt nicht tief oder gefährlich aus, nur malerisch. Man konnte sich kaum vorstellen, daß er irgendwo durch tiefe Wälder floß oder daß Wild an ihm zur Tränke ging oder daß er gestaut werden sollte und dann einen See bilden würde.

Knapp einen Kilometer nördlich vom Ort hielten wir wieder an. Lewis schlug vor, daß Drew und Bobby noch Lebensmittel besorgen sollten, während wir uns um die Sache mit den Wagen kümmerten. Von dort, wo wir standen, konnten wir die Autowerkstatt der Brüder Griner sehen, und Lewis sagte zu Drew, wir wollten uns in einer halben Stunde dort treffen. Wir fuhren zur Werkstatt und parkten davor.

Sie war an ein Holzhaus angebaut. Wir gingen hin und klopften an die offene Tür. Keine Antwort. Nur der Kopf eines Hundes erschien im Türspalt. Aus dem Blechschuppen drang der Klang von Hammerschlägen herüber, aber als wir hingingen, sahen wir, daß die Tür dort mit einer großen Kette und einem Vorhängeschloß versperrt war. Wir gingen um die Werkstatt herum. Hier stand die Schiebetür halb offen. Lewis ging hinein, ich folgte ihm.

Drinnen war es dunkel und roch nach glühendem Eisen, es lastete jene stickige Hitze in dem Schuppen, die einen in Schweiß ausbrechen läßt, so als habe der Körper nur auf das entsprechende Signal gewartet. Ambosse standen und lagen herum, Ketten hingen herab, dick bedeckt mit Schmieröl. Überall sah man Haken; überall gab es scharfe Kanten – Werkzeuge und Nägel und aufgerissene rostige Blechbüchsen. Auf dem Boden und auf Holzbänken standen Batterien, leuchtend grün, und von überallher, vor allem vom Dach über uns, drang das klirrende Hämmern, das einen taub, ja sogar blind machte. Es war eigenartig, hier zu stehen, unbemerkt, und im Halbdunkel von der metallenen Härte gepeinigt.

Wir gingen auf das Hämmern zu, das sowohl draußen vor dem Schuppen zu sein schien wie auf dem Dach, an den Blechwänden und gleichzeitig auch in uns. Wir waren der Quelle des Geräuschs so nahe, daß wir jedesmal zusammenzuckten, wenn es nach kurzem Aufhören wieder begann. Die Luft hier schien sich um unsere Köpfe zu pressen. Schließlich konnten wir noch ein paar andere Gegenstände erkennen, obgleich es an der Stelle, wo wir uns befanden, dunkler war als dort, wo die Batterien und Ambosse standen. Auf einem Tisch lag eine Radnabe, die sicher zu einem Lastwagen gehörte, und eine große Gestalt beugte sich darüber. Man hatte uns immer noch nicht bemerkt. Ich wollte gerade etwas sagen, als die Gestalt sich aufrichtete und sich umdrehte.

Ohne ein Wort zu sagen, ging der Mann mit ineinanderverschränkten Händen zwischen uns hindurch auf das Lichtfeld der offenen Tür zu. Ich ließ ihn instinktiv vorbei, dachte aber eine Sekunde lang, ich hätte gesehen, wie Lewis ihm den Weg verstellen wollte, und mein Herz blieb fast stehen, da ich nicht verstand, was geschah oder gleich geschehen würde. Lewis' Bewegung auf den Mann zu schien – wenn es tatsächlich eine Bewegung gewesen war – ebenso instinktiv wie mein Zurückweichen, aber bis zum heutigen Tag bin ich mir noch nicht klar darüber, was in diesem Augenblick wirklich geschah; vielleicht war es nur der Wechsel meiner Perspektive, oder es lag an der Dunkelheit. Jedenfalls ging der Mann nach draußen, und wir folgten ihm.

Als wir in die grelle Sonne des grasüberwucherten schmutzigen Hofes traten, stand er mit gepreizten Beinen da und blickte auf seine linke Hand; er hatte sich anscheinend an den dünnen Hautlappen zwischen Daumen und Zeigefinger geschnitten. Er war ein riesiger Kerl, gut zwanzig Pfund schwerer als Lewis, trug Overallhosen und ein altmodisches ärmelloses Unterhemd, hatte eine Eisenbahnermütze auf und an den Füßen Armeestiefel, von denen er einen Teil des Schafts weggeschnitten hatte. Er hielt die verletzte Hand mit der anderen im Sonnenlicht nach unten und drehte sie hin und her. Er sah aus, als müßte er sie mit der ganzen Kraft seiner rechten Hand, ja seines ganzen Körpers, da unten festhalten.

Das waren keine sehr günstigen Voraussetzungen für eine Unterhaltung; ich wollte nur eins: verschwinden, damit ich nicht zu erklären brauchte, was ich hier tat; aber Lewis ging auf den Mann zu und fragte ihn mit einer bei ihm überraschenden Anteilnahme, ob er ihm helfen könne.

«Nein», sagte der Riese und starrte statt Lewis mich an. «Nicht so schlimm, wie ich dachte.» Er holte ein graues Taschentuch aus seiner Tasche, wickelte es um die Hand und zerrte den Knoten mit den Zähnen fest.

Er machte noch einen zweiten Knoten, und dann sagte Lewis: «Ich wollte Sie fragen, ob Sie und noch jemand, vielleicht Ihr Bruder, für zwanzig Dollar unsere zwei Wagen nach Aintry runterfahren könnten. Wenn Sie noch einen dritten brauchen, um mit einem anderen Wagen wieder nach Oree zurückzufahren, kann sich jeder von Ihnen zehn Dollar verdienen.»

«*Weshalb* sollen wir sie da runterfahren?»

«Wir wollen mit dem Kanu den Cahulawassee hinunter, und wir möchten gern, daß unsere Wagen in Aintry sind, wenn wir übermorgen da ankommen.»

«*Im Kanu?*» sagte er und sah von einem zum andern.

«Richtig», sagte Lewis, und seine Augen wurden schmaler. «Mit dem Kanu.»

«Sind Sie schon mal da unten drin gewesen?»

«Nein», sagte Lewis. «Sie?»

Griner wandte Lewis sein massiges Gesicht zu; sie maßen ihre Kräfte, und die Grillen im Gras rings um die Werkstatt gaben das Waffengeklirr dazu ab. Ich sah, daß der Mann gekränkt war; Lewis hatte mir selbst erzählt, nichts sei schlimmer, als wenn man diesen Bergleuten gegenüber zu forsch auftrete.

«Nein», antwortete Griner langsam. «Richtig da unten bin ich noch nicht gewesen. Da gibt's ja nichts zu holen. Nicht mal Fische.»

«Und wie steht's mit Jagen?»

«Was weiß ich? Aber wenn ich Sie wäre, würde ich, glaube ich, nicht da runtergehen. Wozu auch?»

«Weil der Fluß nun mal da ist», sagte Lewis, und diese Antwort galt auch mir.

«*Da* ist er schon», sagte Griner. «Aber wenn Sie nicht mehr rauskommen, dann wären Sie froh, er wäre nicht da.»

Ich fühlte eine Leere in meiner Brust, und mein Herz dröhnte wie ein Schmiedehammer. Am liebsten hätte ich gekniffen, wäre nach Hause gefahren und hätte das Ganze vergessen. Was wir da vorhatten, war mir plötzlich verhaßt.

«Hör mal, Lewis», sagte ich. «Zum Teufel mit der ganzen Geschichte. Laß uns zurückfahren und Golf spielen.»

Er hörte mich gar nicht. «Also, machen Sie's?» fragte er Griner.

«Wieviel haben Sie gesagt?»

«Zwanzig Dollar für zwei, dreißig für drei.»

«Fünfzig», sagte Griner.

«Fünfzig, daß ich nicht lache!» sagte Lewis.

Großer Gott, dachte ich, warum redet er in diesem Ton? Ich war zu Tode erschrocken, und ich nahm es Lewis sehr übel, daß er mich in eine solche Situation brachte. Was bist du auch mitgefahren, sagte ich mir. Aber nie wieder. Nie wieder.

«Wie wär's mit vierzig?» sagte Griner.

Lewis stieß mit dem Fuß einen Stein fort und fragte mich: «Hast du zehn bei dir?»

Ich zog meine Brieftasche, gab ihm das Geld.

«Zwanzig jetzt», sagte Lewis zu Griner. «Den Rest schicken wir Ihnen. Bei zwanzig bar auf die Hand sind wir auch für den Rest gut. Abgemacht? Sonst lassen wir's.»

«Na schön», sagte Griner, aber es klang mehr als unfreundlich. Er nahm die Scheine, musterte sie und steckte sie in die Tasche. Er ging über den Hof zum Haus hin, und wir gingen um die Werkstatt herum zum Wagen zurück.

«Was hältst du davon?» fragte ich Lewis. «Glaubst du, daß wir unsere Wagen je wiedersehen? Das ist ein hartgesottener Bursche. Wenn der und sein Bruder man nicht einfach damit abhauen und sie verscheuern.»

«Schließlich wissen wir, wer er ist», sagte Lewis kurz angebunden. «Und so leicht wird er nicht wieder zwanzig Dollar verdienen. Die Autos sind garantiert da, wenn wir hinkommen, da mach dir man keine Sorgen.»

Nach ein paar Minuten kam Griner mit seinem Bruder, der noch größer war als er, aus dem Haus. Sie wirkten wie zwei ehemalige Fußball-profis kurze Zeit nach ihrem letzten Spiel, die nicht mehr ganz in Hochform sind und jetzt als Nachtwächter arbeiten. Der Gedanke, uns vorzustellen oder ihnen gar die Hand zu schütteln, kam uns gar nicht. Jahre später frage ich mich immer noch, was wohl geschehen wäre, wenn wir es getan hätten.

Hinter uns tauchte Drews Wagen auf. Wir berichteten, was wir abge-macht hatten. Die Brüder und ein anderer Mann – der plötzlich aus heiterem Himmel erschienen war – kletterten in einen alten Ford-Kombi, von dem der Lack in großen Stücken bis aufs Metall abgeblättert war, und folgten uns. Mir schien, es wäre besser gewesen, wenn wir ihnen gefolgt wären, aber Lewis hatte an der Tankstelle erfahren, was er wissen wollte. Er wußte ungefähr, wo der Fluß war, er wußte, daß das Land im Norden flacher wurde und daß man in der Nähe des Flusses Holz geschlagen hatte. Daß all das möglicherweise gar nicht stimmte, machte ihm anscheinend nicht das geringste aus. Er fuhr einfach drauflos.

Nach einer Weile bog er in einen Sandweg ein, den wir eine Zeitlang entlangfuhren. Der ockerfarbene Staub, den wir bei Lewis' wildem Tempo aufwirbelten, legte sich dick auf den hinter uns fahrenden Kombi. Wir kamen an einigen Farmen vorbei, fuhren dann über offenes Feld und gelangten auf einen Weg, der gerade wie eine Ackerfurche zwischen zwei verregneten Kornfeldern hindurchführte und dann in einen Kiefernwald hinein, wo der Weg immer abschüssiger und schlechter wurde. Eine große Kurve brachte ihn schließlich wieder in parallele Richtung zum Highway, und Lewis reckte den Kopf aus dem Wagenfenster, als wollte er den Weg in die Richtung biegen, wo er den Fluß vermutete. Dann bog er plötzlich unerwartet ab, und ich dachte schon, wir wären auf irgendwas draufgefahren. Rumpelnd und klappernd fuhr der Wagen bergab. Lewis beugte sich, Ausschau haltend, über das Steuer vor und fuhr über knackende Büsche hinweg; ich blickte nach hinten. Soweit ich sah, waren die beiden anderen Wagen nicht mehr hinter uns. Ich dachte, Lewis sei vielleicht zu schnell gefahren und die anderen hätten uns aus den Augen verloren, als er abbog, denn wenn sie wie wir abgebogen wären, hätte man sie jetzt sehen müssen.

Der Weg beschrieb einen engen Halbkreis und war dann zu Ende. Vor uns sahen wir ein paar schwarzgefaulte Bretter und dahinter einen grasumwucherten Felskamin. Eine Eidechse lief über einen großen Stein und hielt mit aufgerichtem Kopf inne. Ein ausgedienter Sägebock stand einsam in einer Art Sandgrube.

«Also», sagte Lewis, «hier geht's nicht weiter.»

«Vielleicht sollten die drei uns zeigen, wo der Fluß ist.»

«Mal sehen.»

Er setzte zurück und quälte den Wagen herum, bis wir wieder in die Fahrspur kamen, die wir heruntergekommen waren. Als wir wieder an den Weg kamen, wartete dort der Kombi auf uns und dahinter Drews Wagen. Ich hatte mich schon gefragt, weshalb Drew uns nicht gefolgt war, aber es sah ihm ähnlich, hinter dem Kombi zu bleiben; er hatte keine Ahnung, wohin es ging, und richtete sich einfach nach dem, der es am besten wußte.

Der eine Griner beugte sich aus dem Wagen heraus. «Wohin wollen Sie denn, Stadtonkel?»

Lewis wurde rot. «Fahren Sie vor», sagte er.

«Nee, nee», sagte Griner. «Sie fahren vor. So 'n großen Fluß werden Sie doch wohl noch finden.»

Lewis schoß wieder voran. Wir folgten dem Weg nach rechts, dann wieder nach links und bergab. Plötzlich fiel mir auf, daß zwischen den

Mit wenigen lumpigen Dollars . . .

... läßt sich mitunter mehr erreichen als mit vielen guten Worten. Das ist am Cahulawassee nicht anders als am Rhein oder am Nil.

Geld ist die Sprache, die jeder versteht. Und der Schlüssel, der in alle Türen paßt. Deshalb ist man ohne Geld so oft sprachlos. Und von so vielem ausgeschlossen.

Bäumen viele Baumstümpfe standen.

«Vielleicht ist das hier die Stelle, wo sie Holz geschlagen haben», sagte ich.

Lewis nickte. «Ja, ja, hier haben sie ganz schön herumgesägt», sagte er. «Ich glaube, hier liegen wir richtig.»

Der Weg führte weiter abwärts und wurde immer schlechter, war kaum noch vorhanden. Es war kaum zu glauben, daß hier jemals Fahrzeuge entlanggekommen waren; von Weg konnte hier wirklich keine Rede mehr sein. Wir fuhren langsam weiter. Einmal mußten wir über ein ausgewachsenes Loch hinweg, wobei die Räder kaum noch Halt fanden. Selbst mit einem Jeep hätte man es kaum geschafft.

Ganz unvermittelt fiel das Gelände steil ab, auf eine Art Ufer zu, und ich fragte mich, wie man da wieder hochkommen sollte.

«Halt dich fest», sagte Lewis und ließ den Wagen nach vorn kippen. Es ging mitten durch Rhododendren und Lorbeersträucher. Ein Zweig schob sich ins Fenster und legte sich quer vor meine Brust.

Wir hielten, und mir war, als laste der ganze Wald auf meiner Brust; ich blickte an mir herunter und sah, daß sich ein Blatt am Zweig im Rhythmus meines Herzens bewegte.

Lewis hob einen Finger ans Ohr. «Hör mal», sagte er.

Ich lauschte und entfernte den Zweig nicht. Zuerst hörte ich überhaupt nichts. Aber unter dem Schweigen klang etwas hervor, ein stetiges, eintöniges, nicht enden wollendes Geräusch. Lewis ließ den Motor wieder an, und ich drängte den Zweig aus dem Fenster; wir kamen langsam voran, um uns raschelte und rauschte das Blattwerk. Eine hohe Uferböschung ragte vor uns, und hier hörte das, was vom Weg überhaupt noch zu sehen war, auf. Vor der Böschung befand sich ein schmaler Bach. Ich stieg aus und sah mich unwillkürlich nach Schlangen um. Warum um alles in der Welt bist du bloß hier? dachte ich. Aber als ich mich wieder zum Auto wandte, um festzustellen, was Lewis machte, sah ich mich plötzlich im Rückfenster: ein großer, hellgrüner Waldmensch, ein Forscher, ein Guerilla, ein Jäger. Ich muß sagen, daß mir dieses Spiegelbild gefiel. Auch wenn alles nur Spiel war, eine Scharade, so hatte ich mich doch darauf eingelassen, und ich war hier in den Wäldern, wo Leute wie ich eigentlich nichts zu suchen hatten. Aber für irgend etwas war es sicher gut. Ich berührte den Griff des Messers an meiner Seite und erinnerte mich daran, daß alle Männer einmal Jungen waren und daß alle Jungen ununterbrochen nach Mitteln und Wegen suchen, Männer zu werden. Einige dieser Mittel und Wege sind leicht; man braucht sich nur damit zu begnügen, daß es geschieht.

Lewis ging vor mir her und sprang über den Bach. Er kletterte die Böschung hinauf und stand dann einen Augenblick da, der größte Mann in den Wäldern; die Hände auf die Hüften gestemmt, blickte er zur anderen Seite hinab. Ich kletterte ebenfalls hinauf, ich wollte sehen, was er sah. Als ich oben war und zum erstenmal seit Jahren Schmutz auf meinen Händen spürte, rutschte Lewis auf der anderen Seite hinunter. Von oben sah man weiter nichts als Gebüsch und Wald und Lewis, der in seinem Tarnanzug und seinem australischen Buschhut zwischen den Bäumen entlangging. Mit zwei oder drei weichen, federnden Sprüngen, bei denen meine Tennisschuhe in den moderigen Waldboden einsanken, war ich unten am Fluß. Bäume mit schmalen Blättern, wie Weiden – vielleicht waren es wirklich Weiden –, standen hier dicht an dicht; das Wasser war undurchsichtig, aber es bewegte sich, stand nicht still. Und dann fiel mir das starke Rauschen auf, fast unmerklich waren wir da hineingeraten, und jetzt schien es uns von allen Seiten zu umgeben.

Lewis hüpfte im Zickzack über das vom Wasser überspülte Geröll, und ich folge ihm und hielt mich, wenn möglich, am Gezweig fest. Lewis blieb stehen, und ich holte ihn ein. Er schob einen Arm voll spitzer Blätter beiseite. Ich beugte mich nach vorn und warf einen Blick durch oder vielmehr in das gezackte, zitternde Blattfenster, das er geöffnet hatte.

Vor uns breitete sich der Fluß aus. Er war graugrün, sehr klar und doch irgendwie milchig; man konnte sich vorstellen, wie er an felsigen Stellen weißer aufschäumen würde als anderes Wasser. Er war knapp vierzig Meter breit, flach und ungefähr siebzig Zentimeter bis einen Meter tief. Das Bett war voll von glatten braunen Kieselsteinen. Von dort aus, wo wir standen und auch wegen der Weiden konnten wir nicht sehr weit flußaufwärts oder -abwärts sehen; sondern nur den Teil beobachten, der sich zwischen den von Lewis auseinandergehaltenen Zweigen unseren Blicken darbot; kein Zweig, nicht einmal ein Blatt schwamm auf ihm; Lewis ließ die Zweige los; der grüne Vorhang schloß sich vor dem Fluß.

«Da ist er», sagte Lewis und sah immer noch nach vorn.

«Hübsch», sagte ich. «Wirklich hübsch.»

Wir brauchten ziemlich lange, bis wir die Kanus über den Bach und über die Böschung hinuntergebracht hatten. Lew und Bobby zogen sie am Bug den Hang hoch, an den Bugtauen zerrend, und Drew und ich schoben von hinten. Schließlich rutschten wir mit ihnen zwischen den Weiden hindurch. Zuerst brachten wir das Holzboot aufs Wasser. Lewis stieg in den Fluß, stand bis zu den Knien im Ufermorast und überwachte das Verladen. Beide Kanus hatten Kielplanken, aber sie wurden nur durch ihre eigene Schwere und die Sitze gehalten. Zuerst verstauten wir die wasserempfindlichen Sachen und legten dann die wasserdichten Zeltplanen darüber, die wir an den Bodenleisten befestigten. Drew ließ sich ins Wasser gleiten, und ich tat es schließlich auch. Dann ging Lewis fort.

«Was ist mit deiner Gitarre?» schrie Bobby von der Böschung herunter.

«Bring sie her», sagte Drew. Dann zu mir: «Es macht mir nichts aus, wenn ich das alte Ding auf dem Fluß verliere, aber ich will verdammt noch mal nicht, daß diese Typen damit abhauen.»

«Hoffentlich geht sie nicht drauf, wenn wir mal mit unseren blöden Ärschen im Wasser landen», sagte ich.

«Du mit deinem vielleicht», sagte Drew und versuchte den Tonfall der Einheimischen nachzuahmen. «Aber in dem Fluß hier, da will ich nicht ersaufen. Werd's mit dir halten und nicht mit Mr. Lewis Medlock, dem da, wo über Straßen rast, von denen er nichts nicht weiß.»

«Okay», sagte ich. «In Ordnung. Aber vielleicht solltest du doch bedenken, daß er ziemlich gut mit einem Knau umgehen kann, ich aber nicht. Außerdem ist er bärenstark und gut in Form. Ich aber nicht.»

«Das riskiere ich eben», sagte er. «Und meine Gitarre auch.»

Lewis und Bobby bahnten sich einen Weg durch das Weidengeflecht und schleppten die Vorräte herbei, und Drew und ich stopften alles unter die festgezurrten Zeltplanen, soweit noch Platz war. Lewis wäre besser hier unten bei uns im Wasser geblieben, dachte ich. Er hätte die Boote sehr viel fachmännischer als wir beladen können. Wir glitschten im Schlick herum, die Füße tief im Schlamm.

Schließlich erschien Bobby zum letztenmal zwischen den Blättern. «Wir sind fertig», sagte er.

«Alles klar mit den Wagen?»

«Soweit ich weiß, ja», sagte er. «Lewis verhandelt gerade mit den Kerlen. Ich bin heilfroh, daß wir sie loswerden.»

In der Ferne hörten wir, wie ein Motor angelassen wurde. Mir fiel ein, daß ich überhaupt keine Ahnung hatte, wie der dritte Fahrer im Kombi ausgesehen hatte.

«Ich möchte nur wissen», sagte Bobby, «wie sie verdammt noch mal die Wagen auf die Straße raufbringen wollen.»

«Auch ein Gedanke», sagte Drew. «Was, wenn sie es nicht schaffen?»

«Dann sind wir längst weg», sagte ich. «Und dann ist es ihre Sache.»

«Von wegen ihre Sache», sagte Bobby. «Was machen wir, wenn wir den Fluß geschafft haben und in Dingsbums die Wagen nicht vorfinden?»

Lewis sprach zwischen den Zweigen hindurch. «Sie werden schon dasein», sagte er. «Macht euch deswegen man keine Sorgen.»

Wir hatten uns die Schwimmwesten übergestreift, und ich hielt das hölzerne Kanu fest, damit Bobby hineinklettern konnte. Er watete unsicher durch das Wasser und zog sich dann auf den Vordersitz hinauf. Dann kletterte Lewis ins Boot. Das Gewicht der beiden drückte das Kanu tief ins Wasser, und es lag nun so stabil wie möglich.

«Okay», sagte Lewis. «Laß los.»

Ich ließ los, und sie glitten davon. Ich stand, dem Ufer zugewandt, da und sah ihnen über die Schulter nach. Ich war so tief in den Schlamm eingesunken, daß ich mich fragte, wie ich da wieder herauskommen sollte. Ich stand wie angewurzelt und hielt das Aluminiumboot, während Drew vorn einstieg und das Paddel ergriff.

«Hält man das Ding so? Oder wie?» fragte er mich.

«Ich glaube schon», sagte ich. «Halt es einfach . . . so, wie du es hältst.»

Ich zog den einen Fuß aus dem Schlamm heraus und sank dadurch mit dem anderen noch tiefer ein; dann griff ich nach einem langen Zweig und zog mich daran hoch, wobei die Strömung des Flusses heftig an meinem linken Bein zu spüren war.

«Er läßt mich schon nicht mehr los», sagte ich.

«Wer läßt dich nicht los?»

«Er.»

Ich arbeitete im Schlamm herum und zog mich an dem Zweig heraus. Mit dem einen Fuß trat ich mir einen festen Halt in die Uferböschung und stieg von da aus mit einem Riesenschritt in das Heck von Lewis' Kanu. Alles schaukelte und schwappte. Mit den Paddeln stießen wir uns vom Ufer ab.

Eine unmerkliche Kraft zog uns fort; das Ufer wich langsam zurück. Ich spürte das unterschiedliche Reißen und Ziehen der Strömung, in der sich viele verschiedene Kräfte zu vereinigen schienen, und zugleich hatte ich ein Gefühl wie oft kurz vor dem Einschlafen: man nähert sich etwas Unbekanntem und Unausweichlichem, weiß jedoch, daß man von dort zurückkehren wird. Ich tauchte mein Paddel ein.

Von Wildwestfilmen und Kalendern mit Indianerbildern her hatte ich eine vage Vorstellung davon, was ich jetzt tun mußte. Langsam ließ ich das Paddel durchs Wasser streichen, tauchte es tief ein und zog es links am Boot vorbei. Die Spitze des Bootes, wo Drew saß – ich sah jetzt, daß beim Wenden des Kanus das Hauptproblem darin bestehen würde, ihn dazu zu bringen, sein Gewicht auf die eine oder andere Seite zu verlagern –, schwang schwerfällig auf die Mitte des Flusses zu, wo die Strömung uns stärker erfaßte und schneller vorwärts trieb. Obwohl wir uns nur einfach treiben ließen, war das Gefühl des leichten Dahingleitens schon aufregend genug und wurde nur durch das Gewicht der Ausrüstung und unsere Unsicherheit beeinträchtigt. Lewis und Bobby, etwas weiter flußabwärts, ging es offenbar nicht anders als uns: auch ihre Paddelschläge wirkten hilflos, schienen nicht aufeinander abgestimmt, obgleich Lewis sein Bestes tat. Ich glaubte, er wollte Bobby erst Gelegenheit geben, ein Gefühl für das Wasser zu bekommen und herauszufinden, auf welcher Seite er lieber paddeln würde. Ich sagte Drew, er solle auf der rechten Seite paddeln, und wir versuchten ein paar gemeinsame Schläge, während wir eine besonders flache Stelle passierten, wo das Wasser schneller floß und sich über den graubraunen Kieselsteinen brach und weiß aufschäumte. Das Boot ruckte heftig, als es über die Steine hinweg-scharrte.

«Vorwärts, kräftiger», sagte ich. «Wir müssen herausfinden, wie man das Boot in die Gewalt bekommt.»

Er tauchte das Paddel ein, und wir taten ein paar gleichmäßige Schläge. Auf diese Weise erreichten wir eine gute Geschwindigkeit und näherten uns einer Flußbiegung. Ein- oder zweimal traf ein Paddel auf Grundge-stein, und dabei hatte ich in den Händen ein seltsames, irritierendes und doch irgendwie intimes Gefühl. Wir kamen an die Biegung, als das ande-re Boot gerade dahinter verschwand. Ich paddelte etwas stärker, damit wir genau in der Strömung lagen. Drew warf einen Blick nach hinten, und seine Brillengläser funkelten, aber seine Schwimmweste bewegte sich nicht. Auf der mir zugewandten Gesichtshälfte sah ich sein breites Grinsen. «Hoho!» rief er. «Wie haben wir das gemacht?»

«Ganz gut, oder?»

Als wir die Flußkrümmung verließen, fühlte ich plötzlich, daß irgend etwas nicht stimmte. Entweder lag es am Fluß oder an dem grünen Kanu. Lewis und Bobby trieben quer zur Strömung, die hier schwächer war, und Lewis versuchte, das Kanu wieder auszurichten. Bobby war, soviel ich sehen konnte, völlig verwirrt, obgleich er sein Bestes herzugeben schien. Aber nun trieben sie sogar Heck voraus. Drew legte die Hand über die Augen. Zuerst wollte ich Lewis eine hämische Bemerkung zurufen, aber ich brachte es nicht über mich. Ich hatte oft Lust, über ihn zu spotten, aber ich fand, daß dies nicht der richtige Augenblick dafür war. Drew und ich hatten unsere Paddel eingezogen und verharrten schwei-gend und bewegungslos. Die Strömung war für uns günstig, und so konnten wir in aller Ruhe zusehen. Bobby gab seine Paddelversuche ganz auf, aber Lewis war so entschlossen, es zu schaffen, daß es ihm endlich gelang, das Boot wieder quer zur Strömung zu bringen, aber als er gerade dabei war, es parallel zur Strömung auszurichten, blieb das Boot an ein paar Felsbrocken hängen. Lewis stemmte sich mit den Händen gegen das Gestein, versuchte, sich mit dem Paddel abzustoßen und durch ruckarti-ges Verlagern seines Gewichts das Kanu freizubekommen. Endlich stieg er ins Wasser und zerrte heftig am Boot. Drew und ich waren ganz nahe herangekommen, und ich paddelte gegen die Strömung, damit wir nicht weitertrieben. In einem plötzlichen Impuls stieg ich ebenfalls ins Wasser, um zu helfen. Lew und ich zerrten und schoben, während Bobby im Bug hockte, ausdruckslos, ein Stück Ballast.

Beim Verladen des Kanus hatte ich nicht weiter auf das Wasser geachtet. Jetzt spürte ich es. Ich spürte es als etwas Schweres, dessen Bewegung Jahrtausende hindurch von den Felsformationen und Erdschichten auf Hunderte von Meilen flußaufwärts und flußabwärts bestimmt worden war. Es tat gut, so im Wasser zu stehen; es war so frisch, so wechselvoll und doch beständig, es strömte so vital und unbekümmert um meine Genitalien, daß ich am liebsten drin geblieben wäre.

«Wie wär's mit einem Bier?» sagte ich.

Lewis wischte sich den Schweiß von der Stirn, stöberte unter dem Zeltzeug und den Planen herum und brachte vier Bierdosen zum Vorschein, die er aus einem Plastikbeutel mit halb geschmolzenen Eiswürfeln genommen hatte. Wir steckten unsere Zeigefinger durch die Öffnungsringe und rissen die Blechdeckel auf. Schon beim Beladen der Boote hatten wir Durst bekommen, oder sogar schon vorher, bei der Werkstatt der Brüder Griner. Dort hatte ich mehr Flüssigkeit ausgeschwitzt, als ich je in meinem Körper vermutet hätte. Gemächlich trank ich die Dose in einem einzigen Zug leer.

Ich sah mich um. Zu beiden Seiten des Flusses zog sich das Gelände einer Farm steil in die Höhe, an dem einen Ufer steiler als am anderen, und schien mit dem Wald um seine Existenz zu kämpfen. Als ich flußabwärts blickte, sah ich rechts eine Kuh, die aus einem Wassergraben trank. Dahinter lagen andere Kühe in einer kleinen grasbewachsenen Senke. Kuhdung dunstete in der Nachmittagshitze, und überall, wo er lag, flimmerte eine kleine bedrohliche Wolke von Schmeißfliegen.

Ich hielt die bunt leuchtende Blechdose in das Wasser, bis sie sich gefüllt hatte, und ließ sie dann an meinen aufgeblähten Nylonhosen vorbei auf den Grund sinken.

Lew und ich rissen das Boot mit einem kräftigen Ruck vom Felsen, und ich stieg wieder zu Drew ins Boot. Wir kamen in eine lange, schmale Flußenge und glitten in unserem eigenen Bierschweiß und der schnelleren Strömung dahin.

Das Ufer wurde immer steiler, und der Fluß zog uns stetig auf eine silbern glänzende Highway-Brücke zu. Wir trieben darunter hinweg, und der Brückenbelag klapperte unter einem gerade darüberhin fahrenden schweren Laster.

Die Zivilisation hatte uns wieder. Am rechten Ufer sah man dicht am Wasser ein paar alte Blechschuppen. Der Schlick war mit rostigen Metallstücken, Maschinenteilen und mit blau und grün leuchtenden Flaschenscherben übersät. Aber da war noch etwas Schlimmeres. Einige der Farbtupfen waren mehr als nur Farbtupfen, sie waren grell, unveränderlich. Drew fiel das ebenfalls auf, wenn auch aus einem anderen Grund.
«Plastik», sagte er. «Verrottet nicht.»

«Heißt das, daß man das Zeug überhaupt nicht wieder loswird?»

«Es löst sich nicht wieder auf», sagte er, als fände er das ganz in Ordnung.

In der Dämmerung des Nachmittags strahlten die alten Plastikbehälter ihre Farben aus wie Scheinwerferlicht. Orangefarben, gelb, glänzend blau, «elektrisch blau», wie Martha, meine Frau, sagte, wenn sie von Kleidern sprach. Die weggeworfenen Plastiggegenstände waren unverletzlich in ihrer Farbe – anders als die splittrigen Holzbohlen oder als die goldbraunen Blechbüchsen mit den grausam aufgerissenen Deckeln auf den Müllabladeplätzen der Stadt, die eines Tages wieder zu Erde zerfallen würden.

Allmählich wurde der Himmel rauchdunkel, und um uns war vollständige, undurchdringliche Nacht. Einen Augenblick lang glaubte ich, dies sei der Grund dafür, daß das Wasser nicht mehr jenen milchigen, dabei aber klaren Glanz hatte wie zuvor, als wir die Boote bestiegen. Die Strömung hatte den pfeilschnellen Schwung verloren, die Zielstrebigkeit, die sie bei den Trauerweiden noch gehabt hatte. Eine Veränderung war mit ihr vorgegangen.

Ich zog mein Paddel aus dem Wasser. An dem einen Ende hing eine weiße Feder. Ich schüttelte sie ab und starrte in den Fluß. Rechts von mir glitt etwas Großes, Schmutzigweißes unter Wasser vorüber. Es war ein Baumstamm, über und über bedeckt mit Hühnerfedern, und die Federhärchen waberten im Wasser hin und her – eine vollendete Symbolisierung des Brechreizes. So fühlt man sich, sagte ich mir, wenn einem richtig übel ist.

«Da muß irgendwo eine Hühnerfarm im Ort sein», sagte Drew, halb zurückgewandt.

«Sieht ganz so aus.»

Der Fluß schien sich hier Tag und Nacht zu mausern. Auch die Felsen im Wasser hingen voller Federn, und flußabwärts waren beide Uferseiten damit bedeckt und beflaggt. Der ganze Grund, das ganze Flußbett war von einem siechen Weiß überzogen. Das Wasser um uns her war voll zierlicher Flaumfedern, die sich im Winde hochbogen wie von Kindern ausgesetzte Papierschnipsel, und sie trieben fast so schnell dahin wie wir. Und außerhalb der Federwolke, rechts, begleitet von vier oder sechs Federn, schwamm der Kopf eines Huhns, dessen halb geöffnetes, glasiges Auge mich anstarrte und mit seinem kalten Blick durchbohrte. Wären da noch mehr Köpfe gewesen, so wäre es mir nicht so sonderbar vorgekommen, aber ich sah nur diesen einen, der neben uns dahintrieb, das andere Auge abgewandt. Der halboffene Schnabel trank das schmutzige Wasser. Der Kopf drehte sich nach unten, schwamm einen Augenblick lang so weiter und wurde dann wieder von der Strömung aufgerichtet. Ich hätte ihn beinahe mit der Fläche meines Paddels getroffen, doch er entfernte sich einen halben Meter weit und ließ sich dann wieder neben uns von der Strömung dahintragen.

Auf einem Flußbett von Federn trieben wir dahin, hinweg über ungerupfte Felsen und Stämme im tiefen, träge fließenden Wasser, und ich hatte mich schon damit abgefunden, daß es noch eine Weile so weitergehen würde, da bemerkte ich plötzlich, daß das Getöse in meinen Ohren irgendwie zunahm. Ich konzentrierte mich, und das Geräusch des Wassers wurde stärker und zugleich einen Ton heller. Vor uns lag wieder eine Biegung, und der Fluß schien sich anzustrengen, sie zu erreichen. Wir taten das gleiche.

Hinter der Biegung kam sie in Sicht – die erste weißschäumende Stromschnelle. Überall weiße, springende Blasen, lebhafter Gischt, der nicht gefährlich, sondern spritzig, beinahe heiter wirkte. Man empfand weniger das Toben des Wassers als seine Munterkeit und unaufhaltsame Geschäftigkeit, mit der es sich an den Felsen brach, sich heftig hochkräuselte, kleine Spiralen warf, wieder zusammensank, fiel, sich von neuem hob, über die ausgewaschenen Felsspitzen kleine Sturzkappen bildete und dann weiterfloß zu anderen Wirbeln, wo wir es nicht mehr sehen konnten, über die schwach geneigten langen Stufen des terrassenartig abfallenden Flußbetts hinweg.

Ich suchte nach einer Stelle, wo wir durchkommen konnten. Drew deutete nach vorn, denn Rufen hätte keinen Zweck gehabt. Ich tauchte das Paddel ein. Die Hauptströmung teilte sich vor uns und verlief, soweit ich beurteilen konnte, gerade weiter, obwohl der rascher fließende Arm sich in der Stromschnelle verlor.

«Achte auf die Felsen!» Ich schrie so laut ich konnte. «Wir wollen genau die Mitte halten.»

«Okay», sagte Drew. «Nur los.»

Wir hielten auf die Stelle zu, wo sich die Strömung teilte. Das Kanu schoß davon, und das Wildwasser schleuderte uns hin und her. Wir gerieten in den Sog der Stromschnelle, so daß wir das Gefühl hatten, der Fluß sei unter uns wie ein Teppich weggezogen worden. Wir kratzten, schrammten und polterten über Steine hinweg und versuchten mit aller Kraft, den Bug des Kanus stromabwärts zu halten. Drew plagte sich vor mir mit dem Paddel ab, um an eine ruhigere Stelle zu gelangen. Er verstand nichts von der Sache, doch er behielt die Nerven und verfiel nicht in Panik. Jedesmal, wenn er mit dem Paddel die Seite wechselte, tat ich das gleiche. Jetzt legte sich das Boot schräg, und das Wasser riß uns herum und trieb uns quer zur Strömung wie verrückt vor sich her. Ich fühlte, wie wir die Kontrolle über das Kanu verloren. Aber Drew stemmte sein Paddel richtig gegen den Strom, und ich half nach: wir lagen wieder richtig. Das Kanu kratzte und schlug über das Gestein, aber wir lagen gut in der Strömung, zitterten vor Anstrengung und Glück, als wir über die tödlichen, zerklüfteten Felsen hinwegfuhren.

Ich schrie Drew zu, er solle sein Paddel auf der einen Seite halten und nicht ständig wechseln. Er wählte die rechte Seite – dort schienen die größten Felsen zu sein; man sah sie noch immer unter der Wasseroberfläche drohend aufragen. Ich stieß uns vorwärts, erhöhte die Geschwindigkeit, wo immer es möglich war, und stemmte mich mit meinem Paddel gegen die Strömung, sobald wir den Felsen an der rechten Seite zu nahe kamen. Allmählich nahm unser Kampf die Form gewohnter Arbeit an, und ich fühlte mich sicherer.

Nun konnte ich an Drew vorbeisehen, und ich bemerkte, wie das weiße Wasser langsamer dahinströmte und sich grün und dunkel ausbreitete. Noch ein kurzes Aufbrausen, das uns zwischen zwei riesige Felsen zwang, und dann hatten wir es überstanden.

Drew blickte mit einem Ausdruck freudiger Überraschung zu mir zurück.

«Der alte Lewis», sagte er, «der kennt sich aus.»

Ich sah zu dem anderen Kanu hinüber, das ein Stück vor uns trieb. Bobby und Lewis glitten über das Wasser, das jetzt, nach der Stromschnelle, merkwürdig leblos aussah.

Es war das Wasser des Abends. Die Sonne schien nicht mehr darauf, und das Glitzern auf den Wellen schwand immer rascher. Weit vor uns hörte man das Geräusch von anderen Stromschnellen oder Wasserfällen, und ich hätte gewettet, daß der Fluß auch dort wieder eine Biegung machte.

Ich war furchtbar müde, aber noch nicht zerschlagen. Ebenso wie die Sonne hatte ich meine Energie verloren, und die Nachtkälte fiel mich schneidend an. Ich hatte genug von dem Fluß.

Langsam trieben wir weiter. Die Strömung drang in meine Muskeln ein, in meinen ganzen Körper, so als trüge ich sie in mir. Sie teilte sich mir durch die Paddel mit. Ich fischte zwei Bierdosen aus unserem Proviantsack, riß sie auf und reichte die eine nach vorn. Drew lehnte sich zurück und nahm sie. Ein letzter Widerschein der untergegangenen Sonne funkelte dunkel in seinem einen Brillenglas.

«Wir Pioniere haben schon ein hartes Leben», sagte er und pfiff ein paar Takte aus dem Lied ‹In meinem Birkenrindenkanu› vor sich hin.

Ich hob die Bierdose an die Lippen und trank, ließ die Flüssigkeit so schnell in meine Kehle laufen, wie es ging. Meine Nylonhose trocknete allmählich und klebte unangenehm an den Beinen. Ich lockerte sie etwas und griff wieder zum Paddel. Ich fühlte mich prächtig.

Wir hatten das andere Boot beinahe erreicht. Wir paddelten kaum noch: das Wasser trug uns in die Dunkelheit, die uns, flußaufwärts, entgegenkam. Keine Stromschnellen mehr – obwohl wir sie noch immer in der Ferne hörten –, und wir trieben zwischen felsigen Ufern und hohen Kiefern mit traurig herabhängenden Zweigen dahin. Einmal lief ein kleiner, von Weiden und Büschen gesäumter Weg ein paar hundert Meter am linken Ufer entlang und endete dann vor einem umgestürzten Baum. Im sterbenden Blau zog ein Falke seine Kreise. Die Konturen seiner Flügel hoben sich scharf gegen den dichten Abendhimmel ab.

Wir glitten durch eine stille Wildnis. Ich erinnerte mich an frühere Angstgefühle, und schon packten sie mich. Am stärksten beeindruckte mich die schöne Unpersönlichkeit der Natur. Ich hätte nie gedacht, daß sie mich plötzlich derart und mit solcher Macht packen könnte. Die Stille und das stille Geräusch des Flusses hatten nichts mit mir oder mit irgendeinem von uns zu tun. Sie hatten nichts zu tun mit dem Ort, den wir vor kurzem verlassen hatten, dem schäbigen Ort mit den spärlichen Straßenlaternen in der dunklen Gebirgsnacht, mit den Kneipen und den Gesichtern der Bauern im matten Licht des Marktplatzes oder mit dem einzigen Kino, wo man einen Film zeigte, der in der Nachbarstadt bereits im Spätprogramm des Fernsehens lief. Ich döste, so wie ich es während der Autofahrt mit Lewis am Morgen getan hatte, und sah wieder die blauen Hügel vor mir, denen wir uns näherten, die wechselnden Formen und Farben und Perspektiven. Aber jetzt fuhr ich mit meinen Gedanken irgendwie rückwärts, fort von den Hügeln, an den Strumpfgirlreklamen und Jesusplakaten vorbei, zurück zu den Raststätten, den Motels und dem Einkaufszentrum am Rand der Stadt, in der Martha und Dean waren, und es war wie ein Schock, als mir plötzlich bewußt wurde, daß ich nicht bei ihnen war, daß ich vor mich hin blickte in das düstere Wasser. Martha saß im Augenblick sicher mit Dean vor dem Fernsehapparat und machte sich Sorgen. Sie war es nicht gewohnt, die Nacht ohne mich zu verbringen, und ich sah sie deutlich vor mir, wie sie dort saß, mit gefalteten Händen, in der Pose der tapferen Dulderin. Sie litt nicht gerade schwer, aber immerhin, sie litt, die Füße in warmen Pantoffeln.

Mit ein paar kräftigen Paddelschlägen brachte ich uns dicht an das grüne Kanu heran. Ein Insekt prallte wie ein Geschoß gegen meine Lippen.

«Findet ihr nicht auch, daß wir langsam unser Lager aufschlagen sollten?» sagte ich zu Lewis.

«Ja, finde ich auch. Wenn wir noch weiterfahren, wird das Ufer vielleicht zu steil, und dann kommen wir nicht mehr rauf. Sucht ihr auf der linken Seite, und wir beide suchen auf dem rechten Ufer nach einem geeigneten Platz!»

Wir passierten gerade ein paar kleine, im Zwielicht phosphoreszierende Stromschnellen, fühlten dabei kaum mehr als eine leichte Änderung der Strömung unter uns, aber das genügte, um uns an die Mühe und den Ärger denken zu lassen, die wir haben würden, wenn wir die Ausrüstung in der Dunkelheit durchs Wasser an Land tragen mußten. Die Bäume und Büsche in meinem Blickfeld wurden langsam zu einer kompakten Masse, und es wurde immer schwerer, Einzelheiten zu erkennen. Aber rechts vor mir schien sich, ungefähr einen Meter über der Wasseroberfläche, ein Ufervorsprung zu befinden. Ich machte Lewis darauf aufmerksam, und er nickte. Ich steuerte das Boot ans Ufer, indem ich gegen die Strömung paddelte. Mit einem weichen, dumpfen Ruck stießen wir ans Ufer. Ich stieg vorsichtig ins Wasser und hielt das Boot fest; die glitschige Kälte um mich herum war voller nächtlicher Lebewesen. Drew kletterte ans Ufer und band das Kanu an einem kleinen Baum fest. Ich zog mich an der Böschung hoch; Bobby und Lewis manövrierten ihr Boot längsseits. Die Haare auf meiner Schulter sträubten sich vor Unbehagen.

Wir holten unsere Sachen aus den Booten und begannen das Lager aufzuschlagen. Lewis hatte ein paar starke Taschenlampen mitgebracht, die er jetzt an Baumstümpfen und in Astgabeln befestigte, damit der Platz gut beleuchtet war. Innerhalb und außerhalb dieses Lichtkreises verrichteten wir die uns noch nicht vertraute Arbeit. Lewis schien genau zu wissen, wo sich alles befand, und ging herum und legte alles so auf dem Boden zurecht, daß ein richtiges Lager daraus entstehen konnte: die beiden Zelte, den Grill, die Luftmatratzen, die Schlafsäcke. Drew und Bobby schafften nicht gerade viel, obgleich sie sich alle Mühe gaben, sich nützlich zu machen; ich sah ein, daß es sinnlos war, herumzustehen und Lewis alles allein machen zu lassen, obgleich er es sicher auch ohne mich geschafft hätte. Ich war müde und beschäftige mich darum unwillkürlich mit den Dingen, die etwas mit Schlaf zu tun hatten. Ich pumpte die Luftmatratzen mit einem Handblasebalg auf, alle vier. Das dauerte eine gute halbe Stunde. Ich pumpte und pumpte, während der Fluß vor mir schwach leuchtete und der Wald hinter mir schwärzer und schwärzer wurde.

Lewis stellte die Zelte auf, und Bobby und Drew machten sich unter großem Getue ans Holzsammeln. Als die Zelte standen und wir die Luftmatratzen und Schlafsäcke und in jedes Zelt eine Taschenlampe hineingebracht und die Schlangengitter aufgestellt hatten, war mir schon sehr viel besser zumute: wir hatten den Platz kolonisiert. Dann machte ich mich mit einer Taschenlampe auf, um auch noch etwas Holz zu suchen. Wenn ich einen von den anderen traf, richtete ich den Lichtstrahl auf seine Brust oder auf seine Seite, um ihn nicht zu blenden, aber irgendwie gefiel mir das nicht; denn von unten beleuchtet wirkte Bobbys Gesicht fettig, mongoloid, und Drews Gesicht sah aus, als habe man es mit Sandgebläse bearbeitet, denn da, wo seine Aknenarben waren, wurde es von nadelscharfen Schatten durchbohrt. Lewis' Gesicht veränderte sich kaum, was mich seltsamerweise gar nicht überraschte. Der lange Schatten seiner Nase kroch zwischen den Augen empor, seine Brauen standen etwas stärker ab als sonst, aber seine tiefe Stimme kam immer genau von da, wo man sie zu hören erwartete.

Er und ich standen nebeneinander und richteten die Taschenlampen auf den Fluß. Das Licht kräuselte sich leicht und schäumte wie weißes Wasser auf der ruhigen Strömung. Es war ein schöner, ein melancholischer Lagerplatz. Es machte mir Spaß, mit meiner Taschenlampe dazustehen und ihren Schein abwechselnd flußaufwärts und flußabwärts zu richten, aber dann dachte ich, es wäre wohl angebrachter, etwas Nützlicheres zu tun. Also holte ich meinen ungespannten Bogen hervor und hängte ihn an einen Zweig, damit alles aussah wie ein richtiges Jagdlager. Dann fettete ich wegen der Nachtfeuchtigkeit die Pfeilspitzen ein. Lewis kam zu mir herüber und fuhr mit der Hand über den Bogengriff.

«Immer noch das alte Katapult, was?»

«Klar», sagte ich.

«Findest du die Howard-Hill-Pfeilspitzen gut?»

«Ja, ich glaube schon, daß sie gut sind. Als ich neulich den *Bogenschützen* las, stand da, daß doppelte Spitzen größere Durchschlagskraft haben. Und die müssen es schließlich wissen.»

«Sind diese Spitzen denn nicht stärker windempfindlich?»

«Ich habe bisher nur auf Baumstämme und Erdziele geschossen, aber sie halten genau die Richtung, soweit ich das beurteilen kann. Mit diesem Bogen jedenfalls.»

Bobby schenkte jedem von uns einen großen Bourbon ein, und wir tranken, während Lewis im Schutze eines Steinwalls Feuer machte. Die Steine hatte er teils aus dem Boden geklaubt und teils bei den Zelten aufgesammelt. Er hatte Steaks mitgebracht. Er wartete, bis das Feuer nicht mehr loderte, und stellte dann die Pfanne darauf und tat Butter und Fleisch hinein.

Der Geruch der rauchig-dampfenden Steaks war wunderbar. Wir gossen uns noch einen Bourbon ein, setzten uns auf den Boden und betrachteten den Feuerschein, der sich wabernd, aber dennoch stetig im Wasser spiegelte. Furcht, Aufregung, die Aussicht auf das Essen – alles vermischte sich in meinen Gedanken. Ich empfand Befriedigung darüber, daß wir an einem Ort waren, wo uns niemand – aus welchen wichtigen Gründen auch immer – finden konnte, daß um uns herum die Nacht war und daß wir nichts daran ändern konnten.

Der bleiche Schein der Flammen auf dem Wasser floß mit der Strömung nicht fort, und das faszinierte mich . . . Die Flammen spielten und tanzten auf der Stelle, wie ein unverwundbarer, todessüchtiger Geist. Wir saßen da, ohne zu sprechen, und deshalb war ich stolz auf uns, und besonders stolz auf Lewis, aber ich hatte Angst, daß er gleich mit irgendwelchen Erklärungen anfangen würde. Ich streckte mich auf dem Rücken aus, parallel zum Fluß.

Als ich die Augen öffnete und zum Wald hinübersah, war es vollkommen dunkel. Ich glaubte schon lange Zeit so gelegen zu haben. Aber dann belebte sich der Raum um mich her plötzlich. Es war Drew mit seiner Gitarre. Ich richtete mich auf, und das Wasser schien nun bereit, die Flammen zu verschlingen, obgleich sie noch immer leicht und gewichtslos auf den Wellen tanzten.

Drew spielte leise, zupfte dann kräftig an einer tiefen Saite, und der klang formte sich langsam, floß in die Weite.

«Das habe ich mir schon immer gewünscht», sagte er. «Ich wußte es nur nicht.»

Er legte den Kopf zurück und schlug eine Saite nach der anderen an. Sie schimmerten in der Dunkelheit, formten vibrierende Gebilde, einsam und voll Harmonie. Dann spielte er einzelne Töne und griff auch in die Bässe.

«Waldmusik», sagte er. «Findet ihr nicht auch?»

«Ja, wirklich», sagte ich.

Ich liebte die kräftigen, nasalen Töne, das stählerne Summen und das helle Klirren, das dem fernen Klang von Hämmern auf Eisenbahnschienen glich. Drew spielte tief und klar; nichts hätte uns glücklicher machen können. Er spielte alte, bekannte Lieder: ‹Expert Town› und ‹Lord Bateman›; er spielte ‹He Was a Friend of Mine› und ‹Shaggy Dad› und Leadbellys ‹Easy, Mr. Tom›.

«Dafür müßte ich eigentlich eine Zwölfsaitengitarre haben», erklärte er, aber es klang trotzdem gut.

Lewis brachte die gebratenen Steaks, während Drew noch spielte, und dann aßen wir, jeder zwei kleine Steaks und dazu große Scheiben Weißbrot, das Lewis' Frau selbst gebacken hatte. Danach tranken wir noch einen Bourbon. Das Feuer ließ uns langsam im Stich. Auf dem Fluß war sein Widerschein bereits erloschen.

«Euch ist sicher klar», sagte Lewis, «daß uns für so was nicht mehr allzu viele Jahre bleiben.»

«Da hast du wohl recht», sagte ich. «Und ich kann dir sagen, ich bin froh, daß wir gefahren sind. Ich bin froh, hier zu sein. Ich möchte im Moment nirgendwo anders sein.»

«Du hast recht, Lewis», sagte Bobby. «Du hast recht wie immer. Es ist großartig. Und ich finde, daß wir gut mit dem Fluß zurechtgekommen sind. Ich meine als Amateure.»

«Ja, gut genug, glaube ich», sagte Lewis. «Aber ich bin heilfroh, daß sich unser verdammtes Boot nicht noch einmal gedreht hat, als wir ins Wildwasser kamen. Das hätte übel ausgehen können.»

«Aber wir haben's geschafft», sagte Bobby. «Und ich glaube nicht, daß es noch mal passieren wird, oder?»

«Hoffentlich nicht», sagte Lewis.

«He, Leute, auf in die Schlafsäcke», sagte ich und reckte mich.

«Übrigens hatte ich meinen ersten feuchten Traum in einem Schlafsack», sagte Lewis. «Ob ihr's glaubt oder nicht.»

«Wie war's denn?» fragte Bobby.

«Phantastisch. War nie wieder so.»

Schließlich stand ich auf und stolperte ins Zelt. Ich war hundemüde und verfluchte die Schnürsenkel meiner Tennisschuhe, die im Wasser ganz steif geworden waren, so daß ich sie nicht aufknüpfen konnte. Ich zog die Schuhe mit Gewalt aus, warf alles andere von mir, kroch in den Schlafsack und zog den Reißverschluß hoch. Draußen am Ufer spielte Drew immer noch auf seiner Gitarre. Wie aus weiter Ferne hörte ich ihn hohe Molltöne versuchen. Ich legte mich zurück ins Weiche und wühlte mich in die elastische Luftmatratze. Ich knipste die Taschenlampe aus und schloß die Augen.

Ich war weit weg und zugleich ganz da. Tot wie ein Stein lag ich da und horchte in die Nacht. Worauf, wußte ich nicht. Vielleicht war es eine feurige menschliche Stimme, das unirdische betrunkene Heulen eines Menschen – vielleicht war es das Heulen des alten Tom McCaskill, der an seinem Lagerfeuer hockte und in die Nacht hinausschrie.

Dann war wieder alles still. Ich drehte mich auf die andere Seite und sah Drew, der nun neben mir lag, die Hand an der Naht des Schlafsacks.

Zu meinen Füßen hörte ich das Rauschen des Flusses, und hinter meinem Kopf war der Wald, unvorstellbar dicht und dunkel. In ihm gab es nichts, was mich kannte. Es gab da Lebewesen, die eine Pfote erhoben hatten und sie nicht wieder auf das Laub zu setzen wagten, weil sie fürchteten, ein Geräusch zu machen. Es gab da Augen, die für die Dunkelheit geschaffen waren. Ich öffnete meine Augen und erblickte die Dunkelheit in ihrer ganzen Schwärze. Ich sah Marthas Rücken vor mir, wie er sich hob und senkte und sich schließlich im Atelier auflöste, denn wir hatten gerade festgestellt, daß die Fotos, die wir geschossen hatten, nicht gut waren, und wir hatten das Modell wieder zurückgerufen. Wir hatten uns auch mit der Idee des Verkaufsmanagers von Katts angefreundet, der das Reklamebild so gestalten wollte, wie es die Leute von Coppertone mit dem kleinen Mädchen und dem Hund gemacht hatten. Wilma, die Sekretärin, preßte die Krallen der Katze heraus und drückte sie tief in die Hinterseite von dem Höschen des Fotomodells. Da war Thad, und da stand ich. Das Höschen dehnte sich, die Katze zerrte daran und versuchte, ihre Krallen aus der Wolle zu lösen, sprang dann plötzlich hoch und krallte sich in das Gesäß des Mädchens. Das Mädchen kreischte auf, der Raum brach in Panik aus, sie wirbelte die Katze im Kreis herum, dieses kleine orangefarbene Gebilde des Schreckens, das mit der einen Pfote noch immer am Höschen des Mädchens hing, es halb herunterzog und dabei mit den Krallen im Gesäß und hinten am Oberschenkel des Mädchens wühlte. Ich war gelähmt. Niemand rührte sich, niemand unternahm etwas. Das Mädchen schrie, sprang herum und griff nach hinten.

Ein Gegenstand traf die Spitze des Zeltes. Ich dachte, er gehöre zu meinen Gedanken, weil das Atelier kein Traum war. Ich streckte die Hand aus. Der Stoff des Zeltes vibrierte schwirrend wie ein Segel. Irgend etwas schien sich in die Spitze des Zeltes gekrallt zu haben. Die Plane zitterte unter dem heftigen Griff. Aus dem Innern meines Herzens kam mir beklemmend zum Bewußtsein, wo ich mich in Wirklichkeit befand. Ich griff nach dem kühlen Schaft der Taschenlampe zwischen den Luftmatratzen, schaltete sie an und richtete den schwachen Lichtstrahl erst auf den Zelteingang, dann nach oben. Ich sah nur die schmale, graugrüne Zeltnaht, bis ich die Stelle über meinem Kopf erreichte: der Stoff war durchlöchert, und durch das Loch griff jetzt eine deformierte Faust, eine Reihe von scharfen, gebogenen Krallen. «Raubvogelkrallen», sagte ich laut.

Ich lag da, kurz vor einem Schweißausbruch, und sah unter meinen fast geschlossenen Lidern hoch, und in meine Furcht mischte sich Selbstironie. Denn schließlich war eine Eule nichts so überaus Gefährliches. Jetzt durchbohrte auch ihre andere Klaue das Zelt, langsam und bestimmt, und sie verlagerte ihr Gewicht, bis ich fühlte, daß sie ihr Gleichgewicht gefunden hatte. Die Krallen lockerte sie nicht, aber das Zelt bebte jetzt weniger. Dennoch hatte man das Gefühl, gleich davongetragen zu werden. Ich döste kurz ein und versuchte mir vorzustellen, wie das Zelt von außen aussehen mochte, mit einem großen Nachtvogel – nach der Form von Krallen und Klaue mußte er groß sein –, der oben in seinem eigenen Schweigen und Gleichgewicht saß und uns wie eine Beute in unserem Schlaf festhielt.

Die Krallen griffen etwas fester zu, der Stoff des Zeltes riß, und dann schlug ein schwerer Gegenstand darauf; mir schien es seltsam, daß wir uns immer noch auf dem Boden befanden. Ich sank zurück und begriff, daß ich den ersten Schlag der Eulenflügel gehört hatte, kraftvoll und fast ohne Geräusch, den Schlag, mit dem sie sich in die Luft aufschwang.

Ein wenig später hörte ich aus der Tiefe meines Schlafes das Rauschen der Bäume. Und dann wurde das Zelt geschüttelt – die Eule hatte wieder ihren Platz eingenommen. Ich wußte es, bevor ich die Taschenlampe anknipste, die ich immer noch in der Hand hielt und die jetzt so warm war wie mein Körper. Ich sah die Klaue mit den Krallen, die wieder eindrangen. Ich zog meine andere Hand aus dem Schlafsack und sah sie durch das dünne Licht zaghaft nach oben wandern, bis ein Finger den kalten, reptilartigen Nagel der einen Kralle berührte. Ich wußte nicht, ob die Eule meinen Griff fühlte; ich dachte, sie würde vielleicht davonfliegen, aber sie tat es nicht. Statt dessen verlagerte sie wieder ihr Gewicht, und die Krallen der Klaue, die ich berührte, lockerten sich eine Sekunde lang. Ich legte meinen Zeigefinger zwischen Kralle und Zelt, halb um den rissigen Hornhautballen. Der Griff wurde fester, stark, nervös, zögernd, schmerzte jedoch nicht. Ich zog so lange, bis mein Finger wieder frei war, und jetzt flog die Eule auf.

Die ganze Nacht lang kam sie immer wieder und begab sich von der Spitze des Zeltes aus auf Jagd. Wenn sie zu uns kam, sah ich nicht nur die Klaue; ich konnte mir vorstellen, was die Eule tat, wenn sie weggeflogen war, wenn sie durch die Bäume flatterte und alles sah. In meinem Kopf stand der Wald in Flammen. Bei Morgengrauen konnte ich mit der Hand nach oben langen und die Krallen berühren, ohne vorher Licht angemacht zu haben.

15. September

Ich wachte immer wieder auf, und als ich endlich richtig wach war, hing das Moskitonetz still und grau vom Zelteingang herunter. Drew steckte tief in seinem Schlafsack und hatte den Kopf auf die mir abgewandte Seite gedreht. Ich hielt die Taschenlampe noch in der Hand und versuchte, mir den kommenden Tag vorzustellen. Er war vom Fluß beherrscht, aber bevor wir uns wieder der Strömung anvertrauten, konnten wir noch andere Dinge tun. Ich dachte daran, daß wir an einem Ort waren, wo keine – oder fast keine – von meinen täglichen Pflichten irgendeinen Sinn hatte. Es gab keinen gewohnten Handgriff, auf den ich mich jetzt verlassen konnte. War das Freiheit? Ich fand keine Antwort.

Ich zog den Reißverschluß auf und rollte mich mit angehaltenem Atem aus dem Schlafsack. Die eigene Wärme wich langsam aus meinem Körper, als ich mich freimachte und noch einen raschen Blick nach oben durch das Eulenloch warf. Ich zog meine Tennisschuhe an und horchte auf das leise Rauschen des Flusses, bevor ich aufstand.

Es war merkwürdig warm, ruhig und dumpf, und der Fluß zog unter dichten Nebelfahnen dahin, die nur wenig langsamer vorankamen als der Strom und in riesigen, formlosen Schwaden heranwogten. Sie hingen am Ufer und krochen auf mich zu, während ich sie beobachtete. Und in ihrem Schweigen wurde mir plötzlich klar, daß ich auf ein Geräusch von ihnen gewartet hatte. Ich blickte auf meine Beine, und sie waren verschwunden, und meine Hände auch. Ich stand da, und der Nebel fraß mich bei lebendigem Leib.

Ich hatte eine Idee. Ich ging zurück zu meinem Segeltuchsack, holte eine lange Unterhose und ein Unterhemd mit Ärmeln heraus und zog beides an. Das Unterzeug hatte fast die gleiche Farbe wie der Nebel. Mein Bogen war mit weißer Glasfiber verkleidet – in grünen und braunen Wäldern meist ein Nachteil, aber jetzt war das sehr günstig. Ich bespannte ihn mit der Kraft meines ganzen Körpers, nahm dann einen Pfeil aus dem Köcher und ließ die Zelte hinter mir. Der Nebel floß über sie hinweg und wirbelte leicht, mit der Bewegung strömenden Wassers, um sie herum. Er stieg hinauf in die Wälder, eine lange, schmale, tief eingeschnittene Schneise hinauf, ein Hohlweg vielleicht, und ich folgte ihm und dachte jetzt nicht mehr daran, Lewis zu wecken. Ich konzentrierte mich darauf, möglichst geräuschlos zu gehen. Ich konnte nicht weit sehen, aber wenn ich immer in der Schneise blieb, würde ich das Lager jederzeit wiederfinden können, auch wenn der Nebel noch dichter wurde. Ich brauchte mich nur umzudrehen und so lange zu gehen, bis ich fast –

oder tatsächlich – über die Zelte stolperte. Ich bemühte mich, unter diesen Bedingungen ein persönliches Verhältnis zum Wald zu gewinnen, und dann war ich kaum noch von einem Baum zu unterscheiden.

Zunächst hatte ich gar nicht richtig ans Jagen gedacht. Ich wußte nicht genau, was ich tat, ich wußte nur, daß ich vorsichtig weiterging, weg vom Fluß, hinein in eine immer größere Stummheit und Blindheit, denn jetzt überholte mich der Nebel und schlug mir schwer und feucht ins Gesicht. Ich trug den Bogen mit dem eingelegten Pfeil und drei weiteren Pfeilen in der einen Hand und strich mit der anderen leicht über die straffe Sehne. In den Fingern meiner rechten Hand vibrierte sie wie ein Draht, dessen Elektrizität aus dem Wald und dem Nebel zu kommen schien und von der Tatsache, daß ich jetzt nicht mehr so tat, als wollte ich jagen, sondern wirklich jagte. Bevor ich in den Wald ging, hinter den Zelten, hatte ich, da ich über die Jagdwerkzeuge verfügte und sie zu gebrauchen wußte, nur daran gedacht, so zu tun, als ob ich gejagt hätte. Ich hatte lediglich die Absicht, so lange fortzubleiben, bis die anderen aufwachten und feststellten, daß ich weg war – ich hatte mir ausgemalt, wie ich in der Schneise saß, auf meine Uhr schaute und eine halbe Stunde abwartete. Dann hatte ich mit dem Bogen über der Schulter zurückgehen und den anderen erzählen wollen, ich sei nur fortgewesen, um mich ein wenig umzuschauen. Das hätte meinen Stolz befriedigt.

Aber jetzt nicht mehr, nicht mehr ganz. Ich suchte jetzt wirklich und horchte, und meine Beine und Arme und Hände nahmen ein eigenes Leben an. Ich war, zumindest auf eine Entfernung bis zu gut dreißig Metern, ein sicherer Bogenschütze, und weiter würde ich in der nächsten halben Stunde bestimmt nicht sehen können. Wenn ich auf Wild stieß, würde ich es schon erlegen; ich wußte, daß ich es tun konnte, und ich wollte es auch.

Der Nebel war noch immer ziemlich dicht, aber der Hohlweg stieg an, und als ich höherkam, wurde er dünner, und es gab etwas Licht, zuerst Licht, und dann drangen Dinge durch den Nebel, Blätter und Zweige. Die Wände des Grabens – jetzt konnte ich erkennen, daß es ein Graben war, wo ich mich befand – waren nicht sehr hoch. Sie reichten mir kaum bis an die Schulter, und ich hatte den Waldboden auf beiden Seiten ganz gut im Blick. Nichts regte sich, und es herrschte die Stille der Leblosigkeit; trotzdem bemühte ich mich, so leise wie nur irgend möglich zu sein, für den Fall, daß doch etwas dort war. Der nasse Boden half mir dabei. Soweit ich beurteilen konnte, hatte ich auf meinem Gang hierher kaum ein Geräusch gemacht, und ich dachte daher, vielleicht sei ich theoretisch kein schlechter Jäger – zumindest dachte ich das eine ganze Zeitlang.

Ich ging weiter, und der Graben war jetzt nur noch eine eingesunkene

Rinne. Um mich schwebten noch die letzten Nebelfetzen. Ich wußte, daß es besser war, nicht weiterzugehen, denn sonst erkannte ich unter Umständen den Graben nicht mehr. Ich blieb stehen und wandte mich um. Da war nichts, was ich nicht schon gesehen hatte.

Ich ging wieder zurück, und bemühte mich, so tief in den Wald hineinzusehen, wie ich konnte. Der Graben wurde allmählich wieder tiefer, seine Ränder reichten mir bis zum Auge. Der Nebeldunst begann mir in kleinen Bällchen ins Gesicht zu rollen. Ich fürchtete schon, hinter den Zelten vorbei geradewegs in den Fluß zu laufen, als ich zu meiner Linken sich etwas bewegen sah. Ich hielt inne, und der Nebel reichte mir bis zum Kinn. Knapp fünfzehn Meter von mir entfernt, noch eben in Sichtweite, stand ein kleiner Hirsch, ein Vierender, soweit ich erkennen konnte. Er äste, er war nur der Schatten eines Hirsches, aber immerhin ein Hirsch. Er hob den Kopf und blickte mir direkt ins Gesicht, das aus seiner Perspektive wie ein seltsam geformter Stein am Boden aussehen mußte, wenn er es überhaupt sah. Ich stand da, bis zum Hals im Graben, in der Tiefe des Waldes.

Er stand mir seitwärts zugewandt; ich hatte aus dieser Entfernung schon tausend Ziele getroffen, die nicht halb so groß gewesen waren wie er, und als ich daran dachte – als auch meine Augen und Hände daran dachten –, wußte ich, daß ich ihn genauso leicht treffen konnte wie den Umriß eines Hirsches auf der Zielscheibe. Ich hob den Bogen.

Er hob den Kopf ein wenig und senkte ihn dann wieder. Rechts von meinem Gesicht zog ich die Sehne zurück und zielte. Einen Augenblick lang hielt ich den Bogen so stark gespannt wie möglich. Meine Kräfte strömten aus mir hinaus in den Bogen. Der Pfeil zeigte genau auf das Blatt. Ich mußte ein wenig nach oben halten und tat es auch, obgleich das bei dieser geringen Entfernung wohl kaum eine Rolle spielte.

Ich ließ den Pfeil los, wußte aber im gleichen Augenblick, daß es ein schlechter Schuß war, nicht sehr schlecht, aber schlecht genug. Denselben Fehler hatte ich oft bei Bogenturnieren gemacht: beim Loslassen der Sehne hatte ich die Hand mit dem Bogen unmerklich angehoben. Beim Schwirren der Sehne sprang der Hirsch auf, und er warf sich herum, als der Pfeil ihn eigentlich hätte treffen müssen. Zuerst bildete ich mir ein, der Pfeil hätte ihn weiter oben, an der Schulter, durchbohrt, aber ich hatte deutlich gesehen, daß die orangeroten Federn am Pfeilende über seine Schulter hinweggeflogen waren. Vielleicht hatte ich ihn gestreift, aber ich war sicher, daß er kein Blut verloren hatte. Er lief ein Stück, wandte dann den Kopf und sah mich an. Ich holte einen anderen Pfeil aus dem Köcher und legte ihn an, aber aller Mut hatte mich verlassen. Ich zitterte und konnte den Pfeil kaum an die Sehne anlegen. Ich hatte den Bogen erst halb gespannt, als der Hirsch endgültig davonsprang. Trotzdem schoß ich und sah den Pfeil davonjagen, genau in die Richtung, wo das Tier eben noch gewesen war.

Keuchend und schwitzend sog ich den Nebel ein und stieß das dampfende Luftgemisch wieder aus. Mühsam atmend ging ich bergab zum Flußufer zurück, wobei ich die Arme ausstreckte und die Hände in Gesichtshöhe hielt. Ich erblickte die Zelte, erst das eine, dann das andere, das in dem Dunst genauso aussah. Es waren niedrige, dunkle Flecken, und daneben unterschied ich andere undeutliche Formen, die sich nicht recht in diese Umgebung einfügten.

Lewis war aufgestanden und versuchte, ein Feuer aus nassen Zweigen und Ästen zu machen. Während ich noch die Sehne vom Bogen löste, kamen auch die anderen aus den Zelten.

«Na, was hast du geschafft?» fragte Lewis und blickte auf die beiden leeren Schlitze im Köcher.

«Ich habe auf etwas geschossen.»

«So, hast du?» fragte Lewis und richtete sich auf.

«Ja. Auf fünfzehn Meter Entfernung, aber ganz schön daneben.»

«Wieso denn das? Wir hätten einen Braten brauchen können ...»

«Ich habe den Bogen beim Loslassen etwas angehoben, glaube ich. Meine Nerven haben mich im Stich gelassen. Ich weiß verdammt nicht, woran es gelegen hat. Ich hatte ihn so gut im Visier. Er wurde immer größer. Es war, wie wenn man auf die Wand eines Zimmer schießt. Aber ich habe ihn trotzdem verfehlt. Es handelte sich nur um den Bruchteil einer Sekunde, in dem Augenblick, als ich den Pfeil losließ. Irgendeine Stimme in mir befal, die Hand zu heben, und ehe ich's mich versah, hatte ich es schon getan.»

«Verdammt», sagte Bobby. «Alles Psychologie. Oder die Wissenschaft vom Wald ...»

«Es werden sich noch andere Gelegenheiten finden», sagte Drew. «Wir haben noch viel vor uns.»

«Ach, wennschon», sagte ich. «Wenn ich ihn wirklich getroffen hätte, wäre ich jetzt noch immer im Wald auf seiner Spur. Und in diesem Nebel wäre er schwer zu finden. Und ich wäre es auch.»

«Du hättest ja die Stelle, an der du geschossen hast, markieren und zurückkommen und uns holen können», sagte Lewis. «Wir hätten ihn leicht gefunden.»

«Jetzt würdest du ganz schön suchen müssen», sagte ich. «Vermutlich ist er schon in einem ganz anderen Revier.»

«Das glaube ich auch», sagte Lewis. «Aber es ist wirklich schade. Was ist mit meinem treffsicheren Sportsfreund geschehen?»

«Dein treffsicherer Sportsfreund ist explodiert», sagte ich. «In alle Richtungen.» Lewis sah mich an. «Ja, dir wäre das nicht passiert», fuhr ich fort. «Du brauchst es mir gar nicht erst zu sagen. Dann hätten wir Fleisch gehabt. Und ein ewiges Leben. Und wenn du es genau wissen willst, ich wollte, du wärst da oben gewesen und ich wäre mit dir gegangen. Ich hätte den Bogen gar nicht erst gepannt und in aller Ruhe zugesehen, wie du dem Hirsch einen Blattschuß verpaßt hättest. Direkt in den Kesselraum. Auf fünfzehn Meter Entfernung eine Kleinigkeit. Ich habe da oben tatsächlich die ganze Zeit an dich gedacht.»

«Gut, aber das nächste Mal denk nicht an mich. Denk lieber an den Hirsch.»

Ich ließ es dabei bewenden und ging zu den Zelten, um die Sachen herauszuholen. Lewis gelang es schließlich, ein Feuer zu entfachen. Als die Sonne höherstieg und kräftiger wurde, brannte sie Dunst und Nebel innerhalb weniger Minuten weg. Der Fluß, den wir zunächst kaum hatten erkennen können, war immer deutlicher zu sehen, bis wir schließlich nicht nur die Wasseroberfläche und den Wellenschlag der Strömung, sondern auch die Kieselsteine erblickten, die in seiner Tiefe lagen, im Flußbett, nahe am Ufer.

Wir aßen Pfannkuchen mit Butter und Sirup. Nach dem Frühstück ging Lewis an den Fluß, um das Kochgeschirr abzuwaschen. Ich zog die Luftmatratzen aus den Zelten, nahm die Ventile heraus und legte mich so lange auf jede der Matratzen, bis ich den Boden unter mir spürte und auf dem letzten Hauch der Luft lag, die ich am Abend zuvor hineingepumpt hatte. Wir rollten die Zeltplanen, die noch feucht und von Blättern und Rindenstücken bedeckt waren, zusammen und verstauten sie in den Kanus. Ich fragte die anderen, ob es ihrer Ansicht nach nicht besser wäre, wenn wir uns diesmal anders verteilten, denn ich fürchtete, der ungeduldige Lewis könnte zu Bobby unfreundlich werden, und außerdem schien mir Bobby plötzlich am Rande der Verzweiflung. Offenbar bereute er schon, daß er überhaupt mitgekommen war. Ich dachte, es sei vielleicht das beste, wenn ich mich seiner etwas annahm. Drew hätte bei den Witzen, mit denen Bobby seine Angst zu überspielen versuchte, nicht gelacht, oder jedenfalls hätte er nicht richtig gelacht. Ich dagegen bildete mir ein, daß ich das konnte.

«Wie wär's mit uns, alter Löwe?» sagte ich zu Bobby.

«Okay», sagte er. «Wie weit, glaubst du, werden wir heute kommen?»

«Keine Ahnung», sagte ich. «So weit wie irgend möglich jedenfalls. Es hängt ganz vom Wasser ab und davon, wieviel Stellen wir durchwaten müssen. Alles – die Karte eingeschlossen – behauptet, daß der Fluß bis da unten durch eine enge Felsenschlucht führt. Das beunruhigt mich ein bißchen. Aber ändern können wir daran nichts.»

Bobby und ich stiegen ins Boot und paddelten los, und ich wußte sofort, daß ich es diesmal schwer haben würde. Ich selbst war auch nicht in bester Form, aber Bobby keuchte und stöhnte schon nach hundert Metern. Es gelang ihm einfach nicht, sich auf mich einzustellen, und aus dem ruhigen Boot, das ich mit Drews gleichmäßigen Paddelschlägen gehabt hatte, wurde plötzlich ein nervöses, schwankendes Ding, das verurteilt und entschlossen schien, alles falsch zu machen und uns so schnell wie möglich loszuwerden. Jetzt war ich ganz sicher, daß Lewis von Bobby genug hatte und daß ich in nicht allzu langer Zeit ebenfalls von ihm genug haben würde.

«Locker», sagte ich. «Locker. Du machst es dir zu schwer. Wir wollen dieses Ding doch nur geradehalten. Das ist alles. Wir brauchen uns nicht die Seele aus dem Leib zu paddeln. Überlaß dem Fluß die Arbeit.»

«Der Fluß ist mir nicht schnell genug. Verdammt noch mal, ich will weg aus dieser gottverfluchten Gegend.»

«Aber, aber», sagte ich. «So übel ist sie doch gar nicht.»

«Nein? Ich bin heute nacht fast aufgefressen worden von den Moskitos. Ein Stich neben dem anderen. Und von dem Schlafen auf dem scheißfeuchten Boden habe ich eine Scheißerkältung. Ich habe einen Wolfshunger auf etwas, was gut schmeckt. Und dabei denke ich nicht an Sirup.»

«Beruhige dich, wir werden es schon schaffen . . . Wenn wir es schaffen. Und deiner Erkältung tut es bestimmt nicht gut, wenn wir ins Wasser fallen. Darauf kannst du Gift nehmen.»

«Ach Scheiße», sagte er. «Bloß weg hier. Dieser Wald hängt mir zum Hals heraus. Ich habe es satt, in Erdlöcher zu kacken. Das ist was für Indianer.»

Nach einer Weile wurde er etwas ruhiger, und sein Nacken verlor allmählich die Röte. Alle zwanzig Meter machten wir ein paar Paddelschläge, und der Fluß trug uns vorwärts. Aber trotzdem glaubte ich, daß wir – bei seinen Nerven und bei meinem Gewicht – gute Aussichten hatten, umzukippen, bevor der Tag zu Ende ging, besonders falls noch Stromschnellen und Unterwasserfelsen kamen. Bobby und ich waren mindestens einen halben Zentner schwerer als die beiden anderen, und dadurch lag unser Kanu viel zu tief im Wasser. Wir hatten zu viel Zeug an Bord, und deshalb machte ich Lewis ein Zeichen, ans Ufer zu paddeln. Er tat es, und wir schlingerten an sein Boot ran und machten fest.

«Es wird langsam heiß», sagte Lewis.

«Scheißhitze», sagte ich.

«Hast du vorhin die große Schlange gesehen?»

«Nein. Wo denn?»

«Sie lag auf dem Zweig vor der alten Eiche, knapp zwei Kilometer zurück. Ich hab sie erst gesehen, als ihr direkt drunter wart und sie den Kopf bewegte. Ich wollte keinen Lärm schlagen, ich dachte, es könnte sie vielleicht nervös machen. Bestimmt war es eine Mokassinschlange. Ich hab davon gehört, daß diese Biester sich in Boote fallen lassen.»

«Verdammter Mist», sagte Bobby. «Das hat uns gerade noch gefehlt.»

«Ja», sagte Lewis. «Das glaube ich auch.»

«Könntet ihr nicht etwas von unserem Zeug in euer Boot nehmen?» fragte ich. «Wir liegen zu tief und können jeden Augenblick umkippen.»

«Sicher, Hol das Kochgeschirr und die Schlafsachen raus. Dann haben wir ungefähr das gleiche Gewicht wie ihr. Du kannst auch die Hälfte von den Bierdosen rübergeben, die noch da sind.»

«Aber gern. Heute werden wir alle hin und wieder etwas Kühles brauchen können.»

«Nicht nur Bier», sagte Lewis und knöpfte sein Hemd auf. «Hier ist es flach, und die Strömung ist nicht mehr so reißend. Ich werde mich mal ein bißchen anfeuchten.»

Ich legte die Schlafsäcke, die Hälfte der Bierdosen, den Primuskocher und alles, was dazugehörte, in das andere Kanu. Lewis war schon im Wasser, nackt, kraulte flußabwärts und zeigte dabei seinen behaarten Rücken, wie Johnny Weismüller in den alten Tarzanfilmen. Er schwamm gut, so wie er alles gut machte, und überholte sogar noch die Strömung. Dann kam er zurück, und seine Augen, eben in Höhe des Wasserspiegels, strahlten vor Befriedigung über seine Leistung. Ich pellte mich aus und sprang in den Fluß. Drew tat das gleiche.

Der Fluß war sehr kalt. Man hatte das Gefühl, als seien Schnee und Eis darin und hätten sich eben erst in Wasser verwandelt. Aber das Wasser war wundervoll klar und lebendig; es brach sich an uns wie Glas und fügte sich hinter uns wieder zusammen. Ich schwamm ein kurzes Stück mit dem Strom. Am liebsten hätte ich auf jede weitere körperliche Leistung verzichtet – ich hatte genug von körperlichen Leistungen jeder Art, besonders aber, was mich betraf – und mich mit dem Strom treiben lassen, tot oder lebendig, wohin auch immer er mich mitnahm. Aber ich schwamm trotzdem zurück, anstrengende vierzig Meter gegen das beharrliche Reißen und Drängen der Strömung, und richtete mich dann neben Lewis auf, der bis zur Hüfte im Fluß stand. Das Wasser kräuselte und brach sich an seinem Bauch. Ich betrachtete ihn, denn ich hatte ihn noch nie nackt gesehen.

Alles, was er im Laufe der Jahre für seinen Körper und für seine Gesundheit getan hatte, schien gerechtfertigt, wenn man ihn so stämmig im Wasser stehen sah. Er schien sich dessen selbst bewußt zu sein, als er mich ansah und meinen bewundernden Blick bemerkte. In meinem ganzen Leben hatte ich noch nie einen solchen männlichen Körper gesehen, nicht einmal auf den Bildern in Sportzeitschriften, denn die meisten dieser Athleten sind ziemlich klein, und Lewis war ungefähr 1,90. Er wog schätzungsweise seine hundertachtzig Pfund. Seine Muskeln waren glatt und fest, und wenn er sich bewegte, traten seine Adern an den sich bewegenden Stellen des Körpers leicht hervor. Wenn man ihn so betrachtete, wirkte er, als sei er aus gut aufeinander abgestimmten, mit blauem Draht umwickelten rotbraunen Teilen geformt. Sogar an seinem Rumpf sah man die blauen Adern, und mir wurde klar, daß ich die Anzahl der Liegestütze und anderen gymnastischen Übungen – von der Spezialnahrung ganz abgesehen –, die das alles bewirkt hatten, nicht einmal im Traum ermessen konnte.

Er legte seine Hand auf meine behaarte Schulter. «Woran denkst du, Gorilla?»

«Ich denke, Tarzan spricht mit gespaltener Zunge. Ich denke, Herr des Dschungels spricht mit Schlangenzunge», sagte ich. «Ich denke, wir nie aus diesem Wald rauskommen. Er uns hergebracht, damit wir hier bleiben und Königreich gründen.»

«Sehr richtig», rief Bobby vom Ufer herüber. «Ein Königreich der Schlangen . . .»

Drew tauchte aus dem Wasser auf und stellte sich neben uns. «Gott, ist das herrlich», sagte er. «Tut einem verdammt gut. Ich habe mich noch nie im Leben so großartig gefühlt. Mordserfrischend. Genau das ist es. Ich glaube, nun bin ich für den ganzen Tag topfit. Ein paar Minuten Schwimmen würde auch dir guttun, Bobby!»

«Nein, danke», sagte Bobby. «Wenn ihr dann fertig seid, werden ich und mein Kumpel weiter flußabwärts kumpeln – der Gewaschene und der Ungewaschene.»

Bobby saß mit hochgezogenen Knien in der Sonne, sichtlich in Abwehrhaltung, da er sah, daß wir in dem kalten Wasser fröstelten. Unsere Brustwarzen traten bläulich hervor und meine Bauchmuskeln krampften sich in der eisigen Kühle der Strömung zusammen. Ich kletterte hinaus und zog meine verschwitzte Kluft an. Mein Kopf war frisch, frisch und kühl, während mein Körper schon wieder langsam warm wurde, und ich wollte wieder auf den Fluß, bevor ich wieder anfing zu schwitzen.

Bobby und ich gingen zu unserem Kanu und überlegten angestrengt, was wir sonst noch den anderen aufladen konnten. Schließlich nahmen wir nur ein Zelt, meinen Bogen, einen Karton mit Dosenbier und Drews Gitarre mit, denn das hölzerne Kanu leckte ein bißchen, während unseres ziemlich trocken war. Wir wickelten die Gitarre in die Zeltplane, stiegen ein und stießen ab.

Unser Kanu lag jetzt besser im Wasser, und Bobbys Paddelkünste schienen davon zu profitieren; vielleicht hatte er inzwischen aber auch gemerkt, daß wir, wenn er sich etwas anstrengte, den Fluß um so schneller wieder verlassen konnten.

Lange Zeit war das Wasser ganz ruhig. Wir ließen eine Flußniederung nach der anderen hinter uns, näherten uns bald dem einen Ufer, bald dem anderen. Ich versuchte, den überhängenden Zweigen auszuweichen, was ziemlich einfach war. Der Fluß wurde breiter, die Strömung verlangsamte, beruhigte sich, und wir mußten mehr paddeln als zuvor. Wir spürten die Strömung kaum noch, sie war sehr schwach geworden, und wenn wir nicht paddelten, war es, als würden wir von einer unsichtbaren Kraft unter uns weitergezogen, während das Wasser um uns herum stillzustehen schien. Weit voraus war ein Rauschen zu hören, aber es schien ständig vor uns zurückzuweichen. Hinter jeder Biegung war nur ein weiterer ruhiger Abschnitt des Flusses zu sehen, und die beiden Ufer waren immer dichter bewaldet. Rechts von uns flog ein Reiher auf. Er schoß flußabwärts vor uns her, dann nach links und wieder nach rechts, dann im Zickzack, stieß unentschlossen aufs Wasser herab und verschwand dann hinter der nächsten Biegung, und als wir sie erreicht hatten, flog er wieder von einem Baum auf, dessen Zweige ihn uns verborgen hatten, und hob sich auf langen blauen Schwingen in die Luft. Er stieß dabei einen rauhen, gequälten, unmenschlichen Schrei aus und zog weit vor uns über dem Fluß einen wunderbaren Bogen. Dann flog er wieder mit langen Flügelschlägen flußabwärts, streifte mit den Spitzen seiner Schwingen fast das Wasser, so daß er seinen eigenen unbestimmten, vom Fluß verzerrten Schatten zu berühren schien. Das Spiel wiederholte sich an vier, fünf Biegungen, bis wir eine weitere erreichten und er plötzlich nicht mehr zu sehen war. Vielleicht war er hoch über den Wäldern, wahrscheinlich aber, dachte ich, saß er jetzt auf einem Baum und wartete, bis wir vorbeigefahren waren, um dann seinen hektischen Flug fortzusetzen und den langgezogenen, trostlosen Schrei auszustoßen, den er in seiner Kehle festhielt, bis wir verschwunden waren.

In dem neuen Schweigen um uns wirkte der Fluß tiefer und tiefer; je höher die Sonne stieg, um so mehr wechselten die Farben in ein immer satteres Grün. Die Strömung wurde schneller, und mit jedem Schlag der Paddel glitten wir weiter dahin. Ich dachte im stillen, daß in dem Unterholz am Ufer niemand mit uns hätte Schritt halten können.

Hin und wieder blickte ich auf den straffen Bogen mit dem breiten Griff zu meinen Füßen, und auf die beiden Pfeile, die ich selbst angemalt hatte. Die orangefarbenen Federn kräuselten sich, und die geschmirgelte Doppelspitze glänzte in der Sonne wie Silber. Obgleich es mir im Kanu ziemlich schwer gefallen wäre, das nötige Gleichgewicht für einen Bogenschuß zu finden, suchte ich beide Ufer nach Hirschen ab und hoffte, daß wir bald ein großes Tier sehen würden, das vielleicht gerade seinen Durst stillte. Das wäre etwas gewesen.

Wir fuhren durch tiefes, schnell fließendes Wasser und trieben dann, nach einer ruhigen, breiten Flußdehnung an einer weiteren Biegung, in ein schmales, düsteres Blattgewölbe, das Koniferen, Kiefern und Fichten von beiden Ufern her bildeten. Hier war es dunkel und dumpf, und das dichte Grün wirkte erstickend. Wie auf ein Signal hin zogen Bobby und ich die Paddel ein und ließen uns treiben, wie der Fluß es wollte. Lange spitze Lichtnadeln tanzten auf den Wellenkämmen, goldene Strahlen, heiß genug, daß man sie auf der Haut spürte, und fast so kompakt, daß man sie auf der Wasserfläche wie dünne Nägel hätte einsammeln können.

Danach war das Ufer wieder von wild wuchernden Wiesen bedeckt, auf denen das Gras bis zu zwei Meter hoch stand. Ein schwarzgrauer Gegenstand rutschte ins Wasser, und erst Augenblicke später begriff ich, daß es eine Schlange gewesen war. Etwa sechs Meter vor uns durchquerte sie den Fluß, schwamm, als kraule sie, den Kopf über Wasser, zum anderen Ufer hinüber, glitt, ohne ihre Bewegungen zu verändern, aus dem Wasser hinaus, ein Wesen von eigentümlichem Reiz, von eigentümlicher Bewegung, ein Wesen, für das es keine Hindernisse gab.

Wir machten lange, langsame Paddelschläge. Ich hatte mich, so gut es ging, Bobbys Rhythmus angepaßt, und allmählich gelang es mir, genau dann das Paddel einzutauchen, wenn er es auch eintauchte. Ich fand, er hätte über diesen Fortschritt froh sein müssen, aber ich sagte nichts, da ich fürchtete, ihn dadurch wieder aus dem Takt zu bringen.

Zwei Stunden, nachdem der Reiher uns verlassen hatte, waren unsere Bierdosen leer. Die Sonne brannte auf die kahle Stelle meines Kopfes, und die Nylonhosen klebten mir an den Beinen. Meine Zunge schwoll an, und mein Rückgrat schien mir durch die Haut zu splittern. Zwischen zwei Paddelschlägen tastete ich prüfend meinen Rücken ab. Die Kante des Sitzes schnitt in meinen rechten Oberschenkel, doch saß ich in der einzigen Haltung, in der ich dem Fluß gewachsen war. Die Schmerzen verbündeten sich miteinander, und ich konnte nichts dagegen tun.

Ich sah mich um. Das andere Kanu kam gerade hinter der letzten Biegung hervor. Lewis war ein Stück zurückgeblieben – ich glaube, er wollte uns in Sicht behalten, falls irgend etwas schiefging. Jedenfalls waren die beiden ein paar hundert Meter hinter uns und waren nicht mehr zu sehen, als wir in eine neue Biegung hineinfuhren und ich mit meinem Paddel auf das linke Ufer deutete. Ich weiß nicht, ob sie mich noch gesehen haben oder nicht; jedenfalls hatte ich vor, sie heranzuwinken, wenn sie vorbeikamen. Ich wollte mich in den Schatten legen und ein Weilchen ausruhen. Ich hatte Hunger und hätte gern noch ein Bier getrunken. Wir tauchten die Paddel ein und steuerten hinüber.

Als wir das Ufer fast erreicht hatten, hörten wir ein Rauschen unter den Bäumen. Die Blätter bewegten sich an einer Stelle wie im Wind: das frische, grünweiße Wasser eines Wildbachs schäumte in den Fluß. Wir ließen uns noch etwas treiben und kamen knapp sechzig Meter weiter flußabwärts ans Ufer. Ich paddelte kräftig, damit das Kanu auf der Stelle blieb, während Bobby hinaussprang und es vertäute.

«Das war ja wieder die reinste Arbeit», sagte Bobby, als er mir die Hand hinhielt.

«Mein Gott», sagte ich. «Ich bin langsam zu alt für solche Scherze. Aber wenn's dem Esel zu wohl wird, begibt er sich aufs Wasser . . .»

Bobby setzte sich auf den Boden und löste das Taschentuch, das er sich um den Hals gebunden hatte. Er beugte sich über den Fluß, tauchte sein Gesicht ein, trocknete sich dann ab und rieb lange an seiner Nase herum. Ich krümmte den Rücken und berührte ein paarmal meine Zehen mit den Fingern, um mein steif gewordenes Kreuz etwas zu lockern. Dann blickte ich stromaufwärts. Das andere Boot war noch immer nicht zu sehen. Ich wollte Bobby etwas sagen und drehte mich um.

Zwei Männer kamen aus dem Wald. Der eine zog ein Gewehr am Lauf hinter sich her.

Bobby ahnte nichts von den beiden, bis er mich ansah. Dann wandte er den Kopf und blickte über seine Schulter nach hinten. Er stand auf und klopfte sich die Erde von der Hose.

«Na, was gibt's?» fragte er.

Der größere der beiden Männer kniff Augen und Gesicht zusammen. Sie kamen näher und beschrieben dabei eine Art Halbkreis, als gingen sie um irgend etwas herum. Der kleinere war älter; er hatte große helle Augen und auf den Wangen Büschel schmutzigweißer Bartstoppeln. Er schien in alle Richtungen zugleich zu spähen. Er trug eine Monteurhose, und sein Hängebauch mußte ihm jeden Augenblick aus der Hose fallen. Der andere war hager und groß und starrte uns mit einem Blick an, der aus einer tiefen finsteren Höhle hinter den gelblichen Augäpfeln zu kommen schien. Als er seine Kiefer bewegte, sah er aus, als fehlten ihm sämtliche unteren Zähne.

«Ausgebrochene Sträflinge», fuhr es mir durch den Kopf. «Oder Whiskeybrenner», dachte ich. Aber es konnten schließlich auch einfach Jäger sein.

Sie kamen heran und bauten sich geradezu lächerlich dicht vor mir auf. Ich wich nicht von der Stelle; hier schien System im Spiel zu sein.

Der ältere reckte mir sein kränkliches Gesicht drohend entgegen und sagte: «Was denkense sich denn, verdammt noch mal, wasse hier zu suchen haben?»

«Wir paddeln den Fluß hinunter, wir sind seit gestern unterwegs.»

Wir sprachen also wenigstens miteinander, und ich hoffte, allein diese Tatsache würde etwas nützen.

Er sah den Hageren an; dieser Blick mochte etwas bedeuten – oder auch nicht. Bobby schien meilenweit entfernt, und das andere Boot war noch immer nicht in Sicht. Alles in mir zog sich zusammen, und bei dieser Anspannung wurde mir schwach im Magen. Ich sagte: «Wir sind gestern nachmittag von Oree abgefahren, und wir hoffen, heute abend oder morgen früh in Aintry anzukommen.»

«*Aintry?*»

Bobby mischte sich ein, und ich hätte ihn umbringen können: «Sicher. Dieser Fluß fließt schließlich nur in eine Richtung, Käpt'n. Wußten Sie das noch nicht?»

«Nach Aintry. Da kommt ihr nie hin», sagte er mit teilnahmsloser Stimme.

«Warum nicht?» fragte ich erschrocken, zugleich aber auch neugierig. Auf eine merkwürdige Art reizte es mich, ihn zu einer Erklärung zu veranlassen.

«Weil dieser Fluß gar nicht nach Aintry kommt», sagte er. «Ihr habt irgendwo 'ne falsche Biegung erwischt. Der Fluß hier kommt nicht mal in die Nähe von Aintry.»

«Wo geht er denn hin?»

«Er geht . . . Er geht . . .»

«Er geht nach Circle Gap», sagte der Zahnlose. «Noch achtzig Kilometer.»

«Junge», sagte der Stoppelbärtige. «Du hast ja keine Ahnung, *wo* du bist.»

«Na gut», sagte ich. «Wir fahren jedenfalls den Fluß runter. Irgendwo werden wir schon ankommen.»

Der andere rückte Bobby auf den Leib.

«Verdammt noch mal», sagte ich. «Wir haben nichts mit euch zu schaffen. Wir wollen hier keinen Stunk. Wenn ihr hier in der Nähe Whiskey brennt, von uns aus. Wir können euch sowieso nicht verraten. Und wißt ihr auch weshalb? Ihr habt nämlich recht, wir wissen gar nicht, wo wir sind.»

«Whis-key?» fragte der Hagere und schien ehrlich überrascht.

«Klar», sagte ich. «Wenn ihr hier Whiskey brennt, werden wir euch welchen abkaufen. Wir könnten jetzt was brauchen.»

Der Kerl mit dem Hängebauch sah mich schief an: «Was denkste denn, verdammt noch mal, wovon du überhaupt redest?»

«Ich weiß jedenfalls nicht, wovon du redest», sagte ich.

«Du hast was gesagt von Whiskeymachen. Du denkst, wir machen Whiskey. Na, komm schon, hab ich recht?»

«Scheiße», sagte ich. «Mir ist es einerlei, ob ihr Whiskey macht oder jagt oder wie ihr euer Scheißleben im Wald verbringt. Ich weiß es nicht und will es auch nicht wissen. Es geht mich nichts an.»

Ich blickte zum Fluß, aber wir standen nicht mehr direkt am Ufer, und ich konnte das andere Kanu nicht sehen. Ich konnte mir nicht vorstellen, daß es schon vorbeigefahren war, aber ich war mir nicht ganz sicher. Ich wußte nichts mehr und schüttelte den Kopf bei dem Gedanken, daß Lewis und Drew vielleicht schon an uns vorbeigefahren waren.

Ich nahm alle Kraft zusammen und sah den Mann wieder an und versuchte, seinem Blick standzuhalten. Mein suchender Blick auf den Fluß mußte ihm aufgefallen sein.

«Ist noch wer mit euch?» fragte er mich.

Ich schluckte und überlegte, und die verschiedensten Möglichkeiten schossen mir durch den Kopf. Wenn ich ja sagte und die beiden Streit mit uns anfingen, dann würden wir Lewis und Drew, die nicht wußten, was sich hier abspielte, mit hineinziehen. Oder sie würden uns in Ruhe lassen, da sie mit vieren nicht fertig werden konnten. Wenn ich aber nein sagte, dann könnten Lewis und Drew – vor allem Lewis –, ja, dann könnten sie irgend etwas unternehmen. In Gedanken sah ich Lewis' Brustkasten vor mir, seine Beine, die kräftigen Muskeln seiner Schenkel, seine schmalen Fesseln und die Waden, die unter Wasser massiv und kräftig wirkten wie bei einem Zentaur. Darauf wollte ich mich verlassen.

«Nein», sagte ich und machte ein paar Schritte auf den Wald zu, um sie vom Wasser wegzubringen.

Der Hagere beugte sich vor, berührte Bobby am Arm und betastete ihn sonderbar behutsam. Bobby zuckte zurück, aber da richtete sich das Gewehr hoch, fast zufällig, aber entschlossen.

«Wir fahren besser wieder los», sagte ich. «Wir haben noch 'ne lange Strecke vor uns.» Ich machte einen zögernden Schritt auf das Kanu zu.

«Ihr fahrt nirgendwohin», sagte der Mann vor mir und richtete das Gewehr genau auf meine Brust. Als ich in die beiden Läufe blickte, stand mir das Herz still, und ich fragte mich, wie die beiden Mündungsöffnungen aussehen würden, wenn der Schuß losging: ob Feuer aus ihnen hervorbrechen oder ob man nur eine graue Wolke sehen würde oder ob sich da überhaupt nichts veränderte in dem Augenblick zwischen Leben und Tod. Er schlang den Strick um die Hand, den er als Abzug benutzte.

«Komm sofort hier herein, oder deine Gedärme hängen in den Bäumen.»

Ich hob langsam die Hände hoch wie ein Schauspieler in einem Wildwestfilm. Bobby sah zu mir herüber, aber ich war hilflos, und meine Blase verkrampfte sich. Ich ging vorwärts in den Wald, zwischen ein paar großen Büschen hindurch, die ich zwar sah, aber nicht spürte. Die anderen kamen hinter mir her.

Der eine von den beiden sagte: «Stell dich mit dem Rücken an den Baum da.»

Ich ging auf einen Baum zu. «An den hier?» fragte ich. Es kam keine Antwort.

Ich stellte mich mit dem Rücken an den Baum, den ich gewählt hatte. Der Hagere kam auf mich zu und nahm mir den Gürtel ab, an dem mein Messer und das Nylonseil hingen. Mit einer schnellen Handbewegung löste er das Seil, machte den Gürtel auf und band mich damit so fest an den Baum, daß ich kaum noch atmen konnte. Die Schnalle schloß er auf der anderen Seite des Stammes. Dann kam er mit dem Messer in der Hand zurück. Mir fiel plötzlich ein, daß sie so etwas sicher nicht zum erstenmal taten. Es sah nicht so aus, als hätten sie sich das alles eben erst ausgedacht.

Der Hagere hielt das Messer hoch, und ich war darauf gefaßt, daß es in der Sonne blitzend auf mich zukam. Aber es gab keine Sonne, wo wir standen. Trotzdem, auch in dem tiefen Schatten hier sah ich deutlich die Klinge, die ich zu Hause am Schleifstein geschärft hatte, die dünngeschliffene, mörderisch scharfe Schneide.

«Sie dir das an», sagte der große Mann zu dem anderen. «Wetten, daß man damit Haare abrasieren kann?»

«Probier's doch mal aus! Er hat Haare genug. Nur nicht auf 'm Kopf.»

Der Hagere griff nach dem Reißverschluß meiner Fliegerkombination, atmete mir dabei ins Gesicht und zog ihn bis zum Gürtel herunter, als wollte er mich aufreißen.

«Allmächtiger Gott», sagte der ältere. «Sieht verdammt aus wie 'n Affe. Hast du so was schon mal gesehen?»

Der Hagere schob die Spitze des Messers unter mein Kinn und drückte es damit nach oben. «Habense dir schon mal die Eier abgeschnitten, du Scheißaffe?»

«In letzter Zeit nicht», sagte ich mit der Ironie des Städters. «Was könnten Sie schon mit ihnen anfangen?»

Er schabte mir mit der flachen Klinge über die Brust, hielt sie hoch, und sie war mit schwarzem Haar und etwas Blut bedeckt. «Ist scharf», sagte er. «Könnte schärfer sein, aber ist scharf.»

Blut rann mir vom Kinn herab, von der Stelle, wo er das Messer angesetzt hatte. Noch nie war jemand so brutal mit mir umgegangen, noch nie hatte ich eine solche Verachtung gegenüber dem Körper eines anderen erlebt. Nicht der Stahl oder die Schärfe des Messers flößten mir Furcht ein: hätte er es mit den Fingernägeln getan, wäre es genauso brutal gewesen. Aber das Messer potenzierte noch seine Gleichgültigkeit. Ich schüttelte wieder den Kopf und versuchte zu atmen. Ich sah nach oben zu den Zweigen des Baumes, an den ich angebunden war, und dann nach vorn zu der Lichtung, wo Bobby stand.

Er starrte mich offenen Mundes an, während ich nach Luft rang, um nicht in der nächsten Sekunde zu ersticken. Bobby konnte nichts für mich tun, aber als er das Blut auf meiner Brust und unter meinem Kinn sah, bemerkte ich, daß ihn seine eigene Lage mehr ängstigte als meine. Die Tatsache, daß er selbst nicht gefesselt war, schien ihm noch erschreckender.

Die beiden Männer gingen zu Bobby, und jetzt hielt der Hagere das Gewehr. Der Weißbärtige packte Bobby bei der Schulter und drehte ihn herum, so daß er flußabwärts sah.

«Nun laß mal schön die Hosen runter», sagte er.

Bobby ließ zögernd die Hände sinken. «Runter . . .?» sagte er.

Mein Rektum und alle Eingeweide krampften sich zusammen. Guter Gott.

Der Zahnlose stieß Bobby den Doppellauf des Gewehrs unters rechte Ohr. «Zieh sie aus, aber schnell», sagte er.

«Aber . . . aber was wollen Sie . . .» stotterte Bobby mit schwacher Stimme.

«Quatsch nicht», sagte der ältere. «Tu, was ich dir sage.»

Der Mann mit dem Gewehr versetzte Bobby einen gemeinen Stoß gegen den Kopf, jäh, daß ich im ersten Augenblick glaubte, das Gewehr sei losgegangen. Bobby machte den Gürtel los und knöpfte sich die Hose auf. Er zog sie aus und sah sich unsinnigerweise nach einem Platz um, wo er sie hinlegen konnte.

«Die Unterhose auch», sagte der mit dem Hängebauch. Bobby zog seine Unterhosen aus wie ein Junge, der sich zum erstenmal im Gemeinschaftsduschraum auszieht, und stand dann unbeholfen und rosig da. Seine unbehaarten Schenkel zitterten. Er hatte die Beine eng zusammengepreßt.

«Siehst du den Baumstamm? Geh da rüber!»

Bobby zitterte von Kopf bis Fuß. Langsam ging er zu einem großen umgestürzten Baum und stellte sich mit gesenktem Kopf daneben.

«Nun leg dich drüber.»

Während Bobby niederging und sich vor dem Baumstamm hinkniete, nahm der Hagere den Gewehrlauf nicht von seinem Kopf.

«Zieh das Hemd hoch, Fettarsch!»

Bobby griff mit der einen Hand nach hinten und zog sein Hemd halb über das Gesäß. Ich war außerstande, mir vorzustellen, was er jetzt dachte.

«Hoch habe ich gesagt», sagte der Hagere. Er schob mit dem Gewehrlauf Bobbys Hemd bis zum Nacken hoch und hinterließ dabei eine lange rote Spur auf Bobbys Rücken.

Plötzlich war der weißbärtige Mann auch bis zur Hüfte nackt. Sie würden tun, was sie tun wollten, und da gab es keine Erklärungen oder Rechtfertigungen. Ich rang noch immer nach Luft, und Bobbys Körper verharrte reglos, rosig und hilflos in dieser obszönen Haltung. Der Hagere setzte ihm das Gewehr wieder fester an die Schläfe, und der andere kniete sich hinter ihn.

Ein Schrei traf mich, und wenn genug Luft in meinen Lungen gewesen wäre, hätte ich geglaubt, ich hätte selbst geschrien. Es war ein Laut des Schmerzes und der Schmach, und andere Laute von nacktem, wortlosem Schmerz folgten ihm. Wieder schrie Bobby laut auf, und diesmal war der Schrei höher, länger. Ich atmete alle Luft aus und senkte angestrengt den Kopf, um den Fluß ins Blickfeld zu bekommen. Wo sind sie, fragte jede Faser meines Körpers, und während ich hinstarrte, gaben die Büsche unerwartet einen schmalen Durchblick auf den Fluß frei – einen Augenblick lang war ich nicht sicher, ob es Wasser war oder nur wieder grüne Blätter, was ich da sah. Dann erblickte ich das Kanu von Lewis. Er und Drew hatten die Paddel eingezogen, und jetzt drehten sie ab und waren meinem Blick wieder entzogen.

Der Weißhaarige machte sich weiter an Bobby zu schaffen. Hin und wieder suchte er mit seinen Knien festeren Halt am Boden zu finden. Schließlich hob er den Kopf, als wolle er mit aller Kraft in das Blattwerk und in den Himmel schreien, und ein Zittern durchlief seinen stummen Körper. Der Mann mit dem Gewehr beobachtete ihn mit einer seltsamen Mischung aus Beifall und Anteilnahme. Der Stoppelbärtige rutschte zurück, löste sich aus Bobby.

Der stehende Mann trat einen Schritt zurück und nahm das Gewehr von Bobbys Schläfe. Bobby ließ den Baumstamm los, fiel auf die Seite und legte beide Arme über das Gesicht.

Ich seufzte auf. Ich bekam wieder ein wenig mehr Luft.

Die beiden wandten sich mir zu. Ich reckte mich auf, so gut es ging, und wartete. Ich war ihnen ausgeliefert. Ich fühlte mein Messer, das dicht neben meinem Kopf in dem Baum steckte, und ich sah die Blutäderchen in den Augen des Hageren. Das war alles. Ich war unfähig zu denken.

Der Bärtige kam auf mich zu und trat hinter mich. Der Baum bebte, und ich atmete dankbar große Mengen Luft ein. Ich kippte nach vorn und konnte mich nur mit Mühe fangen, denn der Hagere hielt mir das Gewehr unter die Nase. Es war ein seltsames Gefühl, noch komischer, wenn ich daran dachte, daß mein Gehirn, das sich in diesem Augenblick mit Dean und Martha beschäftigte, im nächsten Augenblick vielleicht schon wie irgendwelche fremde Materie über Büsche und Zweige verspritzt wäre.

«Du bist bloß ein fetter Glatzkopf, was?» sagte der Hagere.

«Was wollen Sie denn von mir hören?» sagte ich. «Ja, ich bin glatzköpfig und fett. Okay?»

«Du bist haarig wie 'n gottverdammter Hund, was?»

«Wie manche Hunde, nehme ich an.»

«Was, verflucht noch mal . . .» sagte er und wandte sich halb dem anderen zu.

«Der Kahlkopp hat Haare auf 'n Zähnen», sagte der andere.

«Stimmt», sagte der Hagere. «Halt ihm das hier vor die Nase.»

Dann drehte er sich wieder mir zu und gab dem anderen das Gewehr, ohne hinzusehen. Einen Augenblick lang schien es in der Luft zu schweben. Er sagte zu mir: «Fall auf die Knie und bete, mein Junge. Und bete gut, du hast es nötig.»

Ich kniete mich hin. Als meine Knie den Boden berührten, hörte ich hinter mir im Wald ein Geräusch, ein Schnappen und Schwirren, ein Geräusch wie von einem gespannten Gummiband, das plötzlich losgelassen wird, und wie von einer Sichel, die durchs Gras fährt. Der ältere stand da, den Gewehrlauf in der Hand, noch immer den triumphierenden Ausdruck in seinem stupiden Gesicht, und aus seiner Brust ragte plötzlich ein leuchtendroter Pfeil hervor. Der Pfeil war so unvermittelt da, als sei er aus dem Innern des Körpers hervorgedrungen.

Keiner von uns begriff. Wir waren wie erstarrt. Der Hagere stand vor mir mit aufgeknöpfter Hose, ich kniete auf dem Boden und blinzelte in die Bäume über uns, und Bobby rollte sich zur Seite, aus meinem Blickfeld heraus, ins Gebüsch. Das Gewehr fiel zu Boden, und ich machte einen schwachen Versuch, es zu ergreifen, als der Hagere wie ein Tier in die gleiche Richtung sprang. Ich griff mit beiden Händen nach dem Kolben, und wenn ich ihn zu mir hätte heranziehen können, hätte ich den Mann in der nächsten Sekunde abgeknallt. Er hielt den Lauf nur mit unsicherem Griff, wußte aber, daß ich das Gewehr besser gepackt hatte, und mußte wohl ahnen, daß ich nur einen Wunsch hatte. Er sprang zur Seite und war im Wald verschwunden, aber nicht in der Richtung, aus der der Pfeil gekommen sein mußte.

Ich stand auf, das Gewehr und die Macht in meinen Händen, und wickelte mir ein Strick vom Abzug um die rechte Hand. Ich schwenkte den Lauf in alle Richtungen, um den Wald und die ganze Welt im Visier zu haben. Aber außer Bobby, dem getroffenen Mann und mir war niemand in der Lichtung. Bobby lag immer noch am Boden, aber jetzt hob er wenigstens den Kopf. Soviel begriff ich noch, aber irgendwie war mein Bild von Bobby, dem Wald und dem Fluß plötzlich verwischt. Der Mann stand immer noch da, den Pfeil in der Brust. Aber mein Blick schien ihn nicht zu erfassen, ich konnte nicht glauben, daß er wirklich da war. Er war wie ein Filmbild, auf die Szene projiziert, grau und undeutlich. Alle Kraft schien aus ihm gewichen. Ich staunte, daß er sich noch bewegte. Er griff an den Pfeil, als wolle er ihn herausziehen, aber sogar ich sah, daß er so fest in ihm steckte wie seine Rippen. Fest und unbeweglich saß er in ihm und ragte vorn und hinten aus seinem Körper heraus. Er ergriff ihn mit beiden Händen, aber der Pfeil war stärker als er. Während ich ihn ansah, wurden seine Hände immer schwächer und erschlafften schließlich ganz. Er brach in die Knie, fiel dann zur Seite und zog die Beine an. Er wälzte sich hin und her, als hätte man in k. o. geschlagen, und gab dabei blasige, kratzige Laute von sich. Seine Lippen färbten sich dunkelrot, aber seine Zuckungen – die etwas unsagbar Komisches hatten – schienen ihm neue Kräfte zu verleihen. Er richtete sich auf einem Knie hoch, stand dann wieder unsicher auf den Beinen, während ich ihn mit angelegtem Gewehr erwartete. Er machte ein paar schwankende Schritte auf die Bäume zu, schien es sich dann anders zu überlegen und kam taumelnd und lauernd wie in einem Kriegstanz auf mich zu. Er reckte mir eine Hand entgegen wie ein Prophet. Ich hatte den Lauf des Gewehrs genau auf die Pfeilspitze in seiner Brust gerichtet, und meine Zähne fühlten sich eisig an. Ich war entschlossen, alles mit einer einzigen Bewegung, mit einem kurzen Reißen am Abzugsstrick hinter mich zu bringen.

Aber es war nicht mehr nötig. Er krümmte sich zusammen und stürzte vornüber mit dem Gesicht auf meine weißen Tennisschuhe. Ein Zittern durchlief ihn bis zu den Füßen und verebbte dann allmählich. Er öffnete seinen mit Blut gefüllten Mund, und eine hellrote Blase formte sich zwischen seinen Lippen.

Ich trat einen Schritt zurück, um die ganze Szene noch einmal zu betrachten und mir das Geschehene zu vergegenwärtigen. Bobby hatte sich auf den einen Ellbogen gestützt, und seine Augen waren so rot wie die Blase zwischen den Lippen des Mannes. Er stand auf und sah mich an. Plötzlich wurde mir bewußt, daß ich das Gewehr auf ihn gerichtet hatte, daß der Doppellauf dem Blick meiner Augen folgte. Ich senkte das Gewehr. Was sollte ich zu Bobby sagen?

«Ja . . .»

«O Gott», sagte Bobby. «O Gott.»

«Bist du okay?» fragte ich, denn ich mußte es wissen, obwohl mir die Direktheit meiner Frage peinlich war.

Bobby errötete und schüttelte den Kopf. «Ich weiß nicht», sagte er. «Ich weiß nicht.»

Ich stand da, und er lag vor mir, den Kopf in die Hand gestützt. Wir blickten beide angestrengt geradeaus. Um uns war Stille. Der Mann mit dem Aluminiumpfeil im Körper lag am Boden, den Kopf dicht an der Schulter, und seine rechte Hand berührte leicht die Spitze des Pfeils.

Hinter ihm leuchteten die blauen und silbernen Federn von Lewis' Pfeil. Sie wirkten künstlich und unnatürlich in diesem Wald.

Minutenlang geschah nichts. Ich fragte mich, ob der andere zurückkommen werde, bevor Lewis da war; und ich malte mir die Szene aus, wie Lewis mit dem Bogen in der Hand auf der einen Seite aus dem Wald treten würde und der andere Mann auf der anderen Seite. Es würde zu einem Zweikampf kommen, dessen Einzelheiten ich mir jedoch nicht vorstellen konnte. Ich dachte angestrengt nach, wie sich alles abspielen würde, als ich eine Bewegung hörte. Die tiefhängenden Zweige einer großen Wassereiche wurden auseinandergebogen, und Lewis trat hervor, kam vorsichtig auf die Lichtung und hatte bereits einen zweiten hellglänzenden Pfeil angelegt. Drew folgte ihm. In der einen Hand hielt er ein Kanupaddel wie einen Baseballschläger.

Lewis trat zwischen mich und Bobby, stieg über den Mann am Boden hinweg und setzte das Bogenende vorsichtig auf ein am Boden liegendes Blatt auf. Drew ging zu Bobby. Ich hatte das Gewehr so lange gehalten, daß es mir jetzt seltsam vorkam, den Lauf zu senken, so daß ein Schuß nur noch den Waldboden hätte treffen können. Dennoch senkte ich ihn, und Lewis und ich sahen uns über den Toten hinweg an. Seine Augen waren klar und lebendig; er lächelte ungezwungen und freundlich.

«Also, was soll man nun *dazu* sagen? Was soll man bloß *dazu* sagen?»

Ich ging zu Bobby und Drew hinüber, obgleich ich nicht wußte, was ich dort wollte. Ich hatte alles beobachtet, was mit Bobby geschehen war, ich hatte seine Schreie und sein Stöhnen gehört. Jetzt wollte ich ihn beruhigen, wollte ihm sagen, daß nun alles vorbei sei, daß keiner darüber reden würde, und wenn wir erst wieder aus dem Wald heraus und in den Kanus wären, sei alles vergessen. Aber ich wußte nicht, wie ich es ihm sagen ⟩ sollte oder wie ich ihn nach seinem Zustand fragen konnte, ob er irgendwelche Verletzungen habe. Ihm solche Fragen zu stellen wäre unvorstellbar lächerlich und demütigend gewesen.

Aber davon konnte auch gar keine Rede sein, denn eine Mauer der Abwehr hielt uns von ihm fern. Er stand auf und wich zurück, immer noch nackt bis zu den Hüften, die Geschlechtsteile vor Schmerzen geschrumpft. Ich nahm seine Hose und die Unterhose auf und gab ihm beides, und abwesend griff er danach. Er nahm ein Taschentuch heraus und ging hinter einen Busch.

Das Gewehr am Lauf hinter mir herschleifend, so wie ich es bei dem Hageren gesehen hatte, als er aus dem Wald gekommen war, ging ich zurück zu Lewis, der auf seinem Bogen lehnte und zum Fluß hinuntersah.

«Ich glaube, es war das einzige, was ich tun konnte», sagte er, ohne mich anzusehen.

«Bestimmt», sagte ich, obwohl ich dessen nicht ganz sicher war. «Ich dachte, wir wären geliefert.»

Lewis sah in die Richtung, in der Bobby verschwunden war, und ich hatte das Gefühl, mich präziser ausdrücken zu müssen.

«Ich war sicher, sie würden uns umbringen.»

«Das hätten sie vermutlich auch getan. In diesem Staat steht jedenfalls Todesstrafe auf Päderastie. Widernatürliche Unzucht. Und dazu noch unter Bedrohung mit einer Waffe . . . Nein, die hätten euch bestimmt nicht laufenlassen. Warum auch?»

«Wie seid ihr dahintergekommen?»

«Wir hörten Bobbys Schreie und dachten zuerst, einer von euch wäre vielleicht von einer Schlange gebissen worden. Wir wollten sofort zu euch laufen, aber dann fiel mir ein, daß, wenn es sich wirklich um einen Schlangenbiß handelte, der eine von euch für den anderen genausoviel tun konnte wie drei zusammen. Für den Fall aber, daß ihr Ärger mit anderen Leuten hattet, mußten wir uns unbemerkt ranschleichen. Das habe ich auch Drew gesagt.»

«Was habt ihr also gemacht?»

«Wir fuhren ungefähr fünfzig Meter in den kleinen Wildbach rein, sind dann ausgestiegen und haben das Boot ins Gebüsch gezogen; ich hab meinen Bogen gespannt und einen Pfeil angelegt, und dann kamen wir bis auf etwa dreißig Meter an die Stelle heran, wo ihr wart. Als ich vier Leute sah, suchte ich sofort nach einem Platz, von wo aus ich durch das Gezweig schießen konnte. Zuerst wußte ich natürlich nicht, was los war. Ich habe mir aber gleich das Richtige gedacht. Tut mir leid, daß ich nichts für Bobby tun konnte . . . Jedenfalls habe ich nichts Falsches gemacht, sonst hätte ich womöglich Bobby getroffen. Erst als der Kerl wieder auf die Beine kam, legte ich auf ihn an und wartete ab.»

«Und worauf hast du gewartet?»

«Ich konnte nur schießen, wenn das Gewehr nicht auf dich oder auf Bobby gerichtet war. Ich brauchte nur auf diesen Augenblick zu warten. Der eine Bursche hatte ja noch nichts unternommen, und ich war ziemlich sicher, daß er dem anderen das Gewehr geben würde. Ich hatte nur Angst, daß du zwischen ihn und mich geraten könntest. Aber ich hatte ihn die ganze Zeit im Ziel und brauchte nur am Pfeil entlangzusehen. Ich hielt den Bogen mindestens eine Minute lang gespannt, glaube ich. Es wäre bestimmt ein leichterer Schuß geworden, wenn ich nicht so lange hätte draufzuhalten müssen. Aber, na ja, es war auch so nicht sehr schwer. Ich wußte, daß ich ihn nicht verfehlen würde; ich habe versucht, seinen Rücken zu treffen, etwas links. Er hat sich bewegt, sonst hätte es ihn da erwischt. Schon als ich losließ, wußte ich, daß ich getroffen hatte.»

«Du hast ihn erwischt», sagte ich. «Und was sollen wir jetzt mit ihm machen?»

Drew kam wieder zu uns herüber. Er rieb den Dreck von seinen Händen und wischte sie sich an den Hosenbeinen ab. «Wir können nur eins machen», sagte er. «Die Leiche ins Kanu legen, sie nach Aintry bringen und der Polizei übergeben. Ihnen die ganze Sache erzählen.»

«*Was* erzählen?» fragte Lewis.

«Was passiert ist», sagte Drew herausfordernd. «Es war schließlich Notwehr. Sie haben unter Drohung mit der Waffe zwei von uns sexuell überfallen, und wie du ganz richtig gesagt hast, du konntest nichts anderes tun.»

«Nichts anderes, als ihm einen Pfeil in den Rücken jagen?» fragte Lewis ironisch.

«Na, du hast es schließlich getan», sagte Drew.

«Und was hättest *du* getan?»

«Das spielt doch überhaupt keine Rolle, was ich getan hätte», sagte Drew unbeirrt. «Aber ich kann dir verraten, ich glaube nicht . . .»

«Was glaubst du nicht?»

«Wartet mal», unterbrach ich. «Es ist jetzt ganz einerlei, was wir hätten tun sollen. Er ist hier, und wir sind hier. Wir haben ja nicht angefangen. Wir haben nicht darum gebeten. Aber was jetzt?»

Neben meinen Füßen bewegte sich etwas. Ich sah nach unten, und der Mann schüttelte seinen Kopf, als könnte er etwas nicht fassen, stöhnte einmal lang auf und sank wieder zusammen. Drew und Lewis beugten sich zu ihm hinunter.

«Ist er tot?» fragte ich. Ich hatte ihn bereits als tot betrachtet und konnte mir nicht vorstellen, wieso er sich noch bewegte und stöhnte.

«Jetzt ist er's», sagte Lewis, ohne aufzublicken. «Ganz schön tot. Wir hätten ihn sowieso nicht mehr retten können. Er hat ihn glatt durchbohrt.»

Lewis und Drew richteten sich wieder auf, und wir setzten unsere Überlegungen fort.

«Laßt uns doch mal genau nachdenken», sagte Lewis. «Beruhigen wir uns, und denken wir nach! Kennt einer von euch die Gesetze genau?»

«Ich bin ein einziges Mal Geschworener gewesen», sagte Drew.

«Einmal mehr als ich», sagte ich. «Und über die verschiedenen Definitionen von Mord, Totschlag und fahrlässiger Tötung weiß ich überhaupt nichts.»

Wir wandten uns alle Bobby zu, der inzwischen zu uns herangekommen war. Er schüttelte seinen glühenden Kopf.

«Man braucht nicht viel über die Gesetze zu wissen. Man kann sich auch so vorstellen, daß es ein Verhör geben wird, wenn wir diesen Kerl hier aus den Bergen nach unten schaffen und ihn dem Sheriff übergeben. Man wird eine Untersuchung einleiten, und wir werden ganz sicher vor Gericht gestellt», sagte Lewis. «Ich weiß nicht, auf was die Anklage lauten würde, aber wir hätten die Geschworenen bestimmt gegen uns. Das ist sonnenklar.»

«Na und?» fragte Drew.

«Also gut», sagte Lewis und wechselte das Standbein. «Wir haben einen Menschen getötet. In den Rücken geschossen. Und wir haben nicht nur einen armen Schlucker getötet, sondern einen Weißen, der hier aus der Gegend stammt. Könnt ihr euch ausmalen, was sich da tun wird?»

«Gut», sagte Drew. «Dann male mal. Wir hören zu.»

Lewis seufzte und kratzte sich am Kopf. «Wir sollten uns erst einmal beruhigen. Es hat keinen Zweck, daß wir uns hier wie verrückte Pfadfinder aufführen, die unbedingt das Richtige tun wollen. Das Richtige gibt's in diesem Fall gar nicht.»

«Doch, gibt es doch», sagte Drew. «Es gibt nur *eins*.»

Ich dachte voraus und sah nichts als schlimmen Ärger für den Rest meines Lebens. Ich habe immer eine Heidenangst gehabt, etwas mit der Polizei zu tun zu haben. Beim Anblick einer Polizeiuniform wird mir heiß und kalt. Ich spürte, wie ich in der Stille rascher atmete, und einen Augenblick lang hörte ich das Rauschen des Flusses wie ein Geräusch durch eine geschlossene Tür.

«Wir sollten es uns schwer überlegen, ehe wir hier oben in den Bergen eine Gerichtsverhandlung riskieren. Wir wissen nicht, wer dieser Mann ist, aber wir wissen, daß er hier oben gelebt hat. Er kann ein ausgebrochener Sträfling sein, oder er kann heimlich Whiskey gebrannt haben, oder er ist einfach nur der Vater, Bruder oder Vetter von irgendwem hier auf dem Land. Ich garantiere euch, der hat Verwandte in der ganzen Umgegend. Hier oben ist jeder mit jedem irgendwie verwandt. Und außerdem müßt ihr auch daran denken, daß die Leute hier voller Ressentiments wegen des Staudamms sind. Eine Reihe von Friedhöfen müssen verlegt werden, wie damals im Tennesseetal. Und so weiter. Fremde mögen die hier nicht. Und ich habe absolut keine Lust, wieder hier raufzukommen, bloß weil ich diesem Kerl in den Rücken geschossen habe. Und es mit lauter Geschworenen zu tun zu haben, die alle seine Vettern oder Brüder sind. Oder sogar seine Eltern. Das wäre durchaus drin.»

Er hatte recht. Ich horchte nach dem Wald und dem Fluß hin, um festzustellen, ob ich eine Antwort erhielt. Ich sah mich und die anderen wochenlang in irgendeinem ländlichen Gefängnis verkommen, zusammen mit irgendwelchen Säufern, auf Sirup und Pökelfleisch gesetzt. Ich sah mich irgendwie die Zeit totschlagen, um nicht vor Angst zu sterben, sah mich mit Anwälten verhandeln und Monat für Monat ihre Honorare bezahlen. Vielleicht gegen eine Kaution freikommen – ich hatte keine Ahnung, ob das in diesem Fall möglich war – und meine Familie in das ganze Schlamassel hineinziehen. Ich konnte sie nicht dazu zwingen, sich mit dem Leben, dem Tod und der Identität dieses widerlichen, nutzlosen Kerls zu meinen Füßen zu beschäftigen, der die Pfeilspitze mit der einen Hand festhielt und dessen blutige Blase auf den Lippen jetzt platzte und ein schmales Rinnsal von Blut bildete, das unter seinem Ohr langsam zu einem dicken Tropfen wurde. Zugegeben, Lewis steckte viel tiefer in der Sache drin als wir, aber wir alle hatten eine Menge zu verlieren. Allein schon die Presseberichte über uns und den Mordfall würden kaum zu überstehen sein. All das wollte ich nicht, wenn es sich irgendwie umgehen ließ.

«Was meinst du, Bobby?» fragte Lewis, und ich wußte, daß er sich Bobbys Entscheidung fügen würde. Bobby saß auf dem Baumstamm, über dem er noch vor kurzem gelegen hatte; er hatte das Kinn in die eine Hand gestützt und hielt die andere über die Augen. Als er jetzt aufstand und zu dem toten Mann hinging, schien er um zwanzig Jahre gealtert. Und dann, in einem Ausbruch, der so plötzlich kam wie etwas aus einer anderen Welt, trat er dem Toten ins Gesicht, und dann noch einmal.

Lewis riß ihn an den Schultern zurück. Dann ließ er ihn los, und Bobby wandte sich um und ging weg.

«Und was meinst du, Ed?» fragte Lewis mich.

«Mein Gott, ich weiß nicht. Wirklich nicht.»

Drew ging auf die andere Seite des toten Mannes hinüber und deutete nachdenklich auf ihn. «Ich weiß nicht, was du vorhast, Lewis», sagte er. «Aber wenn du die Leiche versteckst, setzt du dich einer Mordanklage aus. Soviel verstehe ich von den Gesetzen. Und eine Mordanklage willst du bestimmt nicht riskieren, ich meine unter den Umständen, die du gerade beschrieben hast. Du solltest gefälligst gründlich darüber nachdenken, es sei denn, du hast dich jetzt schon mit dem elektrischen Stuhl abgefunden.»

Lewis sah ihn interessiert an. «Nimm doch mal an, es gibt gar keine Leiche», sagte er. «Keine Leiche – kein Verbrechen. Stimmt doch, oder?»

«Mag sein, aber ich bin da nicht so sicher», sagte Drew und starrte erst Lewis an und dann den Toten. «Woran denkst du, Lewis?» fragte er. «Wir haben ein Recht darauf, das zu wissen. Und wir sollten verdammt schnell zu einem Entschluß kommen. Wir können hier nicht einfach rumstehen und die Hände ringen.»

«Keiner ringt die Hände», sagte Lewis. «Ich habe nachgedacht, während ihr euch anscheinend nur bei den konventionellen Aspekten aufgehalten habt.»

«Worüber hast du nachgedacht?» fragte ich.

«Darüber, was wir mit der Leiche anstellen sollen.»

«Du bist ein verdammter Idiot», sagte Drew mit leiser Stimme. «Mit der Leiche anstellen? Sollen wir sie etwa in den Fluß schmeißen? Dort würden sie zuerst suchen.»

«Wer?»

«Alle, die ihn vermissen. Die Familie, die Freunde, die Polizei. Vielleicht der Kerl, der bei ihm war.»

«Wir brauchen ihn ja nicht in den Fluß zu werfen», sagte Lewis.

«Lewis», sagte Drew, «es ist mein Ernst. Wir müssen zusammenhalten. Es handelt sich hier nicht um eines von deinen Scheißspielen. Du hast jemanden getötet. Da liegt er.»

«Ich habe ihn getötet», sagte Lewis. «Aber du irrst dich, wenn du sagst, daß unsere Lage nichts mit Spiel zu tun hat. Vielleicht ist es ein ernstes Spiel – aber du übersiehst einen wichtigen Punkt, wenn du es nicht als Spiel auffaßt.»

«Hör doch auf, Lewis», sagte ich. «Komm uns nicht wieder mit dieser Tour.»

Lewis wandte sich mir zu. «Hör mal her, Ed, hör mir mal gut zu. Ich glaube daß wir aus dieser Sache rauskommen können. Ohne daß irgendwelche Fragen gestellt werden, ohne irgendwelchen Ärger, wenn wir uns nur in der nächsten Stunde etwas zusammenreißen und ein paar Dinge richtig machen. Wenn wir es bis zu Ende durchdenken und es konsequent zum Ende bringen und keine Fehler machen, dann können wir rauskommen, ohne daß je ein Wort darüber verlautet. Wenn wir es mit dem Gesetz zu tun kriegen, werden wir für den Rest unseres Lebens mit dieser Leiche zu tun haben. Wir *müssen* sie loswerden.»

«Aber wie?» fragte ich. «Wohin damit?»

Lewis wandte das Gesicht dem Fluß zu, dann hob er die eine Hand und machte eine ausladende Geste über die Landschaft hin, eine Geste, die den Wald umfaßte, meilenweit. Ein neuer Ausdruck, ein Leuchten trat in seine Augen, eine listige, verschwörerische Durchtriebenheit, ein fast vergnügter Blick, sein typischer, siegessicherer Blick. Er ließ die Hand wieder sinken und legte sie locker auf den Boden, nachdem er Drew und mir den Wald, die ganze Wildnis geschenkt hatte. «Überall», sagte er. «Irgendwo. Nirgendwo.»

«Ja», fiel Drew aufgeregt ein. «Wir könnten alles mögliche mit ihm machen. Wir könnten ihn in den Fluß werfen. Wir könnten ihn vergraben. Wir könnten ihn sogar verbrennen. Aber sie würden ihn finden, oder zumindest irgend etwas von ihm, wenn sie kämen und suchten. Und was ist mit dem anderen, der bei ihm war? Er braucht nur loszugehen und jemanden . . .»

«Jemanden – was?» fragte Lewis. «Ich glaube nicht, daß er Wert darauf legt, jemandem zu sagen, was er gemacht hat, als dieser Kerl erschossen wurde. Und schon gar nicht dem Sheriff oder der Polizei. Er könnte zwar irgendwen holen, aber ich bezweifle, daß er das tut. Jedenfalls wird er garantiert nicht die Polizei holen. Und selbst wenn er zurückkommt . . .» Lewis berührte die Leiche mit dem einen Ende seines Bogens und sah Drew gerade in die Augen. «Der hier wird dann nicht mehr dasein.»

«Wo soll er denn sein?» fragte Drew und schob sein Kinn vor. «Und woher willst du wissen, daß der andere Kerl nicht in diesem Augenblick in der Nähe ist? Vielleicht beobachtet er uns ja die ganze Zeit. Es dürfte nicht so schwierig sein, uns zu folgen, wenn wir die Leiche irgendwohin schleppen und vergraben. Er könnte der Polizei schließlich auch einen anonymen Wink geben. Oder er könnte sie herholen. Sieh dich um, Lewis. Er kann überall hier sein.»

Lewis sah sich nicht um, aber ich tat es. Das andere Ufer des Flusses war nicht gefährlich, aber auf unserer Seite wurde es immer bedrohlicher. Etwas Unheimliches, mächtig und unsichtbar, schien aus drei Richtungen auf uns zuzuströmen – aus beiden Richtungen des Flusses und vom Wald her. Drew hatte recht: der andere Mann konnte überall sein. Die Blätter der Bäume und das Buschwerk waren so dicht, daß das Auge schnell aufgab, sich in dem nutzlosen Gewirr der Pflanzen verlor, die in dieser erstickenden Dunkelheit ihr Leben fristeten. Der hagere Körper dieses listigen, verschlagenen Burschen konnte sich zwischen ihnen so natürlich hindurchwinden wie eine Schlange, wie der Nebel, konnte uns folgen, wohin wir auch gingen, beobachten, was wir auch taten. Was wir ihm entgegensetzen konnten – diese Aussicht erschreckte mich seltsam erregend –, war Lewis. Die Kaltblütigkeit, mit der er einen Menschen getötet hatte, rief eine verzweifelte Angst in mir hervor, aber ebendiese Eigenschaft war zugleich beruhigend, und unbewußt trat ich einen Schritt näher zu ihm hin. Ich hätte diesen großen, Gelassenheit ausstrahlenden Unterarm am liebsten berührt, als Lewis jetzt mit lässig vorgeschobener Hüfte dastand, das eine Bein leicht und kraftvoll angewinkelt. Ich wäre ihm überallhin gefolgt, und mir wurde klar, daß mir auch gar nichts anderes übrigblieb.

Lewis blickte noch immer auf den Fluß und sagte: «Mal genau überlegen.»

Bobby erhob sich von dem Baumstamm und stellte sich zu uns. Zwischen uns und Lewis lag der Tote. Ich wandte den Blick von Bobbys rotem Gesicht ab. Nichts von all dem war seine Schuld, aber mir gegenüber kam er sich besudelt vor. Mir fiel ein, welchen Ausdruck seine Augen vorhin gehabt hatten, als er über dem Baumstamm gelegen hatte, wie bereit er gewesen war, alles mit sich geschehen zu lassen, und wie hoch seine Stimme bei seinem Schrei geklungen hatte.

Lewis beugte sich über den toten Mann. Er hatte einen trockenen Grashalm im Mund. «Wenn wir ihn im Kanu auf den Fluß bringen, sind wir ungeschützt. Wenn uns jemand beobachtete, würde er sehen können, wo wir ihn versenken. Außerdem, wie Drew schon gesagt hat, würde man natürlich zuerst im Fluß suchen. Welche Möglichkeiten haben wir also?»

«Wir müssen ihn entweder flußaufwärts oder flußabwärts schaffen», sagte ich.

«Oder in den Wald», sagte Lewis. «Oder aber wir kombinieren beides.»

«Wie denn kombinieren?»

«Ich schlage vor, wir kombinieren Fluß und Wald. Wir fahren ein Stück flußaufwärts, bis zu dem Bach, und vergraben ihn dann irgendwo im Wald.»

Das war einleuchtend. Die Wälder flußaufwärts begannen für uns unheimlicher zu werden als die Wälder flußabwärts, denn dort lag für uns die Zukunft . . .

«Wir schaffen ihn also flußaufwärts und dann in den Wald. Wir schleppen ihn den kleinen Bach hinauf, bis wir eine geeignete Stelle finden, und dann vergraben wir ihn und das Gewehr. Und ich möchte wetten, daß dann nichts mehr passieren kann. In diesen Wäldern hier gibt es mehr Menschenknochen, als man sich vorstellen kann. Hier oben verschwinden pausenlos Leute, und man erfährt nie etwas davon. Und in einem Monat oder sechs Wochen ist das Tal schon überflutet, und die ganze Gegend steht tief unter Wasser. Glaubt ihr etwa, daß die Regierung dieses Projekt verschiebt, nur um nach irgendeinem Hinterwäldler zu suchen? Besonders wenn man nicht mal weiß, wo er sein könnte und ob er überhaupt in den Wäldern ist? Das ist nicht anzunehmen. Und in sechs Wochen . . . habt ihr jemals einen Stausee gesehen? Da gibt's 'ne Menge Wasser. Und wenn was darunter vergraben ist – darunter –, dann ist es so vergraben wie nur irgendwas.»

Drew schüttelte den Kopf. «Und ich sage dir, ich will nichts damit zu tun haben.»

«Was soll das heißen?» fuhr Lewis ihn mit scharfer Stimme an. «Du *hast* damit zu tun. *Du* willst doch ehrlich sein, *du* willst doch eine reine Weste haben, *du* willst doch das Richtige tun. Aber du hast nicht den Mumm, etwas zu riskieren. Glaub mir, wenn wir es richtig machen, gehen wir so sauber nach Hause, wie wir gekommen sind. Das heißt, wenn keiner von uns quatscht.»

«Das glaubst du ja selber nicht, Lewis», sagte Drew und blickte zornig durch seine Brillengläser. «Aber ich kann da nicht mitmachen. Es geht hier nicht um Mumm, sondern um das Gesetz.»

«Siehst du hier irgendwo ein Gesetz?» fragte Lewis. «Wir sind das Gesetz. Was wir beschließen, wird gemacht. Wir können ja abstimmen. Ich werde mich dem Ergebnis fügen. Und du wirst es auch tun, Drew. Du hast keine andere Wahl.»

Lewis wandte sich wieder an Bobby. «Was meinst du?»

«Weg mit dem Saukerl», sagte Bobby mit belegter, würgender Stimme. «Glaubst du, ich will die Sache an die große Glocke hängen?»

«Ed?»

Drew fuchtelte mit der Hand vor meinem Gesicht herum. «Überleg, was du tust, Ed, um Himmels willen», sagte er. «Dieser von sich selbst berauschte Idiot bringt uns alle lebenslänglich ins Gefängnis, wenn nicht sogar auf den elektrischen Stuhl. Du bist ein vernünftiger Mann, Ed. Du hast Familie. Du hängst doch gar nicht in der Sache drin, wenn du nicht einfach mitmachst, was Lewis will. Hör auf die Vernunft, tu es nicht. Ich flehe dich an. Tu es nicht.» Was konnte man mir schon nachweisen? Nichts. Ich war schließlich nur an einen Baum gefesselt gewesen und hatte nichts getan. Ich war überzeugt, daß Lewis uns schon aus der Patsche helfen würde. Ich wollte also mitmachen und die Leiche verstecken, und wenn man uns später erwischen sollte, konnte ich immer noch behaupten, mir sei nichts anderes übriggeblieben, ich sei von den anderen überstimmt worden.

«Ich bin dabei», sagte ich und wandte mich von Drew ab.

«Okay», sagte Lewis und packte den Toten an den Schultern. Er rollte ihn herum, packte die Spitze des Pfeils, die aus der Brust herausragte, und begann zu ziehen. Er mußte beide Hände nehmen und sich sehr anstrengen, um ihn zu lockern, und dann zog er den dunkelrot gefärbten Pfeil mit aller Kraft aus dem Körper heraus. Er stand auf, ging zum Fluß und säuberte ihn. Dann kam er zurück. Er steckte den Pfeil wieder sorgfältig in den Köcher.

Ich reichte Bobby das Gewehr und ging zu dem Baum, um meinen Gürtel, das Seil und das Messer zu holen. Dann beugten Drew und ich uns herunter, um den Toten bei den Schultern zu packen, während Bobby und Lewis jeder ein Bein ergriffen und mit ihrer freien Hand das Gewehr und den Bogen und einen zusammenklappbaren Spaten trugen, den sie aus dem Kanu geholt hatten. Die Leiche hing schwer zwischen uns, außerordentlich schwer, und bei dem Versuch, mich wieder aufzurichten, ging mir die Bedeutung des Begriffs *totes Gewicht* auf. Wir gingen in die Richtung, aus der Lewis gekommen war.

Wir hatten noch nicht zwanzig Meter zurückgelegt, als Drew und ich unter der Last ins Wanken kamen; mühsam schleppten uns unsere Füße durch das trockene Gras. Einmal hörte ich ein rasselndes Geräusch, das von einer Klapperschlange kommen mußte. Ich blickte vor mir auf die Erde, rechts und links von der Leiche, die, mit den Füßen halb auf dem Boden, vor mir in den Wald glitt. Der Kopf des Toten hing nach unten und pendelte zwischen Drew und mir hin und her.

Es war unglaublich. Selbst in meinen schlimmsten Träumen hatte ich so etwas noch nie getan. Es hatte etwas von einem Pfadfinderspiel, doch trifft dieses Wort nicht das Gefühl, das ich dabei empfand. Ich wußte, es war kein Spiel, und ich betrachtete den Toten immer wieder, ob er nicht aus dieser unwirklichen Starre erwachen und aufstehen würde, um uns allen die Hand zu schütteln wie jemand, den wir gerade im Wald getroffen hatten und der uns sagen konnte, wo wir uns befanden. Aber der Kopf hing weiter pendelnd herunter, und wir gaben uns Mühe, ihn nicht über den Boden schleifen zu lassen und vom Gestrüpp und vom dornigen Gezweig fernzuhalten.

Schließlich kamen wir an den kleinen Nebenfluß, wo Lewis' Kanu lag. Das Wasser bahnte sich seinen Weg zwischen den Zweigen hindurch, und der Wasserlauf sah aus, als bestünde er zur einen Hälfte aus langsam fließendem Wasser und zur anderen Hälfte aus Buschwerk und Gezweig. In meinem ganzen Leben hatte ich so etwas noch nicht gesehen, aber jetzt sah ich es vor mir. Ich half Lewis und den anderen dabei, die Leiche ins Kanu zu heben. Es lag tief und schwer in dem mit Blättern und Zweigen bedeckten Wasser, und wir fingen an, es den Nebenfluß aufwärts zu schieben, tief in den Wald hinein. Durch die dünne Gummisohle meiner Tennisschuhe spürte ich jeden Kieselstein, und das Wasser umspülte ungreifbar wie ein Schatten meine Beine. Wir taten, was getan werden mußte.

Lewis ging voran und zog das Kanu am Bugtau. Gebeugt watete er durch das Wasser, mit dem Tau über der Schulter, als schleppe er einen Sack Gold. Das Gesträuch, fast nur Waldlorbeer und hohe Rhododendren, bildete ein niedriges Blattgewölbe über dem Gewässer, so daß wir alle Augenblicke in die Knie gehen und uns durch Blattwerk und Gezweig einen Weg bahnen mußten, die Brust gegen das Wasser gestemmt, das uns aus dem grünen Dickicht entgegendrang. An manchen Stellen war es ein grüner Tunnel, in dem man nie ein menschliches Wesen vermutet hätte, dann wieder eine lange grüne Halle, wo das Wasser plötzlich Farbe und Temperatur änderte und sonderbar still war.

In dieser nicht enden wollenden, vom Wasser durchfluteten Blätterhöhle hatten wir uns, als ich auf die Uhr sah, schon zwanzig Minuten lang vorwärts gekämpft. Die Zweige schlugen uns ins Gesicht und verdeckten immer wieder den Wasserpfad, den unsere Füße mühsam suchen mußten, aber es gab nur eins: voran. Ich fragte mich, was um alles in der Welt ich wohl tun würde, wenn die anderen plötzlich verschwänden, wenn der Wasserlauf nicht mehr da wäre und ich allein mit der Leiche im Wald dastünde. Welche Richtung würde ich wohl einschlagen? Würde ich je den Fluß wiederfinden, ohne mich an dem Gewässer hier orientieren zu können? Wahrscheinlich nicht, und mit all meinem Denken und Fühlen klammerte ich mich an die anderen; nur gemeinsam mit ihnen würde ich hier wieder herauskommen.

Hin und wieder blickte ich in das Kanu und sah den Toten darin liegen, mit nach hinten geneigtem Kopf, die eine Hand über dem Gesicht, die Beine gekreuzt – die Karikatur eines Kleinstadttagediebs aus den Südstaaten, der zu faul ist, außer schlafen noch etwas anderes zu tun.

Lewis hob die Hand. Wir richteten uns auf und drückten das Kanu gegen die Strömung, damit es nicht zurücktrieb. Lewis kletterte gewandt wie ein Tier das Ufer hinauf. Drew, Bobby und ich standen da mit dem Kanu und dem schlafenden Mann zwischen uns, der neben unseren Hüften vom Wasser gewiegt wurde. Das Unterholz um uns war so dicht, daß man es an manchen Stellen nicht einmal mit dem Arm hätte durchdringen können. Man hätte uns von überallher aus dem Dunkel beobachten können, von jedem Baum, aus jedem Busch, aber nichts geschah. Ich fühlte, wie die Hände der anderen das Boot festhielten.

Nach ungefähr zehn Minuten erschien Lewis wieder – hinter einem Zweig, den er aus dem Wasser hochgebogen hatte. Es war, als hätte sich der Baum von selbst bewegt. In diesen tiefen Wäldern hier hatte ich das Gefühl, als sei es nichts Ungewöhnliches, wenn sich die Zweige langsam, aber entschlossen hoben, um Lewis Medlock den Weg freizugeben.

Wir banden das Kanu an einem Busch fest und hoben den Toten heraus; jeder von uns packte an der gleichen Stelle zu wie zuvor. Ich hatte das Gefühl, als weigere sich alles in mir, ihn irgendwo anders anzurühren.

Lewis hatte keinen Pfad gefunden, aber er war auf eine Baumlichtung gestoßen, die landeinwärts lag und, wie er sagte, flußaufwärts. Das war gut genug; das konnte nicht besser sein. Wir zogen los und arbeiteten uns von dem Wasserlauf fort, zwischen großen Mooreichen und Amberbäumen hindurch, die aller Zeit zu trotzen schienen. Stolpernd torkelten wir mit der Leiche entlang, schweißbedeckt und verklebt, und wanderten mühselig zwischen Büschen und Bäumen hindurch. Schon nach den ersten Umgehungsmanövern hatte ich keine Ahnung mehr, wo wir waren, und seltsamerweise genoß ich es geradezu, *derart* verloren zu sein. Wenn man so tief wie wir in einer Sache drinsteckte, dann war es besser, sie bis zum Ende durchzustehen. Als ich das sanfte Strömen des Wassers nicht mehr hörte, wußte ich, daß ich verloren war, daß ich durch die Wälder irrte und eine Leiche beim Arm gepackt hielt.

Lewis hob wieder die Hand, und wir ließen den Toten auf die Erde sinken. Wir waren an einem Sumpfloch angekommen, einem blau-schwarzen Tümpel abgestandenen Wassers, das aus einem Rinnsal stammte oder aus der Erde an die Oberfläche gequollen war. Der Boden ringsum war morastig und gluckste, und ich scheute mich weiterzuge-hen; dabei war ich doch eben noch mit den anderen bis zu den Hüften durchs Wasser gewatet.

Lewis gab mir ein Zeichen. Ich ging zu ihm, und er nahm den Pfeil aus dem Köcher, mit dem er den Mann getötet hatte: Es hätte mich nicht gewundert, wenn er noch vibriert hätte, aber er tat es nicht; wie die anderen Pfeile war er gefügig und einsatzbereit. Ich betastete ihn: er war makellos gerade. Ich hielt ihn Lewis wieder hin, konnte mich dann aber aus irgendeinem Grunde nicht entschließen loszulassen. In Lewis' Ge-sicht drückten sich Befremden und Entschlossenheit aus. So standen wir beide da und hielten den Pfeil. Kein Blut war mehr daran, aber die Federn waren noch naß vom Fluß, in dem Lewis ihn gesäubert hatte. Er sah aus wie jeder andere Pfeil, der im Regen gelegen hatte, im Tau oder im Nebel. Ich ließ los.

Lewis legte den Pfeil an, spannte den Bogen, wie er es in meinem Beisein schon hundertmal getan hatte, souverän und erfahren, viel sach-gerechter und präziser als die Bogenschützen auf griechischen Urnen – und er stand da: ganz Konzentration. Vor uns war nur das schwarze Wasser des Tümpels. Lewis aber zielte auf einen ganz bestimmten Punkt darin: vielleicht auf einen einzelnen Tropfen, der sich noch bewegte und früher oder später zur Ruhe kommen mußte.

Der Pfeil blitzte silbern auf und war auch schon verschwunden, wäh-rend Lewis noch in der Abschußhaltung verharrte, als läge der Pfeil noch auf der Bogensehne, Nichts schien den Pfeil im Tümpel aufgehalten zu haben, weder Holz noch Stein. Er war verschwunden, als sei er durch den Morast bis zum flüssigen Mittelpunkt der Erde vorgedrungen.

Wir nahmen die Leiche wieder auf und gingen weiter. Nach einiger Zeit kamen wir zu einer Erhebung, bedeckt mit Farnen und Blättern, die zu einem braunen Brei vermodert waren. Lewis wandte sich zu uns um und kniff das eine Auge zusammen. Wir legten die Leiche nieder. Der eine Arm war nach hinten verrenkt, und der Gedanke, daß der Tote dabei keinen Schmerz empfand, war schlimmer als alles Vorangegangene.

Lewis kniete sich hin. Er begann mit dem zusammenklappbaren Mili-tärspaten zu graben, den wir mitgebracht hatten, um Latrinenlöcher auszuheben. Der Boden war locker, zumindest das, was ihn bedeckte. Es war keine Erde. Es waren Blätter und verrottetes Gezweig. Es roch nach jahrhundertealtem Moder. Sollen sie ruhig alles überfluten, dachte ich, verrottet und verkommen, wie hier alles ist.

Drew und ich hockten uns hin und halfen Lewis mit den bloßen

Händen beim Graben. Bobby stand da und sah in die Bäume. Drew grub wie besessen, ganz an diese praktische Arbeit hingegeben. Der Schweiß stand in seinem kantigen Gesicht mit den Aknenarben, und sein schwarzes, von Pomade glänzendes Haar hing ihm in Strähnen über das eine Ohr.

Es war ein düsterer Ort, still und stickig. Als wir die Grube ausgehoben hatten, war an meiner Fliegerkombination kein trockenes Fleckchen mehr. Wir hatten eine schmale Grube von etwas mehr als einem halben Meter Tiefe gegraben.

Wir hievten den Toten hinein und rollten ihn auf die Seite. Unendlich fern von uns lag er da. Lewis streckte seine eine Hand aus, und Bobby gab ihm das Gewehr. Lewis legte das Gewehr in die Grube, zog dann seine Hände auf die Knie zurück und spähte hinab. Dann griff er mit der rechten Hand wieder ins Grab und gab dem Gewehr eine andere Lage.

«Okay», sagte er.

Wir schaufelten und scharrten wie wild Erde und Moder wieder zurück. Ich warf von dem verrotteten Zeug etwas auf sein Gesicht, um es rasch zu verdecken. Es war nicht schwer – zwei Händevoll genügten. Der Tote verschwand, wurde langsam eins mit der wuchernden Sinnlosigkeit dieser Wälder. Als die Grube zugeschüttet war, warf Lewis eine Schicht verfaultes Laub darüber.

Wir richteten uns auf den Knien auf. Wir beugten uns schwer atmend vor und stützten die Hände auf die Oberschenkel oder die Erde vor uns. Ich hatte einen Augenblick lang den dringenden Wunsch, ihn wieder auszugraben, mich auf Drews Seite zu schlagen. Jetzt wußten wir noch, wo er war. Aber wir hätten bereits zu viel erklären müssen: den Schmutz an seinem Körper, die Verzögerung, überhaupt alles. Oder sollten wir ihn doch wieder herausholen und im Fluß waschen? Dieser Gedanke enthob mich jeden Zweifels: es war unmöglich. Und ich stand zusammen mit den anderen auf.

«Hier wächst bald Farn drüber», sagte Lewis. Es war gut, eine Stimme zu hören, besonders die seine. «Den finden sie in tausend Jahren nicht. Ich bin nicht mal sicher, ob wir die Stelle wiederfinden würden.»

«Noch ist es Zeit, Lewis», sagte Drew. «Denk lieber noch einmal darüber nach, ob du auch weißt, was du tust.»

«Ich weiß es», sagte Lewis. «Der erste Regen wird hier alle Spuren verwischen. Kein Hund könnte uns hierher folgen. Wenn wir den Fluß hinter uns haben, sind wir in Sicherheit. Glaubt mir das.»

Wir machten uns auf den Rückweg. Ich hätte ihn nicht gefunden, aber Lewis blieb von Zeit zu Zeit stehen und blickte auf einen Taschenkompaß, und ich hatte den Eindruck, daß wir mehr oder weniger in der richtigen Richtung gingen. Jedenfalls war es die Richtung, die ich wahrscheinlich auch eingeschlagen hätte.

Wir kamen an dem Bach heraus, etwas oberhalb der Stelle, wo das Kanu lag. Das Wasser floß auf den Fluß zu, und wir folgten ihm über die geheimnisvollen Kiesel auf seinem Grund, bückten uns immer wieder unter dem herunterhängenden Gezweig. Ich fühlte mich den anderen fern, besonders aber Lewis. Das Gefühl, wir müßten uns gegenseitig helfen, gab es nicht mehr. Ich glaube, wenn ich in ein Loch getreten und darin verschwunden wäre, die anderen hätten es nicht einmal bemerkt, hätten sich nicht einmal umgewandt und wären nur um so rascher weitergegangen. Jeder von uns wollte so schnell wie möglich aus diesem Wald heraus. Jedenfalls ging es mir so, und es hätte einer enormen körperlichen Anstrengung bedurft, mich umzuwenden und auch nur einen Schritt zurückzugehen, wenn einer von den anderen in Schwierigkeiten geraten wäre.

Als wir zu unserem Kanu kamen, stiegen wir alle ein. Drew und Lewis paddelten, und ich spürte, wie die langen Schläge von Lewis uns fortbewegten, ganz wie ich es mir wünschte. Drew hielt die niedrigen Zweige auseinander, und wir kamen schneller zum Fluß zurück, als ich es für möglich gehalten hätte.

Das andere Boot lag da, wo wir es verlassen hatten. Es schaukelte leicht gegen das Ufer.

«Bloß weg hier, um Gottes willen», sagte Bobby.

«Einen Augenblick noch», sagte Lewis. «Wir können uns jetzt keine falschen Rücksichten mehr leisten. Was traust du dir noch zu, Bobby?»

«Ich weiß es nicht, Lewis», sagte Bobby. «Ich will mein Bestes versuchen.»

«Du kannst ja nichts dafür», sagte Lewis. «Aber versuchen ist jetzt nicht genug. Wir müssen die besten Teams zusammenstellen. Ich glaube, ich sollte Bobby zu mir ins Boot nehmen. Ed, wie steht's mit dir?»

«Ich weiß nicht. Ein bißchen kann ich schon noch.»

«Gut. Du fährst mit Drew in meinem Boot. Bobby und ich laden möglichst viel von den Sachen ins andere. Wir versuchen, nicht hinter euch zurückzubleiben, aber es dürfte besser sein, wenn ihr vorausfahrt, damit wir sehen können, falls ihr irgendwelche Schwierigkeiten habt. Ich sage es nicht gern, aber soweit ich weiß, haben wir den schlimmsten Teil des Flusses noch vor uns.»

«Den Teil, der soviel Spaß machen sollte, wie du gesagt hast», sagte Bobby.

«Den Teil, der dich dein blödes Hirn kosten wird, wenn du nicht genau das tust, was ich dir sage», antwortete Lewis, ohne die Stimme zu heben. «Los, jetzt schaffen wir alles, was wir schleppen können, ins andere Kanu. Du willst doch hier raus, oder?»

Wir brauchten etwa zehn Minuten, um die Sachen umzupacken.

«Nimm alles, was du verkraften kannst, Lewis», sagte ich. «Wenn Drew und ich als erste durch diese verdammten Stromschnellen fahren sollen, dann wenigstens in einem Boot, das ich halbwegs in der Gewalt habe. Und ich will nicht, daß mir auch noch das Zeug zwischen die Beine gerät, wenn ich ins Wasser falle.»

«Kann ich verstehen, Ed», sagte Lewis. «Wir nehmen mit, was wir nur können.»

«Ich will vor allem eine Waffe bei mir haben», sagte ich. «Ich nehme meinen Bogen.»

«Das würde ich mir noch überlegen», sagte Lewis. «Wenn du schon meinst, daß Zeltplanen dich gefährden können, dann sieh nur zu, daß dich die Doppelspitzen nicht aufspießen, wenn du wirklich ins Wasser fällst.»

«Ich nehme meinen Bogen trotzdem mit», sagte ich. «Ich wollte, wir hätten noch das Gewehr von dem Burschen. Warum zum Teufel haben wir es bloß bei *ihm* gelassen?»

«Das Gewehr liegt da, wo es ist, sehr gut», sagte Lewis.

«Wir hätten es ja später noch loswerden können.»

«Nein, das wäre zu riskant gewesen. Je weiter wir es mitgeschleppt hätten, um so größer wäre die Gefahr gewesen, damit geschnappt zu werden. Es hätte *das* Beweisstück werden können, alter Knabe. *Das* Beweisstück.»

Wir waren soweit. Drew kroch in den Bug des Aluminiumkanus. Ich war froh, daß ich *ihn* bei mir hatte: er war ein guter Partner. Er hielt sein Paddel startbereit und schüttelte den Kopf. Keiner sprach ein Wort, bis ich sagte: «Los!»

Es war ungefähr vier Uhr, und der Gedanke, noch eine Nacht im Wald verbringen zu müssen, lähmte mich. Das Schleppen des Toten und die physische Anstrengung beim Ausheben der Grube hatten mich die Problematik unserer Lage fast vergessen lassen, aber jetzt kam mir wieder voll zum Bewußtsein, was uns noch alles zustoßen konnte. Ich war in die Zange geraten. Aber gleichzeitig hatten sich alle meine Sinne geschärft. Die Blätter glitzerten, lauter magische Tupfen, und der Fluß und das Licht auf ihm waren pure Energie. Noch nie waren meine Nerven so angespannt gewesen, und eine ungeheure Sicherheit überkam mich. Ich war so hellwach, daß ich hundert Dinge zugleich wahrnahm und mit den Armen zu langen, gleichmäßigen Paddelschlägen ausholte, so hellwach, daß ich den Wirbeln in der Strömung ansah, wo uns Felsblöcke bedrohten.

Eine knappe Stunde lang kamen wir gut voran. Lewis blieb dicht hinter uns und brachte sein überladenes Kanu mit einer Anstrengung vorwärts, die ich nicht einmal zu ahnen wagte. Er mutete sich etwas zu, und gerade deshalb leistete er mehr als andere. Ich war froh, daß ihn diese Eigenschaft auch in einer Krise nicht im Stich ließ, sondern daß er durchhielt und daß seine Kräfte eher noch zu wachsen schienen.

Aber ich war auch froh, daß unser Kanu leicht und wendig war. Zwar gab es hier keine Stromschnellen, aber der Fluß schien rascher zu fließen. In einer langgestreckten Biegung hatte ich das merkwürdige, aber deutliche Gefühl, als führen wir eine Rampe hinab. Dieses Gefühl verstärkte sich, und schließlich ging mir auf, daß es durch die Veränderungen beider Uferseiten hervorgerufen wurde. Sie waren nach und nach höher geworden, das linke höher als das rechte, und ragten jetzt, zerklüftet und steil, höher und höher auf. Das Geräusch des Flusses verwandelte sich dadurch in eine Art stetiges Hämmern, das mit dem Ansteigen der Felswände zu beiden Seiten immer lauter wurde. Beide Ufer hatten die Bäume und alles außer ein paar Büschen abgeworfen und waren nur noch Gestein.

An den meisten Stellen erhoben sie sich zwar nicht gerade senkrecht, aber doch sehr steil, und ich wußte, was wir zu erwarten hatten, wenn wir kenterten. Ich betete, daß keine Stromschnellen kämen, solange wir in dieser Schlucht waren, oder daß sie zumindest leicht zu durchfahren wären.

Mühsam arbeiteten wir uns den Fluß entlang. Drew hatte sich verbissen nach vorn gebeugt und sah aus, als sitze er an einem Schreibtisch, und bei jedem Paddelschlag verschob sich das alte Armeehemd, das er anhatte, kaum merklich über seinen Schultern und glitt dann wieder zurück.

Ich sah mich um. Die Entfernung zu dem anderen Kanu war größer geworden; es lag jetzt etwa dreißig Meter hinter uns. Ich bildete mir ein, Lewis hätte uns mit lauter Stimme etwas zugerufen – wahrscheinlich sollten wir langsamer paddeln –, aber die Stimme, die sich nur dünn über das dröhnende Rauschen erhob, war kaum zu hören und hatte überhaupt nur wenig Realität.

Die Felswände waren jetzt an beiden Ufern mindestens fünfzig Meter hoch. Die Echos überschnitten sich vielfältig und schienen uns gemeinsam mit der Strömung auf Kurs zu halten. Sie waren eins mit der Schlucht, die wir durchfahren mußten.

Ich sah mich wieder um. Lewis und Bobby waren ein bißchen näher gekommen. Sie waren jetzt so dicht hinter uns, daß wir beim Überwinden von Stromschnellen Schwierigkeiten haben würden, aber ich konnte nichts dagegen tun. Sie mußten selber zusehen, wie sie zurechtkamen.

Bei jeder Biegung des Flusses hielt ich nach weißem Wasser Ausschau, bevor Drew mir wieder das Blickfeld verdeckte, und jedesmal blickte ich soweit wie möglich flußabwärts die Ufer entlang, um festzustellen, ob sie allmählich niedriger wurden. Aber da war kein weißes Wasser, und die Felsen standen wie zuvor, grau und zerklüftet, kalkig, ausgehöhlt, unnahbar.

Doch das Rauschen des Wassers änderte sich, es nahm einen tieferen Klang an, wurde wilder und herrischer. Es war der alte Klang, aber gleichzeitig war er neu, er war sogar voller als die Echos der Felsen mit ihren Ober- und Untertönen. Es hörte sich wie ein tiefer Orgelton an, in dem sich alle Geräusche des Flusses zu vereinigen schienen, die wir gehört hatten, seit wir auf dem Wasser waren. Großer Gott, dachte ich, ich weiß, was das bedeutet. Wenn das ein Wasserfall ist, sind wir erledigt.

Die Sonne versank rechts von uns hinter den Felsen, und der Schatten des Ufers überquerte das Wasser mit einem einzigen Riesenschritt. Die Dämmerung fiel wie eine Decke über uns. Die Strömung wurde noch stärker, und das Wasser kochte und schäumte unter dem Kanu auf. Mir klapperten die Zähne; ich fühlte, wie sie aufeinanderschlugen, als wäre ich bereits im Fluß gewesen und müßte jetzt im Steinschatten der Ufer frieren. Wir schienen zu springen und zu immer neuen Sprüngen anzusetzen, den riesigen Graben hinunter, als flögen wir auf einem unterirdischen Strom dahin, über dem der Himmel weggerissen war.

Wir konnten es im Dunkeln unmöglich bis Aintry schaffen; das war mir jetzt klar. Und wir konnten die Nacht nicht auf dem Fluß überstehen, selbst wenn er so blieb wie hier, denn wir sahen nicht genug. Ich hatte nicht das geringste Verlangen, im Dunkeln in dieser Schlucht auf dem Wasser zu bleiben. Es würde besser sein, ans Ufer zu fahren, solange man noch etwas sah, um einen flachen Felsen oder eine Sandbank zu suchen, wo wir kampieren oder zumindest im Boot übernachten konnten.

Wir ließen eine weitere Biegung hinter uns, und zwischen ihr und der nächsten stieg der Fluß über eine Reihe von kleinen, wilden Stromschnellen hinweg abwärts. Ich konnte nicht erkennen, wie viele es waren. Ich wußte vom Kanusport nur so viel, daß man bei Stromschnellen dahin steuern mußte, wo das Wasser am schnellsten und wildesten war, dahin, wo das meiste Weißwasser war. Es war schon ziemlich dunkel, und ich hatte mich bereits entschlossen, diese Strecke noch zu durchfahren und dann am Ufer anzulegen, einerlei, was Lewis und Bobby machen würden.

Das Wasser warf uns erbarmungslos vorwärts. Wir erreichten einen kurzen Abschnitt ruhigen Wassers, hatten aber noch zuviel Tempo, um vor den nächsten Stromschnellen von der Mitte des Flusses aus ans Ufer zu gelangen. Ich wollte nicht riskieren, das Boot herumzuwerfen und quer zur Strömung zu legen, damit wir nicht gegen die Felsriffe geschleudert wurden. Dann würden wir nicht nur kentern, sondern die Gewalt des Wassers würde das Kanu wahrscheinlich so in die Felsblöcke rammen, daß wir es nie wieder freibekämen. Und wir konnten nicht gut alle vier in einem einzigen Kanu flußabwärts fahren, weil das Boot zu tief im Wasser lag und wir es nicht mehr manövrieren konnten. Ich versuchte, den Bug mit Drew darin mitten ins weiße Wasser zu steuern und so durch die Felsen zu schießen; es war für uns die einzige Chance durchzukommen.

«Schneller, alter Knabe», brüllte ich.

Drew hob sein Paddel und setzte zu einem langen, kräftigen Schlag an. Irgend etwas war ihm zugestoßen. Im ersten Augenblick sah es so aus – ich habe es noch im Gedächtnis: dreidimensional, in Zeitlupe und als Standfoto –, als risse ihn etwas, ein Windstoß vielleicht, aber viel nachdrücklicher und gewaltsamer als ein Windstoß, an seinen Haaren nach hinten. Eine Sekunde lang dachte ich, er hätte einfach nur den Kopf geschüttelt oder das Kanu hätte ihm einen Stoß versetzt, ohne daß ich es bemerkt hatte, aber im gleichen Augenblick, in dem ich es sah, spürte ich, wie wir die Kontrolle über das Kanu verloren. Die Strömung riß das Paddel aus Drews Hand und wirbelte es fort, als wäre es nie dagewesen. Sein rechter Arm flog zur Seite und zog den Körper mit sich fort, wobei das Kanu umkippte. Ich war machtlos und stürzte mit dem Rest der Ladung ins Wasser.

Kurz bevor ich mit dem Gesicht auf das weiße Wasser schlug und der Fluß sich vor mir durch die Luft drehte, um sich dann über mich zu ergießen, ließ ich instinktiv mein Paddel los und griff nach dem Bogen zu meinen Füßen, denn sogar in diesem Augenblick der Panik wollte ich lieber die Waffe bei mir haben als ein Paddel, auch wenn es noch so gefährlich sein mochte, im Wasser die nackten Doppelspitzen in meiner Nähe zu haben.

Der Fluß schlug über mir zusammen, aber ich hatte den Bogen. Meine Schwimmweste trug mich wieder nach oben, und Lewis' Boot war wie ein Wal über mir und bäumte sich in der Strömung auf. Es traf mich an der Schulter, drückte mich nach unten, wo Felsbrocken wie Kieselsteine herumwirbelten, und irgend etwas, wahrscheinlich ein Paddel, stieß gegen meine Schläfe, als Lewis oder Bobby sich von mir wie von einem Felsen abstieß. Ich trat gegen die wegrauschenden Steine und kam wieder nach oben. Vor mir, flußabwärts, kollidierte Lewis' grünes Boot mit dem quer in der Strömung treibenden Aluminiumboot, stieg beinahe senkrecht in die Höhe, und Bobby und Lewis flogen rechts und links heraus. Ich schlug gegen einen Felsen, und ich fühlte, daß irgend etwas in meinem Bein – ein wichtiger Muskel oder Knochen – verletzt war. Ich stieß mich mit dem anderen Bein ab und prallte gegen etwas Festes. Wahrscheinlich trieb ich jetzt mit dem Kopf nach unten. Jedenfalls kriegte ich keine Luft mehr. Ich riß die Augen auf, konnte aber nichts sehen. Ich schüttelte den Kopf, um das Wasser aus den Augen zu bekommen, doch es gelang mir nicht. Ich konnte nicht atmen, und von allen Seiten schlug es auf mich ein, wieder und wieder und an den ungewöhnlichsten und unerwartetsten Stellen meines Körpers. Ich wurde vorwärts gerissen und von allem, was im Fluß war, getreten und gestoßen.

Ich drehte mich um mich selbst. Ich rollte. Ich versuchte, über das dahinjagende Flußbett zu kriechen. Es nützte alles nichts. Ich war tot. Ich spürte, wie ich in der unglaublichen Gewalt und Brutalität des Flusses verging und aufging. Keine schlechte Art, ins Jenseits zu reisen, dachte ich, vielleicht bin ich schon da.

Mein Kopf tauchte aus dem Wasser, und einen Augenblick dachte ich daran, gleich wieder unterzutauchen. Aber zufällig sah ich die beiden Kanus, und dieser Anblick interessierte mich dermaßen, daß es mich am Leben erhielt. Das grüne Kanu war in der Mitte gebrochen, und beide rollten wie Baumstämme übereinander hinweg. Irgend etwas hielt meine linke Hand im Wasser fest. Das hölzerne Kanu zerschellte an einem Felsblock und verschwand. Das Aluminiumboot kam frei und sauste weiter.

Bring deine Füße nach vorn, alter Junge, sagte ich mir. Die Strömung spülte mir in den Mund. Leg dich auf den Rücken.

Ich versuchte es, aber jedesmal, wenn ich mit den Füßen nach oben kam, stieß ich mit dem Schienbein gegen einen Felsen. Ich geriet wieder unter Wasser und hörte schwach, wie etwas auf Stein schlug und einen klirrenden, fernen und wunderschönen Klang erzeugte. Vermutlich war es das Aluminiumboot.

Endlich trieb ich auf dem Rücken mit der Strömung dahin und glitt über die Steine hinweg wie ein Tier, das schon immer in mir verborgen gewesen war, sich aber nie hatte befreien können.

Mein Oberkörper war dank der Schwimmweste kaum naß geworden. Wenn ich meine Füße – die Fersen – über die Steine brachte, glitt ich wie eine Schlange darüber hinweg, und dabei streifte das Moos auf den Steinen meinen Nacken, bevor ich in die nächsten Stromschnellen katapultiert wurde.

Während ich dahinsauste, wurde mir klar, daß wir diese Strecke mit den Kanus niemals geschafft hätten. Zu viele Felsen lagen hier kreuz und quer durcheinander, und die Strömung war zu stark, ja sie wurde immer stärker. Wir hätten an den steilen Ufern auch nicht anlegen oder einfach aussteigen und die Kanus durch die Strömung ziehen können. Wir wären auf jeden Fall umgekippt, und merkwürdigerweise war es mir nun so, wie es geschehen war, durchaus recht. Alles sprach dafür, daß ich mich richtig verhielt, daß es die einzige Möglichkeit war, hier durchzukommen.

Es war erschreckend schön, nur daß mir mein ganzer Körper weh tat. Immer wieder riß der Fluß mich voran. Vor mir sah ich einen großen

Felsen aufragen. Ich hob die Füße an und rutschte darüber hinweg, knallte mit dem Hintern in einen kochenden Wasserwirbel, gewann wieder Tempo und sauste weiter. Mehrmals schlug ich mit dem Hinterkopf auf, ehe ich gelernt hatte, den Kopf nach vorn zu beugen, wenn ich über einen Felsblock glitt. Danach ging es besser.

Ich wußte, ich war verletzt. Aber ich wußte nicht, wo. Meine linke Hand tat ziemlich weh, und darüber machte ich mir mehr Sorgen als um die anderen Schmerzen, da ich mich nicht daran erinnern konnte, sie mir irgendwo verletzt zu haben. Ich reckte sie hoch und sah, daß ich den Bogen falsch hielt, daß die Pfeilspitzen mir bei jeder Bewegung in die Handflächen schnitten. Der Bogen klemmte unter meinem linken Arm. Ich zog ihn hervor und drehte die Spitzen weg, gerade noch rechtzeitig, denn im nächsten Augenblick flog ich wieder über einen Felsbrocken. Während ich weiter flußabwärts schlitterte, bemerkte ich jenseits der nächsten Stromschnellen ruhiges Gewässer: eine breite, glatte Fläche, hinter der wieder weißes Wasser aufschäumte, fern im Abendlicht. Ich entspannte mich und berührte jetzt kaum noch die Steine im Fluß, sondern glitt gewandt durch die kalten Strudel in das ruhige Wasser. Den Bogen hielt ich an mich gepreßt.

Jetzt wurde ich getragen und nicht mehr geschleudert. Ich drehte mich lässig, wie in einem riesigen, dunklen Bett, und sah an den Seiten der Schlucht empor, die höher und höher stiegen. Meine Beine schmerzten, aber ich konnte sie beide bewegen, und soweit ich es beurteilen konnte, war keines gebrochen. Ich hob meine Hand aus dem Wasser: sie war an einigen Stellen zerschnitten, zerkratzt und verschrammt, aber nicht so schlimm, wie es hätte sein können. Ein Schnitt zog sich quer über die ganze Handfläche, war aber nicht tief – nur ein langer Schlitz.

Ich ließ mich weitertreiben und versuchte, mich zu erholen, damit ich darüber nachdenken konnte, was nun zu tun war. Schließlich machte ich ein paar matte Schwimmbewegungen und sah mich nach den anderen um. Mein Körper war schwer, und jetzt, da die gewaltige Kraft des tosenden und strudelnden Wassers ihm nicht mehr vorschrieb, was er zu tun hatte, vermochte ich ihn kaum noch zu bewegen.

Weder flußaufwärts noch flußabwärts war einer von den anderen zu sehen. Ich beobachtete die Stromschnellen hinter mir, denn ich glaubte jetzt, daß ich die anderen überholt hatte. Es gab sicherlich genügend Stellen, an denen das Wasser sich teilte und sich auf verschiedene Weise zwischen den Felsen Bahn brach. Vermutlich waren alle drei noch dort hinten, tot oder lebendig.

Während ich darüber nachdachte, tauchte Bobby in den Stromschnellen auf, rollte über das glitschige Gestein und landete dann auf dem Bauch im ruhigen Wasser. Ich wies auf das Ufer, und er begann, sich kraftlos dorthin zu bewegen. Ich tat es auch.

«Wo ist Lewis?» brüllte ich. Er schüttelte den Kopf, und ich hörte auf zu schwimmen. Ich wartete in der Flußmitte.

Nach einer oder zwei Minuten erschien Lewis, gekrümmt und offenbar völlig zerschlagen. In der einen Hand hielt er noch sein Paddel, und die andere lag auf seinem Gesicht, wie um etwas Unerträgliches zu verbergen. Ich schwamm zu ihm in das kalte, wirbelnde Wasser unterhalb der Stromschnellen. Er drehte und wälzte sich sinnlos, als habe ihn etwas gepackt, das mich verschonte, etwas, das nicht vorhanden zu sein schien.

«Lewis», sagte ich.

«Mein Bein ist gebrochen», stöhnte er. «Es tut weh, als ob es abgebrochen wäre.»

Das Wasser, in dem wir waren, blieb ruhig. «Halt dich an mir fest», sagte ich.

Er ließ die freie Hand durchs Wasser gleiten und griff mit den Fingern in den Kragen meiner Nylonkombination, und ich schwamm quer durch den Fluß auf die großen Steinplatten unterhalb des überhängenden Kliffs zu. Die Dunkelheit zog sich um uns zusammen, während ich mit Lewis' lähmendem Gewicht an meiner Kehle durch das Wasser kraulte.

Von hier aus sah das Kliff wie die überdimensionale Leinwand eines Autokinos aus, die auf den Beginn eines großen Filmdramas wartet. Ich lauschte unwillkürlich nach der Zwischenmusik und sah hin und wieder an der blassen, geschwungenen Steinwand hinauf, ob dort nicht die stupende Erscheinung von Victor Mature auftauchen würde, und ich fragte mich, von welcher Seite her er auftreten würde oder ob der Film nicht schon längst lief und ich es nur nicht fertigbrachte, mir das Nötige zusammenzureimen.

Als wir uns der Felswand näherten, sah ich verstreute Gesteinsbrocken und einen winzigen Sandstrand, wo wir an Land gehen konnten. Bobby war schon da, auch er ein Felsen. Ich gab ihm ein Zeichen; er raffte sich auf, kam an den Rand des Wassers und wußte nicht, was er mit den Händen anfangen sollte.

Schließlich streckte er mir die Hand hin, und ich zog uns heraus. Lewis humpelte mühselig auf einen großen, stillen Stein zu, brach unterwegs zusammen, stand auf und brach wieder zusammen. Der Felsen war noch warm von den letzten Sonnenstrahlen, die den Fluß vor kurzem überquert hatten, und bot ihm einen bequemen Platz. Ich drehte ihn auf den Rücken, während er die Hand noch immer über das Gesicht hielt.

«Drew ist erschossen worden», sagte Lewis und bewegte dabei kaum die Lippen. «Ich hab ihn gesehen, er ist tot.»

«Da bin ich nicht so sicher», sagte ich, aber im Grunde fürchtete ich, daß er recht hatte. «Irgendwas ist ihm jedenfalls zugestoßen. Aber ich weiß nicht, was. Ich weiß nicht, was.»

«Runter mit den Hosen», sagte ich zu Bobby.

Er starrte mich an.

«Verdammt noch mal, das soll keine Anspielung sein», sagte ich. «Wir sind jetzt in einer neuen Klemme, mein Lieber. Zieh Lewis die Hose aus, und sieh zu, ob du feststellen kannst, wie schlimm er verletzt ist. Ich muß versuchen, das verdammte Kanu zu erwischen, sonst können wir für immer hierbleiben.»

Ich wandte mich wieder dem Fluß zu. Ich watete hinein und fühlte, wie die Möglichkeit, daß ich einen Gewehrschuß verpaßt bekam, mit dem letzten Tageslicht schwand. Ich bewegte mich mit der Gewandtheit eines Tiers in den Fluß hinein und fügte mich dem vertrauten Gewicht und der Gewichtslosigkeit des Wassers. Ich hatte einen vollkommen klaren Kopf, als ich mich hineinwarf.

Die Tiefe drang in mich ein, sie wuchs – niemand kann mir das Gegenteil beweisen – mit der Dunkelheit. Das Aluminiumkanu glitt bleich dahin, hob sich dunkel vor der völligen Schwärze ab, während es langsam auf die nächsten Stromschnellen zutrieb, träge, unnatürlich langsam, als zögere es wie das ruhige Wasser. Kurz vor dem Boot kam mir ein Gegenstand aus Holz in die Quere. Es war ein zerbrochenes Paddel. Ich nahm es an mich.

Vorsichtig schwamm ich um das Kanu herum und horchte auf den Gewehrschuß, den ich niemals hören würde, falls er mich tötete, den ich nicht gehört hatte, als er Drew tötete, falls es wirklich so gewesen war. Von oben her war ich nicht zu sehen, und das wußte ich, wenn man wohl auch das Kanu sehen konnte. Allerdings war auch das nicht sicher, und immer mehr gewann ich die Überzeugung, daß ich, wenn ich wollte, die ganze Nacht lang ungeschützt um das Boot herumschwimmen konnte.

Das Wasser lag still da. Man konnte nirgends Fuß fassen und das Wasser aus dem Boot hinausschütten. Ich hängte mich an das auf der Seite treibende Kanu, ruckte es hin und her und versuchte, den Fluß aus dem Metalleib zu verdrängen. Schließlich rollte es herum, und ein Teil des Wassers, das darin war, hatte sich dabei in den Fluß ergossen. Der Bootsrumpf wurde leichter, hob sich aus dem Wasser und lag fast auf der Oberfläche. Ich schob an dem spitzen Heck und bewegte es mit mühevollen Beinstößen vorwärts. Die Strömung umspielte mich und zog in die Dunkelheit flußabwärts; ich sah etwas weißen Schaum, aber es war in beruhigender Ferne – ein neues Problem für einen neuen Tag. Ich schwamm mit dem Boot vor mir auf die Felswand zu und rief leise nach Bobby, und er antwortete.

Ich sah zu ihm hinauf, konnte aber nur die Umrisse seines Gesichts erkennen. Das Boot glitt ihm entgegen, und ich schob es mit dem gleichen behutsamen Nachdruck auf ihn zu, mit dem ich meinem Sohn Dean das Laufen beigebracht hatte. Bobby kam mir entgegengewatet und zog das Kanu am Bugtau auf den Sand vor dem Felsvorsprung.

Ich stieg aus dem Wasser und sagte nichts.

«Um Gottes willen», sagte Bobby, «nun sag doch endlich was. Ich platze vor Nervosität.»

Mein Mund war geöffnet gewesen, aber ich verschloß ihn gegen die Dunkelheit und ging zu Lewis hinüber, der jetzt nicht mehr auf dem Stein, sondern daneben im Sand lag. Seine nackten Beine glänzten, und das rechte Bein seiner Unterhose war bis zur Leistengegend hochgezogen. An den Umrissen konnte ich erkennen, daß sein Oberschenkel gebrochen war; ich beugte mich darüber und betastete ihn vorsichtig. Als ich mit dem Handrücken seinen Penis streifte, zuckte er schmerzvoll auf. Sein Haar war voller Sand, da er den Kopf hin und her wälzte.

Es war kein komplizierter Bruch. Ich tastete die Bruchstelle ab, ob ich einen Knochensplitter fühlte, wie ich es bei zahllosen obligatorischen Erste-Hilfe-Kursen gelernt hatte, stellte aber nur eine starke Schwellung fest. Sie fühlte sich an wie etwas, das sich zu öffnen versuchte, gleich platzen und etwas herauslassen wollte.

«Laß dich nicht unterkriegen, Lew», sagte ich. «Wir haben's geschafft.»

Es war stockdunkel. Das Rauschen des Wassers hüllte uns ein, so wie wir es bei Tage nie empfunden hatten. Ich setzte mich neben Lewis und machte Bobby ein Zeichen. Er hockte sich neben mich.

«Wo ist Drew?» fragte er.

«Lewis sagt, er ist tot», sagte ich. «Vermutlich stimmt das. Möglicherweise ist er erschossen worden. Aber ich weiß es nicht genau. Ich habe ihn zwar in dem Augenblick vor mir gesehen, aber ich weiß es nicht.»

Lewis' Hand zupfte an meinem Ärmel.

Ich neigte mich über sein Gesicht. Er versuchte, etwas zu sagen, brachte aber zunächst kein Wort hervor. Dann sagte er: «Du bist's. Du mußt es sein.»

«Klar bin ich's», beruhigte ich ihn. «Ich bin ja hier. Uns kann nichts passieren.»

«Nein. Das ist es . . .» Den Rest des Satzes verschlang der Fluß, aber Bobby nahm den Faden auf.

«Was wollen wir machen?» kam es aus dem Dunkel. Die Nacht hatte sein rotes Gesicht eingehüllt.

«Ich glaube nicht», sagte ich, «daß wir je lebend aus dieser Schlucht herauskommen.»

Hatte ich das gesagt? Ich überlegte. Ja, sagte eine Traumstimme, du hast es gesagt. Du hast es gesagt, und du glaubst es auch.

«Ich nehme an, daß er uns drei morgen einen nach dem andern abknallen will», sagte ich laut und war mir noch fremder, als ich mir je hätte vorstellen können. Lieber Gott, wann fängt die Kinovorstellung an?

«Was . . .?»

«Jedenfalls würde ich das so machen. Du etwa nicht?»

«Ich . . .»

«Wenn Lewis recht hat, und ich glaube, er hat recht, dann hat dieser zahnlose Scheißkerl in dem Augenblick auf uns gezielt, als wir hintereinander auf die Stromschnellen zufuhren, bevor wir noch Tempo gewonnen hatten. Er hat den ersten Mann im ersten Boot getötet. Der nächste wäre ich gewesen. Dann du.»

«Mit anderen Worten, es war ein Glück, daß wir gekentert sind.»

«Stimmt. Wir hatten Glück. Großes Glück.»

Das Wort klang grotesk in unserer Lage. Nur gut, daß wir unsere Gesichter nicht sehen konnten. Meines schien mir starr und gespannt, aber vielleicht war es das gar nicht. Wir mußten etwas unternehmen.

«Was sollen wir machen?» fragte Bobby noch einmal.

«Die Frage ist, was *er* machen wird.»

Keine Antwort.

Ich sprach weiter.

«Was hat er jetzt noch zu verlieren? Er ist in der gleichen Lage, in der wir waren, als wir seinen Kumpel im Wald verscharrt haben. Es wird keine Zeugen geben. Es gibt kein Motiv, ihn zu verdächtigen. Kein Mensch weiß, daß er uns gesehen hat und daß wir ihn gesehen haben. Wenn wir alle vier im Fluß landen, ist der Fall erledigt. Wen zum Teufel kümmert's? Welches Suchkommando könnte zu diesen Stromschnellen vordringen? Nicht einmal ein Hubschrauber würde etwas nützen, selbst wenn man von ihm aus in den Fluß sehen könnte, was aber unmöglich ist. Meinst du, irgend jemand würde mit einem Hubschrauber in die Schlucht fliegen, nur weil die Möglichkeit besteht, daß er etwas sehen könnte? Um nichts in der Welt. Vielleicht wird eine Untersuchung eingeleitet, aber du kannst dich darauf verlassen, daß nichts dabei rauskommt. Wir wissen alle, was für ein wilder, gottverdammter Fluß das hier ist. Wenn er uns umbringt, werden wir bestenfalls zur Legende: einer von den ungelösten Fällen, da kannst du sicher sein, Baby.»

«Meinst du, daß er noch da oben ist? Meinst du wirklich?»

«Ich glaube, wir sollten uns darauf einrichten, daß er da oben ist.»

«Aber was dann?»

«Wir sitzen fest in dieser Schlucht. Er kann nicht herunterkommen, und wir können diese Stelle hier nur auf dem Fluß verlassen. Nachts können wir nicht losfahren, und wenn wir uns morgen früh rühren, wird er irgendwo da oben lauern.»

«Allmächtiger Gott.»

«Ja», sagte ich. «Das kann man wohl sagen. Lewis würde sagen: ‹Komm, Jesusknabe, und wandle auf den weißen Wassern und hilf uns. Aber wenn du es nicht tust, dann müssen wir uns eben selber helfen.›»

«Aber hör doch mal, Ed», sagte Bobby, und der pathetische Klang dieser Stimme über dem Rauschen des Flusses ließ mich zusammenzukken. «Bist du denn sicher?»

«Sicher? Wieso?»

«Sicher, daß du recht hast? Und wenn du dich irrst? Ich meine, vielleicht sind wir gar nicht in Gefahr, von irgendwem da oben . . . da oben . . .» Er machte eine Geste, aber sie wirkte verloren.

«Willst *du* es riskieren?»

«Natürlich nicht. Nicht, wenn ich nicht muß. Aber was . . .?»

«*Was* was?»

«Was können wir tun?»

«Wir können drei Dinge tun», sagte ich, und jemand sprach mir vor, welche drei Dinge das waren. «Wir können einfach hier sitzen bleiben und schwitzen und nach unserer Mama rufen. Wir können an die Elemente appellieren. Vielleicht können wir Lewis wieder auf den Stein legen und um ihn herum einen Regenbittanz vollführen, damit die Sichtweite sich verringert. Aber wenn es regnet, würden wir auch nicht rauskommen, und Lewis würde wahrscheinlich zugrunde gehen, wenn er dem Regen ausgesetzt wäre. Sieh ihn dir mal an.»

Ich genoß das Hallen meiner Stimme hier oben im Gebirge, besonders wenn es dunkel war. Sie hörte sich an wie die Stimme eines Menschen, der wußte, wo er war und was er tat. Ich dachte an Drew und den Albinoknaben, der an der Tankstelle Banjo gespielt und gesungen hatte.

Es entstand eine Pause, und wir blickten zwischen den Felshängen nach oben, wo Sterne an einem wolkenlosen Himmel aufgezogen waren.

«Und was dann?» fragte Bobby.

«Oder jemand könnte versuchen, da hinaufzuklettern und ihm aufzulauern.»

«Du willst damit sagen . . .»

«Ich will damit sagen, wie es im Film immer heißt, besonders an Samstagnachmittagen: entweder er oder wir. Wir haben einen Mann getötet. Er auch. Wer rauskommt, das hängt davon ab, wer wen tötet. So einfach ist das.»

«Nun», sagte er. «Gut. Ich will nicht sterben.»

«Wenn du nicht sterben willst, dann hilf mir überlegen. Wir müssen überlegen, was er jetzt da oben wohl überlegt. Alles hängt davon ab.»

«Ich habe keine Ahnung, was er sich überlegt.»

«Wir können von der Voraussetzung ausgehen, daß er uns töten will.»

«Das habe ich begriffen.»

«Die nächste Frage ist, wann. Er kann nichts unternehmen, bevor es hell wird. Das bedeutet also, daß wir bis zum Morgengrauen Zeit haben und bis dahin tun können, was wir wollen.»

«Ich weiß immer noch nicht, was das sein soll.»

«Laß mich weiterüberlegen. Eines ist doch wohl klar: Bei dem gottverdammten Krach hier unten kann man einen Gewehrschuß nicht hören. Nachdem er Drew erschossen hatte, hat er vielleicht auch noch ein paar Schüsse auf uns abgegeben – wir werden das nie erfahren, da keiner von uns getroffen wurde. Ich habe nicht die leiseste Ahnung, wie gut er von der Stelle aus, wo er ist, sehen kann. Wahrscheinlich hat er aber gesehen, daß er Drew getroffen hat und daß die Boote umgekippt sind. Vielleicht glaubt er, wir anderen sind ertrunken, aber ich nehme nicht an, daß er sich darauf verläßt. Das Wasser ist zwar schrecklich reißend, aber die Tatsache, daß du und Lewis und ich durchgekommen sind, beweist, daß man es schaffen kann, und ich nehme an, er weiß das auch. Noch einmal: Vielleicht hat er uns nur deshalb nicht abgeknallt, weil wir ihn in der Zeit, in der wir bis hierher getrieben sind, zu weit hinter uns gelassen haben und weil es zu dunkel war. Das ist unser Glück; wir haben also doch ein paar Vorteile, wenn wir uns nur genau überlegen, wie wir sie nutzen können.»

«*Vorteile?* Schöne Vorteile! Wir haben einen Verletzten. Wir haben ein leckes Boot, und wir haben zwei Kerle, die vom Wald nicht die geringste Ahnung haben, die noch nicht einmal wissen, wo zum Teufel sie sind. Er hat ein Schießeisen, und er steht oberhalb von uns. Er weiß, wo wir sind und daß wir hier nicht ohne weiteres fortkönnen, und wir haben nicht den leisesten Anhaltspunkt, wo er ist und wer er ist. Wir haben auch nicht die geringste gottverdammte Chance, wenn ihr beide, du und Lewis, recht habt. Wenn er da oben ist und uns abknallen will, dann knallt er uns auch ab.»

«Noch ist es ja nicht passiert. Und einen Trumpf haben wir noch.»

«Wieso?»

«Er denkt, wir kommen nicht an ihn heran. Aber wenn wir das können, können wir ihn auch töten.»

«Wie?»

«Entweder mit einem Messer oder mit dem Pfeil. Und wenn es sein muß, auch mit den bloßen Händen.»

«Wir?»

«Nein. Einer von uns.»

«Ich kann nicht einmal mit einem Bogen umgehen», sagte er. Für einen kurzen Augenblick glaubte er sich in Sicherheit.

«Das engt den Kreis natürlich ein, das stimmt», sagte ich. «Du verstehst also, was ich mit der Lösung unseres Problems meine? Denk doch mal nach.»

Die Entscheidung war gefallen, und ich fühlte, wie sie uns voneinander trennte. Selbst in der Dunkelheit konnte man die Trennung spüren.

«Ed, du mußt mir doch recht geben. Glaubst du wirklich, du kommst da rauf in der Dunkelheit?»

«Ehrlich gesagt, ich glaube es nicht. Aber wir haben keine andere Wahl.»

«Ich glaube immer noch, daß er vielleicht längst weg ist. Nehmen wir *das* mal an.»

«Nehmen wir mal an, er ist noch nicht weg», sagte ich. «Willst du das Risiko auf dich nehmen? Wenn ich von diesem Scheißfelsen stürze, dann tut dir das ja nicht weh. Wenn ich erschossen werde, dann bist du ja nicht tot. Du hast zwei Chancen, zu überleben. Wenn er weg ist oder wenn er aus dem einen oder andern Grund nicht schießt oder oft genug danebenschießt, so daß das Boot weit genug flußabwärts kommt, dann kommst du durch. Mach dir also deshalb keine Sorgen. Laß das meine Sorge sein.»

«Ed . . .»

«Halt's Maul, laß mich nachdenken.»

Ich blickte an der Felswand hinauf, konnte aber nicht mehr darüber sagen, als daß sie schrecklich hoch war. Doch war wenigstens der untere Teil nicht ganz so steil, wie ich zuerst geglaubt hatte. Sie stieg nicht senkrecht an, sondern hatte eine leichte Schräge, und ich war der Meinung, zumindest ein Stückchen davon bewältigen zu können, falls der Mond rauskam und ich etwas besser sehen konnte.

«Komm her, Bobby. Und hör genau zu, was ich dir sage. Du mußt alles wiederholen, bevor ich abhaue, denn die Sache muß richtig gemacht werden, und zwar gleich beim erstenmal. Du mußt folgendes machen.»

«Gut. Ich höre.»

«Sorg dafür, daß Lewis warm und bequem liegt. Sobald es hell wird, ich meine, schon wenn es dämmert und hell genug ist, daß du sehen kannst, wohin du fährst, dann bringst du Lewis ins Boot und fährst los. Das ist der Augenblick, in dem sich die ganze Sache entscheidet.»

Jetzt war ich an der Reihe. Ich ging auf dem Sandstreifen ein wenig auf und ab, denn das konnte ich mir wenigstens noch leisten. Dann ging ich aus irgendeinem Grund ein Stückchen ins Wasser. Ich wollte sicher noch einmal alle Elemente fühlen, die um mich waren, und so weit am Felsen hochblicken, wie ich konnte. Ich stand, die Waden vom Wasser umspült, mit zurückgeneigtem Kopf da und sah mir das Kliff an, das steil in die Dunkelheit aufstieg. Noch mehr Sterne leuchteten über der Schlucht, ein ganzer Strom. Ich spannte den Bogen.

Ich ließ meine rechte Hand über die beiden Bogenarme gleiten und tastete nach rissigen Stellen und Splittern von Fiberglas. Ein Teil des oberen Armes schien rauher zu sein, als er sein sollte, aber das war er vorher auch schon gewesen. Ich zog die Pfeile hervor, die ich noch hatte. Vier hatte ich dabei gehabt, als wir losgefahren waren, aber zwei hatte ich für den Hirsch verschwendet. Einer der übriggebliebenen war noch recht gut; ich drehte ihn in meinen Fingern, wie Lewis es mir gezeigt hatte, um die kleinen Unebenheiten zu fühlen, die man spürt, wenn man Aluminiumpfeile in den Fingern rotieren läßt. Hinten, bei den Federn, stellte ich eine leichte Unebenheit fest, aber man konnte noch gut mit ihm schießen, und auf kurze Entfernungen würde er bestimmt treffen. Der andere Pfeil war ziemlich krumm, aber ich bog ihn wieder gerade, so gut ich konnte. In der Dunkelheit war jedoch nicht viel zu machen. Obwohl ich ihn gegen den hellsten Fleck am Himmel hielt, konnte ich nicht einmal genau ausmachen, wo und wie stark er verbogen war. Aber die Doppelspitze war in Ordnung.

Ich ging zu Bobby zurück und lehnte den Bogen gegen den Felsvorsprung, unter dem das Boot lag. Bobby trat zu mir, als ich das dünne Seil, das die ganze Zeit über an meinem Gürtel gehangen hatte, probeweise entrollte. Ich hatte einen guten Kauf getan, wenn man bedachte, daß ein Felsen, mit dem ich nicht gerechnet hatte, jetzt tatsächlich vorhanden war und daß man ein Seil in einer derartigen Situation gut gebrauchen konnte, und für einen kurzen Augenblick glaubte ich, daß dieses Glück auch in der unmittelbaren Zukunft mit mir sein werde. Ich wickelte das Seil um meinen linken Daumen und Ellbogen, bis es zu einem festen Ring geworden war. Ich verknotete die beiden Enden und hängte es an meinen Gürtel, neben das große Jagdmesser.

«Schlaf nicht ein», sagte ich zu Bobby.

«Wohl kaum», sagte er. «Mein Gott.»

«Jetzt hör zu. Wenn du abhaust, bevor es richtig hell geworden ist, bist du von da oben aus eine verdammt schlechte Zielscheibe. Du bist sicher, solange du diese kleinen Stromschnellen hier abwärts fährst. Wenn ich die Felswand besteigen kann, dann bin ich bei Tagesanbruch oben, und die Chancen stehen ungefähr eins zu eins, falls der Gorilla da oben seine Kletterpartie tatsächlich geschafft hat. Ich tue alles, um zu verhindern, daß er auf euch runterschießt. Wenn ich mich vorhin, vor Einbruch der Dunkelheit, nicht getäuscht habe, liegen auch da oben noch ganz schöne Brocken herum, und wenn er euch nicht gleich trifft – oder wenn ihr wegkommt, ohne daß er euch sieht –, ist er sehr viel langsamer als ihr. Du brauchst also nur an ihm vorbei und um die nächste Biegung zu kommen, dann ist alles ein für allemal überstanden.»

«Ed, sag mir doch bitte mal eins: Hast du jemals daran gedacht, daß er vielleicht nicht allein ist?»

«Ja, daran habe ich gedacht. Das muß ich zugeben.»

«Und was dann?»

«Dann erwischt es uns bestimmt, morgen ganz früh.»

«Das glaube ich dir.»

«Ich glaube allerdings nicht, daß da oben mehr als einer ist. Ich will dir auch sagen, warum. Es ist nicht gut, jemand anders in einen Mord reinzuziehen, wenn man es nicht unbedingt muß. Das ist das eine. Das andere ist, daß er bestimmt nicht genug Zeit gehabt hat, Verstärkung zu holen. Er hat ja alle Trümpfe in der Hand, er braucht gar keine Verstärkung.»

«Ich hoffe, du hast recht.»

«Davon müssen wir ausgehen. Sonst noch was?»

«Ja, ich muß es leider sagen. Ich glaube nicht, daß wir uns richtig verhalten. Vielleicht machen wir alles falsch.»

«Ich setze mein Leben drauf, daß ich recht habe. Lewis hätte es auch getan. Jetzt muß ich es tun. Laß mich also gehen.»

«Hör mal», sagte Bobby und ergriff kraftlos meinen Arm. «Ich kann nicht. Ich werde doch hier nicht den Lockvogel spielen, damit du in die Wälder verschwindest und wir hier in Ruhe abgeknallt werden. Ich kann nicht. Ich kann es nicht.»

«Hör mal, du Scheißkerl. Wenn du auf diesen Felsen steigen willst, dann nur zu. Da ist er. Er läuft dir nicht weg. Aber wenn ich raufsteige, dann spielen wir die Sache nach meinen Regeln. Und ich schwöre bei Gott, daß ich dich eigenhändig umbringe, wenn du nicht genau das tust, was ich dir sage. Es ist doch so verdammt einfach. Und falls du Lewis hier im Stich läßt, dann bringe ich dich auch um.»

«Ed, ich lasse ihn nicht im Stich. Du weißt, daß ich das nie tun würde. Ich will nur nicht diesem schießwütigen Hinterwäldler vor die Flinte kommen und abgeknallt werden wie Drew.»

«Wenn alles gutgeht – und wenn du machst, was ich dir sage –, wirst du nicht abgeknallt werden. Nun hör doch endlich mal. Ich wiederhole die ganze Geschichte noch einmal, und dann muß sie sitzen. Ich werde dir sagen, was du tun mußt, ganz gleich, was passiert.»

«Okay», sagte er schließlich.

«Erstens, fahr los, sobald du den Fluß gut genug sehen kannst, um durch die nächsten Stromschnellen zu kommen. Um von oben aus zu schießen, ist es dann wahrscheinlich noch zu dunkel. Und selbst wenn es das nicht ist, kann er euch kaum treffen, solange ihr durch die Stromschnellen fahrt. Wenn du ruhiges Wasser erreichst, paddele eine Weile so schnell du kannst, und dann wieder langsam. Fahr nie mit gleichbleibender Geschwindigkeit. Falls er auf euch schießt, fahr auf Teufel komm raus in die nächste Stromschnelle oder in die nächste Flußbiegung. Wenn du merkst, daß du ihm nicht entwischen kannst – das heißt, wenn du siehst, daß er dich in der Falle hat und die Schüsse immer näher kommen –, dann kipp das Boot um und laß es sausen. Versuch, Lewis rauszuholen, und bleib bei ihm. Warte einen Tag, und ich werde versuchen, Hilfe heranzuholen. Wenn sich nach einem Tag nichts rührt, weißt du, daß ich es nicht geschafft habe. Dann laß Lewis zurück und versuch, auf dem schnellsten Weg flußabwärts zu kommen, selbst wenn du einen Teil der Strecke schwimmen mußt. Nimm alle drei Schwimmwesten und laß dich darauf treiben. Wir können unmöglich mehr als zehn bis fünfzehn Kilometer von einer Highway-Brücke entfernt sein. In diesem Fall merk dir aber um Himmels willen, *wo* du Lewis zurückgelassen hast. Wenn du es dir nicht merkst, wird er sterben. Soviel ist sicher.»

Er sah mich an, und zum erstenmal seit Sonnenuntergang konnte ich seine jungen Augen sehen; es waren einige Lichtpunkte darin.

«Das wär's», sagte ich. Ich nahm den Bogen auf und ging zum Boot hinüber, in dessen Nähe Lewis lag. Unablässig wälzte er seinen Hinterkopf im Sand. Ich hockte mich neben ihn. Im kalten Fieber des Schmerzes zitterte er am ganzen Körper, und etwas davon ging auf mich über, als er nach mir griff und mich an der Schulter berührte.

«Weißt du, was zum Teufel du tun willst?»

«Nein, Tarzan», sagte ich. «Ich werde versuchen dahinterzukommen, wenn ich unterwegs bin.»

«Paß auf, daß er dich nicht sieht», sagte er. «Und hab bloß kein Mitleid. Nicht das geringste.»

«Ich will mir Mühe geben.»

«Tu das.»

Ich hielt den Atem an.

«Bring ihn um», sagte Lewis.

«Ich werde ihn umbringen, wenn ich ihn finden kann», sagte ich.

«Gut», sagte er und sank zurück, «da wären wir also so richtig in *Lewis-Medlock-Land.*»

«Eine Frage des Überlebens», sagte ich.

«Soweit ist es gekommen», sagte er. «Ich hab's dir gesagt.»

«Ja, das hast du.»

Alles um mich her veränderte sich. Ich schob den linken Arm zwischen Sehne und Bogen und hängte mir den Bogen über die Schulter, die Pfeilspitzen nach unten. Dann ging ich auf die Felswand zu und berührte sie mit der Hand, mit derselben Hand, die ich mir im Fluß am Pfeil zerschnitten hatte, als könnte ich damit fühlen, wie der Felsen beschaffen war. Und als hätte ich damit ihn und das ganze Problem in der Hand. Der

Stein war rauh, ein Teil bröckelte unter meinem Griff ab. Das Tosen des Flusses wurde lauter, als polterten die Steine in seinem Bett. Dann ließ es wieder nach, und das zusätzliche Geräusch erstarb oder entfernte sich wieder zur Mitte des Flusses hin.

Ich wußte, das war der Augenblick, und ich riß mich los und rannte auf die Steilwand zu und streckte mich hoch genug, um mich mit dem einen Ellbogen auf die Kante des ersten niedrigen Felsvorsprungs aufzustützen. Ich zerschrammte mir Hüften und Beine, aber ich kam hinauf und richtete mich auf. Bobby und Lewis waren genau unter mir, unter einem Felsendach, aber für mich waren sie so gut wie nicht mehr vorhanden. Ich stand da, allein wie noch nie in meinem Leben.

Bei dem Gedanken daran, wo ich war und was ich vorhatte, wurde mein Herz weit vor Freude. Ein neues Licht lag über dem Wasser. Der Mond stieg höher und höher, und ich beobachtete den Strom ein paar Minuten lang, den Rücken zum Felsen gekehrt, und ich dachte an nichts, sondern fühlte nur Nacktheit und Hilflosigkeit und Abgeschiedenheit.

Mit vielen kleinen Fußbewegungen drehte ich mich um, lehnte mich ganz dicht an die Felswand und paßte mich ihrer Schräge genau an. Ich legte eine Wange dagegen und streckte beide Arme in die Dunkelheit nach oben, wobei ich mit den Fingern in allen Richtungen über den weichen Felsen tastete. Diese Weichheit störte mich mehr als alles andere. Ich hatte Angst, daß das Gestein, auf dem ich stand oder an dem ich mich festhielt, nachgeben würde. Ich steckte die rechte Hand in eine Felsspalte – so fühlte es sich jedenfalls an – und begann mit dem linken Fuß nach einem Halt zu suchen. Ich traf auf eine Unebenheit, einen winzigen Buckel am Felsen, und trat besorgt dagegen, um festzustellen, ob er mich tragen würde. Dann setzte ich den Fuß darauf und zog mich kräftig mit dem rechten Arm hoch.

Ich kletterte von dem Vorsprung aus langsam höher. Der Bogen hing immer noch über meiner linken Schulter, so daß ich mich mehr auf den rechten als auf den linken Arm verlassen mußte, und es gelang mir, das rechte Knie und den Fuß in eine Art Vertiefung zu bringen. Ich krallte mich in meiner neuen Position so fest, wie ich konnte, und tastete von neuem das Gestein über mir ab. Links war ein Vorsprung, zu dem ich mich hinarbeitete, voller Staunen über die ganze Situation.

Die Felswand war nicht so steil, wie ich angenommen hatte, obwohl sie zum Gipfel hin wahrscheinlich steiler werden würde, wie ich festgestellt zu haben glaubte, bevor wir gekentert waren. Falls ich den Halt verlor, würde ich eher abrutschen als rückwärts in den Fluß oder auf den Felsvorsprung fallen. Dieser Gedanke gab mir etwas – wenn auch nicht viel – Sicherheit.

Ich erreichte die vorspringende Stelle, zog mich hoch, setzte den Fuß fest darauf und hielt mich mit der rechten Hand an einer unerwarteten Baumwurzel fest. Ich blickte nach unten.

Von hier oben sah der Felsüberhang, unter dem, ungefähr vier Meter tiefer, Bobby und Lewis waren, ganz fahl aus. Ich wandte mich um, vergaß ihn und zog mich weiter nach oben, kniete mich in den Felsen und stemmte mich mit den Zehen auf das Gestein, trat Stufen in den Schiefer, wo sich eine Möglichkeit bot, bemühte mich, beiden Händen und dem einen Fuß sicheren Halt zu geben, bevor ich meine Position veränderte. Manchmal war das möglich, und dann wuchs mein Selbstvertrauen. Oft konnte ich mich nur mit der einen Hand oder dem einen Fuß oder nur mit beiden Händen festhalten. Einmal hatte ich nur mit der einen Hand sicheren Halt, aber er war sicher, und ich tastete und scharrte herum, bis ich einen Fuß in den Felsen gebohrt hatte und mich hochschieben konnte.

Anfangs nahm mich die Aufgabe ganz gefangen, doch dann merkte ich, daß die Lösung immer schwieriger wurde: der Felsen stieß immer häufiger gegen mein Gesicht und meine Brust. Ich hörte das Geräusch meines Atems, der wie verrückt gegen den Stein pfiff und keuchte. Die Felswand wurde steiler, und ich mußte mir mühsam Zentimeter um Zentimeter erkämpfen. Meine Arme ermüdeten, meine Waden zitterten krampfhaft. Ich wußte, daß ich jetzt das Stadium erreicht hatte, in dem man nicht mehr zurückblicken darf – der berühmte Ratschlag aller Bergsteiger. Ich war nahe daran, in Panik zu geraten. Aber es hätte noch schlimmer sein können. Ich konzentrierte mich mit allen Fasern meines Körpers darauf, mich dem Felsen ganz anzupassen, und tastete ihn immer vorsichtiger ab, obgleich ich am ganzen Leibe zitterte. Ich arbeitete mich zentimeterweise nach oben. Mit jeder neuen, höheren Position fühlte ich mich der Felswand enger verbunden.

Trotz allem blickte ich nach unten. Der Fluß hatte sich flach ausgebreitet und mit Mondlicht angefüllt. Er nahm den ganzen Raum unter mir ein, und in der Mitte trug er einen langen, spiralförmigen Lichtstreifen, eine kühle, gewundene Flamme. Ich muß etwa fünfundzwanzig bis dreißig Meter hoch gewesen sein und schwebte gewissermaßen über diesem unausweichlichen Glanz, diesem strahlenden Abgrund.

Ich wandte mich wieder der Felswand zu und preßte meinen Mund dagegen. Mit meinen Nerven und Muskeln fühlte ich genau, wie ich die Wand an vier Punkten so beherrschte, daß alles zusammenhielt.

Etwa zu diesem Zeitpunkt überlegte ich, ob es besser sei, wieder zurückzuklettern, mich am Ufer entlangzuarbeiten und nach einem einfacheren Aufstieg zu suchen, und ich ließ den einen Fuß in die Leere unter mir zurückgleiten. Da war nichts. Ich stand da, tastete mit dem Fuß nach einem Halt in der Luft und zog ihn dann zurück auf den Vorsprung, wo er gewesen war. Er wühlte sich wie ein Tier ein, und ich machte mich wieder an den Aufstieg.

Mit der linken Hand erreichte ich etwas – einen Teil des Felsens – und begann mich hochzuziehen. Ich kam aber nicht hoch. Ich ließ die rechte Hand los und griff nach dem Gelenk der linken, deren Finger bebten und unter dem Gewicht nachließen. Ich bekam einen Zeh in den Felsen, doch das war alles, was ich erreichte. Ich sah nach oben und hielt inne. Die Wand schenkte mir nichts. Sie gab keinen Druck mehr zurück. Mir war etwas entzogen worden, auf das ich mich verlassen hatte. Das war es. Ich hing zwar, aber ziemlich unsicher. Ich konzentrierte mich ganz auf die Finger meiner linken Hand, aber sie ließen mich im Stich. Ich war an der überhängenden Stelle der Steilwand angelangt, und wenn ich sie nicht bald überwand, würde ich abstürzen. Für diesen Fall hatte ich einen Plan: Ich wollte im Fallen so kräftig wie möglich gegen den Felsen treten und versuchen, über den Vorsprung in der Tiefe hinaus in den Fluß zu fallen, in die glänzende Windung des Abgrunds. Doch auch wenn ich mich weit genug abstoßen würde, sicherlich zu flach, und das war fast ebenso schlimm, wie wenn ich auf die Steine aufschlug. Außerdem hätte ich mich noch von dem Bogen befreien müssen.

Ich krallte mich fest. Nach einer Reihe kleiner, vorsichtiger Manöver wechselte ich die Hände in der Felsspalte und tastete mich mit der linken Hand nach oben, wobei der Bogen über meiner linken Schulter mir schwer zu schaffen machte. Ich mußte dabei an Filmszenen denken, in denen eine Hand in Großaufnahme verzweifelt nach etwas greift – beispielsweise durch ein Gefängnisgitter nach einem Schlüssel oder aus Treibsand heraus nach einem Menschen oder nach festem Boden. Ich fand nichts. Ich verlagerte mein Gewicht wieder auf die andere Hand und probierte die Felswand zu meiner Rechten aus. Ich fand nichts. Ich versuchte es mit dem hängenden Fuß, in der Hoffnung, genügend Halt zu finden, um mit den Händen einen größeren Teil des Felsens untersuchen zu können, aber auch das gelang mir nicht, obgleich ich mit dem Fuß und dem Knie ständig in Bewegung war und suchte. Mein linkes Bein zitterte schrecklich. Meine Gedanken überstürzten sich in nutzloser Panik. Der Urin in meiner Blase wurde schwer und schmerzte und rann dann in einem sexuell befriedigenden Erguß an mir herunter wie bei einem feuchten Traum. Etwas, woran man nichts ändern kann und was einem niemand vorwerfen kann. Es blieb nichts übrig, als sich fallen zu lassen. Meine letzte Hoffnung war, aus einem Traum zu erwachen.

In Gedanken hatte ich schon losgelassen, aber meine Wut hielt mich noch. Wenn ich noch Bewegungsfreiheit gehabt hätte, hätte ich sicher etwas Verzweifeltes getan, aber ich war in meiner Position wie festgenagelt: ich *konnte* nichts Verzweifeltes tun. Doch wenn ich etwas unternehmen wollte, mußte ich es jetzt tun.

Ich preßte die wenige Kraft, die mir noch geblieben war, in die Muskeln meines linken Beines und arbeitete so verbissen wie möglich. Ich hatte keinen Halt am Felsen und kämpfte mit der Wand um alles, was ich ihr abtrotzen konnte. Eine Sekunde lang riß ich mit beiden Händen an ihr. Der Bruchteil eines Gedankenblitzes befahl mir, keine Faust zu machen, sondern die Hände geöffnet zu halten. Ich hatte es mit einer Oberfläche zu tun, die so ebenmäßig wie ein Gedenkstein war, und ich glaube noch immer, daß ich eine Zeitlang in der Luft hing, nur von meinem Willen gehalten, im Kampf gegen den riesigen Felsen.

Dann schien sich unter einem Finger meiner rechten Hand eine Spalte aufzutun. Ich glaubte fest, daß ich den Felsen selbst gespalten hatte. Ich schob die anderen Finger hinein, und während ich so an der einen Hand hing, tastete ich mit der anderen weiter und suchte nach einer Fortsetzung der Spalte: sie fand sich. Jetzt hatte ich beide Hände fast bis zu den Handflächen in dem Felsen, und die Kraft des Steins teilte sich mir mit. Ich zog mich hoch, wie an einem Fenstersims und schwang ein Bein hinauf. Schließlich glang es mir überraschend, bis zur Hüfte in die Felsspalte einzudringen, obwohl dieser Teil meines Körpers, wie auch sonst, am meisten Widerstand leistete. Ich zwängte mich in den Felsen hinein wie eine Eidechse, immer tiefer und tiefer. Als ich mich in der Felsspalte ausstreckte, wich alle meine Energie aus mir. Der Bogen rutschte von meinem Arm herunter, und ich konnte ihn nur noch durch eine Bewegung mit dem Handgelenk aufhalten. Ich zog ihn mit in die Felsspalte. Die Doppelspitzen lagen an meiner Kehle.

16. September

Ich war in der Felsspalte. Ich lag auf der Seite, die Wange an meine Schulter gepreßt. Ich spähte hinaus und dachte an nichts. Es war, als läge ich seitwärts in einem ungedeckten Grab, auf der einen Seite das Gestein, auf der anderen die Finsternis. Das Fiberglas des Bogens lag kalt in meiner Hand. Kalt und vertraut. Die Biegung des Bogens fühlte sich schön an. Eine kühle, fließende Glätte, und daneben lagen – oder standen – starr die Pfeile, deren Federn sich leicht sträubten, wenn ich mich bewegte, und deren Spitzen mich stachen. Aber es war ein wohltuender Schmerz; es war etwas Reales, etwas, das der Situation angemessen war. Ich lag da in der Natur. Meine Hosenbeine waren von Urin durchtränkt, weder kalt noch warm, sondern irgendwie lau. Jetzt mußt du nachdenken, sagte ich mir, nachdenken. Aber ich konnte es nicht. Ich wollte noch nicht nachdenken, eine Weile lang konnte ich es noch aufschieben. Ich schloß die Augen und sagte ein paar Worte, die mir ganz vernünftig schienen, die aber fehl am Platze waren. Ich glaube, daß ich von dem Werbeauftrag irgendeiner Bank sprach, über den Thad und ich uns nicht einig waren. Es kann aber auch etwas ganz anderes gewesen sein. Ich kann es heute nicht mehr sagen.

Die ersten Worte, an die ich mich wirklich erinnere, kamen sehr deutlich. Was für eine Aussicht. *Was* für eine Aussicht. Dabei hielt ich die Augen geschlossen. Durch meine Gedanken rauschte der Fluß, und ich hob die Lider ein wenig und sah genau das Bild vor mir, das mir in Gedanken vorgeschwebt hatte. Eine Sekunde lang wußte ich nicht, was ich sah und was ich mir vorstellte – aber das war unwesentlich, denn beides war vollkommen identisch. In beidem war der Fluß. Er breitete sich dort unten in die Ewigkeit aus, und der Mond lag so gewaltig darüber, daß mir die Augen weh taten und daß auch meine Gedanken unwillkürlich zuckten wie meine Lider. Was? fragte ich. Wo? Es gab nur das Hier, nichts anderes. Doch wer? Unbekannt. Wo konnte ich beginnen?

Zuerst beginnst du mit dem Bogen, sagte ich mir, und dann gehst du die Sache langsam wieder an, arbeitest dich hier heraus und weiter nach oben. Ich hielt den Bogen an mich gepreßt, es wurde mir von Augenblick zu Augenblick klarer, daß ich es noch einmal, und zwar bald, wagen mußte. Aber nicht jetzt, dachte ich. Mochte der Fluß noch weiterfließen.

Und mochte der Mond noch eine Weile herunterscheinen. Ich hatte den Bogen, und ich hatte einen guten Pfeil und einen anderen, mit dem ich immerhin noch einen Schuß auf kurze Entfernung riskieren konnte.

Dieser Gedanke fuhr mir wie ein Adrenalinstoß durch alle meine Adern. Herrlich. Herrlich. Drückte dieses Wort es aus? Ziemlich genau, wie mir schien. Und ich hatte noch eine Menge Nylonseil und ein langes Messer, das man mir an die Kehle gehalten hatte und das von einem Mörder neben meinem Kopf in den Baum gestoßen worden war. Jetzt steckte es jedoch nicht mehr im Baum, jetzt hing es an meiner Seite. Das Wasser des Flusses hatte seiner scharfen Klinge nicht viel anhaben können, und wenn es darauf ankam, Haare abzurasieren, so war es noch scharf genug. Tut es noch weh, wo diese Waldratte, dieses rotnackige Ungeheuer, mir damit quer über die Brust gefahren ist? Es schmerzte noch. Gut. Bin ich bereit? Nein. Noch nicht. Es muß noch nicht jetzt sein. Aber bald.

Es ließ sich leicht sagen: Ich begreife nicht. Und ich sagte es auch. Aber darum ging es im Grunde gar nicht. Wesentlich war nur, daß ich hier war – und was ich vorhatte. Ich machte mir wenig Sorgen. Soweit ich es beurteilen konnte, war ich jetzt ungefähr fünfzig Meter über dem Fluß, und wenn ich es bis hierher geschafft hatte, konnte ich auch den Rest schaffen, obwohl die Wand hier oben steiler war als unter mir. Ich muß Ausschau halten. Das ist alles, was in diesem Augenblick zu tun ist. Das ist alles, was zu tun ist und was getan werden muß.

Was für eine Aussicht, sagte ich wieder, als ich hinunterblickte. Der Fluß war glatt und von unbeseelter Schönheit. Er war das Schönste und Erhabenste, was ich je gesehen hatte. Aber es war nicht nur Sehen. Es war plötzlich nicht mehr nur Sehen. Es war Wahrnehmen, Aufnehmen. Ich nahm den Fluß in seinem eisig strahlenden Abgrund, sein fernes Tosen, seine Gleichgültigkeit, seine langgezogene Windung und die kleinen Lichttupfen des Mondes darauf, den langen, gewundenen Lauf mit seiner teilnahmslosen Zielstrebigkeit in mich auf. Was war da unten?

Nur dieser erschreckende Glanz. Nur ein paar Felsen, so groß wie Inseln, der eine umgeben von einem roten Gürtel, wie mir schien. Der Gürtel beschrieb die Umrisse eines Gesichts, eine Art Gott, er war wie das Layout für eine Anzeige, war eine Skizze, Bestandteil eines Entwurfs. Er war wie ein leuchtender Faden unter den Augenlidern, wenn die Sonne darauf scheint. Der Felsen vibrierte wie glühende Kohle, denn ich wollte, daß er vibrierte, gefangen in seinen pulsierenden Umrissen, und er pulsierte in mir. Vielleicht hatte er eine gewisse Ähnlichkeit mit meinem Gesicht, so wie es auf Fotos wirkt, wenn es von unten her künstlich beleuchtet wird. Mein Gesicht – warum eigentlich nicht? Ich kann es so aussehen lassen, wie ich will: eine Art Dreiviertelansicht, von vorn gesehen, umgeben von einem Mondhof. Unter Umständen hätte es etwas gestellt gewirkt, etwas affektiert, aber auf jeden Fall war es etwas anderes als jedes Bild, das mir ein Spiegel zeigen konnte. Ich glaubte das vorgeschobene Kinn zu sehen, das mit dem Fluß und dem Felsen vibrierte, aber es mochte auch ein Lächeln sein. Ich schloß die Augen und öffnete sie wieder, und der Gürtel um den Felsen war verschwunden. Aber er war dagewesen. Ich fühlte mich besser. Ich fühlte mich prächtig, und die Furcht war im Zentrum meines Fühlens: Furcht und Vorahnung – es ließ sich nicht sagen, wo das alles enden sollte.

Ich kehrte zurück. Ich kehrte zurück zu der Wand, zu der Felswand, zurück zu meiner Situation, und ich versuchte mir vorzustellen, wie hoch mir die Wand erschienen war, als ich sie zum letztenmal bei Tageslicht gesehen hatte. Ich überlegte, in welcher Höhe ich mich jetzt wohl befand. Ich glaubte, mindestens drei Viertel der Strecke hinter mir zu haben. Vielleicht, so dachte ich, konnte ich mich in der Spalte aufrecht hinstellen. Dann hätte ich einen weiteren Meter gewonnen.

Warum nicht? Gab es über mir einen Halt? Und wenn ich mich hochziehen konnte, war dann nicht alles möglich? Ich streckte eine Hand aus und fühlte den oberen Rand der Felsspalte. Fels, was hast du mir noch zu bieten? sagte ich. Er fühlt sich gut an. Er fühlt sich an wie etwas, auf das man hinaufgelangen könnte, wenn man vorher ein Stück nach links kröche und für einen Augenblick den Tod riskierte. Dieser Augenblick wird kommen, aber das ist nicht schlimm. In den vergangenen Stunden habe ich so viele ähnliche Augenblicke überstanden: so viele Entscheidungen habe ich treffen müssen, so oft haben sich meine Finger über diesen ausdruckslosen Felsen getastet, und so oft haben meine Muskeln mit dem Gestein gerungen.

Wo war Drew? Er pflegte zu sagen, und das war der einzige interessante Gedanke, den ich ihn je hatte äußern hören, daß Blinde am besten Gitarre spielen könnten: Männer wie Reverend Gary Davis, Doc Watson und Brownie McGhee, der den Tastsinn in einem Maße entwickelt hatte, wie ihn Sehende nie zu erreichen vermochten. Etwas Ähnliches habe ich jetzt auch, sagte ich mir. Ich habe geschafft, was zu schaffen war, und ich habe es bis hierher mit dem Tastsinn geschafft, mitten in der Dunkelheit.

Ob sie noch dort unten sind? Ob Lewis noch immer den Kopf im Sand wälzt? Ob Bobby noch neben ihm auf dem Felsen sitzt und angestrengt überlegt, was er tun soll? Ob er den Kopf in die Hände gestützt hat oder das Kinn energisch vorstreckt? Glaubt er auch jetzt noch, wir kämen alle mit heiler Haut davon?

Wer kann das wissen? Immerhin haben wir einen Plan gemacht, und das war alles, was wir tun konnten. Wenn er nicht funktioniert, wird man uns wahrscheinlich alle töten, und wenn nichts geschieht und ich wieder heil die Felswand herunterkomme, dann werden wir noch ein paar Kilometer im Boot flußabwärts fahren, uns ein paar Tage in der nächsten Stadt erholen, Drew als ertrunken melden und dann wieder in der nicht endenden, zermürbenden Routine unseres täglichen Lebens versinken. Aber man hatte uns eine Rolle aufgezwungen, und die mußten wir erst einmal zu Ende spielen.

Ich war ein Killer. Und es ging um Tote – um einen eindeutigen Mord und vermutlich noch um einen zweiten. Das kalte Fiberglas des Bogens ruhte in meiner Hand. Ich lag auf dem Rücken in einer Felsspalte über einem Fluß, und womöglich stand alles gut für mich.

In meiner Vorstellung schaffte ich es, bis nach oben zu klettern. Das Ganze wurde unscharf wie ein alter Film, der auf der Leinwand nur mit Mühe zu erkennen ist. Oben war die Felsschicht wild und überwachsen und rauh, und ich erinnerte mich, daß sie auch dicht bewaldet war. Ich wollte mir etwas Bestimmtes vornehmen, was ich tun konnte, wenn ich dort oben angelangt war, und während ich so dalag, dachte ich angestrengt nach, was ich dort zweckmäßigerweise als erstes tun sollte.

Ich mußte es zugeben: Ich glaubte, es drohte in Wirklichkeit gar keine Gefahr, zumindest nicht von einem menschlichen Wesen. Im Grunde glaubte ich gar nicht, daß der Mann, der Drew erschossen hatte, die ganze Nacht dort oben warten würde, um noch einmal auf uns zu schießen, und ich glaubte auch nicht, daß er bei Morgengrauen zurückkommen würde. Doch dann erinnerte ich mich an das, was ich Bobby über den Mann gesagt hatte, und war wieder beunruhigt. *Wenn ich er wäre* – von diesem Gedanken gingen alle meine Überlegungen aus. Ich dachte alles noch einmal durch und kam zu der Überzeugung, daß ich recht hatte, soweit ich es beurteilen konnte. Es sprach mehr dafür, daß er uns alle zur Strecke zu bringen versuchte, als daß er uns laufen ließ. Auch er hatte eine Rolle in diesem Spiel.

Ich drehte mich herum. Gut, sagte ich zu dem schwarzen Felsen vor meinem Gesicht, wenn ich oben bin, werde ich als erstes aufhören, an Martha und Dean zu denken. Ich werde nicht mehr an sie denken, bis ich sie wiedersehe. Und dann werde ich hinunterblicken auf den ruhigen Abschnitt des Flusses und die Lage erkunden, bevor es hell wird. Anschließend werde ich landeinwärts gehen und einen Kreis schlagen, lautlos wie ein Tier des Waldes, und ihn suchen. Wie ein Tier? Was für ein Tier? Einerlei – es kommt nur darauf an, daß ich lautlos bin und tödlich. Eine Schlange vielleicht. Vielleicht kann ich ihn im Schlaf töten. Das wäre am einfachsten, aber brächte ich es fertig? Wie? Mit dem Bogen? Oder würde ich ihn mit dem Jagdmesser durchbohren? Brächte ich es fertig? Oder würde es mir widerstreben? Das fragte ich mich.

Aber wie war das mit dem Kreis? Wenn ich mich zu weit vom Fluß und vom Rauschen des Flusses entfernte, würde ich mich verirren. Das war sicher. Und was dann? Ein Kreis? Was für ein Kreis? Wie sollte ich mich orientieren, wenn ich im Wald einen Kreis beschreiben wollte – *im Kreis*? Ich hatte da keinerlei Erfahrung. Und wenn ich wirklich so weit landeinwärts ging, bis ich mich verirrte? War mein Plan dann schon gescheitert?

Aber ich konnte mir vorstellen, daß ich tötete, weil mir nicht bewußt war, daß mir keine andere Wahl blieb. Wenn er nahe am Rand der Schlucht stand, und irgendwann und irgendwo würde er das sicher einmal tun, so würde mir das heraufdringende Geräusch des Wassers helfen, mich ihm bis auf Schußweite zu nähern. Ich wollte ihn genauso töten, wie Lewis den anderen Mann getötet hatte: ich wollte, daß er ahnungslos blieb, bis er den jähen, schrecklichen Schmerz in der Brust spürte und den Pfeil aus ihr hervordringen sah, der aus dem Nichts gekommen war.

Oh, dieser Kreis, dachte ich. Und alles im Wald, alle Blätter und sogar der Wind warteten darauf, daß ich ihn beschrieb. Aber das hieße, dem Zufall zuviel zu überlassen. Das würde nicht gutgehen. Ich wußte es, als ich es mir genau überlegte. Das würde nicht gutgehen.

Also wie nun, Art-Director? Graphischer Berater? Wie ist das Layout? So ist es: ihn von hinten erschießen, irgendwo oben am Rand der Schlucht. Es war anzunehmen, daß er sich bäuchlings hinlegen würde, um auf den Fluß hinunterzuschießen. Es gibt verschiedene Arten, sich zu konzentrieren. Wenn er es auf seine Weise tat, würde ich versuchen, mich ihm bis auf zehn Meter oder noch weniger zu nähern und meinen guten Pfeil durch seine unteren Rippen zu jagen. Der Schuß müßte genau sitzen. Und dann würde ich mich umdrehen und in den Wald stürzen und dort warten, damit er Zeit genug hatte zu sterben.

Bis zu diesem Punkt konnte ich mir noch alles vorstellen. Irgendwie schien die Sache bereits erledigt. Es war schon geschafft, so wie es in Tagträumen immer geschieht, aber es ließ sich nur deshalb schaffen, weil die Wirklichkeit noch so weit entfernt war. Mir war genauso zumute wie bei meiner vergeblichen Hirschjagd im Nebel. Was ich hier in Gedanken vollbrachte, war durchaus beachtlich, aber es waren eben nur Gedanken, und als ich jetzt daran dachte, daß ich sie, sobald er mir mit seinem Gewehr zu Gesicht kam, in die Tat umsetzen mußte, falls ich mich von ihm nicht töten lassen wollte, war ich zutiefst erschrocken.

Ich glitt tiefer hinein in die Felsspalte, um mich noch einmal von den kühlen Steinen ermutigen zu lassen, aber ich war es inzwischen überdrüssig, dort zu liegen. Es war wohl das beste, wenn ich jetzt aufstand, um die Sache in Angriff zu nehmen.

Auf mein eines Knie gestützt und beide Hände an dem Gestein über mir, schob ich mich vorsichtig hinaus. Ich richtete mich auf, leicht nach hinten gebeugt, und tastete prüfend den Vorsprung über meinem Kopf ab. Rechts von mir war nichts zu machen, aber trotzdem war ich froh, daß ich endlich wieder mit dem Klettern begonnen hatte. Links setzte sich der Felsspalt mindestens so weit fort, wie ich reichen konnte. Mir blieb also nichts anderes übrig, als mich Zentimeter um Zentimeter seitwärts daran entlangzutasten, bis nur noch meine vor Erschöpfung verkrampften Zehenspitzen auf dem Rand der Spalte standen. Aber jetzt brauchte ich mich nicht nach hinten zu beugen, sondern konnte aufrecht stehen – wirklich aufrecht –, und dann, je weiter ich nach links gelangte, konnte ich den Oberkörper sogar nach vorn beugen. Das war ebenso unerwartet wie aufregend. Danach kam der Felsen jedoch wieder dicht an mich heran. Statt mit den Zehen und Fingerspitzen fand ich jetzt mit den Knien Halt im Gestein. In der so gewonnenen Körperhaltung kroch ich nach links und dann nach rechts und der Flußabgrund blitzte herauf. Ich kam nur langsam voran, denn meine Hände fanden keinen richtigen Halt, und die Pfeilspitzen unter dem Arm behinderten mich. Aber mein Schwerpunkt und die Neigung des Felsens waren – so fand ich jedenfalls – haarscharf ausbalanciert, und das vermittelte mir ein prickelndes Gefühl. Ich war genau dort angelangt, wo sich in meinem Körper Absturz und Stehvermögen gegenseitig aufhoben, jedoch mit der leichten Tendenz, daß ich dort blieb, wo ich war, und mich nach oben schieben konnte. Immer wieder ruhte ich mich schweißgebadet aus, ohne mit den Händen oder mit den Füßen festen Halt zu haben. Die Spitzen meiner Tennisschuhe stemmten sich gebogen gegen das weiche Gestein, an dem die Gummispitze haftete, und meine Hände lagen flach auf. Dann versuchte ich wieder, mich zentimeterweise nach oben zu arbeiten. Mein Körper machte dabei die intimsten Bewegungen, wie ich sie weder bei Martha noch bei anderen Frauen je gewagt hatte. Furcht und eine ungeheuerliche, gewissermaßen mondsüchtige Sexualität halfen mir millimeterweise weiter hinauf. Trotzdem klammerten sich meine Gedanken verzweifelt an Menschliches. In der riesigen Lichtschlange des Flusses suchte ich nach einem Streifen Gold, wie ich ihn in den Augen des Fotomodells gesehen hatte: ich suchte etwas Liebenswertes.

Über mir änderte sich ein Stück der Dunkelheit, und ein Stern leuchtete darin auf. Zu beiden Seiten seines hellen Scheins stiegen die Felsen an, schwarz und fest wie zuvor, aber ihre Macht war gebrochen. Der hohe, tödliche Teil des Felskamms, auf dem ich mich befand, bog sich und neigte sich immer mehr zum Leben hin und hin zu der Öffnung, in der ich den Stern sah, und während ich höherglitt, kamen mehr Sterne dazu, bis sich am Himmel ein Sternbild wie eine Krone geformt hatte. Ich kam jetzt gut auf meinen Knien vorwärts, und der Bogen scharrte neben mir über die Steine.

Ich weinte. Aus welchem Grund? Es gab keinen Grund, denn ich fühlte weder Scham noch Schrecken. Ich war einfach nur da. Aber ich legte mich flach auf den Felsen, um wieder klare Sicht zu bekommen. Ich drehte mich etwas auf die Seite, stützte mich wie ein lagernder Tourist auf den Ellbogen und sah wieder hinunter. Gott, war das schön. Der Fluß funkelte und tanzte hinter dem Tränenschleier meiner Augen. Es war ebenso schön wie unerträglich. Es war überwältigend. Überwältigend.

Aber irgendwann mußt du wieder zurück, zurück auf die Knie, denn auf einem Felsen tragen sie dich besser als irgendein anderer Teil deines Körpers, jedenfalls auf einem Felsen, der in einem bestimmten Winkel geneigt ist. Ich kniete mich also wieder hin.

Es tat weh, aber ich kam vorwärts. Ich kroch, aber ich brauchte mein Liebesspiel mit der Felswand nicht mehr weiterzutreiben, nur um ihr im Mondlicht ein paar Zentimeter abzutrotzen. Zwischen ihr und mir gab es jetzt etwas Raum. Wenn ich vorsichtig war, konnte ich ihr sogar unbeschadet ein, zwei Stöße versetzen.

Meine Füße stemmten sich schmerzhaft und immer wieder in anderen Richtungen gegen die Schräge des Gesteins. Allerlei Mutmaßungen, die ich nicht näher beschreiben könnte, geleiteten mich, und ich kroch und schrammte und zog mich weiter hinauf wie ein felsengeborenes Wesen, das heimatlichen Gefilden zustrebt. Oft rutschte meine Hand oder mein einer Fuß ab und fing sich an etwas, das ich instinktiv erspürt hatte. Und ich konnte weiterklettern. Der Felsen konnte mir nichts mehr anhaben; er konnte nichts gegen mich ausrichten, dem ich nicht sogleich gewachsen gewesen wäre. Nichts konnte mich mehr aufhalten.

So gelangte ich schließlich an eine kleine Klamm. Ja, und ich stand auf. Ich konnte nicht viel erkennen, aber das Gelände kam mir ähnlich vor wie der Hohlweg, von dem aus ich im Nebel den Hirsch gejagt hatte. Der Boden unter meinen Füßen – unter meinen *Füßen* – war voller Geröll, aber ich konnte darauf gehen. Die Felswände rechts und links berührten fast meine Schultern. Sie drohten einzustürzen, taten es jedoch nicht. Statt dessen füllten sie sich nach und nach mit Büschen und kleinen gespenstischen Bäumen. Sie boten Halt, und Schritt für Schritt arbeitete ich mich ihnen entgegen. Dann waren ihre Zweige über mir, und ich hatte es geschafft.

Ich nahm den Bogen von der Schulter. Ich hatte noch alles bei mir. Das Messer an meiner Seite sagte mir, wozu es da war. Und das Nylonseil war auch da, ob es nun zu etwas gut war oder nicht. Ich warf einen Blick auf die Umgebung, auf die unbeseelte Schönheit der Natur.

Flußaufwärts erblickte ich nur die zerklüfteten, weiß schimmernden Felsen der Stromschnellen, die uns zum Verhängnis geworden waren, und dort war nichts zu sehen außer dem stetigen, fast lautlosen Strömen des Wassers. Ich drehte mich um und blickte etwa ebenso lange in den Wald. Ich ging zurück zu den Kiefern, die auf festem Boden wuchsen, lehnte die Stirn gegen einen Stamm und schob dann meinen Unterarm dazwischen.

Wohin jetzt? Ich ging zurück und sah wieder auf den Fluß hinunter. Auch zum Rand der Felswand hin standen noch Bäume, aber es wurden immer weniger. Der Mond schien zwischen ihren Nadeln hindurch auf den Cahulawassee. Zum erstenmal dachte ich darüber nach, daß er in Kürze im Stausee verschwinden würde, daß seine Wasser bis zu der Stelle, an der ich jetzt stand, steigen würden und daß er sich aus seinem natürlichen Bett erheben würde, fort von den Steinen, die uns im weißen Wasser soviel zu schaffen gemacht hatten, und langsam bis zum Rand der Schlucht hinauf. Das Wasser würde allmählich, geduldig und zwangsläufig, von jedem Riß, jedem Vorsprung und jeder Spalte des Felsens, an denen ich Halt gefunden hatte, Besitz ergreifen. Und erst hier oben, wo ich jetzt im Mondlicht stand, würde es zur Ruhe kommen. Ich saß auf einem kalten Stein am Rand der Felswand und blickte hinab. Jetzt, im Mondschein, war ich der festen Überzeugung, daß ich, falls ich abstürzte, nur instinktiv nach den Felsen zu greifen brauchte, daß sich mit Sicherheit etwas bieten würde, woran ich mich festhalten konnte: ich glaubte, daß unter all den Gegenden in der Welt, die mir den Tod bringen konnten, eine war, der es nicht gelingen würde. Diese.

Allmählich, stufenweise, kam ich zurück auf mein eigentliches Ziel.

Zunächst einmal ging ich davon aus, daß der Mann, der auf Drew geschossen hatte, wußte, daß er ihn getötet hatte. Das war der Anfang. Und er mußte auch wissen, daß wir nicht alle in den Stromschnellen umgekommen waren. Was weiter? Er konnte oberhalb der Stelle mit dem ruhigen Wasser warten, wo Bobby und Lewis waren und wo auch ich jetzt stand, wenigstens ungefähr, und vorhaben, auf sie zu schießen, wenn sie am Morgen losfuhren. In diesem Fall würde er sie beide töten. Aber wenn Bobby den Wechsel vom Mondlicht zum Morgengrauen richtig abschätzte und schnell losfuhr und die Sicht zwar für eine Fahrt mit dem Kanu ausreichte, nicht aber, um zu schießen, dann hatten sie eine Chance, dem Mann durch die nächsten Stromschnellen zu entkommen, die, von mir aus gesehen, nur ein kleines Stück flußabwärts begannen, und dann hatten sie es geschafft. Unsere ganze Hoffnung hing davon ab, ob wir die Gedanken des Mannes richtig erraten hatten, und jetzt, da ich hier oben am Rand der Felswand stand, war ich mir dessen sicher oder doch so sicher wie nur möglich. Wenn Bobby im frühesten Dämmerlicht losfuhr, gab es kaum eine Chance, von hier oben aus ein Ziel auf dem Wasser zu treffen, und die große Felsspalte im oberen Teil der Steilwand, die kleinen und tiefen Einschnitte wie der, in dem ich heraufgestiegen war, würden es dem Mann nicht erlauben, flußabwärts zu gehen und das Boot doch noch zu erwischen. Das Kanu würde auf jeden Fall schneller sein. Ich ging davon aus, daß er das wußte und sich vorgenommen hatte, das Problem dadurch zu lösen, daß er sie mit seinen Schüssen auf dem ruhigen Teil des Flusses traf, wo sein Ziel sich mit gleichmäßiger Geschwindigkeit fortbewegen würde, ohne zu tanzen und zu springen. Die Stromschnellen dort unten kamen mir, von einer weiß schäumenden Strecke zwischen zwei hohen, eng beieinanderstehenden Felsen abgesehen, verhältnismäßig harmlos vor: kaum mehr als ein starkes Kräuseln, soweit ich das beurteilen konnte. Aber selbst das würde einen Schützen noch stören, weil es das Boot zum Schwanken brachte. Wenn ich aus dieser Entfernung und aus diesem Blickwinkel jemanden hätte töten wollen, hätte ich möglichst lange und genau zu zielen versucht. Unter diesen Umständen – und falls er ein guter Schütze war – gab es keinen Grund, daß er Bobby und Lewis nicht beide erwischen konnte, und zwar im Abstand von wenigen Sekunden, sofern er seine Zeit gut nutzte und schon der erste Schuß traf. In jedem Fall brauchte er dazu ruhiges, lagsam fließendes Wasser und würde deshalb flußabwärts gehen, um es an einer Stelle hinter der nächsten Biegung zu versuchen, die man von hier aus nicht sehen konnte.

So sieht die Sache also aus, dachte ich. Ich mußte ihm irgendwie auflauern und ihn, wenn möglich, von hinten erledigen, und ob mir das gelang, hing von meiner Fähigkeit ab, die Stelle zu erraten, von der aus er schießen würde, und das wiederum war Glückssache. Ich mußte ihn erledigen, während er zum Fluß hinunterzielte. Unter solchen Voraussetzungen hatten Bobby und Lewis nur eine geringe Chance.

Ich hatte so lange und angestrengt an ihn gedacht, daß ich bis zum heutigen Tag noch glaube, unsere Gedanken hätten sich damals, im Mondlicht, miteinander vermischt. Es war nicht so, daß ich selbst zum Schurken wurde, es kam vielmehr eine enorme Gleichgültigkeit gegen alles Physische über mich, die so tief und weit war wie der ganze lichterfüllte Abgrund zu meinen Füßen: eine Gleichgültigkeit nicht nur gegen den Körper des Mannes, der sich, von einem Pfeil durchbohrt, am Boden wälzen würde, sondern auch gegen meinen eigenen Körper. Wenn Lewis den anderen Mann nicht erledigt hätte, würde er sich an mir befriedigt haben, auf eine für mich schmerzhafte und erschreckende Weise – auf fürchterliche Weise angenehm und erregend für ihn. Aber unser Fleisch hätte sich dort auf dem Waldboden auf jeden Fall vereinigt, und es war seltsam, sich das jetzt vorzustellen. Wer war er? Ein ausgebrochener Sträfling? Oder ein armseliger Kleinbauer auf der Jagd? Oder ein Schwarzbrenner?

Da ich einen Platz brauchte, von dem aus ich den Fluß möglichst weit überblicken konnte, um zu sehen, ob der Mann das Kanu in Sicht hatte oder nicht, wollte ich noch höher steigen. Auf eine Felsspitze oder auf einen Baum. Ich erinnerte mich an die Zeit, als es in unserer Gegend Mode wurde, Hirsche von einem Hochsitz aus mit dem Bogen zu erlegen, und vielen dieser Jäger, die noch nie ein Tier im Wald aus der Nähe gesehen hatten, gelang es gleich beim ersten Versuch. Hirsche haben auf Bäumen keinerlei natürliche Feinde, blicken also selten nach oben. In meiner Nähe gab es nicht viel, worauf man klettern konnte, aber am Rand des Abgrunds standen viele Kiefern. Zuerst mußte ich allerdings weiter flußabwärts gehen und die richtige Stelle ausfindig machen.

Ich bahnte mir einen Weg über die Felsbrocken, parallel zu den Stromschnellen, die nicht endeten, soweit ich blicken konnte. Es war nicht so beschwerlich, wie ich es mir vorgestellt hatte. Die Steine waren sehr groß, und mit langen Schritten und Sprüngen arbeitete ich mich von einem dunklen Brocken zum anderen, mit einer Sicherheit, die mich selbst erstaunte. Es gab hier offenbar nichts, wovor ich Angst haben mußte. Das einzige, was mich hin und wieder störte, war mein Keuchen, in dem immer noch etwas von Panik war, und das schien mit den Bewegungen meines Körpers nichts zu tun zu haben. Ich brauchte ziemlich lange, mindestens eine Stunde, vielleicht auch zwei, bis ich das Ende der Stromschnellen erreichte. Als der Mondschein in der Tiefe in sanfter Glätte lag und das Tosen der Schnellen schwächer wurde, war ich an der Stelle des Flusses angelangt, die ich hatte erreichen wollen. Was jetzt?

Oben, am Rande der Schlucht, lagen überall Felsbrocken, und viele von ihnen hätten ein gutes Versteck abgegeben, aber dann hätte ich so gut wie nichts gesehen. Ich beschloß, noch etwas weiter flußabwärts zu gehen und festzustellen, wie es dort aussah. Danach wollte ich wieder zu der Stelle zurückkehren, an der ich jetzt stand.

Diesmal kam ich schwerer voran; es gab ein paar üble Stellen: große zerklüftete Felsen mit umgestürzten Bäumen dazwischen, und einmal stand ich plötzlich vor einer Art natürlicher Barrikade, hoch wie eine Mauer, vor der ich fast den Mut verlor. Sowohl jetzt, da ich flußabwärts ging, wie auf dem Rückweg würde ich einen beträchtlichen Umweg landeinwärts machen müssen, um hinüberzugelangen. Doch zu beiden Seiten der Mauer standen ein paar junge Bäume, und mit deren Hilfe – ich konnte mich an ihnen festhalten, während ich über die Felsen kletterte – bestieg ich die Mauer und rutschte an der anderen Seite herunter. Ich behielt ständig den Fluß im Auge, und wenn der Mann nicht auf der Felsmauer lag – wo man keine gute Sicht hatte, denn man sah den Fluß nur wie die sich im Winde rührenden Blätter eines Baumes hinter dem Blattwerk eines anderen Baumes –, mußte er sich schon irgendwie an den äußersten Rand stellen, um einen guten Überblick über den Fluß zu haben und zielen zu können. Über dem ruhigeren Teil der Strömung, den ich oben abgeschritten hatte, gab es nur eine Stelle, die dafür geeignet

schien. Weiter flußaufwärts war sie von übereinanderliegenden Felsblöcken verstellt, aber vom Wald her war sie, soweit ich beurteilen
konnte, wesentlich leichter zu erreichen. Ganz am Rand befand sich ein
kleines sandiges Plateau, von dem aus man durch ungefähr ein Meter
hohes Gras den Fluß sehen konnte. Hier würde es geschehen, soviel stand
für mich fest. Häuser und Highways waren weit genug entfernt, daß man
einen Gewehrschuß dort nicht hören würde. Andererseits wiederum
waren sie doch in der Nähe, und je näher sie waren, um so weniger würde
der Mann einen Schuß riskieren. Wenn er nicht hierherkommt, dachte
ich, sondern sich einen abgeschiedenen Platz flußabwärts aussucht, sind
Bobby und Lewis geliefert.

Ja, dachte ich feige, aber doch irgendwie erleichtert, *sie* kann er dort
erwischen. Schließlich hatte ich alles getan, was in meiner Macht lag, und
letzten Endes brauchte ich dann nur noch einen Weg aus dem Wald zu
finden und dem Fluß bis zur nächsten Highway-Brücke zu folgen. Der
Gedanke, daß der Mann, wenn er die beiden anderen erledigt hatte, auch
mich jagen würde, beunruhigte mich nicht sonderlich, denn er konnte ja
nicht wissen, wo ich mich befand, obschon ich bis zu einem gewissen
Grade fürchtete, daß er den Spuren, die ich im dunklen Dickicht und im
Blattwerk hinterließ, folgen würde. Zwar wußte er, daß vier Leute in den
Booten gewesen waren, aber einer von uns konnte schließlich in den
Stromschnellen ertrunken sein, in denen wir ja tatsächlich beinahe alle
umgekommen wären. Mein Leben war also weniger in Gefahr als das der
anderen, es sei denn, der Zufall konfrontierte mich plötzlich mit dem
Zahnlosen.

Oder ich verfehlte ihn beim ersten Schuß. Ein Schauder überlief mich,
und ich fühlte, wie mir bei dieser Aussicht die Zunge anschwoll. Einen
Augenblick lang dachte ich daran, mich in die Wälder zu schlagen, doch
eine innere Stimme sagte mir, daß ich nicht aufgeben durfte. Wenn
Bobby und Lewis starben, wollte ich mir nicht vorwerfen müssen, daß ich
weiter nichts getan hatte, als eine Felswand hochzuklettern, und sie dann
ihrem Schicksal überlassen hatte. Aber wenn der Mann, nach dem ich
Ausschau hielt, nicht hierherkam, wo ich ihn erwartete, um ihn zu töten,
dann hatte ich mein Bestes getan, dann war es nicht meine Schuld. Und
die Chance, daß ich alles richtig vorausberechnet hatte, war vermutlich
nicht sehr groß. Immerhin, ich hatte mein Bestes getan.

Noch schien der Mond, noch dämmerte es nicht. An der einen Stelle, wo
das Land zurückwich und mit Felsbrocken und niedrigen Bäumen bedeckt
war, wandte ich mich weg vom Fluß und erkundete meine Umgebung.
Unter den Bäumen, die das Licht fernhielten, konnte ich mich nur mit
Hilfe meines Tastsinns zurechtfinden. Vorsichtig tastete ich mich mit

dem Fuß voran. Ich stieß auf etwas Festes. Ich trat darauf zu und war plötzlich eingehüllt von Kiefernzweigen und harten Nadeln. Ich legte den Bogen nieder und kletterte in die unteren Äste, die sehr dick waren und dicht zusammen standen. Dann kletterte ich in die schwankende Krone des Baumes.

Durch das Nadelgezweig hindurch hatte ich etwas Sicht. Das Licht über dem Fluß flimmerte leicht. Von hier oben aus wirkte er sehr viel ferner als von dem grasüberwucherten Rand des Abgrunds aus, wo ich gestanden und hinuntergeblickt hatte. Schließlich stellte ich fest, daß der Teil des Flusses, den ich hier sah, die Biegung hinter der letzten Stromschnelle unterhalb der Stelle, wo Lewis und Bobby sich befanden, sein mußte. Dort wurde der Fluß langsamer und weiter, und das Mondlicht breitete ein silbernes Tuch darüber.

Ich kletterte von dem Baum herunter, holte den Bogen und versuchte, mir in der Kiefer eine Art Hochsitz zu schaffen. Nie zuvor hatte ich von einem Baum aus auf etwas geschossen, noch nicht einmal auf eine Zielscheibe, aber ich erinnerte mich, daß irgend jemand mir einmal geraten hatte, in diesem Fall ein wenig tiefer zu zielen. Daran dachte ich, während ich mich da oben einrichtete.

Ich überlegte mir jede einzelne Bewegung – wohin mit dieser Hand? Hierher? Nein, besser dorthin oder vielleicht noch etwas tiefer. Ich entfernte die kleinen Nadelzweige, die mir die Sicht auf das Sandplateau versperrten. Das war leicht getan: ich entfernte schließlich einfach alles, was meinen Augen das silberne Band des Flusses verbarg. Ich lehnte mich zurück an den Stamm und sah nun wie durch einen engen Nadeltunnel hindurch nach unten. Durch diesen Tunnel würde ich gut schießen können: er war mir sogar noch eine Hilfe beim Zielen. Beim Wegbrechen der Zweige hatte ich einen weit besseren Tastsinn bewiesen als je zuvor. Ich mußte ihn wohl beim Klettern an der Felswand entwickelt haben. Ich schien die genaue Größe und das Gewicht von allem schon bei der ersten Berührung bestimmen zu können. Und so strengte es mich nicht sonderlich an, die Zweige, die mir im Weg waren, abzubrechen oder beiseite zu schieben. Hier oben im Dunkel lebte ich auf und tat alles wie im Rausch, gerade weil es mir so unbegreiflich schien. Noch nie hatte ich etwas Ähnliches erlebt. Mit der Handfläche tastete ich über die Rinde hin, brach dann eine lange Kiefernnadel ab, steckte sie in den Mund und kaute darauf. Sie hatte den richtigen Geschmack.

Ich kletterte um den Stamm herum. Vielleicht fand ich einen noch vorteilhafteren Platz mit einem noch weiteren Blickwinkel für den Schuß. Aber ich wollte den Baum nicht weiter verstümmeln; er mußte immer noch wie ein harmloser Baum aussehen, er mußte aussehen wie die anderen Bäume. Mit dem Tunnel hatte ich zwar eine Schußlinie auf das Plateau, aber ich hatte nicht genügend Bewegungsfreiheit, um den Bogen zu schwenken. Wenn ich ihn unter diesen Voraussetzungen töten wollte, mußte er genauso vorgehen, wie ich es mir vorgestellt hatte, nicht nur annähernd, sondern genauso. Seine und meine Gedanken mußten sich genau decken.

Ich nahm den guten Pfeil aus dem Köcher, legte ihn ein und stemmte mich mit den Füßen fest gegen zwei starke Äste. Dann spannte ich den Bogen mit aller Kraft und lehnte mich dabei ein wenig nach rechts, um für meinen rechten Ellbogen mehr Bewegungsfreiheit zu haben. Ich zielte, so genau ich nur konnte, hinab auf das Plateau, und einen Augenblick lang fühlte ich mich versucht, den Pfeil in den Sand zu jagen, um mir über den nötigen Schußwinkel richtig klarzuwerden, widerstand aber dieser Versuchung, wobei mir kalter Schweiß auf die Stirn trat. Schließlich lockerte ich den Pfeil wieder und atmete gleichzeitig tief aus. Um ein Haar hätte ich es getan. Hätte ich den Pfeil unwillkürlich losgelassen, so hätte das mein Ende bedeuten können: ich hätten den Pfeil vielleicht verloren oder verbogen und mich damit jeder Chance begeben, wenn der Mann kam. Falls er kam.

Ich machte es mir so bequem wie möglich und beschloß, bis zum Tagesanbruch auf dem Baum zu bleiben. Ich begann mich in Lautlosigkeit zu üben, denn das gehörte zu meiner Aufgabe.

Es war sehr still. Ich konnte den Fluß kaum noch hören. Von den Stromschnellen flußaufwärts drang nur ein gleichmäßiges Rauschen herüber, in das sich, so meinte ich wenigstens, wenn ich genau hinhorchte, ein anderes Geräusch mischte, das von flußabwärts herzudringen schien. Wahrscheinlich kam es von weiteren Stromschnellen oder sogar von einem Wasserfall. Falls das zutraf, standen die Chancen gut, daß ich den richtigen Platz ausgesucht hatte. Alles war logisch, obgleich ich trotz aller Logik noch immer nicht ganz glauben konnte, daß der Mann kommen würde: viel wahrscheinlicher war, daß ich bei allen meinen Überlegungen fehlgegangen war. Ich spielte nur Gedanken durch, Gedanken allerdings, bei denen es um Leben und Tod ging. Ich war schrecklich müde, und Aufregung überkam mich erst, als ich daran dachte, daß ich möglicherweise doch alles richtig berechnet hatte und daß es schließlich zu jener letzten Handlung kommen würde: die Pfeilspitze durch den Tunnel von Kiefernnadeln auf einen menschlichen Körper zu richten und loszulassen, unwiderruflich.

Vor allem aber staunte ich über meine Lage. Ein benommenes Staunen. Es fiel mir schwerer, mir vorzustellen, daß ich in einem Baum saß, als die Hand auszustrecken und die Rinde oder die Nadeln zu berühren und dabei festzustellen, daß ich tatsächlich auf dem Baum saß, inmitten der Nacht – oder irgendwo in der Nacht –, tief in den Wäldern, und darauf wartete, einen Mann zu töten, den ich erst einmal im Leben gesehen hatte. Niemand auf der Welt, so dachte ich, weiß, wo du bist. Ich spannte den Bogen wieder etwas, und der Pfeil kam auf mich zu. Wer würde mir das glauben, sagte ich atemlos, wer würde das für möglich halten?

Das Warten wurde mir lang. Ich sah auf meine Uhr, aber der Fluß hatte sie zerstört. Mein Kopf fiel nach vorn und schien auf die Erde rollen zu wollen. Zwei- oder dreimal fuhr ich aus dem Schlaf hoch, aber jedesmal mühsamer. Einmal schrak ich aus dem ältesten aller Träume auf – dem ältesten und traumähnlichsten –, aus dem Traum nämlich, in dem man zu fallen beginnt. Eine Sekunde lang wußte ich absolut nicht, was ich tun oder wonach ich greifen sollte, und streckte nur ziellos die Hand aus. Ich reckte mich, suchte wieder festen Sitz zu fassen und überprüfte von neuem meine Lage. Im Bogen lag kein Pfeil mehr. Mein Gott, dachte ich, jetzt bist du verloren. Ich glaubte, daß ich den anderen Pfeil, den verbogenen, nicht einmal richtig durch den Nadeltunnel jagen könnte. Und ohne Waffe würde ich hilflos im Baum hocken und, das wußte ich, darum beten, daß der Mann mich nicht bemerkte, und so lange drinbleiben, bis er Bobby und Lewis getötet hatte. Ich wußte, daß ich ihn nicht mit dem Messer angreifen würde, selbst wenn ich ihn von hinten überraschen konnte.

Es war jetzt eher noch dunkler als zuvor. Ich hängte den Bogen an einen Zweig und kletterte hinunter. Dort hätte der Pfeil liegen oder auch stecken müssen, aber er tat es nicht. Ich kroch durch die Nadeln und weinte vor Angst und Enttäuschung; ich tastete alles ab, mit Händen, Armen, Beinen, mit meinem ganzen Körper und allem, was ich hatte, und ich hoffte, daß die Doppelspitze mich schneiden oder sich sonst irgendwie bemerkbar machen würde. Wenn sie nur da war.

Aber sie war nicht da, und ich spürte schon die allererste Dämmerung. Ich mußte wieder auf den Baum. Sobald ich etwas besser sehen konnte, würde ich versuchen, den anderen Pfeil geradezubiegen, aber es war mir klar, daß mein Vertrauen in meine Treffsicherheit vermindert war. Es gibt keine Sportart und keinen Beruf, wo das Vertrauen so wichtig ist. Nicht einmal beim Golf oder in der Chirurgie ist Vertrauen so wichtig wie beim Bogenschießen.

Aber dann fand ich den Pfeil, den ich fallengelassen hatte, auf einem Zweig unterhalb meines Sitzes, und der Plan, den ich ausgearbeitet hatte, nahm wieder Gestalt an und festigte sich in mir wie Marmor. Es war alles da, und ich kletterte zu meinem Bogen und nahm wieder meine Schußposition ein.

Das Nadelgewirr füllte sich langsam mit dem ersten Tageslicht. Der Baum begann sanft zu erglühen, warf das zerbrechliche, von den Nadeln aufgefangene Licht auf mich, und mir war, als werfe ich es zurück. Ich blickte immer noch durch den jetzt grün schimmernden Tunnel. Ich hielt den Mund offen, um leiser zu atmen, um nicht versehentlich geräuschvoll durch die Nase zu atmen.

Ich konnte jetzt deutlich sehen: die nadelübersäte, felsige Stelle unter dem Baum und von da aus bis zu dem sandigen Plateau, das ungefähr drei Meter breit und von hohem, wildem Gras gesäumt war, und darüber hinaus in die Weite, und dann ruhte mein Auge auf dem Fluß. Jetzt mußte Bobby sich aufmachen. In ein paar Minuten würde alles vorüber sein. Entweder hatte ich mich geirrt, oder ich hatte recht gehabt, entweder wir würden sterben, oder wir würden leben.

Aber vielleicht hatte Bobby sich auch schon aufgemacht und war da unten an mir vorbeigeglitten, während ich nach dem Pfeil suchte. Ich konnte es nicht sagen, und ich duckte mich unter den Zweigen, darauf gefaßt, daß der Gewehrschuß womöglich aus einer anderen Richtung kam, von einer anderen Stelle, an die ich nicht gedacht hatte oder die ich nicht kannte.

Aber nichts regte sich. Das Licht nahm zu. Das Gefühl, hier oben in der Krone des Baumes in Sicherheit zu sein, verließ mich allmählich. Im richtigen Blickwinkel konnte jemand, der auf dem Plateau stand, genau durch meinen Tunnel aus Kiefernzweigen blicken und mich zufällig sehen. Viel hing vom Zufall ab.

Ich bewegte mich vorsichtig wie ein Tier, das in Bäumen lebt, reckte den Hals und beugte mich etwas nach vorn, um einen halben Meter mehr von dem Rand der Schlucht im Blickfeld zu haben, um zu sehen, ob das Kanu schon auszumachen war.

Da tauchte plötzlich in meinem linken Augenwinkel etwas auf, und das Blut gefror mir in den Adern. Ich drehte den Kopf nicht ruckartig um, sondern ganz langsam. Aber ich wußte es. Ich wußte es, ich wußte es.

Steine stießen aneinander, und ein Mann mit einem Gewehr ging auf das Sandplateau zu. Er hatte die rechte Hand in der Tasche.

Das ist er, dachte ich, aber im gleichen Augenblick empfand ich den Wunsch – einen Wunsch, dessen ich mich nicht erwehren konnte –, mich im Baum versteckt zu halten, bis er wieder fortgegangen war. Die Energie, mit der ich die Felswand bezwungen hatte, hatte mich verlassen. Ich wollte nur leben. Alles in mir bebte; ich wäre nicht imstande gewesen, den Bogen zu spannen. Dann blickte ich nach unten und sah, wie meine Hand den Bogen hielt: die beiden Spitzen des Pfeils mit ihren leicht angerauhten scharfen Kanten hoben sich durch ihre Farben deutlich voneinander ab. Das gab mir Sicherheit, und ich glaubte wieder daran, daß ich in dieser tödlichen Scharade meine Rolle spielen würde. Sobald er sich auf den Bauch legte und mir den Rücken zuwandte, würde ich schießen. Ich legte Zeige- und Mittelfinger um das Fiberglas des Bogens, atmete langsam durch den Mund ein und lehnte mich lautlos und angespannt zurück.

Er blickte hinunter, flußaufwärts, und stützte sich mit beiden Händen auf das Gewehr; nichts schien darauf hinzudeuten, daß er es aufnehmen und an die Schulter heben wollte. Es lag etwas Entspanntes und Genießerisches in seiner Körperhaltung, etwas kreatürlich Anmutiges: noch nie hatte ich ein schöneres oder überzeugenderes Bild gesehen. So, wie er jetzt dastand, hätte ich ihn gern getroffen, und ich betete, daß Bobby in Sicht kam, aber noch immer konnte ich auf dem Fluß nichts erspähen und der Mann offenbar auch nicht. Aus irgendeinem Grund bewegte er sich etwas und geriet zur Hälfte aus meinem Nadeltunnel. Warte, bis er sich hinlegt, sagte ich mir, und dann triff ihn tödlich, mitten in den Rücken. Handle mit System. Versuche, sein Rückgrat zu brechen, so daß du ihn selbst dann, wenn du seine Wirbelsäule verfehlst, an einer lebenswichtigen Stelle triffst.

Aber er stand immer noch da, gleichgültig, weder unentschlossen noch entschlossen; er stand nur da, und ein Teil seines Körpers bot sich mir zum Schuß dar, aber nicht der Kopf und auch nicht der andere Teil. Ich täte besser daran, es jetzt zu versuchen, sonst entfernt er sich unter Umständen ganz aus meiner Schußlinie. Ich krümmte den Arm, um meine Muskeln zu erproben. Die Sehne des Bogens straffte sich in einem stumpfen Winkel. Ich hatte den Mann genau vor mir, und er bot dem Schußloch in den Nadeln etwas mehr von seinem Körper dar. Er war mir seitlich zugekehrt, aber falls er das Gesicht in meine Richtung drehte und nur ein wenig den Kopf hob, mußte er mich sofort erblicken. Ich wußte, daß ich zunächst einen Kampf mit meinen Nerven vor mir hatte: die Nervosität, wenn der Bogen voll gespannt war, der Wunsch, den Pfeil abgehen zu lassen und meinen Körper von der Anspannung, mit der ich den Bogen hielt, zu befreien, den Pfeil losschnellen zu lassen und es hinter mir zu haben. Ich fing an, in meinem Kopf die subtilen Vorbereitungen für einen guten Schuß zu treffen, und war mir die ganze Zeit im klaren darüber, daß selbst die perfekteste Technik nichts nützt, wenn man den richtigen Augenblick verpaßt. Die Finger der rechten Hand müssen gelöst und locker sein, vor allem aber darf der Arm mit dem Bogen nicht die geringste Bewegung machen.

Irgend etwas schien ihn zu verwundern. Immer wieder blickte er vom Fluß weg und auf den Boden zu seinen Füßen, auf den sandigen, mit Gestein durchsetzten Boden, und jedesmal, wenn er den Kopf neigte, entfernte sich sein Blick mehr vom Fluß und näherte sich etwas mehr der Stelle, über der ich mich befand.

Ich schloß die Augen, pumpte meine Lungen ganz langsam mit Luft voll, hielt den Atem an und richtete zentimeterweise den Bogen aus. Als ich ihn ungefähr in der Position hatte, die mir richtig schien, konzentrierte ich mich auf meine Muskeln und spannte. Mein Rücken wurde breiter und schöpfte Kraft aus dem Baumstamm. Die Spitze des Pfeils glitt rückwärts und näherte sich der mit Kalbsleder bezogenen Bogenmitte. Dort vibrierte sie mit der ganzen unnatürlichen Spannung meines Körpers und einem Geräusch, das nur die Nerven in meiner linken Handfläche wahrnehmen konnten. Ich hielt den Schaft des Pfeils dicht an den Bogen und begann, alles im Bogen und im Pfeil und in meinen Händen und Armen und in meinem Körper genau zu überprüfen, wie bei einem Countdown.

Der Mann stand leicht außerhalb meines drahtgesäumten Lochvisiers. Ich brauchte den Bogen nur leicht seitwärts zu bewegen, um ihn ins Visier zu bekommen. Damit war das Rechts-links-Problem gelöst, es sei denn, ich zuckte beim Abschuß noch. Das Ziel befand sich genau in der von Martha mit orangefarbenem Draht umwickelten Öffnung in der Saite des Bogens. Also brauchte ich nur noch auf die Höhe zu achten, was bei einem Schuß nach unten immer das Hauptproblem ist. Und dann kam es auf den Augenblick des Loslassens an. Die Spitze des Pfeils schien, während ich den Mann im Auge hatte, ungefähr fünfzehn Zentimeter unterhalb seiner Füße zu liegen, und ich brachte sie noch etwa zwei Zentimeter tiefer, bis es, soweit ich beurteilen konnte, aussah, als versuchte ich, ihn in den Bauch zu treffen. Während ich durch das Lochvisier den Schaft des Pfeils entlang und durch den grünen Nadeltunnel äugte, hatte ich den Eindruck, der Pfeil käme jetzt in eine Gerade, die den Mann genau in der Mitte treffen mußte.

Wir waren zusammengefügt, und das Gefühl einer sonderbaren Intimität nahm zu, denn er war gefangen in einem Rahmen innerhalb eines anderen Rahmens, und beide waren mein Werk: das Lochvisier und die Nadelröhre. Und da wußte ich, daß ich ihn hatte, wenn meine rechte Hand entspannte und den Pfeil abgehen ließ und wenn mein linker Arm sich nicht bewegte, sondern nur den leichten Rückstoß des vibrierenden Bogens auffing.

Es war alles in Ordnung; es hätte nicht besser sein können. Meine Position war gut und fest, und die breite Spitze schien so ruhig und gelassen wie ein Felsen. Ich war ganz erfüllt von der verwandelnden Kraft des voll gespannten Bogens, von der Aufregung des Spannens, die vielen Bogenschützen zum Verhängnis wird, aber denen zum Vorteil, die sie zu beherrschen wissen.

Ich war fast am Ende meines Countdowns angelangt, und der Mann stand noch immer an der gleichen Stelle: leicht vorgeneigt, aber mir etwas mehr zugewandt als vorher. Jetzt machte er eine leichte, rasche Bewegung, und mit aller Kraft vermochte ich eben noch den Pfeil zurückzuhalten. Er scharrte einmal mit dem Fuß über die Erde, und da sah ich sein Gesicht – sah, daß er tatsächlich ein Gesicht hatte – zum erstenmal. Die ganze sorgfältige Anlage meines Schusses drohte auseinanderzufallen, und ich kämpfte mit meinen Muskeln und Eingeweiden und mit dem Herzen, um sie zusammenzuhalten. Seine Augen glitte immer schneller über den Sand und die Felsen. Sie kamen näher und näher. Sie hoben sich vom Boden und lösten den Schuß aus. Ich sah den Pfeil nicht durch die Luft sausen, und ich glaube auch nicht, daß er ihn sah. Bestimmt aber mußte er das Schnellen der Sehne gehört haben. Ich hatte so lange in angespannter Haltung verharrt, daß ich noch in dem Augenblick, als der Pfeil abging, glaubte, daß ich meinen linken Arm nicht mehr würde bewegen können, sowenig wie eine Statue. Ich fürchtete, in dem Augenblick, da ich erkannte, daß er wußte, wo ich war, hätte ich meine Konzentration verloren, und bis zu einem gewissen Grade war das wohl auch der Fall. Aber der Schuß war korrekt abgegangen, und falls der linke Arm den Rückstoß aufgefangen hatte, war der Mann getroffen.

Ich wußte nicht genau, was danach geschah, und ich weiß es noch heute nicht. Der Baum dröhnte, als sei er von einer Axt getroffen worden, und der Wald, der mich bisher so ruhig umfangen hatte, war plötzlich von einem unglaublichen Geräusch erfüllt. Dann wußte ich, daß es keine Baumkrone mehr gab und keinen Bogen mehr. Ein Ast hielt mein Bein fest und versuchte es mir abzureißen, und ich fiel, mit dem Kopf voran, den Stamm hinunter, und dabei schlug und prügelte es von unten her auf mich ein wie mit hundert lebendigen Armen. Bis zum heutigen Tag bin ich überzeugt davon, daß ich während meines Sturzes die Finger meiner rechten Hand daraufhin musterte, ob sie auch locker und gelöst waren, ob sie locker gewesen waren, als sie den Schuß abgegeben hatten. Sie waren es.

Im übrigen versuchte ich, mich im Fallen umzudrehen und nicht mit dem Hinterkopf aufzuprallen, aber kaum hatte ich damit begonnen, schlug ich auch schon auf. Von hinten drang etwas in mich ein, und ich hörte ein Geräusch, wie es entsteht, wenn man ein Bettlaken zerreißt. Ein harter Gegenstand krümmte sich und zerbrach unter mir, und atemlos lag ich am Boden. Irgendwo schmerzte es. Und in diesem Augenblick löste sich wieder ein Schuß. Es gelang mir nicht, vom Boden hochzukommen, und ich kroch rückwärts, wobei ich irgend etwas hinter mir herzerrte. Das Gewehr knallte wieder, dann noch einmal. Ein Zweig der Kiefer wurde weggepeitscht, aber es war höher, als mein Kopf gewesen wäre, wenn ich gestanden hätte. Das Schießen hatte etwas Seltsames. Das vermochte ich sogar in dieser Lage festzustellen. Es gelang mir, auf die Knie zu kommen, dann auf meine Füße, und ich kroch und humpelte auf ein paar Felsen hinter dem Baum zu, die ich schließlich auch erreichte. Ich hielt mich geduckt, und wieder ging das Gewehr los. Dann hob ich vorsichtig den Kopf über den Felsen.

Er taumelte auf den Baum zu, war aber immer noch gut vier Meter davon entfernt, und versuchte, das Gewehr hochzureißen, doch es schien zu lang oder zu schwer zu sein. Dennoch schoß er wieder, aber die Kugel ging einen Meter vor seinen Füßen in den Boden. Der obere Teil seines Rumpfes war rot, und als er vornübersank, sah ich den Pfeil genau unter dem Nacken hängen. Auch die Spitze war rot gefärbt und wippte steif und elastisch. Er ging vorsichtig in die Knie. Als er den Mund öffnete, schoß das Blut heraus. Es war, als sprudele es plötzlich aus dem Boden hervor, mit der Kraft einer Quelle, die von einem Stein, der ihr im Wege ist, befreit wird. So stirb doch, dachte ich, mein Gott, stirb. Stirb.

Ich glitt seitwärts an dem Felsbrocken herunter und preßte meine Wange an den kühlen Stein. Was ist bloß los mit mir? fragte ich mich, als der Felsen sich langsam und bedächtig zu drehen begann, so als wolle er sich erheben. Ich sah an mir herunter, und da steckte ein Pfeil, der verbogene Pfeil, und der zerbrochene Bogen hing daran.

Ich ließ den Kopf wieder sinken und war weg. Wo? Ruhig und bequem glitt ich in eine weite Ferne, und in meinen Gedanken sah ich undeutlich vor mir, wie ich mich abwandte und winkend im Nebel verschwand.

Nichts.

Noch mehr Nichts, und dann schlug ich langsam und ganz verwundert die Augen auf. Vor mir lag ein Mann auf Händen und Knien, erbrach sein Blut in der gleichen Haltung, wie ein betrunkener Mann bei Freunden vorsichtig den Kopf über das Klosettbecken hält. Ich legte den Kopf zurück und war wieder weg.

Die Härte des Felsens, gegen die mein Atem stieß, ließ mich wach werden. In der Stellung, in der ich lag, konnte ich kaum atmen. Ich hob wieder den Kopf, hob die Augen, aber kein Mann war mehr zu sehen. Ich wäre wohl für immer hier liegen geblieben, doch dieses Rätsel brachte mich wieder auf die Beine.

Ich richtete mich mühsam auf und betrachtete mich. Der Pfeil hatte sich ungefähr drei Zentimeter tief durch meine rechte Seite gebohrt, durch das Fleisch, das mir das zunehmende Alter und mangelnde körperliche Bewegung aufgeladen hatten. Ich mußte den Pfeil entweder herausschneiden oder den Schaft durchziehen. So vorsichtig wie möglich entfernte ich die Federn, aber bei jeder Bewegung zuckte mein Herz und schrie um Hilfe. Ich biß die Zähne zusammen und zerrte an dem Schaft. Er bewegte sich nur widerstrebend, und ich dachte an die Farbreste, die er in der Wunde zurücklassen würde, aber anders war es nicht zu machen. Ich spuckte in meine Hand, rieb den Schaft mit Speichel ein und hoffte, dieses Gleitmittel würde etwas nützen. Zuerst tat es das auch, dann jedoch wirkte es nicht mehr: der Pfeil saß fest, und ich konnte ihn keinen Millimeter mehr bewegen, wenn ich nicht Gefahr laufen wollte, wieder in Ohnmacht zu fallen. Ich mußte ihn herausschneiden.

Ich zog das Jagdmesser aus dem Gürtel, schnitt den Nylonstoff über der Wunde weg und sah mir die Stelle an. Ich betrachtete sie nur, tat nichts anderes, und das war viel schrecklicher als der Versuch, den Pfeil mit geschlossenen Augen herauszuziehen. Die Doppelspitze hatte meine Seite aufgerissen – dazu war sie schließlich konstruiert worden –, und wenn sie nicht ganz so tief eingedrungen wäre, hätte es nur eine schmerzhafte Fleischwunde gegeben, aber das war leider nicht der Fall, und der Schaft steckte in mir. *In* mir. Als ich den Schaft bewegte, zuckte das Fleisch um das Metall herum zusammen wie ein Mund. Ich setzte das Messer an – an dem Fleisch über der Wunde. Jetzt nur gerade herunterschneiden, sagte ich laut zu mir. Herunterschneiden und den Pfeil herausschneiden, und dann kannst du die Wunde im Fluß auswaschen. Dann wird es dir schon viel besser gehen, alter Junge.

Ich schnitt. Mein Magen drehte sich um vor Schmerz, und ich erweiterte den Schnitt, den ich gemacht hatte. Der Wald und die Luft schwirrten, als hätten sich von allen Zweigen Vögel erhoben, um genau auf mein Gesicht zuzufliegen. Ich nahm das Messer und drehte es, bis der gekrümmte Teil der Schneide in der Wunde steckte, und dann trieb ich es mit beiden Händen nach unten. Ich spürte, wie es an dem Schaft entlangschabte. Das muß doch nun endlich reichen, sagte ich. Ich will mich nicht noch mehr aufschneiden, und wenn ich den Pfeil jetzt mit einem Ruck herausreißen und mich dabei selbst zerfetzen müßte. Der Felsbrocken war mit Blut bedeckt, und ich tastete nach der Wunde, um festzustellen, ob der Schaft einigermaßen frei von Fleisch war. Das Messer fiel klirrend auf den steinigen Boden. Jetzt war der Schaft locker. Ich zog ihn ein Stück weiter durch mich hindurch, und die Wunde fühlte sich plötzlich anders an. Schließlich lag der Pfeil voller Blut in meiner Hand, und die Wunde klaffte, und das Blut strömte auf den felsigen Boden. Ich stürzte nieder, den Pfeil immer noch in der Hand, und raffte mich dann wieder auf.

Eine solche Freiheit hatte es noch nie gegeben. Schon der Schmerz an sich war Freiheit, und das Blut auch. Ich hob das Messer auf und schnitt einen meiner Nylonärmel oben an der Schulter ab und stopfte ihn in die tiefe Wunde, und dann schnitt ich einen langen Streifen aus meinem rechten Hosenbein heraus und band ihn mir fest um die Hüfte. Ich fühlte mich wie eine gehetzte Kreatur, aber zugleich triumphierte ich. Konnte ich gehen? Was sollte ich sonst tun?

Mein Gang war seltsam und schleppend, aber ich konnte gehen. Ich schleppte mich bis an den Rand der Felswand, die hier fast senkrecht abfiel. Von dem Kanu war nichts zu sehen, und ich vermutete, daß es bereits vorbeigefahren war. Pech gehabt. Ich würde noch etwas warten, dann versuchen, den Mann zu finden, den ich getötet hatte, und ihn begraben oder auf irgendeine andere Weise beiseite schaffen, und anschließend würde ich versuchen, hier wegzukommen.

Ich ging zurück zu dem Felsbrocken, an dem ich gestanden hatte, und warf eine Menge Sand und Erde auf das Blut, damit es wenigstens nicht mehr glänzte. Ich hatte nicht die Absicht, noch mehr Blut in diesen Wäldern zu verlieren. Mochten das andere tun.

Ich ging zu der Stelle, wo der Mann gelegen hatte. Die Steine waren mit Blut bespritzt, und eine Lache stand dort, wo er das Blut erbrochen hatte. Ich sah zu den Bäumen hinüber und erinnerte mich an das wenige, was ich über die Hirschjagd wußte: wenn man den Hirsch mit dem Pfeil getroffen hat, soll man eine halbe Stunde lang warten und dann der blutigen Fährte folgen. Ich hatte keine Ahnung, wieviel Zeit seit meinem Schuß vergangen war, aber nach allem, was ich gesehen hatte, konnte der Mann höchstens ein paar Meter weit gekommen sein. Ich ließ mich auf Hände und Knie herunter und versuchte, die Richtung der Blutspur festzustellen.

Wo es auf den Sand getropft war, war es gleich eingesickert, und deshalb wußte ich sofort, daß ich mich, wenn ich etwas feststellen wollte, besser an das Gestein hielt – sofern ich richtig überlegt hatte. Er war auf den Wald zugekrochen, und das war ganz selbstverständlich. Aber als ich mir darüber klar wurde, daß sein Blut diese Tatsache bestätigte, wuchs meine Sicherheit. Ich folgte ihm Stein für Stein.

Am Rand des Waldes fand ich das Gewehr – flach und lang, und zwischen den Kiefernnadeln am Boden wirkte es irgendwie fehl am Platz. Ich ließ es liegen und zog das Messer. Ich war auf den Knien, und mein Blut tropfte auf die Spur seines Blutes. Einmal mußte ich ein Stück zurück, um die Spur wiederzufinden, da ich mein Blut nicht mehr von seinem unterscheiden konnte. Die Wunde hatte einen großen Teil meiner Nylonkombination durchtränkt, und das Blut sickerte hindurch. Aber ich fühlte mich kaum geschwächt. Ich fragte mich, ob das Blut bei einer so großen Wunde überhaupt gerinnen konnte, aber die Stelle war inzwischen irgendwie taub geworden, und in der Zeit, die seit dem Herausschneiden des Pfeils vergangen war, hatte ich eine Methode entwickelt, beim Gehen und Stehen den Ellbogen darauf zu halten, die mir fast schon zur zweiten Natur geworden war. Ich fühlte, daß ich mich noch eine Zeitlang auf den Beinen halten konnte. Meine Gedanken reichten jeweils nur bis zum nächsten Stein, auf den ich noch nicht geblutet hatte.

Da, wo ich jetzt ging, gab es keinen Pfad. Es war dunkel, aber das Blut konnte ich noch erkennen, und wenn ich es nicht sah, konnte ich es fühlen und gelegentlich auch riechen. Ein letztes Mal versuchte ich, mich in die Gedanken des Mannes, den ich erschossen hatte, hineinzuversetzen. Der Pfeil hatte ihn durchbohrt. Es hatte ausgesehen, als hätte ich ihn genau unter dem Hals getroffen, aber vielleicht war es auch etwas tiefer gewesen. Er war tödlich getroffen, er hatte keine Waffe mehr, und wahrscheinlich war seine Halsschlagader durchschnitten. Das einzige, was mich jetzt noch im Zusammenhang mit ihm beschäftigte, war die Möglichkeit, daß er sich an eine Stelle schleppte, wo er sich auskannte, an einen Ort oder, noch genauer, zu jemandem, den er kannte. Im Grunde glaubte ich das zwar nicht, aber ebensowenig wußte ich, daß es anders war.

Und ich mußte ihn finden. Wenn es mir nicht gelang, konnte jemand anders ihn finden, und das würde für uns alle so oder so das Ende sein oder doch zumindest der Beginn von Verhören, Untersuchungen, Verhandlungen mit Rechtsanwälten und von all den vielen anderen Dingen, denen wir zu entgehen versucht hatten, als Lewis uns dazu überredet hatte, den ersten Mann unter dem Farnkraut zu vergraben.

Es war zu dunkel, als daß man im Stehen noch etwas erkennen konnte, ich mußte näher an die Blutspur heran. Ich kroch auf allen vieren wie ein Hund auf dem Boden, den Kopf nach unten, das Messer zwischen den Zähnen. Ich kroch durch Gebüsch, bis ich schließlich auf eine Lichtung kam, die etwa vierzig Meter breit sein mochte. Ich konnte den Fluß kaum noch hören; er war nur noch ein entferntes Murmeln, weit weg und tief unter mir. Jeder Busch, jeder Baum, den ich zwischen ihn und mich brachte, ließ das Murmeln schwächer werden.

Aber ich hatte die Blutspur verloren. Ich brachte kaum noch den Kopf hoch, fühlte mich ermattet, aber nicht sonderlich geschwächt. Das Schlimmste war, daß ich nicht mehr klar denken konnte. Ich wußte nur, daß ich sein Blut um jeden Preis wiederfinden mußte. Sonst war alles umsonst gewesen.

Ich stand auf und ging bis zur Mitte der Lichtung. Ein auf den Tod verletzter Mann hat sicher nicht mehr den Wunsch, sich durch Dickicht und Gebüsch durchzukämpfen. Wenn er versuchte, eine bestimmte Stelle zu erreichen, hatte er sich sicher über die freie Lichtung geschleppt. Und wahrscheinlich hatte er es auch dann getan, wenn er *keine* bestimmte Stelle erreichen wollte.

Der Mann befand sich nicht auf der Lichtung, also hatte er sie bereits überquert. Hatte er sich in gerader Richtung über sie hinwegbewegt? War er dazu noch imstande? Ich ging hinüber zum gegenüberliegenden Rand der Lichtung, bereit, jeden Busch, jedes Blatt zu untersuchen, und arbeitete mich langsam am Waldrand entlang. Die Pfeile der Vormittagssonnen trafen überallhin, sie waren zart und nadelspitz, zielten ohne ersichtlichen Grund auf bestimmte Stellen und bewegten sich leicht auf dem Waldboden, wenn der Wind sich oben in den Bäumen rührte. Als ich den Rand der Lichtung ungefähr zur Hälfte abgeschritten hatte, zuckte einer der Strahlen und spiegelte sich in einem Gegenstand. Es war ein rotbrauner Stein von der Größe eines Tennisballs, der so aussah, als hätte man ihn in aller Eile bemalt, und es dauerte eine Minute – mein Kopf wurde immer schwerer –, bis ich begriff, was das bedeutete und daß es nicht mein Blut war. Hier bist du noch nicht gewesen, sagte ich mir immer wieder, das Messer noch im Mund, hier bist du noch nicht gewesen. Ich ging zu dem Stein.

An dieser Stelle mußte er den letzten Rest Blut verloren haben, der ihm noch erlaubt hatte weiterzukommen. Einige Schritte tiefer im Wald fand ich jedoch auf einem tiefhängenden Zweig noch etwas Blut; vielleicht war er noch ein Stück gekrochen. Ich erwog, mich wieder auf Hände und Knie niederzulassen und abermals wie ein Tier nach Blut zu schnuppern, aber die Möglichkeit, daß er noch kroch, veranlaßte mich, aufrecht zu bleiben, und ich blieb aufrecht, wenn auch gekrümmt, den Ellbogen an mich gepreßt, der mein eigenes Blut zurückhielt.

Ich ließ meine Augen über die Steine und Blätter und Kiefernnadeln am Boden streifen, und knapp zwanzig Meter weiter lag etwas am Fuß eines abgestorbenen Baumes. Es hätte ein Busch oder ein großer Stein sein können, aber ich sah schon auf den ersten Blick, daß es weder das eine noch das andere war. Es bewegte sich zwar nicht, doch als die Sonne darüberhinspielte, schien es nicht vollkommen leblos, sondern es lebte so, wie das meiste im Wald lebt. Ich ging hin, und es war ein Mann, der mit dem Gesicht nach unten lag und sich an einer Wurzel des toten Baums festgekrallt hatte. Er hatte schmale, schmutzige Finger, und sein Rücken war von Blut überströmt.

Hier war nichts mehr zu tun, ich konnte mich nur noch an die Arbeit machen. Unsere Gedanken waren ineinandergefügt gewesen. Jetzt trennten sie sich und fielen auseinander, und in gewisser Weise bedauerte ich das sogar. Nie zuvor hatte ich mit den Gedanken eines anderen Mannes so lange und so intensiv über eine Frage von Leben und Tod nachgedacht, und nie würde ich es wieder tun. Das Messer zwischen den Zähnen, stand ich schwer atmend da und sah zu ihm hinunter. Dann nahm ich es aus dem Mund.

Er lag am Boden, und seine Haltung hatte nichts mehr gemeinsam mit den anderen Haltungen, in denen ich ihn gesehen hatte, als er noch lebte. Dann erinnerte ich mich wieder an die Haltung, in der er oberhalb des Flusses gestanden hatte und in der ich ihn so gern getötet hätte. Jetzt machte er den gleichen entspannten, gelösten Eindruck, als gehöre er hierher, als fühle er sich überall wohl, aber besonders im Wald.

Ich drehte ihn mit dem Fuß herum, und seine Hand bewegte sich, und in der Handfläche sah man noch den Abdruck der Wurzel. Er zeigte sein Gesicht.

Ich kniete neben ihm nieder, und das Messer fiel mir aus der Hand. Mein Herz schien in meiner Wunde zu schlagen und mit allen Kräften mein Blut aus mir herauszupumpen. In wildem Entsetzen schlug ich die Hände vor mein Gesicht. Ich konnte einfach nicht hinsehen. Sein Mund war geöffnet und voller gelber Zähne.

War es wirklich so? Ich kroch zu ihm hin und nahm mein Messer. Ich schob es ihm in den Mund und fuhr ihm damit am Gaumen entlang, und da löste sich ein künstliches Gebiß und ruschte halb heraus. Erklärte das den Unterschied? Erklärte das den Unterschied genügend? Mit dem Messergriff schob ich die falschen Zähne wieder zurück, und dann sah ich den Mann an und musterte ihn genau. Er war wie der zahnlose Mann auf der Lichtung gekleidet, aber ich konnte nicht mit letzter Sicherheit sagen, daß er genauso gekleidet war; in jedem Fall aber sehr ähnlich. Er hatte ungefähr die gleiche Größe, und er war hager und sah abstoßend aus. Und obgleich die Zeit, die ich auf der Lichtung in seiner Nähe verbracht hatte, in mein Gehirn eingebrannt war, hatte ich ihn doch unter ganz anderen Umständen gesehen als jetzt. Wenn er sich noch einmal bewegt hätte, hätte ich die Frage beantworten können. So aber konnte ich es nicht, und ich kann es auch heute noch nicht.

Ich nahm das Messer in die Faust. Was nun? Irgend etwas. Niemand würde es sehen. Niemand würde es je erfahren. Ich konnte alles tun, was ich tun wollte. Nichts schien zu fürchterlich. Ich konnte ihm die Genitalien abschneiden, mit denen er mich hatte mißbrauchen wollen. Oder ich konnte ihm den Kopf abschneiden und ihm dabei ganz gerade in die offenen Augen sehen. Oder ich konnte ihn wie ein Kannibale verspeisen. Ich konnte alles mit ihm tun, wonach mir der Sinn stand, und ich wartete gespannt darauf, daß sich irgendein Verlangen in mir regte. Ich hätte ihm nachgegeben.

Nichts regte sich in mir. Aber das Entsetzen hielt mich und mein Messer in Bann. Ich begann zu singen. Es war eine populäre Rock-Melodie. Als ich aufhörte, war ich wie befreit. Ich richtete mich auf, so gut ich konnte. Da liegst du, sagte ich zu ihm.

Und dann kamen die Probleme wieder, eines nach dem andern. Ich hätte ihn lieber fortgeschleift als getragen, aber wenn ich ihn trug, kam ich schneller voran, das wußte ich und steckte deshalb das Messer zurück in die Hülle an meinem Gürtel, ließ mich auf ein Knie nieder und hievte ihn mir über die Schulter – im Feuerwehrgriff, den ich von meiner Pfadfinderzeit her kannte. Ich erhob mich und schleppte mich mit der Last auf der Schulter vorwärts. Ich ging zu der Lichtung zurück. Ich kam an dem blutigen Stein vorbei, der mir den Weg gewiesen hatte, stolperte durch die Büsche, durch die ich vorher gekrochen war, und mühte mich ab, die Schlucht zu erreichen. Die Wunde blutete noch immer, und mein linkes Hosenbein wurde feucht, trocknete wieder und wurde abermals feucht. Der Körper des Toten drückte mich fast zu Boden, und ich hatte das Gefühl, ich würde fliegen können, wenn ich ihn erst einmal abgeworfen hatte. Ich taumelte durch das Dickicht und hatte keine Ahnung, ob ich es noch bis zur Schlucht schaffen würde. Vor mir lichtete sich der Wald allmählich, und knapp zwanzig Meter weiter fiel mein Blick in die schweigende, sonnendurchflutete Weite, aus der das Geräusch der Ewigkeit empordrang.

Ich legte ihn fast an der gleichen Stelle nieder, wo ich ihn erschossen hatte, und trat dann an den Rand der Schlucht. Zuerst blickte ich flußabwärts, denn ich hatte Angst, flußaufwärts zu blicken und jene unveränderliche Leere vor mir zu haben. Aber schon als ich flußaufwärts blickte, konnte ich mir sagen, daß die Leere flußaufwärts nicht vollkommen war, daß es dort so etwas gab wie einen silbrigen Splitter, und ich wandte den Kopf, um es ins Auge zu fassen und mich zu vergewissern. Ja, dort glänzte das Kanu von Lewis, blitzte schamlos in der Sonne und ritt silbergrau wie eine Forelle durch das Wasser der Stromschnellen. Ich sah auf den Toten. Du bist tot, Lewis, sagte ich zu ihm. Du und Bobby, ihr seid tot. Du bist nicht zeitig genug losgefahren, Bobby, hast alles falsch gemacht. Eigentlich müßte ich jetzt dieses Gewehr nehmen und dir das Hirn aus dem Kopf blasen, Bobby, du unfähiges Arschloch, du Waschlappen, du Städter, du Klubheini. Du wärst tot gewesen, du solltest tot sein, und zwar ziemlich genau jetzt, in diesem Augenblick. Du bist genau in der Schußlinie, du fährst zu langsam, viel zu langsam. Du sitzt bloß da mit deinem dicken Hintern und tust nichts. Wenn ich es nicht geschafft hätte und nicht getan hätte, was ich getan habe, würdest du jetzt ohne Gehirn verblutend im Fluß treiben, und Lewis ebenso.

Ich ging zurück und hob das Gewehr auf, und als ich es berührte, steigerte sich meine Wut bis zum Irrsinn. Ich richtete den Lauf nach unten und hatte Bobbys Brust genau im Visier. Tu es, sagte der Tote. Tu es, er liegt genau richtig. Aber ich überwand die Versuchung, nahm die Finger vom Abzug und ließ das Gewehr zu Boden fallen. Einen Augenblick lang erwog ich, einen Schuß in die Luft abzugeben, um Bobbys Aufmerksamkeit zu erregen, verzichtete dann aber darauf, denn der Knall hätte ihn vielleicht erschreckt, und dann hätte er womöglich das Kanu zum Kentern gebracht. Außerdem wollte ich das Ding nicht noch einmal an die Schulter heben: die Versuchung war zu groß gewesen. Zu groß.

Ich faßte das Gewehr beim Lauf, wirbelte es einmal um meinen Kopf herum und schleuderte es dann so weit, wie ich konnte, auf den Fluß hinaus. Zuerst rotierte es schwerfällig, fiel dann geradeaus, neigte sich langsam auf die Seite. Knapp fünfzig Meter vor dem Boot klatschte es in den Fluß. Hoffentlich hatte Bobby es lange genug beobachtet, um zu wissen, was es war, und um zu wissen, daß ein Gewehr, das plötzlich vom Himmel fiel, Sicherheit und Rettung für uns bedeutete.

Als es aufprallte, zog Bobby sein Paddel aus dem Wasser, sah aber nicht auf. Ich steckte Daumen und Zeigefinger in den Mund und gab einen hohen, schneidenden Pfiff von mir, der mir in den Ohren gellte, sich aber anscheinend irgendwo in den Geräuschen der Schlucht verlor. Ich kletterte auf den größten Felsbrocken am Rand der Schlucht und stellte mich darauf. Dann überlegte ich mir, daß ich mich vielleicht auffällig bewegen sollte, und vollführte ein paar Spagatsprünge, wie ich sie im Turnunterricht auf der High School gelernt hatte. Bei dieser Übung betätigte man Arme und Beine mehr als bei allem, was ich mir sonst vorstellen konnte. Es zerriß mich fast, aber ich sprang weiter, so lange ich konnte. Endlich sah Bobby hoch, und sein kleines, ausdrucksloses Gesicht blieb suchend nach oben gewandt. Ich steppte, aber meine Tennisschuhe waren auf dem Felsen nicht zu hören. Meine Wunde schmerzte bei diesem Freudentanz. Ich wies mit dem Arm nach unten. Er zog sein Paddel hoch und tauchte es dann rechts ein, um das Kanu ans Ufer zu steuern.

Ich ging zu dem Mann, der seitlich auf der Erde lag, das eine Bein angezogen, und drehte ihn auf den Rücken. Er blickte träge in den Himmel. Sein eines offenes Auge war von einem Zweig getroffen worden und sah trübe aus, aber das andere war klar und blau und zart geädert, wie man es bei Augen selten sieht. Ich sah mich darin – eine winzige Gestalt, die sich über ihn beugte und lagsam immer größer wurde.

Da ich ihn auf meiner eigenen Schulter hergeschleppt hatte, war es mir nicht mehr unangenehm, ihn zu berühren oder seine Taschen zu durchsuchen. Obwohl ich mich nicht weiter dafür interessierte, wer er war, hielt ich es doch für besser, es nach Möglichkeit herauszufinden. Vielleicht würde ich diese Information noch brauchen können. Ich langte in eine seiner Taschen und stülpte sie nach außen. Sie war leer. Der Knopf an ihr berührte kalt meine Hand. In der anderen Tasche fand ich fünf leere Patronenhülsen, große Patronenhülsen, und ich mußte an Drews Kopf denken. Außerdem steckte noch ein verknitterter Ausweis darin, den ich erst glätten und in die Sonne halten mußte, um ihn entziffern zu können. Der Mann hieß Stovall, und er war ehrenamtlicher Hilfssheriff von Helms County, wo wir uns wohl gerade befanden. Das beunruhigte mich ein wenig, wenn auch nicht sonderlich, denn Lewis hatte mir einmal erzählt, daß hier in den Bergen fast jeder ehrenamtlicher Hilfssheriff war. Was mir in dieser Beziehung am meisten zu schaffen machte, war die Tatsache, daß jemand so viel von ihm gehalten haben mußte, daß er ihm den Ausweis ausgestellt hatte. Er war also offenbar ein Mann, der in der Gemeinde – sofern dieses Wort für Helms County angebracht war – geschätzt wurde. Also war es wahrscheinlich, daß man nach ihm suchte. Ich sah ihn an, und er hatte, selbst für eine so gottverlassene Gegend wie Helms County, ein solches Allerweltsgesicht, daß ihn, wenn überhaupt, nur wenige Leute vermissen würden. Ich zerknüllte den Ausweis und glättete ihn wieder, zerriß ihn dann, ballte die Fetzen zusammen und warf sie in die Schlucht, wo sie sich in einem Windzug zerstreuten, unglaublich lange in der Luft verharrten, bis sie endlich in alle Richtungen auf das Wasser niedersegelten. Ich ging zurück, holte den Todespfeil und warf ihn wie einen Speer in den Fluß. Dann nahm ich den Pfeil, an dem mein eigenes Blut klebte, und warf ihn hinterher. Schließlich nahm ich meinen zerbrochenen Bogen auf. Ich trennte mich ungern von ihm. Ich dachte, daß ich den Teil mit dem Griff vielleicht noch retten konnte, denn den hätte ich gern bis ans Ende meines Lebens behalten, aber dann warf ich ihn doch fort, und warf ihn weit.

Ich löste das Nylonseil vom Gürtel. Es war ziemlich lang. Ich glaubte allerdings nicht, daß es ausreichen würde, um den Toten bis zum Fluß hinunterzulassen, aber zumindest reichte es für ein gutes Stück, und dann würde mir schon etwas einfallen. Ich zog den Toten bis an den Rand der Schlucht und befestigte und verknotete das Seil, so gut ich konnte, unter seinen Achselhöhlen. Während ich diese Arbeit verrichtete, betrachtete ich hin und wieder den Kopf des Mannes, und sein Gesicht erinnerte mich in fataler Weise an den vorwurfsvollen Ausdruck, mit dem Thads Sekretärin Wilma ihr Pflichtbewußtsein zur Schau trug. Die Wunde im Hals des Mannes sah jetzt etwas harmloser aus und bei weitem nicht so erschreckend wie das vom Messer zerfetzte Fleisch in meiner Seite, denn sie hatte sich unter dem geronnenen Blut zusammengezogen und wirkte jetzt nicht schlimmer als ein leichter Schnitt, wie man ihn sich beim Rasieren zuzieht. Es war kaum zu glauben, daß der Pfeil ihn ganz durchbohrt und getötet hatte.

Das andere Ende des Seils band ich an dem Baum fest, der dem Rand der Schlucht am nächsten stand. Dann beugte ich mich über den Rand der Schlucht und versuchte, Bobby etwas zuzurufen, aber das Hallen meiner Stimme im Abgrund erschreckte mich; ich wußte, daß sie Bobby nie erreichen würde. Die Sonne, die diese Leere da unten füllte, schien sie auszulöschen. Durch einen zum Wasser hin grünbewachsenen Spalt in der Wand konnte ich Bobby erspähen. Ich bildete mir ein, daß von dorther, zusammen mit dem Rauschen des Flusses, auch ein schwaches Rufen heraufdrang. Aber wenn dem wirklich so war, so konnte ich jedenfalls nichts verstehen.

Wie dem auch sein mochte, ich machte mich ans Werk. Während ich das Seil mit beiden Händen festhielt, schob und rollte ich mit dem Fuß die Leiche vor mir her und stieß sie dann die Felsschräge hinab. Der Körper rutschte in eine senkrechte Lage mit den Füßen nach unten und riß an mir, hart und ruckend. Ich arbeitete mich an dem Seil entlang bis zu dem Baum zurück, an dem ich es festgemacht hatte, stemmte mich gegen ihn und ließ nun die unsichtbare Last Hand über Hand langsam den Steilhang hinunter. Es war eine harte Arbeit. Ich mußte das Nylontau abwechselnd um das eine und dann um das andere Handgelenk schlingen und immer wieder wechseln, und oft schlang ich's auch um beide. Die Seilrolle zu meinen Füßen nahm allmählich ab, während ich schwitzte und das Seil immer tiefere rote Ringe in meine Handgelenke schnitt, so daß sie zu bluten begannen. Ich wollte, ich hätte das Seil noch einmal um den Baum geschlungen, ehe ich anfing, aber jetzt mußte ich aushalten; die Vorstellung, das Seil einfach loszulassen und damit den Mann jäh fallen und dann am Seil baumeln zu lassen, hatte für mich etwas Erschreckendes. Ich brachte es nicht fertig. Ich schwitzte, hielt das Seil mit aller Kraft fest und versuchte mir vorzustellen, was Bobby wohl dachte, wenn er jetzt einen Mann so von oben herabkommen sah, Zentimeter um Zentimeter – denselben Mann, der ihn mit dem Gewehr in Schach gehalten hatte, während ein anderer ihn vergewaltigte, denselben Mann, der ihn bedenkenlos getötet hätte. Und jedesmal, wenn die Spannung des Seils zunahm oder nachließ, versuchte ich mir vorzustellen, wo der seiner menschlichen Würde beraubte Körper gerade sein mochte und was mit ihm geschah, während ich mühevoll mit meinen rotgeschundenen Handgelenken sein Baumeln, Rutschen und Rollen zu kontrollieren und ihn vor hartem Aufprallen auf Felsvorsprüngen und Kanten zu bewahren versuchte und davor, daß er unten auf den Flußfelsen wie ein Sack Gummibonbons aufplatzte.

Ich ließ das letzte Meter Seil durch die Hände gleiten und hatte Mühe, meine Handgelenke von ihm zu befreien. Ich trat zurück, und nun hielt der Baum den Körper mühelos. Während ich an den Rand der Felswand ging, versuchte ich den Krampf aus meinen Händen zu schütteln. Sie schienen noch immer verzweifelt das Seil halten zu wollen. Ich blickte den grünen Strang entlang, der über den sandigen Rand des Felskliffs lief, dann über einen gefährlich scharfen Felsvorsprung, hinter dem er eine Weile verschwand, um dann wieder aufzutauchen, straff eine Leere überspannend; dann hatte er sich an etwas verfangen und schwang darunter leicht hin und her, dort, wo der unsichtbare Körper hängen mußte. Wieder fragte ich mich, was Bobby wohl denken mochte. Ich ging zu dem Baum zurück und prüfte die Knoten, kehrte dann an die Stelle zurück, wo das Seil über den Rand der Schlucht hinabführte, und versuchte, mein blutiges Taschentuch zusammengeknüllt zwischen Felskante und Seil zu schieben, damit der scharfe Stein es nicht durchscheuerte, aber ich hatte nicht mehr die Kraft dazu.

Auch gut, sagte ich. Hier half nur noch Vertrauen; man mußte Vertrauen haben. Ich wandte mich dem Wald zu und ließ mich auf die Knie nieder, faßte das Seil mit der einen Hand unterhalb der Felskante, oberhalb mit der anderen, schlang meine Füße darum und machte mich an den Abstieg.

Es war für mich ein Genuß, diesmal zu wissen, woran ich mich festhielt und daß ich nicht erst nach einem Halt tasten mußte, der vielleicht gar nicht vorhanden war, einem Halt, den es hier nie gegeben hatte und nie geben würde. Aber aus meinen Händen und Armen war schon fast alle Kraft gewichen; daß ich mich noch an dem Seil hielt, merkte ich nur an dem Schmerz in meinen Händen und daran, daß ich nicht in die Tiefe stürzte. Ununterbrochen sprach ich mir Mut zu und redete beschwörend auf die Steine ein, die mir ihre scharf umrissenen Spitzen und Kanten entgegenreckten – Formen, wie ich sie aus dieser Nähe noch nie gesehen oder berührt hatte. An einigen Stellen mußte ich innehalten; den Blick auf das rauhe Gestein gerichtet, hing ich zwischen Leben und Tod über dem den Raum in der Tiefe durchziehenden Fluß, und dieses Bild prägte sich mir so tief ein, daß ich es immer so wie damals vor Augen haben werde: immer, Tag und Nacht, und über den Tod hinaus. Ich kämpfte und keuchte am Fels und atmete den Steinstaub ein, den mein stoßender Atem aufwirbelte.

Zuletzt ruhte ich mich auf einem fangzahnförmigen Steingesims aus, das an der Stelle, wo ich stand, ungefähr zwanzig Zentimeter breit war; wenn ich mich mit beiden Händen am Seil festhielt, konnte ich beinahe bequem auf dem Sims sitzen. Ich sah, wie sich der tote Körper unter mir im Rhythmus meiner Handbewegungen drehte. Er sah unendlich schwer aus, schwer in seiner toten Masse, und der Kopf hing ihm auf die Brust herab, als sinne er in sich versunken nach.

Bobby konnte ich ebenfalls sehen, obwohl wir beide noch nicht wieder versucht hatten, miteinander zu sprechen. Er hatte das Kanu in eine Einbuchtung des Steilufers gebracht, wo das Wasser einen Strudel bildete, und hielt es dort mit leichten Paddelschlägen gegen die Strömung. Ich setzte meinen Abstieg fort. Ich sehnte mich danach, auf festem Boden zu stehen. Der Körper hing ungefähr zehn Meter über dem felsigen Ufer, und ich hatte keine klare Vorstellung davon, was ich tun sollte, wenn ich am Ende des Seils angelangt war. Ich dachte daran, den Toten abzuschneiden und dann selbst in den Fluß zu springen, aber das würde sich finden, wenn ich erst einmal unten bei ihm war.

Schließlich befand ich mich unmittelbar über ihm, drückte mich mit einem Fuß und einem Knie vom Felsen ab und überlegte mir, wie ich ausweichen konnte, ohne wie Harold Lloyd in einem Stummfilm über ihn hinwegklettern zu müssen.

Das Seil riß, und wir stürzten in die Tiefe. Es gab nichts mehr zu überlegen. Aber was ich mir in der Nacht zuvor überlegt hatte, rettete mich: Ich stieß mich mit dem Fuß und mit dem Knie des anderen Beines kräftig vom Felsvorsprung ab und gewann dadurch ungefähr einen Meter Abstand von der Steilwand. Die Felsen kamen auf mich zu, ich auf sie. Als mein Kopf sich in der Luft drehte, sah ich, daß ich frei fiel, und das war das einzige, worauf es jetzt ankam.

Ich hätte auch nichts mehr tun können. Es war ein Augenblick sonnigen Nichts, ein Fallen und Drehen. Wo war der Fluß? Grün und Blau gingen vor meinen Augen ineinander über, und dann schlug mein rechtes Ohr in den Fluß wie ein Pickel gegen das Eis. Ich schrie; es war ein gellender, sich an den Felswänden brechender Schrei. Und dann fühlte ich, wie die Strömung mich gleichsam durchbohrte, zuerst meinen Kopf, vom einen Ohr zum anderen, und wie sie dann irgendwie durch meinen ganzen Körper schoß, das Rektum hoch und aus meinem Mund heraus.

Ich begriff, daß ich mich in einem mir bekannten Element befand: im langsamen, gemächlichen Sog der Strömung. Dann ergriff das Wasser Besitz von der Wunde, und mir war, als sei ich von ihr befreit. Ich hatte seit so vielen Jahren keine ernsthafte Verletzung mehr gehabt, daß ich diese plötzliche Schmerzlosigkeit geradezu genoß, obgleich ich, als ich mich zur Oberfläche des Wasser hocharbeitete, spürte, daß ich jetzt doch geschwächter war, als ich gedacht hatte. Bewußtlosigkeit durchflutete mich. Ich befand mich in einem Raum mit verschiedenen Grüntönen, die sich wundervoll vom Hellen zum Dunklen hin abstuften, und ich ging auf das blasseste Grün zu, obwohl es sich eher neben als über mir zeigte. Kurz bevor ich durch das Wasser nach oben brach, sah ich die Sonne über mir flüssig und formlos, und dann explodierte sie mir ins Gesicht.

Ich war an mehreren Stellen verletzt, besonders an den Händen, aber als ich Arme und Beine im Wasser ausprobierte, merkte ich: ich war doch nicht so schlimm verletzt, daß ich mich nicht mehr hätte bewegen können. Ich trieb mit dem Strom, dachte, daß ich jetzt schwimmen mußte, und tat es auch schon.

Ich kam seitlich am Kanu heraus und zog mich vorsichtig hoch. Das Gesicht von Lewis war nur zwanzig Zentimeter von dem meinen entfernt. Seine Augen waren geschlossen, er lag da wie tot, aber sein Kopf bewegte sich. Die Augen öffneten sich, und er sah mich lange mit einem ernsten Blick an. Dann schloß er ermattet die Augen und ließ den Kopf zurücksinken. Im Kanu sah man um seinen Kopf herum Erbrochenes. Ich schwamm um das Kanu herum an Land und starrte Bobby an.

«Nennst du das etwa Morgendämmerung?»

«Hör mich an», sagte er. «Lewis ist es sehr schlecht gegangen. Einmal dachte ich schon, er würde sterben. Er hat schreckliche Schmerzen . . .»

«Du selbst wärst um ein Haar gestorben! Er hat dort oben auf euch gewartet. Du hast nicht getan, was ich dir gesagt habe, und du hättest dran glauben müssen. Er hätte dich fünfzigmal abknallen können, weil du nicht getan hast, was du hättest tun sollen. Sieh dir doch einmal an, wie hell es schon ist, Baby! Und sieh dich bloß selber einmal an und staune, daß du noch am Leben bist.»

«Hör mich an», sagte er wieder. «Hör doch bitte zu. Ich konnte ihn erst ins Kanu bringen, als es hell genug war, daß ich überhaupt sehen konnte, was ich tat. Bevor ich ihn im Boot hatte, ist er ein paarmal bewußtlos geworden. Ich kann dir sagen, solch eine Nacht möchte ich nicht noch einmal erleben. Ich wäre lieber mit dir hochgeklettert.»

«Ausgezeichnet. Vielleicht beim nächstenmal.»

«Wie hast du es geschafft? Ich hätte nie gedacht, daß du es schaffen würdest. Ich glaubte, ich würde dich nie wiedersehen. Ich glaube, wenn ich an deiner Stelle gewesen wäre, wäre ich abgehauen, wenn ich überhaupt hinaufgekommen wäre.»

«Daran habe ich auch gedacht», sagte ich. «Aber ich habe es nicht getan.»

«Du hast genau das getan, was du vorhattest», sagte er. «Aber das ist unmöglich! Ich kann es nicht glauben. Ich *kann* es einfach nicht glauben. Ich kann es wirklich nicht, Ed. Das alles können wir doch nicht wirklich erlebt haben!»

«Jedenfalls müssen wir es ungeschehen machen. Fragt sich nur, wie . . .»

«Ich weiß nicht», sagte Bobby. «Glaubst du wirklich, daß wir das können? Ich meine, ob du das *tatsächlich* glaubst?»

«Ja, das glaube ich», sagte ich. «Nach all dem Pech werden wir doch jetzt etwas Glück haben.»

«Und du hast ihn getötet? *Getötet?*»

«Ich habe ihn getötet, und ich würde ihn jederzeit wieder töten.»

«Aus dem Hinterhalt?»

«In gewisser Weise ja. Ich habe das Problem so gut wie möglich gelöst. Er lief mir direkt in die Schußlinie.»

Wir gingen zu dem zerschmetterten Körper. Das künstliche Gebiß lag zerbrochen neben dem Kopf. Er war mit dem Gesicht direkt auf den felsigen Boden aufgeschlagen. Wir drehten ihn um; das Gesicht war schrecklich entstellt. Dann sagte Bobby mit gepreßter Stimme: «Es sieht aus, als hättest du ihn von vorn erwischt. Wie . . .?»

«Habe ich auch», sagte ich. «Es war ein Frontalschuß. Ich saß in einem Baum.»

«In einem Baum?»

«Ja, im Wald soll's viele Bäume geben, weißt du.»

«Aber . . .»

«Er sah mich erst, als er schon getroffen war, vielleicht noch nicht mal da. Ich glaube, er war drauf und dran, in meine Richtung zu kommen, als der Pfeil ihn traf. Er hat mehrere Schüsse abgegeben. Hast du sie gehört?»

«Einmal vielleicht, aber ich bin nicht sicher. Wahrscheinlich doch nicht; das kam vielleicht davon, daß ich so angestrengt gelauscht habe. Nein, ich habe nichts gehört.»

«Da liegt er», sagte ich. «Noch einer.»

Er sah auf meine Wunde. «Aber er hat dich auch getroffen, oder?»

So mitfühlend hatte ich ihn noch nie sprechen hören. «Zeig mal», sagte er.

Ich machte den Reißverschluß auf, und die Fliegerkombination fiel zu Boden. Meine Unterhose war blutverkrustet, und noch immer rann das Blut.

«Junge, Junge», sagte er. «Dich hat's aber erwischt!»

«Ich bin vom Baum gefallen, genau auf den anderen Pfeil», sagte ich. «Ich möchte wissen, wie es ausgesehen hätte, wenn ich die Pfeilspitze zu Hause nicht noch extra geschärft und angerauht hätte. Jedenfalls bin ich heilfroh, daß ich nie vierkantige Spitzen benutze.»

«Mein Gott», sagte er. «Es ist nicht zu fassen. So eine Pfeilspitze schlitzt einen regelrecht auf.»

«Dazu ist sie da. Bei mir hat sie ihre Bestimmung erfüllt. Aber ich glaube, die Wunde ist sauber, und ich habe noch einigermaßen Glück gehabt. Das Flußwasser hat sie durchgespült, was gut ist für den Fall, daß etwas Farbe drin war.»

Ich sah meine Wunde an. Beim Klettern und bei meinem Aufprall aufs Wasser war sie wieder aufgerissen. Oben im Wald hatte sie sich schon etwas zusammengezogen und verkrustet.

Das Blut floß aus mir heraus, aber nicht so stark, wie man es bei dieser Wunde hätte erwarten sollen. Ich zog die Unterhose aus und stand blutend und nackt da, und dann nahm ich den blutigen Ärmelfetzen, den ich oben im Wald abgeschnitten hatte, drückte die Unterhose in die Wunde und band mir, um sie festzuhalten, den Fetzen um den Leib. Dann zog ich meine Kombination wieder an.

«Also los, laß uns die Sache hinter uns bringen», sagte ich.

Wir standen da mit der Leiche, und alles war bereit. Das Seil war schon aufgerollt, und an dem Ende, an dem es hoch da oben gerissen war, hatten sich die glasigen Nylonstränge zerfasert.

«Bist du denn auch sicher . . .?» begann Bobby.

Ich sah ihn an, sah in seinen offenen Mund und in seine geröteten Augen. «Nein», sagte ich. «Ich würde es gern sein, aber ich bin nicht sicher. Wenn wir ihn dazu bringen könnten, dir ein Gewehr an die Schläfe zu halten, dann könntest *du* es mir vielleicht sagen. Oder wenn wir ihm sein Gesicht zurückgeben könnten, dann würden wir es wissen. Aber so weiß ich es nicht. Ich weiß nur, daß wir hier sind und in dieser Lage. Also los, in den Fluß mit ihm! Und zwar gründlich!»

Wir gingen wie in Trance am Ufer auf und ab und suchten nach Steinbrocken, die die richtige Größe hatten. Mit beiden Händen schöpfte ich Wasser aus dem Fluß und versuchte, den großen Felsen abzuwaschen, auf den sein Kopf aufgeschlagen war, denn dort war eine Menge Blut. Ich hockte auf beiden Knien und schrubbte, und das Blut floß wäßrig in den Sand, und schließlich war nichts mehr zu sehen. Ich suchte wieder mit Bobby nach großen Steinen, und gemeinsam legten wir fünf oder sechs neben den Körper. Ich schnitt das Seil in Stücke und band die Steine an den Mann, den größten band ich ihm an den Hals, direkt an die Pfeilwunde.

«Nicht hier», sagte ich. «In der Mitte des Flusses, wo man nicht so leicht hinkommt.»

Wir mühten uns mit ihm ab, und schließlich lag er mitsamt den Steinen im Kanu, in dem auch Lewis lag, der sich etwas zur Seite bewegte, als wolle er Platz machen für jemanden, der dort hingehörte, genau wie jemand nachts im Bett zur Seite rückt, wenn ein vertrauter Körper sich wieder neben ihn legt.

Mit all dem Ballast ließ sich das Boot nur schwer vorwärts bewegen. Wir stießen vom Ufer ab und ließen uns einen Augenblick lang flußabwärts treiben; wir waren zu müde, etwas anderes zu tun. Irgendwo vor uns war das Geräusch von Stromschnellen und brachte nach all den überstandenen Schrecken noch einmal neuen Schrecken über uns. Bobby hielt das Kanu in der Strömung, während ich in all dem Blut, dem Erbrochenen und zwischen den Steinen kniete und zwei von ihnen hochhob und über die Bootswand stemmte. Das Boot schwankte, und ich warf mich auf die andere Seite, um das Gleichgewicht wiederherzustellen. Der Körper strebte ins Wasser, blieb aber an der Seitenwand des Kanus hängen. Ich stemmte noch einen weiteren Stein hinaus, dieser zog das eine Bein des Toten über Bord, aber der Körper lag noch immer im Boot. Schließlich nahm ich den letzten Stein auf, den Stein, den ich ihm an den Hals gebunden hatte, und hievte ihn mit meinen letzten Kräften über Bord. Die Wunde an seinem Hals riß auf, ohne jedoch zu bluten – und fort war er. Der Fluß hatte ihn so endgültig verschlungen, als hätte es ihn nie gegeben. Er hatte nie gelebt. Ich hielt meine Hand in die Strömung und säuberte sie von seinem Blut.

Wir waren wieder unter uns, wir fuhren flußabwärts.

Bald darauf erreichten wir eine weite Biegung. Vor uns und um uns herum wurde der Fluß wieder lebendiger, und ich paddelte ohne große Anstrengung. Wir kamen ohne große Schwierigkeiten durch ein paar kleine Stromschnellen, und es machte mir beinahe Spaß. Das Kanu trieb von allein dahin.

Die Felswände an beiden Ufern wurden niedriger, traten zurück. Dann stiegen sie wieder an, fast so hoch, wie sie vorher gewesen waren, aber sie wirkten nicht mehr so bedrohlich. Allmählich wurden sie immer niedriger.

Die Sonne stand uns im Rücken, und der Druck der Strömung trieb uns vorwärts. Ich war glücklich darüber, glücklicher, als sich denken läßt. Aber ich konnte meinen Kopf nicht mehr hochhalten. Meine Seite war ganz steif, und in der Wunde pochte das Blut, mein Kinn fiel immer wieder auf meine Brust, und meine Augen blickten verschwommen auf den Boden des Kanus, wo Lewis lag und sein Gesicht mit der Hand bedeckte. Ich legte die eine Hand an meine Stirn und versuchte, meine Augenlider zu heben, indem ich meine Stirnhaut hochschob, aber trotzdem schlief ich und sah die Welt wie durch geschlossene Augen. Ich muß mich irgendwie hinlegen, dachte ich, sonst falle ich noch in den Fluß.

Keine schlechte Aussicht, um die Wahrheit zu sagen. Es wäre wundervoll gewesen, mich noch einmal, vielleicht für immer, dem Wasser anzuvertrauen. Das hier war zu schwer, das hier war einfach zu schwer. Das war es, und ich wußte es. Jeder hätte es gewußt.

Wir passierten einige kleinere Stromschnellen, die uns schüttelten und unsere Geschwindigkeit etwas beschleunigten. Das Wasser war hier tief und kraftvoll, aber es gab keine Hindernisse, und wir gelangten hindurch, ohne viel manövrieren zu müssen. Ich war sicher, daß es nicht mehr weit sein konnte. Wo würden wir herauskommen? Was gab es dort zu sehen, von Menschenhand geschaffen, und was würde es uns bedeuten? Was würden wir sehen, wenn wir den Fluß für immer verließen?

Lewis lag mit aufgeknöpfter Hose und losem Gürtel still im Kanu; er sah aus wie irgend etwas Großes, das zerbrochen war. Um den Bruch am Oberschenkel waren die kräftigeren Muskeln bläulich angelaufen. Mit seiner freien Hand – die andere lag immer noch auf seinem Gesicht – stemmte er sich gegen die Bootswand, und ich dachte, daß er jetzt vielleicht versuchte, die Schmerzen in seinem Bein zu besänftigen und zu vergessen, indem er in einer besonderen Weise Druck auf sein Bein ausübte. Der Arm, mit dem er sich hochstemmte, schien starr, und die Muskeln am Oberarm bebten im Rhythmus der Strömung, so daß man jeden Felsen, über den wir hinweggetragen wurden, an der vibrierenden Bewegung ablesen konnte.

Der Fluß war jetzt sehr schnell, aber ohne Stromschnellen. Das Wasser war tief und tiefgrün. Es war eine leichte Strecke, die leichteste von allen, und jedesmal, wenn es mir gelang, den Kopf zu heben, stand vor meinen Augen das ersehnte Bild der Highway-Brücke. Aber sie wollte nicht Wirklichkeit werden. Jedesmal verschwamm das Bild der Brücke wieder, um dann ganz zu verschwinden.

Weit vor uns lag etwas, das wie eine Reihe von Stromschnellen aussah mit ein paar riesigen Felsblöcken darin. Ein dumpfes, eher angenehmes als erschreckendes Geräusch drang von dort zu uns herüber. Und da zeichnete sich wieder eine bewaldete Biegung des Flusses ab. Wir näherten uns dem hellen, weißen Wasser und hatten es beinahe erreicht, als ich Drews Körper erblickte, der zwischen den Felsen eingeklemmt war und uns entgegenstarrte.

Ich sagte es Bobby, aber er brachte es nicht fertig, den Kopf zu heben. Er brachte es nicht fertig, und ich wußte, daß er es nicht fertigbringen würde, und machte ihm keine Vorwürfe deswegen. Aber irgend jemand mußte hinsehen, mußte etwas unternehmen, und es war besser, wenn wir beide es versuchten.

«Hör mal», sagte ich. «Reiß dich zusammen und hilf mir.»

Ich steuerte auf Drew zu, auf die Stelle zwischen den Felsen, paddelte hart gegen die Strömung, die uns an ihm vorbeireißen wollte. Ich drehte das Kanu so gut wie möglich bei und flehte die Felsen an, uns zu halten, uns zu helfen: sie taten es. Wir hielten an, von der Strömung leicht gegen den Fels gepreßt, und ich stieg aus auf den vom Wasser umspülten rauhen Felsen. Mit großer Anstrengung zog ich das Boot quer zur Strömung und stieß Bobby kräftig gegen die Schulter, so kräftig, wie ich konnte, aber doch nicht kräftig genug. Um nachzuhelfen, griff ich nach dem Messer.

«Hörst du mich endlich?» sagte ich mit gepreßter Stimme. «Du hilfst mir jetzt, oder ich bringe dich um, wenn du noch länger auf deinem nutzlosen Arsch dahockst. Nun komm schon. Wir müssen das hier erledigen.»

Bobby ließ sich langsam ins Wasser gleiten, schwankte mit der Strömung, und seine Augen blickten überallhin, nur nicht zu mir.

Drew saß aufrecht da, flußaufwärts blickend, auf zwei großen Steinen, wie auf einem natürlichen Stuhl, Wasser strömte zwischen den beiden Steinen hindurch. Ein flacher Fels lenkte es von der Hauptströmung hierher. Er saß da, halb liegend, in einer sehr bequemen, sorglosen – geradezu sorgenfreien – Haltung. Das Wasser brandete an ihm hoch und brach sich oben an seiner Brust, und der Gischt sprühte in seinen offenen

Mund und bildete über seinen Lippen etwas wie eine zitternde, silberne Glocke, unter der eine Goldfüllung blitzte. Die Strömung hatte seine Augenlider stark zurückgedrängt, und so schien er über das Wasser zurück zu den Bergen zu sehen, über alle Flußwindungen hinweg ins Unendliche hinein. Der Druck der Strömung hatte auch seinen Mund verzerrt, so daß sein Gesicht mit den hängenden, offenen Lippen wie das eines Kretins aussah, aber seine Augen waren davon nicht betroffen. Sie waren blau, klar, und ihr Blick durchdrang alles.

Ich stolperte auf ihn zu, als wollte ich ihn in einer Bar zwischen lauter Betrunkenen begrüßen. Ich versuchte, ihn an den Riemen seiner Schwimmweste aus dem steinernen Sitz zu ziehen, aber einen Augenblick lang leistete er Widerstand. Er schien sich eher noch tiefer in die Felsen zu lehnen. Dann erhob er sich und fiel mir kraftlos gegen die Strömung in die Arme. Bobby ging auf die andere Seite von ihm, und zu dritt kämpften wir uns durch zwei Welten, durch Wasser und Luft, auf das Kanu zu, tappten durch den Fluß, und in der Unterwasserströmung verhedderten sich unsere Beine. Drew war mir nie so groß vorgekommen. Wir stürzten alle drei, und er schwamm fort mit nach hinten gebogenem Kopf, drehte sich mit seiner Schwimmweste langsam nach oben. Sein entstelltes, vom Wasser überspültes Gesicht war weiß wie der Himmel über uns.

Ich stolperte hinter ihm her, trat in ein Loch unter ihm, griff schließlich, zog ihn zurück zu dem Felsen, der dem Kanu am nächsten war, und legte ihn mit dem Gesicht nach unten darauf. Ich betrachtete seinen Kopf. Irgend etwas hatte ihn dort furchtbar hart getroffen, soviel stand fest, aber ich konnte nicht feststellen, ob die Wunde von einem Gewehrschuß herrührte oder nicht; ich hatte noch nie eine Schußwunde gesehen. Ich erinnerte mich plötzlich wieder an die Beschreibungen über Kennedys Ermordung, an Einzelheiten aus Berichten von Augenzeugen, Ärzten und von der Autopsie der Leiche, die ich – wie damals fast alle Amerikaner – in Zeitungen und Illustrierten gelesen hatte. Ich erinnerte mich, daß ein Teil von Kennedys Kopf ganz einfach weggeblasen worden war – hier aber nichts dergleichen. Genau über dem linken Ohr befand sie eine tiefe Schramme unter dem Haar, und dort schien der Kopf auf seltsame Weise eingedrückt, eingekerbt. Aber man konnte sein Hirn sehen, nichts war hier weggeblasen.

«Bobby, komm her», sagte ich. «Wir müssen hier Klarheit gewinnen.»

Ich deutete auf die Stelle an Drews Kopf. Bobby starrte mit seinen rotgeränderten Augen darauf und schrak zurück. Wir hingen am Felsen und rangen nach Luft.

«Ist das eine Schußwunde?»

«Ed, du weißt doch, daß ich das nicht wissen kann. Aber es sieht gewiß nicht danach aus, wenn du mich schon fragst.»

«Aber sieh doch mal hierher!»

Ich zeigte ihm die tiefe Schramme unter dem Haar. «Nach allem, was wir wissen, scheint es mir ganz danach auszusehen, daß ihn ein Schuß gestreift hat. Aber ob ihm vielleicht diese Felsen hier erst zum Verhängnis geworden sind, wer kann das sagen?»

«Oder vielleicht die Felsen flußaufwärts, gleich nachdem er ins Wasser gestürzt ist», sagte Bobby.

«Wenn wir jetzt alles richtig machen, brauchen wir niemandem eine Erklärung zu geben. Außer uns selbst vielleicht», sagte ich. «Aber ich möchte es wissen. Ich finde, wir sollten es wissen.»

«Aber wie können wir es herausfinden?»

«Lewis weiß da besser Bescheid als wir. Wir wollen Drew zum Boot bringen und Lew zeigen.»

Wir packten Drew wieder und zerrten ihn zum Kanu hinüber. Wir ließen ihn nieder, bis sein Kopf den Bootsrand erreicht hatte und daran lehnte. «Lewis», sagte ich leise.

Er antwortete nicht, seine Augen waren geschlossen, und er atmete schwer.

«Lewis, nur eine Sekunde. Es ist wichtig. Es ist sehr wichtig.»

Er wandte uns den Kopf zu und öffnete die Augen. Bobby und ich hielten Drew mit drei Händen, und ich drehte Drews Kopf und tastete unter seinem Haar nach der Stelle, die ich Lewis zeigen wollte.

«Lewis, ist er erschossen worden? Stammt das von einer Kugel?»

Für einen Augenblick flackerte in seinen Augen das alte Interesse auf. Er hob den Kopf so hoch, wie er konnte, und starrte auf Drews Haar.

«Sag, ist er erschossen worden? Erschossen? Sag es, Lewis!»

Ganz langsam wandte er mir den Blick zu und sah mir in die Augen. Mein Hirn zuckte; ich wußte nicht, was jetzt kam. Er nickte kaum merklich und sank dann wieder zurück. «Streifschuß», sagte er.

«Bist du sicher? Bist du *ganz* sicher?»

Er nickte noch einmal und erbrach sich noch in derselben Bewegung. Er nickte wieder, und Bobby und ich sahen uns an. Dann blickte wir abermals auf Drews Wunde.

«Vielleicht», sagte Bobby.

«Ja, vielleicht», sagte ich. «So wird es wohl gewesen sein. Wir können ihn aber auf keinen Fall untersuchen lassen. Wir können es nicht mit Sicherheit sagen, aber andere könnten es, und wenn wir erklären müßten, weshalb einer von uns eine Schußwunde hat, dann käme die ganze Sache heraus.»

«Rauskommen? Wie kommen wir bloß heraus? Ich sehe nicht, wie. Wirklich nicht.»

«Jetzt sind wir schon fast heraus», sagte ich.

«Aber was sollen wir mit Drew machen?»

«Wir müssen ihn hier im Fluß versenken», sagte ich. «Für immer.»

«Mein Gott. O mein Gott.»

«Hör zu. Es ist genauso, wie ich gerade gesagt habe. *Genauso*. Wir können uns einfach nicht leisten, daß ihn jemand untersucht, der von diesen Sachen etwas versteht. Wenn wir ohne ihn zurückfahren, haben wir eben furchtbares Pech gehabt. Schließlich sind wir sowieso nur beschissene Amateure. Und da sollen sie uns erst mal das Gegenteil beweisen! Wir sind hierhergekommen, um flußabwärts zu paddeln, ohne zu wissen, in was wir uns einließen, und das ist sogar die Wahrheit. Eine Zeitlang ging alles gut, aber dann sind wir gekentert. Wir haben das andere Boot verloren. Lewis hat sich in der Stromschnelle ein Bein gebrochen, und Drew ist ertrunken. Das wird uns jeder glauben. Aber wir können nicht einfach sagen, daß einer von uns erschossen wurde.»

«*Wenn* er erschossen wurde.»

«Ganz richtig, *wenn* er erschossen wurde.»

Ein schwacher Glanz trat in Bobbys Augen, und dann erstarb er wieder. «Aber das nimmt ja kein Ende», sagte er. «Kein Ende.»

«Doch!» sagte ich. «Dies *ist* das Ende. Dies ist alles, was wir zu tun haben, aber wir müssen es richtig tun. Davon hängt alles ab. Die ganze Geschichte.»

Ich griff in meine Beintasche und holte die Ersatzsehne für den Bogen heraus. Ich band sie um einen ziemlich großen Felsbrocken und dann um Drews Gürtel. Mit einfachen Knoten. Wir wälzten den Felsbrocken ins Boot, und ich nahm Drews Körper, der immer noch in der Schwimmweste steckte, und legte ihn zurück in den Fluß, schob ihn vor mir her flußabwärts durch die Stromschnellen, stieß und trieb ihn vorsichtig weiter.

Als das Wasser wieder tiefer wurde, stieg Bobby ins Boot und ergriff das Paddel. Ich ließ mit Drew die kleinen Stromschnellen hinter mir, und in meiner Rettungsweste glitt ich schneller voran. Ich sah auf Drews Hand, die mit der Handfläche nach oben trieb, und sah die Schwielen, die vom Gitarrespielen herrührten und jetzt ganz weiß waren. Der College-Ring steckte noch am Finger; ich fragte mich, ob seine Frau den Ring wohl gern haben würde. Aber nein, nicht einmal das durfte ich tun, ich hätte sonst wieder Erklärungen abgeben müssen. Ich berührte die kleine Schwiele auf dem Mittelfinger seiner linken Hand, und meine Augen wurden blind vor Tränen. Einen Augenblick lang hielt ich ihn weinend in meinen Armen und trieb mit ihm dahin. Ich hätte bis in alle Ewigkeit so weinen können, aber dafür war jetzt keine Zeit. «Du warst der Beste von uns, Drew», sagte ich – laut genug, daß Bobby es hören mußte. Ich wollte, daß er es hörte. «Der einzig Anständige von uns. Der einzig Normale.»

Ich machte seine Schwimmweste los und ließ ihn unter mir wegsinken. Bobby kniete neben Lewis im Kanu und warf den großen Stein über Bord. Der eine Fuß Drews kippte nach oben und berührte meine Wade; wir waren nun frei – wir waren frei und in der Hölle.

Ich blieb im Wasser hinter dem Kanu und hielt die Schwimmweste in der einen Hand. Schwerelos trieb ich dahin, die Beine schmerzten mich mehr als vorher. Ich wollte schlafen, versinken, nicht mehr atmen müssen. Ich lag im Strom und bewegte mich mit ihm fort, mit all den Alpträumen und den Ängsten, die mir noch bevorstanden. Als wir wieder an eine flache Stelle kamen, richtete ich mich auf dem Flußkies mühsam auf und zog mich auf den hinteren Bootssitz; die Sonne schien mir heiß, feucht und schwer auf Schultern und Rücken, so als läge sie in Schichten darauf.

Eine Zeitlang nahm ich außer meiner Erschöpfung und der Hitze nichts wahr. Zwischen Bobby und mir tanzte eine Wolke summender Insekten über dem Kanu, und ich war nicht ganz sicher, ob sie sich nicht in meinem Kopf befand. Die Felswände zu beiden Seiten des Flusses fielen stetig ab. Ein paar Kilometer weiter hörten die Klippen am rechten Ufer ganz auf, und auf der anderen Seite sah man nur noch einen niedrigen Felswall, der schräg zum Fluß hin abfiel, und schließlich waren wir wieder auf gleicher Höhe mit dem Wald. Ich wußte, daß ich die Entfernung unterschätzt hatte, denn es ließ sich noch kein Ende absehen. Bobbys Kopf war ihm auf die Brust gesunken; ich hoffte nur, daß er sich im Boot halten konnte und nicht ins Wasser fiel und damit das Boot zum Kentern brachte. Wenn wir jetzt im tiefen Wasser oder gar in einer Stromschnelle kenterten, würde es äußerst schwierig sein, wieder ins Kanu zu kommen, und Lewis wieder hineinzuziehen würde uns nie gelingen.

Ich hatte Drews Schwimmweste über meine eigene gezogen. Mir war zwar furchtbar heiß, aber die andere Weste reichte mir bis an den Hals und schützte meinen Nacken so vor der Sonne, und ich war froh darüber. Meine Gedanken umtanzten minutenlang wie Mücken die Schwimmweste, die die lange taumelnde Reise durch all die Stromschnellen gemacht hatte, auf der sie Drew vor dem Ertrinken bewahren sollte, als er vermutlich schon auf andere Weise gestorben war.

Ich spürte, wie meine Lippen in der Sonne anschwollen. Langsam war ich am Rande meiner Kräfte angelangt, aber ich wußte nicht genau, wo die Grenze lag oder wo wir uns auf dem Fluß befinden würden, wenn ich sie erreichte, und was ich tun würde, wenn ich sie erreichte. Konnte ich mir selbst oder gar Bobby überhaupt noch irgend etwas Ermutigendes sagen?

«Bobby», sagte ich plötzlich, «durchhalten. Wenn wir es noch fünfzehn Kilometer schaffen, sind wir endgültig raus. Das weiß ich. Wir haben schon eine verdammt lange Strecke hinter uns, und es kann nicht mehr lange dauern.»

Er versuchte zu nicken.

«Paß auf, daß du das Boot nicht zum Kentern bringst, Bobby. Und wenn du etwas siehst, was ich nicht sehen kann, sag's mir. Wenn wir noch mal in eine Stromschnelle kommen sollten, dann mach mich auf die Felsen aufmerksam. Wenn du das nicht schaffst, streck dich neben Lewis aus und bete, aber hilf um Gottes willen, daß wir das Gleichgewicht halten.»

Das Rauschen des Flusses hatte einen neuen, tiefen Ton angenommen, einen schon vertrauten, den ich mit Schrecken wiedererkannte.

«Gott», sagte ich. «Tu etwas für uns.»

Wir fuhren darauf zu, aber als wir um die nächste Biegung kamen, war nichts zu sehen, nur eine weitere Biegung ungefähr einen halben Kilometer voraus. Das Geräusch kam von dorther.

«Bobby, ich glaube, ich höre wieder Stromschnellen. Ich bin ganz sicher. Vielleicht können wir aussteigen und sie mit dem Kanu durchwaten, wir werden es schon schaffen. Wenn nicht, können wir nur das Beste hoffen!»

Wir fuhren weiter, und unsere Geschwindigkeit nahm zu, und das Geräusch wurde immer lauter – wie ein Radio, das man auf volle Lautstärke dreht – und brachte uns den alten Schrecken zurück, aber auch die alte Erregung, die Erregung, die Lewis uns immer geschildert hatte. Ich fühlte sie trotz aller Müdigkeit.

Wir kamen in die nächste Biegung, und wenn die Stromschnelle in der Biegung war oder unmittelbar dahinter, in Sichtweite, würde sie bestimmt nicht so gefährlich sein wie die meisten von denen, die wir schon hinter uns hatten. Das wußte ich. Ich erkannte es an dem Geräusch. Aber hinter der Biegung wurden wir immer schneller, ohne Stromschnelle oder Wasserfall; es gab kein weißes Wasser, und es war auch keines in Sicht. Und da wußte ich, daß es schlimm werden würde. Wahrscheinlich war es sogar das Geräusch eines Wasserfalls, und noch einmal machte ich mich auf den Tod gefaßt. Ganz unvermittelt schwoll das Geräusch an; schäumendes Kochen war darin, heißere Verzweiflung. Wir folgten einer neuen Biegung. Links vor uns war kein Land mehr zu sehen, und dann sah ich hinab auf eine Reihe steil abfallender Stromschnellen, steiler als alle, die wir bisher durchfahren hatten, und länger. Sie mündeten alle in einem engen Trichter, der von zwei riesigen Felsbrocken gebildet wurde.

Zwischen ihnen stand eine Wand aus weißem Gischt.

Auf ungefähr fünfzig Meter vor uns war das Wasser gläsern und strömte über eine wie künstlich angelegt wirkende Reihe steiler kleiner Kaskaden dahin, wurde heller, schneller, und nahm schließlich eine noch hellere weißlichgrüne Farbe an. Dann schlug es einen scharfen Haken nach links und schoß zwischen die großen Felsen, wo es meinem Blick entschwand, als würde dort der Fluß vom Nebel verschluckt. Vielleicht hätten wir es noch bis zum Ufer geschafft, aber ich hatte nicht mehr die Kraft dazu. Die Strömung hatte uns gepackt: es gab kein Halten.

«Wir können nicht aussteigen», brüllte ich. «Duck dich so tief wie möglich ins Boot!»

Er blickte nicht zurück, sondern rutschte etwas nach hinten und hielt sich an beiden Bootswänden fest, die Kniekehlen über dem Vordersitz. Unser Schwerpunkt lag nun so tief wie möglich, obgleich ich mich immer noch etwas nach vorn beugte, denn wenn ich noch tiefer gelegen hätte, hätte ich das Kanu nicht mehr unter Kontrolle gehabt. Wir sausten das Wasser hinunter – wir fuhren wie ein Faden ins Nadelöhr. Das tosende Geräusch schlug uns entgegen, dann waren wir mittendrin und schlugen auf die Stromschnellen vor der ersten Kaskadenstufe auf. Die Bootsnase kippte nach unten, unter mir schrammte das Kanu, und dann ging es die nächste, etwas niedrigere Stufe hinunter. Ein harter Stoß fuhr mir durchs Kreuz, hätte mich fast aus dem Kanu geschleudert und es zum Kentern gebracht. Aber die Geschwindigkeit richtete uns wieder auf. Ich raffte alle Kraft zusammen und stemmte das Paddel rechts ins Wasser, um uns in der Strömung zu halten. Wir flogen über zwei weitere Stufen. Ich spürte die Stöße bis ins Gehirn. Inmitten des Getöses hörte ich so etwas wie einen kurzen lauten Schrei von irgendwoher und dachte, Lewis habe vor Schmerz aufgeschrien. Dann waren wir wieder in der glatt dahinrauschenden Strömung. In den Felsen hatten wir etwas an Geschwindigkeit verloren, wurden aber sofort wieder schneller und schneller und jagten jetzt auf das dunkle, sprühende Weiß des Trichters zu. Ich tauchte das Paddel hart ein, versuchte dann, es auf der anderen Seite gegen den Strom zu stemmen, sah jedoch, daß es sinnlos war, und tauchte es auf der rechten Seite so kräftig ich konnte ein, und es gelang mir, den Bug auszurichten. Wie ein Pfeil schossen wir in den Schlund.

Eine Sekunde lang sah ich nichts mehr, und mir war, als stände das Boot still. Gischt schlug mir erstickend in den Mund, und von unten her versetzte es dem Kahn kurze heftige Stöße. Da ich nichts mehr sah, erstarb das Gefühl für Bewegung. Mir war, als befände ich mich in einem seltsamen eiskalten Raum oder in einer mit kaltem Dampf gefüllten bebenden Höhle. Bevor ich nur denken konnte, war ich bis auf die Haut durchnäßt. Die Hitze der Sonne auf meinen Schultern, die ich eben noch gespürt hatte, wich eisiger Kälte. Wieder holte ich mit dem Paddel auf der rechten Seite kräftig aus. Das tat ich instinktiv, weil ich es dort zuletzt eingetaucht hatte. Und da es vorhin richtig gewesen war, mochte es auch jetzt richtig sein. Ich war sicher, daß wir uns möglichst links halten mußten. Rechts schien der Tod zu lauern, und wenn es mir nicht gelang, uns davon fernzuhalten, würden wir uns quer zur Strömung legen, und der ganze Fluß und all die Berge, aus denen er kam, würden endlos, Tonne um Tonne, in das Kanu stürzen. Wieder tauchte ich das Paddel ein, auch wenn ich nicht hätte sagen können, wozu das gut sein sollte. Etwas riß an dem Paddel, ich zog es schnell heraus und tauchte es wieder ein, wieder und wieder. Vor uns machte der Fluß einen blitzenden Sprung, und wir schnellten vorwärts, als hätte man uns von einem Katapult in die Luft geschossen. Wir hatten eine Geschwindigkeit angenommen, wie ich sie nur von motorisierten Fahrzeugen her kannte. Das Paddel drohte unter der Gewalt des Wassers zu brechen. Es fühlte sich an, als hätte ich es in eine übernatürliche Energiequelle getaucht.

Es war, als führen wir auf einem Luftstrom dahin. Die Felsen wirbelten um und unter uns vorbei, dann Sand, dann wieder Felsen, und alle Farben verschwammen ineinander, als wir hindurchrasten. Ich wurde fast von meinem Sitz gerissen. Nichts Vergleichbares würde mir je widerfahren. Es war die Untötbarkeit: der Triumph einer Wirklichkeit gewordenen Illusion. Ich blickte nach vorn, um zu sehen, was jetzt auf uns zukam. «Durchhalten, Bobby», schrie ich. «Wir schaffen es.»

Vor uns lag eine schräge Felsflanke, über die das Wasser mit einer langen, wie gemeißelten Zunge hinwegleckte, um sich dann zu brechen und zwischen Felszähnen hindurchzuschießen, auf einen Wall von Steinen zu, die aussahen, als sei das Wasser rechts und links von ihnen flach. Ich steuerte auf den Felsen zu, um ihn mit einem einzigen Satz hinter uns zu bringen.

Es war, als führen wir, den Bug hoch vor uns, einen steilen Abhang hinauf, von einer unsichtbaren Kraft hinter uns angetrieben. Wir verloren jede Schwere. Unaufhaltsam flogen wir über den Felsgrat hinweg. Ich schloß die Augen, und Lewis und ich schrien auf. Meine Stimme mischte sich in sein tierhaftes Gebrüll, ich schrie mir die Lungen aus dem Leib, während wir eine Sekunde lang zwei Meter hoch über dem Fluß hingen und dann hinabstürzten. Ich war schon auf den Aufprall gefaßt, mit dem der Fluß sich an uns rächen würde. Aber die Bootsnase setzte merkwürdig weich auf und glitt in die schäumenden Wasser am Fuß des Felsens. Ein Zittern ging durch das Kanu und durchlief meine Wirbelsäule bis in mein Gehirn. Ich spürte es wie glühende Nadeln. Und nach zwei unmittelbar aufeinanderfolgenden Stufen befanden wir uns wieder in einem normalen Flußbett. Ich lauschte auf meinen Schrei, der noch in der

Wasserwolke über den blau-weißen Fahnenfarben des Felsens hing – ich höre ihn noch heute –, und wir hatten es geschafft und glitten voran, auf grünem Wasser, lagen schwer und sicher darauf, und das Wasser lag schwer und sicher unter uns.

Allmählich schwanden die Felsen im Flußbett; noch eine Biegung – ohne Stromschnellen – öffnete sich knapp hundert Meter vor uns. Ich sah Bobby an. Er lag immer noch hinter seinem Sitz, bemühte sich jedoch, wieder hinaufzukommen. Er drehte sich halb zu mir um und blinzelte mich an. Er wollte etwas sagen, tat es aber nicht, und ich wollte es auch und tat es ebensowenig.

Jetzt, im ruhigen Wasser, versuchte ich, mich auf das zu konzentrieren, was für die Zukunft wichtig war.

«Direkt da hinter uns ist es passiert, alles», sagte ich.

Er sah mich verständnislos an.

«Man wird uns Fragen stellen. Du mußt sagen, daß Drew dahinten aus dem Boot gefallen ist, daß wir dort alle ins Wasser gefallen sind, daß sich Lewis dort das Bein gebrochen und wir dort das andere Kanu verloren haben.»

«Okay», sagte er ohne Überzeugung.

«Schau dich um», sagte ich. «Wir wollen uns über ein paar Anhaltspunkte einig werden. Wir müssen alles darauf anlegen, daß man Drew nicht weiter flußaufwärts sucht. Also präg dir alles ein, präg es dir ein.»

Er blickte abwesend von einer Seite bis zur anderen, von einem Ufer zum anderen, aber ich wußte, daß er nichts aufnahm.

«Siehst du den großen gelben Baum dort?» sagte ich. «Das ist die Hauptsache. Der Baum und die Stromschnellen und der große Felsen, über den wir hinweggeflogen sind. Das müssen wir uns merken, und mehr brauchen wir nicht.»

Ich konzentrierte mich auf den Baum, sah ihn mir so genau an, wie es im Vorbeifahren nur möglich war, und ließ ihn alles übrige in meiner Erinnerung auslöschen, so daß nur noch sein Bild da war, tief und immer gegenwärtig. Er war halb abgestorben, und an einer Seite hatte sich die Rinde in einem seltsam gezackten Muster abgeschält. Er mußte früher einmal vom Blitz getroffen worden sein; das Feuer hatte ihm eine tiefe Wunde gerissen. Genau dieses Bild wollte ich vor mir haben, genauso – den ganzen Baum.

«Hör zu, Bobby», sagte ich. «Hör gut zu. Wir müssen alles richtig machen. Drew ist da hinter uns ertrunken. Ich werde sagen – ich werde es tatsächlich sagen –, daß man am besten hier nach ihm sucht, hier, wo wir jetzt sind. Von dort, wo er wirklich ist, kann er nie hierhergelangen. Es gibt keinen Weg am Fluß, der bis zu der Stelle führt, wo er ist, und keine

Menschenseele wird ihn dort oben suchen, wenn wir keinen Verdacht erregen.»

«Er liegt hier», sagte Bobby und beschattete seine Augen mit der einen Hand, um sie vor der Sonne zu schützen. «Er liegt hier, genau unter uns. Das kann ich sagen. Ich kann es sagen. Okay?»

Genau das wollte ich. Lewis sagte nichts; entweder war er bewußtlos, oder er hatte nicht mehr die Kraft zu antworten.

«An der üblen Stelle hinter uns sind wir gekentert», sagte ich. «Wir können ihnen sogar erzählen, daß wir genau in dem Gischt zwischen den Felsen umgekippt sind. Wir sind ins Wasser gefallen, und Drew ist ertrunken. Da unsere Uhren nicht mehr gehen, können wir nicht genau sagen, wann es war. Aber wir können sagen, wo es war. In der Nähe von diesem gelben Baum.»

Bobby machte jetzt einen etwas wacheren Eindruck.

«Unsere Geschichte ist ganz glaubwürdig», sagte ich. «Wir müssen sie nur richtig vortragen. Außer uns ist keiner – *keiner* – übrig. Keiner hat etwas gesehen, keiner weiß etwas. Wenn wir uns nicht bei den Details widersprechen, geht alles in Ordnung. Dann sind wir endgültig aus der Sache heraus, und keiner wird uns behelligen – keine Untersuchungen, keine Polizei, nichts. Nichts außer uns.»

«Das will ich hoffen.»

«Ich auch. Aber – wie Lewis sagen würde – Hoffnung allein genügt nicht. Selbstbeherrschung, Baby. Wir dürfen kein unkontrolliertes Wort sagen, also wiederhole die Geschichte!»

Er tat es, und er machte keinen Fehler. Ich war froh, ich fühlte mich allmählich sicherer, denn ich hatte etwas Angst davor, wieder zu den Menschen und ihren Fragen zurückzukehren, ich hatte mich die ganze Zeit davor gefürchtet, ohne mir dessen bewußt zu sein. Bleischwere zog an meinem Körper, aber ich fühlte mich erleichtert, wie schon seit Stunden nicht mehr, so daß ich noch eine Weile durchhalten konnte. Ich ließ uns immer mehr treiben, paddelte nur so viel, um die Bootsnase gut in der Strömung zu halten. Beide Ufer waren bewaldet, aber es war nicht mehr das wilde Dickicht der Schlucht und auch nicht die düstere Busch-wildnis wie davor. Wir waren nicht mehr weit von Menschen entfernt. Nach jeder Flußbiegung, die wir hinter uns ließen, erwartete ich, Spuren menschlichen Lebens zu sehen.

Und da waren sie auch schon. Eine Kuh lag am Rand des Wassers unter einem Baum. Sie drehte uns den Kopf zu und stierte uns über den Fluß hinweg an. Wir trieben an ihr vorbei.

«Bobby, hier muß eine Farm sein», sagte ich. «Wir sind da. Wir können jederzeit anlegen.» Aber ich wollte nicht noch lange über Felder und Wiesen marschieren und nach einem Farmhaus suchen. Ich beschloß, ein Stück flußabwärts zu fahren, bis wir eine Brücke oder neben dem Fluß eine Straße sehen würden.

Mehr und mehr Kühe, schwarz und weiß geflecktes Leben. Sie lagen kauend am Ufer und standen am Fluß, aus dem sie tranken. Von Zeit zu Zeit hoben sie mit schwerfälligem Schwung die gehörnten Köpfe aus dem Fluß, stumpf, massig, träge. Noch eine Biegung, und wir würden am Ziel sein.

Aber wir hatten noch acht oder zehn Flußbiegungen hinter uns zu bringen, eine sah aus wie die andere. Ungefähr eine Stunde später – nach der Hitze und dem Stand der Sonne zu urteilen, mochte es Mittag oder früher Nachmittag sein – kamen wir abermals in eine Flußbiegung, aber über diese spannte sich eine Holzbrücke, die von einem Stahlgerüst getragen wurde. Gleich dahinter mündete ein Abzugskanal in den Fluß; dort standen ein Mann und ein Junge und angelten.

Mühsam brachten wir das Kanu quer über den Fluß ans Ufer. Als wir gegen die Böschung stießen, richtete sich Bobby im Boot schwankend auf und stieg aus, und auch ich stieg in das modrige Wasser und watete aus dem Fluß, mit dem ich nie wieder in Berührung kommen wollte. Wir zogen das Kanu an Land und legten unsere Schwimmwesten ab.

Lewis lag hinten im Boot und hatte die Arme über der Brust gekreuzt. Die Sonne hatte ihn schrecklich zugerichtet. Seine Lippen schälten sich.

«Lewis», sagte ich. «Hörst du mich?»

«Ich höre dich», sagte er ruhig und fest, aber mit geschlossenen Augen. «Ich höre dich, und ich habe dich die ganze Zeit über gehört. Du hast alles genau richtig überlegt; wir können aus der Sache rauskommen. Mich werden sie nicht fragen, und wenn doch, dann werde ich genau das antworten, was du Bobby gesagt hast. Du machst es genau richtig, du machst es viel besser, als ich es gemacht hätte. Weiter so.»

«Kannst du dein Bein noch fühlen?»

«Nein, aber ich habe es seit einer langen Zeit nicht mehr bewegt und nicht mehr berührt und auch nicht mehr daran gedacht. Dahinten habe ich immer gehofft, es schliefe mir ein, und jetzt kann ich es nicht mehr wachkriegen. Macht nichts. Ich bin okay.»

«Ich werde jemanden holen», sagte ich. «Kannst du es so lange aushalten?»

«Klar», sagte er. «Mein Gott, die Fälle dahinten müssen sehr schlimm gewesen sein.»

«Das waren sie. Wir hätten es leichter geschafft, wenn du dabeigewesen wärest, alter Junge.»

«Ich war dabei», sagte er.

«Du hättest das Wasser zwischen den beiden Felsen sehen sollen!»

«Ich weiß nicht», sagte er und wurde wieder schwächer. «Ich habe es auf andere Weise erlebt. Ich fühlte es in meinem Bein, und ich kann dir sagen, jetzt weiß ich eine Menge, wovon ich vorher keine Ahnung hatte.»

Seinen Mund umspielte ein Lächeln. Er versuchte den Kopf zu heben, sank aber zurück in das Erbrochene.

«Bist du ganz sicher wegen Drew?» fragte er. «Können sie ihn bestimmt nicht finden?»

«Sie werden ihn nicht finden», sagte ich. «Dafür habe ich gesorgt.»

«Das wär's dann also», sagte er. «Geh und hol jemanden, irgendwen. Ich will raus aus dieser verdammten Bratröhre, ich will raus aus diesem beschissenen Blechsarg.»

«Bleib liegen. Wir werden bald zu Haus sein. Bleib ruhig liegen, und mach dir keine Sorgen.»

Ich sagte Bobby, er solle beim Kanu bleiben, und kletterte dann das Ufergeflecht hinauf zu der Straße, die über die Brücke führte. Es war ein schmaler, asphaltierter Highway, und einen halben Kilometer weiter erblickte ich eine Tankstelle mit zwei grellgelben Zapfsäulen. Vermutlich Shell. Ich stand da und fragte mich, wie ich mich noch bis dorthin schleppen sollte. Zugleich war ich darauf gefaßt, daß der Asphalt unter mir zu schmelzen und zu fließen beginnen würde. Es war verwirrend, festen Boden unter den Füßen zu haben, aber er blieb fest. Ich sah noch einmal zum Fluß hinunter. Er sah schön aus, und ich wußte jetzt, daß mein ganzes Leben lang, wo immer ich mich befand, stets seinen von Meile zu Meile wechselnden Sog spüren würde, das Gewicht und die Tiefe seiner Wasser, seine reißende Geschwindigkeit. All das war Teil meines Lebens geworden.

Schwerfällig schwankte ich die Straße entlang. Die Wunde war verkrustet, und der Fetzen meiner Fliegerkombination, den ich mir um die Hüften gebunden hatte, klebte an ihr. Hätte ich ihn weggerissen, wäre ich ohnmächtig geworden. Ich preßte den Ellbogen darauf und beugte mich ein wenig zur Seite. Ich überquerte die kleine Brücke, die über den Kanal führte, und ging auf die Tankstelle zu, die sich in der Sonne zu entfernen schien und wie ein gelber Fleck vor meinen Augen flimmerte. Ich wankte auf sie zu. Die Wunde brannte, und es schien, als schwelle sie etwas an; es war, als trüge ich, in die Tuchfetzen gehüllt, ein Päckchen unter meinem Arm. Das Flußwasser an meinen Hosenbeinen war getrocknet, aber jetzt wurde das enge Nylonzeug wieder feucht vom Schweiß, und als ich an der Tankstelle ankam, zeichneten sich große dunkle Streifen darauf ab.

Ein junger Bursche saß auf einem Hocker hinter der Tür, die mit einem Fliegengitter versehen war, auf dem es von Insekten wimmelte. Obwohl er mich hatte kommen sehen müssen, schien er seinen eigenen Augen nicht zu trauen. Er stand auf und öffnete die Tür.

«Gibt es hier ein Telefon?» fragte ich.

Er sah mich verständnislos an.

«Ich brauche unbedingt einen Krankenwagen», sagte ich. «Und die Highwaypolizei. Wir haben Verletzte, und einer ist tot.»

Ich ließ ihn die Telefonate erledigen, denn ich hatte keine Ahnung, wo in aller Welt wir uns hier befanden. «Sagen Sie nur, daß wir auf dem Fluß verunglückt sind», sagte ich. «Und sagen Sie, wo wir sind, aber man soll sich bitte beeilen. Ich glaube nicht, daß ich noch lange durchhalten kann, und einer von uns ist noch schlimmer verletzt.»

Schließlich hängte er den Hörer wieder auf und sagte, es werde gleich jemand kommen.

Ich setzte mich auf einen Stuhl, lehnte mich ganz zurück und rührte mich nicht. In Gedanken wiederholte ich meine Geschichte zum letzten – zum wichtigsten Mal. Aber hinter der Geschichte verbarg sich die wahre Geschichte, verbargen sich die Wälder und der Fluß und alles, was uns zugestoßen war. Ich mußte mich noch selbst mit dem Gedanken vertraut machen, daß ich in den letzten beiden Tagen drei Männer begraben und einen von ihnen getötet hatte. Ich hatte noch nie im Leben einen Toten gesehen – von einem kurzen Blick auf den offenen Sarg meines Vaters abgesehen. Es war ein seltsamer Gedanke, ein Mörder zu sein, besonders jetzt, da ich hier auf diesem Stuhl saß, aber ich war zu geschwächt, um mir Sorgen zu machen, und ich machte mir keine Sorgen, außer daß ich befürchtete, Bobby könne sich vielleicht nicht mehr an alles erinnern, was ich ihm gesagt hatte.

Ein oder zwei Autos fuhren vorbei, und ich wartete vergeblich darauf, daß sie anhielten. Die Wunde schmerzte, aber dumpf. Sie lag unter meinem Arm. Etwas, das ich mir selbst zugefügt hatte und mit dem ich leben konnte. Ich fragte mich, ob ich dem Arzt, der mich behandeln würde, erzählen sollte, daß ich mich mit meinem eigenen Pfeil verletzt hatte, oder ob ich sagen sollte, ich hätte mich am Kanu verletzt, als wir kenterten, denn immerhin waren wir von den Felsen im Fluß einige Male so übel durchgeschüttelt worden, daß der Metallrahmen verbogen und an einigen Stellen aufgerissen war und ich mich daran leicht hätte schneiden können. Ich entschloß mich für den Pfeil, denn es konnte immer noch etwas Farbe von ihm in der Wunde sein, und das Fleisch war von der messerscharfen Pfeilspitze glatt durchspießt worden. Von den zerfetzten Aluminiumteilen konnte das nicht herrühren. Mich erfüllte allmählich eine bleierne Schwere, so daß ich nicht mehr aufstehen konnte, und schließlich bekam ich nicht einmal mehr den Kopf hoch. Aber in Gedanken machte ich immer noch Paddelbewegungen. Ich dachte, ich sei unfähig, mich zu rühren, aber als jemand meinen nackten Oberarm berührte, an der Stelle, wo ich den Ärmel abgeschnitten hatte, spannten sich alle meine Muskeln. Es war der Fahrer des Krankenwagens, ein Neger.

«Ist ein Arzt mitgekommen?»

«Wir haben einen», sagte er. «Wir haben einen sehr guten; er ist jung und sehr gut. Aber was um Gottes willen ist Ihnen denn zugestoßen, Mann? Hat man Sie angeschossen?»

«Der Fluß», sagte ich. «Es ist im Fluß passiert. Aber es geht jetzt nicht um mich. Wir haben unten am Fluß bei der Brücke einen Mann, der schwer verletzt ist, und der andere mußte bei ihm bleiben. Außerdem ist einer von uns ertrunken, jedenfalls nehme ich das an, denn wir konnten ihn nicht finden.»

«Wollen Sie uns zeigen, wo der andere Mann ist?»

«Das will ich, wenn ich überhaupt aufstehen kann.»

Er stützte mich, und mit seiner Hilfe erhob ich mich in meiner ganzen Schwere, bis ich in der wirbelnden Luft eines Ventilators stand. Mein verschwommener Blick fiel auf eine Reihe billiger Sonnenbrillen, die auf einer vergilbten Papptafel befestigt waren.

«Halten Sie sich an mir fest, Mann», sagte er.

Er war schlank und kräftig, und ich legte den Arm um seine Schulter, aber meine Knie sackten weg, und mit ihnen alles um mich herum.

«Sie schaffen es nicht», sagte er. «Setzen Sie sich lieber wieder hin.»

«Ich schaffe es schon», sagte ich, und die Sonnenbrillen auf der gelben Papptafel wurden wieder klar vor meinen Augen.

Ich sagte dem Burschen vor der Tür, daß er der Polizeistreife sagen sollte, wohin wir fuhren, und ich ging hinaus in die Sonne, wo der kleine weiße Krankenwagen wartete. Der Arzt saß vorn und machte Notizen. Mit einer schnellen Bewegung sah er hoch und stieg aus.

Er öffnete die hintere Wagentür. «Bring ihn hierher, er soll sich hinlegen.»

Ich kroch auf die Bahre und drehte mich auf den Rücken. Es fiel mir schwer, aber ich wollte den Fahrer nicht bemühen. Er schien mir nicht nur wohlgesonnen, er schien überhaupt ein netter Kerl zu sein. Und so jemanden brauchte ich jetzt. Ich war zu lange auf mich selbst angewiesen gewesen.

Der junge Arzt war blaß und hatte aschblondes Haar. Er hockte sich neben mich.

«Nein, nein», sagte ich. «Ich bin's nicht. Ich kann warten. Wir müssen über die Brücke. Da ist ein Mann im Boot, der einen üblen Beinbruch hat. Vielleicht auch einen bösartigen Bluterguß. Wir müssen uns zuerst um ihn kümmern.»

Wir fuhren den Highway entlang zur Brücke – sonderbar, in einem motorisierten Gefährt auf festem Boden zu fahren.

Ich stieg noch einmal aus. Das wäre zwar nicht nötig gewesen, aber ich dachte, es sei besser so.

Lewis lag lang ausgestreckt und schwitzend im Boot, sein Hemd zeigte dunkle Schweißflecken, den Arm hatte er über die Augen gelegt. Bobby sprach mit den beiden, die vorhin hier unten geangelt hatten. Ich wußte, daß Bobby unsere Geschichte an ihnen getestet hatte, und ich hoffte, daß er die Zeit gut genutzt hatte; sie sahen durchaus so aus, als glaubten sie ihm. Verletzten und erschöpften Männern glaubt man gern, und das war unser großer Vorteil.

Der Fahrer und der Arzt hoben Lewis aus dem Boot auf eine Bahre. Das Bezirkskrankenhaus war in Aintry, gut zehn Kilometer entfernt. Wir machten uns fertig für die Abfahrt, aber als wir am Krankenwagen standen, näherte sich die Highwaypolizeistreife mit schwachem Sirenengeheul. Ein untersetzter Bursche sprang aus dem Wagen, ihm folgte ein derb aussehender Blonder. Ich war bereit.

«Was ist hier geschehen?» fragte der blonde Beamte.

«Wir haben einen bösen Unfall gehabt», sagte ich und schwankte noch etwas mehr als nötig. Ich ließ es jedoch gleich wieder sein, denn übertriebene Schauspielerei konnte alles verderben. «Einer von uns ist im Fluß ertrunken, knapp fünfzehn Kilometer flußaufwärts.»

Er sah mich an. «Ertrunken?»

«Ja», sagte ich. Ich glaubte, daß ich das zuerst hinter mich bringen mußte, genau wie die erste einer Reihe gefährlicher Stromschnellen. Hier gab es nichts als durchhalten.

«Woher wissen Sie, daß er ertrunken ist?»

«Wir sind in den Stromschnellen gekentert, und dann war jeder von uns auf sich selbst angewiesen. Ich weiß nicht, was mit ihm passiert ist. Vielleicht ist er mit dem Kopf gegen einen Felsen geschlagen. Aber ich weiß es nicht. Wir konnten ihn jedenfalls nicht finden, und ich kann mir nur vorstellen, daß er ertrunken ist. Ich will es natürlich nicht hoffen, aber ich fürchte, es ist so. Es muß wohl so sein.»

Während ich sprach, sah ich ihm in die Augen, was überraschend leicht war: sie waren scharf, aber sympathisch. Ich absolvierte einen Teil der Geschichte, die Bobby und ich auf dem Fluß einstudiert hatten, und bemühte mich dabei, alles so vor Augen zu haben, als wäre es tatsächlich geschehen. Ich sah, wie wir nach Drew suchten, obwohl wir es gar nicht getan hatten. Ich sah, wie sich das alles in der Nähe des gelben Baums abspielte, und während ich sprach, spielte es sich für mich tatsächlich dort ab. Ich konnte selbst kaum glauben, daß sich das alles gar nicht wirklich zugetragen hatte. Als ich sah, wie er meinen Bericht aufnahm, wurde er Wirklichkeit, glaubwürdige Wirklichkeit, Tatsache, Geschichte.

«Okay», sagte er. «Wir müssen den Fluß absuchen. Können Sie uns

169

zeigen, wo es ungefähr war?»

«Ich glaube schon», sagte ich, da ich nicht zu sicher scheinen wollte, aber doch ziemlich sicher. «Ich weiß nicht, ob es eine Straße dorthin gibt, aber ich glaube, ich würde die Stelle wiedererkennen, wenn ich sie sehe. Allerdings haben wir einen Verletzten. Wir müssen ihn ins Krankenhaus bringen.»

«Okay», sagte er zögernd, unwillig darüber, daß er die Sache an den Arzt abgeben mußte. «Wir werden Sie später im Krankenhaus aufsuchen und Ihnen noch einige Fragen stellen.»

«Gut», sagte ich und kroch zurück in den Krankenwagen, neben Lewis.

Wir fuhren eine Strecke, und schließlich knirschten die Reifen, und wir hielten an. Langsam richtete ich mich auf. Wir standen auf einem Feld, und neben uns war ein langes, flaches Gebäude, das wie eine ländliche Schule aussah. Ein warmer Wind strich über das Feld. Die hintere Wagentür öffnete sich weit, und hinter den beiden Flügeln stand der Arzt. «Da wären wir», sagte er. «Lassen Sie das, wir holen Ihren Freund schon alleine heraus. Gehen Sie mit Cornelius voraus.»

Ich stützte mich wieder auf den Fahrer, und wir gingen durch einige Glastüren, eine Rampe hoch, hinein in einen endlos langen Flur. Ganz hinten sah man in Postkartengröße ein Fenster.

«Zweite Tür rechts», sagte der Fahrer, und wir traten ein. Ich sackte auf einer weißen, harten Liege zusammen. Nach ein oder zwei Minuten hörte ich, wie sie Lewis brachten, aber sie brachten ihn nicht in den Raum herein. Sie legten ihn draußen im Flur auf eine fahrbare Liege und rollten ihn dann geräuschlos weg. Ich lag da und hielt die Hand an die Wunde gepreßt.

Der Arzt kam lautlos herein. «Nun wollen wir mal sehen, mein Freund», sagte er. «Können Sie sich ein bißchen aufsetzen? Funktioniert der Reißverschluß noch?»

«Ich glaube schon», murmelte ich. Ich versuchte mich hochzusetzen und schaffte es ziemlich mühelos und zog sogar selbst den Reißverschluß herunter. Er zog mir die Tennisschuhe aus und die Überreste der Flieger-kombination. Meine Unterhose war an der Wunde festgetrocknet genau wie der Nylonfetzen, den ich darübergebunden hatte. Der Arzt goß aus einer Flasche eine Flüssigkeit auf die Stelle, und der Fetzen und die Unterhose lockerten sich spürbar. Er warf meine Fliegerkombination in eine Ecke und begann sich meiner Wunde anzunehmen.

Dort löste sich alles langsam auf. Ein Fetzen nach dem andern weichte ab, und der Arzt warf alles auf den kahlen Fußboden. Die Wunde atmete wie ein Mund und fühlte sich jetzt nicht mehr so schlimm an, nur fremder und klaffender.

«Mein Gott, guter Mann», sagte er. «Wer hat denn an Ihnen rumgehackt? Das sieht ja geradezu aus, als hätte man Sie mit einer Axt bearbeitet.»

«Wirklich?»

Dann wurde er professioneller. «Wie haben Sie das bloß angestellt?»

«Wir haben in den Wäldern am Fluß ein bißchen mit Pfeil und Bogen gejagt», sagte ich. «Ich weiß, das ist illegal, aber wir haben's trotzdem getan.»

«Aber wie zum Teufel haben Sie es fertiggebracht, sich selbst mit einem Pfeil zu durchschießen? Das ist doch ganz unmöglich.»

Unterdessen war er ständig mit der Beobachtung und Behandlung meiner Wunde beschäftigt. Er sprach mit ruhiger Stimme.

Ebenso ruhig antwortete ich ihm. «Ich hatte den Bogen und die Pfeile bei mir im Boot, als wir kenterten. Ich wollte den Bogen festhalten, weil ich nachher nicht ohne Waffe im Wald sein wollte, und dabei habe ich mir die Hand aufgeschnitten.» Ich hob die verletzte Hand hoch, die *tatsächlich* von den Pfeilen verletzt worden war, wie ich eben gesagt hatte. «Und dann kam mir ein Fels in die Quere, und etwas stach mir in die Seite, und der Bogen war weg. Ich habe keine Ahnung, wo er geblieben ist. Es wird ihn vermutlich flußabwärts getrieben haben.»

«Gut, es ist ein schöner, sauberer Schnitt», sagte er. «Aber ausgefranst. Er ist einerseits glatt und sauber, und andererseits sieht er wie zerhackt aus. Da ist noch irgendein Fremdkörper drin, den ich jetzt rausholen muß.»

«Die Pfeile waren mit Tarnfarbe bemalt», sagte ich. «Das wird's wohl sein. Aber vielleicht steckt auch noch was anderes drin. Gott weiß was.»

«Wir werden es schon herausholen», sagte er. «Und dann steppen wir Sie zu wie eine Bettdecke. Wollen Sie etwas Linderndes?»

«Ja», sagte ich. «Scotch.»

«Ich meine etwas anderes, als Sie möchten», sagte er. «Wahrscheinlich werden Sie ganz schön warten müssen, bis Sie einen Scotch kriegen, denn hier unten haben wir Alkoholverbot.»

«Wollen Sie damit sagen, daß Sie hier nicht mal gebrannten Schnaps haben? Noch dazu in einer so abgelegenen Gegend? Wohin ist es denn mit diesem Georgia gekommen?»

«Keinen selbstgebrannten Klaren», sagte er. «Im übrigen bin ich dagegen. Enthält meist Bleisalz.»

Er gab mir eine Spritze in die Hüfte und behandelte meine Wunde weiter. Ich blickte aus dem Fenster auf das schwindende Grün des Tages. Außer den verschiedenen Grüntönen gab es da draußen nichts zu sehen.

«Möchten Sie heute nacht bei uns bleiben? Wir haben genug freie Zimmer. Das ganze Krankenhaus steht Ihnen zur Verfügung. Und so eine Chance wie diese werden Sie sobald nicht wieder haben, das kann ich

Ihnen sagen. Hier ist es still und friedlich. Keine angeschossenen Farmer. Keiner, der untern Traktor gekommen ist. Keine Autounfälle. Nur Sie und Ihr Freund und ein kleiner Junge, den eine Schlange gebissen hat, und der wird morgen entlassen. Das Gift von Mokassinschlangen ist nicht so schlimm.»

«Nein, danke», sagte ich, obgleich ich natürlich bei Lewis geblieben wäre, wenn das irgendeinen Sinn gehabt hätte. «Flicken Sie mich nur wieder zusammen, und sagen Sie mir, ob es hier einen Gasthof oder etwas Ähnliches gibt, wo man übernachten kann. Ich möchte gern mit meiner Frau telefonieren, und vor allem möchte ich allein sein. Ich möchte nicht auf einer Krankenstation oder in einem Krankenzimmer schlafen, wenn's nicht unbedingt nötig ist.»

«Sie haben Blut verloren», sagte er. «Sie werden noch ganz schön schwach auf den Beinen sein.»

«Das bin ich schon seit Tagen», sagte ich. «Geben Sie mir, was ich brauche, und lassen Sie mich gehen.»

«Ihren Freund, den anderen Herrn aus dem Boot, habe ich in den Ort zu Biddiford's geschickt. Dort wird man Sie gut behandeln. Aber an Ihrer Stelle würde ich trotzdem hierbleiben.»

«Nein, vielen Dank», sagte ich. «Ich werde es schon schaffen. Sagen Sie der Polizei, wo ich bin. Sie brauchen mich nur hinzufahren, und kümmern Sie sich bitte um Lewis.»

«Der andere Arzt behandelt ihn schon. Es sieht ziemlich schlimm aus mit ihm. Er kann von Glück sagen, wenn er keinen Wundbrand kriegt. Ein verteufelter Bruch.»

«Wir sind froh, daß wir Sie haben.»

«Ach, Scheiße», sagte er. «Danken Sie Ihrem Schutzengel.»

Er brachte mich in seinem eigenen Wagen in die Stadt, und an der größten Tankstelle im Ort parkten der Kombiwagen von Lewis und Drews Oldsmobile. Ich ging hinein, noch ziemlich steif, brauchte die Wunde aber wenigstens nicht mehr mit dem Ellbogen zusammenzuhalten. Ich sprach mit dem Besitzer und bekam von ihm die Adresse der Brüder Griner, denen wir noch den Rest des Geldes schicken mußten. Lewis hatte alles arrangiert, und ich brauchte mit dem Tankstellenbesitzer nur noch ein paar Worte zu wechseln. Ich hatte nicht genug Geld bei mir, aber ich konnte mir entweder etwas von Lewis borgen, oder ich konnte es überweisen, wenn ich wieder in der Stadt war. Hauptsache, die Schlüssel waren da. Ich verabschiedete mich von dem Arzt und sagte, ich würde am nächsten Tag im Krankenhaus vorbeikommen. Dann rief ich Martha an und sagte ihr, daß wir einen Unfall gehabt hätten, daß Drew ertrunken sei und Lewis sich das Bein gebrochen habe. Ich bat sie, Lewis'

Frau anzurufen und ihr zu sagen, er liege hier im Krankenhaus und müsse noch etwas bleiben, aber er wäre bald wieder okay. Falls Mrs. Ballinger bei ihr oder bei Lewis' Frau anrufe, solle man ihr nur sagen, daß wir in ein paar Tagen zurückkommen würden. Ich wollte Mrs. Ballinger die Nachricht von Drews Tod selbst überbringen. Ich sagte noch, ungefähr Mitte der Woche wäre ich wieder zu Hause.

Ich fuhr mit Drews Wagen zu Biddiford's, einem großen Holzhaus, in dem es lebhaft zuging. Alle saßen an einem langen wackligen Tisch aus Kiefernholz beim Abendessen, und zahlreiche Fliegenfänger hingen von der Decke. Bobby war auch da; er kaute mit vollen Backen. Ich blinzelte ihm zu und setzte mich zu ihm. Die anderen Gäste – Farmer, Holzarbeiter und Kaufleute – machten uns Platz, und ich interessierte mich nur noch für das Essen. Überall sah ich Brathähnchen, und immer mehr wurden rings um mich aufgetragen, Brathähnchen und Kartoffelsalat und schweres, grobes Graubrot und Bratensauce und Butter und gebratener Speck und rote Bohnen und Maisbrei und frische weiße Rüben und Kirschkuchen. Es war gut; es war alles gut.

Danach brachte mich eine Frau nach oben und zeigte mir mein Zimmer, in dem ein Doppelbett stand. Ein Einzelzimmer war nicht mehr frei. Bobby war in einem anderen Raum untergebracht. Mein Mund war ausgedörrt, und mein ganzer Körper war wie ausgetrocknet, und ich ging wieder nach unten in den Keller zu den Duschen und stand da in der blaugrünen Nacht, und das Flußwasser strömte über meinen Kopf und ließ meinen festen neuen Verband zu einem schweren Päckchen anschwellen. Unter dem warmen Wasser fing die Wunde wieder ein wenig zu bluten an. Ich wäre fast im Stehen eingeschlafen, aber ich kam wieder zu mir, als das Wasser allmählich kälter wurde. Dann ging ich mit nassem Haar und mit dem durchnäßten Verband über der Wunde nach oben und legte mich ins Bett. Es war überstanden. Die ganze Nacht war ein einziger Wachtraum.

Nachher

Als ich aufwachte, hielt ich an meiner Seite wieder ein festes, glühendes Paket. Ich wurde ziemlich schnell wach, weil die Spätmorgensonne – so sah sie jedenfalls aus – anfing mir auf die Augenlider zu stechen. Ich lag in einem großen ländlichen Gastzimmer mit knallroten Vorhängen und einem riesigen Spiegel an der Wand mir gegenüber, mit einem kleinen Bad hinter mir und einer Kommode neben mir, an der alle Griffe fehlten, und einem geknüpften Flickenteppich unter dem Bett und um das Bett herum.

Ich lag im Bett und dachte nach. Zuerst wollte ich mit Bobby sprechen und dann mit Lewis. Ich stand auf, nackt bis auf den Verband, und nahm die zerfetzte, zerschlissene und ärmellose Nylonkombination vom Boden auf. Ich zog sie nicht gern wieder an, aber was blieb mir übrig? Ich suchte in den Taschen nach Geld. Ich hatte noch ein paar Scheine, die zwar so aussahen, als habe der Fluß sie ausgegeben, aber es war immerhin Geld, und wir brauchten welches. Ich ließ Messer und Gürtel im Zimmer zurück und machte mich auf die Suche nach Bobby. Im Spiegel sah ich aus wie ein Überlebender nach einer Explosion, ein Ärmel abgerissen, ein Hosenbein der Länge nach aufgeschlitzt, bärtig, mit rotgeränderten Augen und unfähig zu sprechen. Aus diesem Gesicht lächelte es mir etwas blaß entgegen, zwischen den Bartstoppeln hindurch.

Als ich von der Frau, die das Frühstück abräumte, erfahren hatte, wo Bobby war, ging ich nach oben zu seinem Zimmer und klopfte. Er schlief noch, aber es war besser, die Gedanken, die mir in der Nacht gekommen waren, gleich jetzt mit ihm zu besprechen und nicht erst später. Ich klopfte energisch, und endlich machte er auf.

Ich setzte mich in einen Schaukelstuhl, und er saß auf dem Bett.

«Erst einmal», sagte ich, «brauche ich etwas zum Anziehen und du eigentlich auch, falls unser Geld langt. Deine Sachen sind noch in einem besseren Zustand als meine, also geh du los, und besorg mir eine Hose – Blue jeans genügen vollkommen – und ein Hemd. Besorg dir, was du brauchst, und wenn dann noch Geld übrig ist, kauf mir Schuhe. Derbe Schuhe.»

«Okay. In der Nähe muß es ja irgendein Kaufhaus geben. In diesem Ort ist alles gleich um die Ecke.»

«Und nun hör mir noch einmal gut zu. Bis jetzt ist alles klargegangen; wir sind fein heraus. Man kümmert sich um Lewis, und unsere Geschichten – vielleicht sollte ich sagen unsere Geschichte – kommen an. Ich habe nirgends den Schimmer eines Zweifels bemerkt. Du etwa?»

«Ich glaube nicht, aber ich bin nicht so sicher wie du. Hat der eine Kerl dich auch nach den Kanus gefragt?»

«Nein. Welcher Kerl? Was ist denn mit den Kanus?»

«Der kleine Alte, der hier anscheinend das Gesetz vertritt. Er fragte mich nach dem anderen Kanu: wo es sei, wo wir es verloren hätten, was darin gewesen sei.»

«Und was hast du gesagt?»

«Ich antwortete genau das, was wir vorher abgesprochen haben: daß wir es an der letzten üblen Stelle verloren haben.»

«Hat er dann noch was gesagt?»

«Nein, und ich habe keine Ahnung, worauf er hinauswollte.»

«Aber ich», sagte ich. «Ich glaube es wenigstens, und da kann es Scherereien geben: vielleicht keine richtigen Scherereien, aber immerhin Scherereien.»

«Wieso, um Himmels willen?»

«Weil wir das grüne Boot doch schon vorgestern verloren haben, und vielleicht hat man es – oder einen Teil davon – schon gefunden, bevor wir überhaupt die Stelle erreichten, wo wir es angeblich verloren haben.»

«Um Gottes willen.»

«Wir müssen also versuchen, eine Erklärung zu finden. Es kann durchaus sein, daß der Kerl zur nächsthöheren Polizeibehörde geht und da erzählt, daß an unserer Geschichte irgendwas faul ist, und dann werden sie uns die Seele aus dem Leib fragen. Denk an die Kriminalfilme: die Polizei trennt die Verdächtigen und versucht, sie zu widersprüchlichen Aussagen zu bringen. Wir müssen also sofort noch einmal alles durchgehen, damit wir uns nicht doch in Widersprüche verwickeln.»

«Schaffen wir das?»

«Wir müssen es wenigstens versuchen. Ich glaube, daß wir es schaffen können. Laß uns noch mal von vorn anfangen. Wir haben das andere Boot da verloren, wo Drew wirklich getötet wurde, ja?»

«Ja. Das kann niemand bestreiten. Aber wenn wir sie an die Stelle bringen oder wenn sie selbst da hinaufgehen . . .»

«Nun warte doch mal. Wir sagen, daß wir zum erstenmal weiter flußaufwärts gekentert sind und daß wir da schon das grüne Kanu verloren haben und daß Lewis sich da verletzte. Aber wir sind alle davongekommen und sind dann zusammen in Lewis' Kanu weitergefahren. Das Boot war überladen, und wir mußten uns unbedingt um Lewis kümmern und hatten daher das Kanu nicht richtig in der Gewalt, als wir in die letzten Stromschnellen gerieten. In diesem letzten Kilometer Wildwasser hat es uns dann erwischt, und Drew hat es nicht mehr geschafft. Dabei bleibst du. Bleib dabei, ja? Wenn wir dabei bleiben, sind wir morgen abend oder sogar schon heute abend wieder zu Haus.»

«Und wenn sie uns nicht glauben? Was soll ich ihnen erzählen, wenn die kleine Ratte mir ins Gesicht sagt, ich hätte ihm was ganz anderes über das Kanu erzählt?»

«Sag ihm – und jedem, der dabei ist –, daß er dich mißverstanden haben muß. Hat jemand zugehört, als er gestern mit dir sprach?»

«Nein, ich glaube nicht.»

«Gut. Und ich glaube auch nicht, daß ich es dem ersten Polizisten schon gesagt habe. Auf jeden Fall wird er dich nicht noch mal fragen, sondern er wird gleich zu mir kommen und mich fragen. Wenn er das tut, werd ich schon fertig mit ihm. Ich bin auf ihn vorbereitet. Ich bin froh, daß du mir die Sache erzählt hast. Wirklich.»

«Müssen wir sonst noch was ändern?»

«Soviel ich weiß, nicht», sagte ich.

«Noch einmal, Ed, wenn sie uns nun nicht glauben? Wenn es nun so viel Unklarheiten gibt, daß sie doch weiter flußaufwärts suchen?»

«Dann kann es, wie ich schon sagte, Scherereien geben. Aber ich glaube nicht, daß sie das tun werden. Denk an die entsetzlich vielen Stromschnellen und Wasserfälle, die wir vorgestern heruntergekommen sind. Überall hätte es passieren können. Und an der Stelle, wo Drew getötet wurde, und auch da, wo wir den anderen Kerl versenkt haben, waren die Felswände der Schlucht am höchsten und steilsten. Es gibt nur drei Möglichkeiten, dahin zu kommen. Erstens, wenn man flußaufwärts fährt, wenn also das ganze Suchkommando stundenlang und wahrscheinlich tagelang gegen eine Stromschnelle nach der anderen ankämpft und gleichzeitig den Fluß und die Stromschnellen überall genau absucht, und zwar jeden Meter. Darauf werden sie sich bestimmt nicht einlassen, nur weil einer aus dem Ort hier unsere Geschichte nicht glauben will. Mit einem Außenbordmotor würden sie es nicht schaffen, und jedes Motorboot wäre ungeeignet. Die zweite Möglichkeit ist, flußabwärts zu fahren, und wenn sie das tun, müssen sie über dieselben Stromschnellen hinweg wie wir, und du weißt ja, wie sie aussehen. Oder hättest du vielleicht Lust, es noch einmal zu machen? Sie würden ihr Leben riskieren, und das ist ihnen die Sache nicht wert. Und außerdem – wie könnten sie da durchkommen, wenn sie zugleich suchen müssen?»

«Sie könnten aber die ruhigen Stellen des Flusses absuchen, und immerhin liegt Drew dort.»

«Richtig; an *einer* dieser Stellen. Aber an welcher?»

«Okay», sagte er. «Ich nehme an, es ist okay.»

«Die einzige andere Möglichkeit, die ihnen noch bleibt, wäre, über die Felswände herunterzukommen. Aber dann müßten sie pausenlos runter- und wieder raufklettern. Und das werden sie nicht oft tun. Das kann ich dir sagen.»

«Und wenn sie so weit zurückgehen, daß sie das zerrissene Seil finden?»

«Alles spricht dagegen. Das Seil ist ganz oben an der Schlucht gerissen, und es gibt da einen ganzen Haufen Felsen, und außerdem könnten wir daran dann auch nichts ändern.»

«Ist das alles?»

«Ja; nur noch eins: Wir haben auf dem Fluß keinen Menschen gesehen, keinen Menschen, seitdem wir Oree verlassen haben. Das ist das Allerwichtigste, und davon dürfen wir nicht abgehen.»

«Ich werde schon nicht davon abgehen, das kann ich dir versichern. Wir haben keinen Menschen gesehen, und ich wünschte, es wäre wahr.»

«Es *war* so. Gefährlich könnte uns nur noch werden, wenn da oben einer als vermißt gemeldet worden ist und wenn die Leute ungefähr wissen, wohin er gehen wollte. Das beunruhigt mich etwas, aber nicht so sehr wie manches andere. Diese Kerle sahen übel aus; wer sollte sich schon darum kümmern, wo sie geblieben sind?»

«Na, irgend jemand könnte es schon sein.»

«Natürlich. Möglich ist das schon. Aber ob er dann weiß, wohin die beiden wollten, oder ob er überhaupt die Gegend kennt – das ist noch die Frage. Auch da können wir nur hoffen. Wir müssen uns einfach auf unser Glück verlassen. Und ich glaube, daß wir Glück haben werden. Alle Vorzeichen sind günstig.»

Bobby lachte, und es klang ziemlich echt. «Glaubst du, daß es hier im Zimmer Wanzen gibt? Oder daß man an der Tür lauscht?»

«Hier gibt es keine Wanzen», sagte ich, «aber du hast manchmal ganz pfiffige Einfälle, mein Lieber.»

Ich zog meine Tennisschuhe aus und ging auf Socken zur Tür und horchte. «Sprich laut weiter», zischte ich Bobby zu. «Sprich so lange, bis ich hier gehorcht habe.»

Ich horchte; ich horchte auf Atemgeräusche, und vielleicht hatte da tatsächlich jemand geatmet. Aber andererseits hört man immer Atmen, wenn man es hören will. Aber es war schwer zu sagen, ob es wirklich ein Atmen war. Ich hätte es jedenfalls nicht sagen können. Ich ergriff den Türknauf und riß die Tür auf. Nichts. Ging jemand die Treppe hinunter? Nein. Ich war ganz sicher. Nein.

Ich wandte mich wieder Bobby zu und machte ihm ein Zeichen, daß alles okay sei.

«Ich gehe jetzt wieder in mein Zimmer», sagte ich. «Hol die Sachen, und dann machen wir uns auf die Socken zum Krankenhaus. Ich wette, daß Lewis noch nicht wieder bei Bewußtsein ist, und ich bezweifle außerdem, daß sie ihn so schnell aushorchen können. Trotzdem müssen wir versuchen, ihm die Änderung unserer Geschichte beizubringen, und sehen, ob er sich noch an die erste Version erinnert.»

Ich ging zurück in mein Zimmer, schüttelte das Nylonzeug von mir ab, legte mich hin und dachte wieder nach. Ich wartete auf die Begegnung mit dem Ortssheriff, oder wer immer es sein mochte; ich wartete auf seine Fangfragen.

Die Sonne stieg höher, ich schob die Decke weg und lag in der Sonne. Ich war immer noch müde, aber die Erschöpfung war von mir gewichen, und das helle Licht hielt mich wach. Es tat gut, hier zu liegen, zwar verletzt, aber dennoch kräftiger. Nicht mehr so schlimm verletzt – die Nadelstiche hielten die Wunde zusammen – und schon wieder sehr viel kräftiger. Ja, tatsächlich.

Bobby kam mit den Sachen, und ich zog die neuen Jeans, ein Arbeitshemd, weiße Socken und ein paar klobige, derbe Schuhe an, die mich bei jedem Schritt fest mit der Erde verbanden. Aber nun war ich wieder ganz munter, und ich genoß es richtig, die schweren Dinger beim Gehen etwas anzuheben.

Ich rollte die Reste der Fliegerkombination zu einem Bündel zusammen, nahm es in die Hand, und wir gingen nach unten, beide in Farmerkleidung. Es war ein erregendes Gefühl, wieder trockenes Zeug am Leib zu haben.

Die Frau, der das Gasthaus gehörte, wischte Staub. «Würden Sie das hier bitte wegwerfen?» bat ich sie und hielt ihr mein blutdurchtränktes Bündel hin.

Sie sah mich an. «Aber gern», sagte sie. «Damit kann man wirklich nur noch eins tun.»

«Ich kann mir auch nichts anderes vorstellen», sagte ich, «als daß man sie verbrennt.»

«Das habe ich gemeint», sagte sie. «Für Putzlappen ist es nicht zu gebrauchen.»

Sie lächelte; wir lächelten.

Bobby und ich stiegen in Drews Auto und fuhren zum Krankenhaus. Zwei Streifenwagen standen in der Einfahrt.

«Da wären wir», sagte ich. «Bleib stark.»

Wir gingen hinein, und ein Bursche in Weiß brachte uns zu Lewis' Station. Drei Leute von der Polizeistreife standen dort in ruhigem Gespräch beisammen und bearbeiteten ihre Zähne mit Zahnstochern; Lewis lag in einer Ecke des leeren Saales in seinem Bett und schlief; vielleicht stand er auch unter dem Einfluß von Beruhigungsmitteln. Über seinen Beinen lief die Bettdecke über ein Korbgerüst. Der aschblonde Arzt saß neben ihm, hielt den Kopf gesenkt und schrieb etwas. Als er meine schweren Schritte hörte, drehte er sich um.

«Hallo, Killer», sagte er. «Wie haben Sie geschlafen?»

«Gut. Besser als auf den Klippen.»

«Hält die Naht?»

«Das wissen Sie doch. Sie wird halten, wie Sie gesagt haben. Da geht nichts mehr rein oder raus.»

«Gut», sagte er und wurde auf seine Weise wieder ernst. Lewis kam zu sich, bevor ich noch irgendwas sagen konnte. Von der Hüfte an aufwärts konnte er sich etwas bewegen. Es war, als wollte er seine Muskeln vorführen. Man sah seinen Bizeps und seine Adern hervortreten, und er schlug die Augen auf.

Ich wandte mich an die drei von der Polizeistreife. «Haben Sie schon mit ihm gesprochen?» fragte ich.

«Nein», sagte einer von ihnen. «Wir haben darauf gewartet, daß er wieder zu sich kommt.»

«Es ist wohl soweit», sagte ich. «Oder jedenfalls bald. Lassen Sie ihm noch eine Minute.»

Lewis sah mir in die Augen. «Hallo, Tarzan», sagte ich. «Wie sieht's aus beim großen weißen Medizinmann?»

«Weiß», sagte er.

«Was haben sie alles mit dir gemacht?»

«Das kannst besser du mir erzählen», sagte er. «Mein Bein ist ganz schwer, und irgendwo rumort ein Schmerz darin. Aber ich habe ein sauberes Bettlaken, und ich höre nicht mehr dieses kratzende Geräusch, wenn ich mich bewege. Ich nehme also an, daß alles in Ordnung ist.»

Ich stellte mich zwischen Lewis und den nächsten Polizisten, stellte mich ganz dicht zu ihm, und zwinkerte ihm zu. Er zwinkerte zurück, und jeder, der nicht gewußt hätte, daß es ein Zwinkern war, hätte nichts gemerkt. «Bloß nie wieder durch diese letzten Stromschnellen», sagte er. «Jedenfalls nicht heute.»

Er hatte mir das Stichwort gegeben, ohne es zu wissen. Ich nahm es auf und hoffte nur, daß er es laut genug gesagt hatte.

«Alles ist da schiefgegangen», sagte ich. «Drew ist ertrunken, habe ich dir das schon gesagt?»

«Ja, ich glaube», sagte er. «Ich kann mich nicht erinnern, ihn danach im Kanu noch gesehen zu haben.»

«Erinnerst du dich noch an all den Schaum?» fragte ich.

«Ja, doch», sagte er. «Ist es dort passiert?»

«Ja, da hat es Drew erwischt», sagte ich langsam. «Aber dich und das Boot von Steinhauser hat's schon beim ersten Kentern erwischt, weiter flußaufwärts.»

«Ich konnte nichts sehen», sagte er. «Als ich hochsah, konnte ich noch nicht mal den Himmel sehen.»

«Keinen Himmel», sagte ich.

«Überhaupt keinen Himmel.»

Jetzt wandte ich mich dem Polizisten zu. «Warten Sie, bis Sie es mal gesehen haben», sagte ich. «Dann werden Sie verstehen, wovon er spricht.»

«Würden Sie bitte draußen –» sagte einer der Polizisten zu uns. Wir zogen uns auf den Flur zurück. Jedenfalls hatte Lewis die Sache mitgekriegt; ich war ganz sicher, daß er sie mitgekriegt hatte, und zwar gerade noch rechtzeitig.

Bobby und ich gingen in unseren neuen Sachen auf und ab. Wir hatten noch keine Gelegenheit gehabt, uns zu rasieren, waren stoppelbärtig, aber sauber. Eine Rasur hätte einen neuen Menschen aus mir gemacht, aber auch so war es schon sehr gut. Und vielleicht war es besser, nicht zu schnell wieder zivilisiert zu werden.

Nach ungefähr fünfzehn Minuten kam einer der Polizisten gemächlich auf uns zugeschlendert und sagte: «Wie wär's, wenn wir zurück in die Stadt fahren?»

«Okay», sagte ich. «Wie Sie wollen.»

Ich stieg vorne neben ihn in den Streifenwagen ein, und wir fuhren zurück. Ich sagte nichts, und er sagte auch nichts. Als wir in der Stadt waren, ging er in ein Café und führte ein paar Telefongespräche. Es beunruhigte mich etwas, ihn hinter doppeltem Glas – der Windschutzscheibe und dem Schaufenster – telefonieren zu sehen. Damit begann vielleicht der weitverzweigte und undurchsichtige Ermittlungsapparat zu funktionieren, ich stellte mir vor, wie IBM-Maschinen pausenlos Lochkarten sortierten und dabei alle Einzelheiten miteinander verglichen und überprüften; ich war nicht sicher, ob er nicht mit J. Edgar Hoover, dem FBI-Chef persönlich, sprach. Diesem Apparat würde unsere Geschichte nicht standhalten.

Der Polizist kam zurück und setzte sich wieder. Die Tür auf seiner Seite ließ er offen. Gleich darauf kamen zwei andere Streifenwagen. Eine kleine Menschenmenge sammelte sich an: erst wandte sich ein Kopf nach uns um, dann noch einer, und schließlich musterten uns alle mindestens einmal, die meisten mehr als einmal. Ich saß ganz ruhig da in meiner neuen ländlichen Aufmachung. Jedenfalls konnte ich beweisen, daß ich sie bezahlt hatte. Es tat richtig gut, von so vielen Unverdächtigen zu Unrecht verdächtigt zu werden.

Einer der Polizisten aus einem der anderen Streifenwagen unterhielt sich mit einem Einheimischen über Straßen, die den Fluß hinaufführten. Ein paar Minuten später waren wir abfahrbereit. Ich hielt nach Bobby Ausschau; er saß in einem der anderen Autos. Als wir abfuhren, kam noch ein Polizeiwagen, überholte uns, und ich sah darin einen mürrisch aussehenden alten Mann sitzen, den Alten, auf den ich gewartet hatte.

Offenbar sollte irgendwo flußaufwärts ein Lokaltermin stattfinden. Meine Bartstoppeln juckten, und ich begann noch einmal scharf zu überlegen.

Wir verließen den Highway und fuhren einen Feldweg entlang, der an einem Farmhof und dann an einem Hühnerhof vorbeiführte. Eine Frau fütterte gerade die Hühner. Sie hatte sich gegen die Sonne ein dickes Kopftuch umgebunden, aber es sah aus, als wollte sie sich gegen Kälte schützen.

Wir fuhren weiter, wurden aber immer langsamer. Noch war nichts passiert, noch war keinem von uns etwas passiert. Man hatte keinerlei Beschuldigungen vorgebracht und noch nichts entdeckt. Meine Lügen schienen immer besser, wurden immer wahrer. Die Leichen im Wald und im Fluß rührten sich nicht.

Wir fuhren im ersten Wagen. Wir durchquerten ein paar helle Kornfelder, dann einen armseligen Wald mit kleinen Kiefern, die wie Terebinthen aussahen. Ich horchte auf den Fluß, aber ich sah ihn, ehe ich ihn hören konnte. Je näher wir ihm kamen, desto schlechter wurde der Weg. Hier konnte es sein. Dann krochen wir förmlich bis zum Fluß.

«War's ungefähr hier?» fragte mich der Polizist.

«Nein», sagte ich und erwachte aus meinem Halbschlaf. «Es war weiter oben. Wir hätten bestimmt nicht den ganzen Weg von Oree zurückgelegt, um das Boot hier im ruhigen Wasser kentern zu lassen.»

Er sah mich seltsam an, so glaubte ich jedenfalls, denn ich blickte angestrengt nach vorn, um den gelben Baum zu entdecken, und lauschte gleichzeitig auf das Geräusch der Stromschnellen; es war eigenartig, sich ihnen aus dieser Richtung zu nähern.

Nach einer weiteren Stunde Fahrt über ausgewaschene Stellen, über Steine und Bodenrisse, die gerade noch von einem normalen Auto zu bewältigen waren – noch ein bißchen schlimmer, und man wäre nur im Jeep oder mit dem Landrover vorangekommen –, sahen wir den Baum. Ich sah seine Farbe und dann die Wunden vom Blitz, und mein Herz klopfte, als wollte es herausspringen. Knapp einen halben Kilometer weiter flußaufwärts tosten die Stromschnellen; einige von ihnen konnte ich schon sehen, und sie waren weit schlimmer, als ich sie in Erinnerung hatte. Der Fluß fiel dort jäh zwei Meter ab, und die einzige Stelle, wo man mit einem Kanu durchkommen konnte, war ein Felstrichter, in den der ganze Fluß hineinzustürzen schien, donnernd und schäumend und dampfend, und es sah aus, als sei dort eine ungeheure Gewalt angekettet.

Der Polizist zeigte hin. «Kann es sein, daß er dort liegt?»

«Könnte schon sein», sagte ich. «Vielleicht aber auch weiter flußaufwärts. Oder er hängt zwischen den Felsen. Aber ich glaube, wir müssen hier mit dem Suchen anfangen.»

Wir stiegen alle aus und gingen aufeinander zu. Über die anderen Wagen hinweg beobachtete ich Bobby. Er stand da und bewegte sich kaum, während die anderen Männer ziemlich unbekümmert um ihn herumwanderten. Und seine Reglosigkeit in ihrer Mitte schien darauf hinzudeuten, daß er sich nicht so frei wie sie – oder überhaupt nicht – bewegen konnte. Ich glaube nicht, daß es außer mir noch jemandem aufgefallen war oder daß jemand es so auslegte wie ich, aber es machte mich nervös; er sah bereits wie ein Gefangener aus. Für einen Augenblick sah ich schon Fesseln an seinen Beinen. Ich wollte zu ihm gehen. Die Polizisten aus den drei Streifenwagen ließen uns jedoch nicht zusammenkommen, was offensichtlich Absicht war, obwohl sie sich Mühe gaben, das zu verschleiern. Schließlich ging Bobby wie alle anderen auch zum Fluß.

Inzwischen kamen immer mehr Autos herbei, und bald bildeten sie am Ufer eine lange Kette. Die Männer, die ausstiegen, waren hauptsächlich Farmer oder auch kleine Geschäftsleute, jedenfalls nahm ich das an. Einige von ihnen hatten lange Seile mit Greifhaken mitgebracht, und erst jetzt verstand ich den ganzen furchtbaren Sinn des Satzes, den ich, vor allem im Sommer, immer wieder in den Zeitungen gelesen hatte: «Der ganze Fluß wurde nach der Leiche abgesucht.»

«Ist das nun die Stelle?» fragte der Polizist mich noch einmal.

«Hier muß es gewesen sein», sagte ich. «Ich bin ziemlich sicher.»

Die Männer schwärmten mit ihren Seilen und Greifhaken aus. Der Fluß war an dieser Stelle nicht sehr tief, und das Wasser reichte ihnen bis zur Hüfte oder höchstens bis knapp an die Brust. Der Fluß kümmerte sich nicht um sie. Ich sah zu, wie die Ketten und Seile und Drahtnetze immer wieder leer aus dem Wasser gezogen wurden. Immer wieder sah es so aus, als hätten die Haken unter Wasser etwas gepackt und als ließen sie es wieder los, wenn sie hochgezogen wurden. Ich saß mit dem Polizisten, der mich hergefahren hatte, unter einem Busch und beobachtete, was die Männer in ihren Wasserstiefeln gerade taten, und mir fiel der Ring an Drews Finger wieder ein und die Gitarrenschwielen an seiner Hand, als ich ihn in die Tiefe gleiten ließ.

Jemand näherte sich uns. Scheinbar zufällig, aber doch absichtsvoll. Ich wandte mich dem Polizisten zu, als wolle ich ihm etwas sagen, damit es so aussah, als messe ich dem Nahen des andern keine Bedeutung bei.

«Entschuldigen Sie», sagte der Mann, «kann ich Sie einen Augenblick sprechen?»

«Natürlich», sagte ich. «Setzen Sie sich doch zu uns.»

Das tat er. Wir gaben uns die Hand. Es war ein alter, hagerer Mann mit Narben im Gesicht und braunen Wieselaugen. Er hatte seinen Hut schief nach hinten geschoben, wie es die Landleute oft tun; mich amüsierte das immer, wenn ich es sah, und auch diesmal lächelte ich fast, griff dann aber nach einer Zigarette, die er mir anbot, und steckte sie mir an.

«Sind Sie sicher, daß das hier die Stelle ist?»

Ich sagte: «*Ziemlich.* Ungefähr hier müßte es gewesen sein. Entweder hängt er da in den Felsen, oder er ist weiter flußabwärts, wie weit weiß ich natürlich auch nicht.»

«Sie sagen, Sie sind den Fluß hier in einem Kanu runtergekommen?»

«Zuerst hatten wir zwei Kanus.»

«Warum?»

«Warum was?»

«Warum haben Sie das überhaupt gemacht?»

«Oh», sagte ich zögernd und war jetzt selbst um eine Antwort verlegen. «Ich glaube, wir wollten nur mal ein bißchen raus. Wir arbeiten alle in der Stadt, und wenn man die ganze Zeit im Büro hockt, will man mal raus. Unser Freund, der sich das Bein gebrochen hat, war vorher schon mal zum Angeln hier. Er meinte, wir sollten uns die Gegend hier mal ansehen, bevor sie den Fluß hier stauen und nichts mehr davon übrig ist. Das war alles. Sonst hatten wir eigentlich keinen Grund hierherzukommen. Es sollte nur mal 'ne Abwechslung für uns sein.»

«Das kann ich verstehen», sagte er nach einer Weile. «Sie wußten natürlich nicht, worauf Sie sich da eingelassen haben, was?»

«Weiß Gott nicht», sagte ich. «So haben wir es uns jedenfalls nicht vorgestellt.»

Er schien nachzudenken. «Sehen Sie das große Felsplateau da drüben? Warum sind Sie denn nicht ausgestiegen und haben Ihr Kanu rübergezogen, anstatt es an dieser gefährlichen Stelle zu riskieren? Warum sind Sie überhaupt da durchgefahren?»

«Dahinten ist die Strömung ziemlich reißend. Und wir dachten, schließlich seien das hier nur die letzten Stromschnellen. Wir hatten da schon zuviel Geschwindigkeit. Und es sah zunächst gar nicht so schlimm aus, wie es dann wirklich war. Wir konnten ja nicht sehen, wie tief es runterging, bis wir direkt dran waren. Und dann hatten wir so viel Fahrt drauf, daß wir nur noch drübergehen konnten. Und dann stürzten wir abwärts, kenterten und fielen ins Wasser.»

«Dann kann also Ihr anderer Freund nicht weiter oben in den Felsen liegen, oder?»

«Nein», sagte ich. «Deshalb habe ich ja gesagt, daß sie hier nach ihm suchen sollen. Flußaufwärts in den Felsen kann er nicht liegen, aber er kann da unten irgendwo zwischen den Felsen hängen.»

«Dann wird nicht viel von ihm übriggeblieben sein, was?»

«Wahrscheinlich nicht.»

«Sie sagen, Sie sind vorgestern abgefahren?»

«Wir sind Freitag abgefahren, nachmittags um vier.»

«Mit zwei Kanus?»

«Richtig.»

«Und das eine haben Sie dann hier verloren?»

«Nein, viel weiter flußaufwärts. Als wir hier durchkamen, waren wir alle in dem einen.»

Schweigen. Mindestens eine Minute lang. «Ihr Freund hat aber was ganz anderes gesagt.»

«Ach, ausgeschlossen», sagte ich. «Fragen Sie ihn doch mal.»

«Ich habe ihn schon gefragt.»

«Dann fragen Sie ihn noch mal, oder den im Krankenhaus.»

«Nein. Nein. Sie hätten sich ja inzwischen mit den beiden absprechen können.»

«Na, jedenfalls müssen Sie sich da verhört haben.»

«Ich höre gut genug. Hier werden wir garantiert keine Leiche finden. Wir werden sie weiter flußaufwärts finden.»

«Verdammt noch mal, worauf wollen Sie eigentlich hinaus?» sagte ich, und meine Empörung war echt; er zweifelte an meiner Geschichte, die mich so viel Mühe gekostet hatte, und Blut auch.

Ich wandte mich dem Polizisten zu.

«Nun sagen Sie doch mal, muß ich mir das gefallen lassen? Ich will verdammt sein, wenn ich mir das gefallen lasse. Hat er denn überhaupt ein Recht dazu, mich so zu behandeln?»

«Es ist besser, wenn Sie seine Fragen beantworten. Dann kann er ja sehen, was er daraus macht.»

«Wir haben das andere Kanu gefunden – oder jedenfalls Teile davon –, bevor Sie noch bei den Fällen hier angekommen sind.»

«Na und? Ich habe Ihnen doch gesagt, daß wir es weiter oben verloren haben. Oben in irgendeiner Schlucht. Wenn Sie Lust haben, dort oben raufzugehen, kann ich Ihnen ja zeigen, wo es war.»

«Sie wissen ganz gut, daß wir nicht da oben raufkönnen.»

«Das ist Ihr Problem. Und überhaupt – was zum Teufel soll das alles? Wir haben eine Menge durchgemacht, und diese Scheißfragerei habe ich satt. Sagen Sie mal: Sind Sie denn hier der Sheriff?»

«Stellvertreter.»

«Wo ist denn der Sheriff?»

«Er steht drüben.»

«Na, dann holen Sie ihn doch mal. Ich will mit ihm sprechen.»

Er stand auf und ging zu einem rotgesichtigen Texasfarmer mit der Sheriffplakette und kam mit ihm zurück. Ich gab dem Sheriff die Hand. Er hieß Bullard.

«Sheriff, ich weiß nicht, was dieser Mann will, weil er es mir nicht sagt.

Aber soweit ich sehe, bildet er sich ein, wir hätten einen von uns in den Fluß geschmissen oder so 'nen Blödsinn.»

«Vielleicht haben Sie's ja getan», sagte der alte Mann.

«Aber warum denn, um Himmels willen?»

«Wie soll ich das wissen? Ich weiß nur, daß Ihre Geschichte irgendwie nicht stimmt und daß sie ja 'nen Grund haben müssen, wenn Sie lügen.»

«Langsam, Mr. Queen», sagte der Sheriff. Dann wandte er sich mir zu: «Was sagen Sie denn dazu?»

«Wie meinen Sie das? Sehen Sie – wenn Sie nur einen Menschen finden, nur *einen*, der der gleichen Meinung ist wie er, dann werde ich mit dem größten Vergnügen tun, was Sie von mir verlangen, dann werde ich mit Ihnen in den Wald raufgehen und Ihren Leuten helfen, den Fluß dort abzusuchen – was Sie auch von mir verlangen. Aber der Mann hier ist ja verrückt. Er hat anscheinend ein Vorurteil gegen Leute aus der Stadt, er will sich nur wichtig machen oder Gott weiß was. Was ist denn los mit Ihnen, Mr. Queen? Haben Sie etwa Angst, die Leute glaubten, Sie täten nicht genug für Ihr Geld?»

«Ich will Ihnen sagen, was mit mir los ist, Sie gottverdammter Stadtkerl», sagte Queen mit dem haßerfüllten Ton dieser Hinterwäldler, der mich immer in Rage bringt. «Meine Schwester hat mich gestern angerufen und mir gesagt, daß ihr Mann jagen gegangen und nicht wiedergekommen ist. Und da oben in den Wäldern gibt's sonst niemand. Ich will gottverdammt wetten, daß ihr ihn da oben irgendwo getroffen habt. Und ich werde es beweisen.»

«Ausgezeichnet. Beweisen Sie's.»

«Was ist denn bloß mit Ihnen los, Mr. Queen?» fragte der Sheriff. «Warum wollen Sie die Geschichte den Leuten hier in die Schuhe schieben? Bloß weil sie aus der Stadt sind? Vielleicht ist Ihr Schwager irgendwo abgestürzt und hat sich verletzt.»

«Der stürzt nicht ab.»

«Wieso sind Sie denn so gottverdammt sicher, daß ihm überhaupt etwas zugestoßen ist?» sagte ich.

«Das spüre ich einfach», sagte Queen. «Und da irre ich mich nie.»

«Na, diesmal haben Sie eben geirrt», sagte ich. «Und hören Sie auf, mich zu belästigen. Tun Sie gefälligst, was Sie wollen. Aber lassen Sie mich in Frieden. Ich habe genug von diesem Fluß und diesen Wäldern, von der ganzen beschissenen Geschichte hier und vor allem von Ihnen. Wenn Sie nicht irgendwas Bestimmtes gegen uns vorzubringen haben und Beweise haben für das, was Sie sagen, dann lassen Sie mich verdammt noch mal in Ruhe.»

Vor sich hin brummend entfernte er sich, und ich setzte mich wieder zu dem Polizisten. Queen hatte nichts gegen uns in der Hand, und dabei würde es bleiben. Ich hätte gern gewußt, ob der eine von den beiden Männern, die wir getötet hatten, wirklich sein Schwager war, und ich dachte einen Moment lang daran, wie ich seinen Namen herausfinden könnte, beschloß dann aber, es besser sein zu lassen. Es gab keinen wirklichen Grund dafür, daß ich mich nach seinem Namen erkundigte, außer meiner Neugier. Und was hatte ich schon davon.

Die Männer im Fluß arbeiteten sich langsam stromabwärts. Dann und wann verklemmte sich einer der Haken hinter einem Felsen, und dann sahen alle hin. Manche von ihnen schienen angstvoll zu blicken, andere erwartungsvoll oder gar befriedigt. Jedesmal floß mir dabei das Blut schneller durch die Adern, aber jedesmal war es falscher Alarm. Das wiederholte sich den ganzen Tag hindurch, und in der ganzen Zeit brachte das Suchkommando nur etwa zweihundert Meter hinter sich.

Sheriff Bullard kam zu mir herüber. «Sieht wohl so aus, als ob wir für heute Schluß machen müssen», sagte er. «Wird zu dunkel.»

Ich nickte und stand auf.

«Bleiben Sie und Ihre Freunde heute nacht noch in Aintry?»

«Ich denke schon», sagte ich. «Wir sind noch ziemlich müde und zerschlagen. Und ich will auch noch einmal Lewis im Krankenhaus besuchen. Schließlich hat er sich das Bein gebrochen.»

«Ziemlich schlimm», sagte der Sheriff. «Der Arzt sagt, er habe nie so einen üblen Beinbruch gesehen.»

«Wir sind bei Biddiford's», sagte ich. «Aber das wissen Sie ja.»

«Ja, ich weiß. Wir kommen morgen früh wieder hierher. Wenn Sie wollen, können Sie mitkommen, aber Sie brauchen nicht.»

«Ich sehe keinen Grund, weshalb wir kommen sollten», sagte ich. «Wenn die Leiche nicht hier gefunden wird, dann weiß ich nicht, wo sie sein könnte. Vielleicht noch weiter flußabwärts.»

«Wir werden's mal flußaufwärts versuchen.»

«Sinnlos», sagte ich. «Aber tun Sie, was Sie für richtig halten. Falls Sie weiter oben tatsächlich eine Leiche finden, dann bestimmt nicht die von Drew. Er ist hier ertrunken, und wenn Sie ihn finden wollen, dann nur flußabwärts.»

«Vielleicht verteilen wir uns, die einen suchen flußaufwärts und die anderen flußabwärts.»

«Okay. Gut. Aber hier ist es passiert, darauf wette ich mein Leben. Ich habe mir den großen gelben Baum da drüben gemerkt, als wir selber nach Drew suchten. Er muß irgendwo flußabwärts sein. Eine andere Möglichkeit gibt es nicht.»

«Schon recht», sagte der Sheriff. «Der Fluß fließt schließlich nur in eine Richtung. Wenn wir ihn finden, werde ich sie sofort benachrichtigen, und auf alle Fälle komme ich morgen nachmittag bei Ihnen vorbei. Vielen Dank auch, daß Sie mitgekommen sind.»

Bobby und ich aßen noch einmal ausgiebig zu Abend und gingen dann zu Bett. Wir brauchten nicht mehr zu reden – es gab nichts mehr zu sagen. Entweder sie fanden ihn jetzt, oder sie fanden ihn nicht.

Am nächsten Morgen fuhren wir zum Krankenhaus und besuchten Lewis, dem es bereits besser ging. Sein Bein wurde von einem Flaschenzug hochgehalten, und er las die Lokalzeitung, in der ein Bericht über Drews Verschwinden stand und über die Suchaktion im Fluß, und man brachte ein Bild, auf dem ich mich selbst und Queen, den Hilfssheriff, erkannte. Er hielt mir die Faust vors Gesicht, und daran sah ich, daß man das Foto während des letzten Teils meiner Unterhaltung mit ihm aufgenommen hatte. Ich machte einen durchaus geduldigen und nachsichtigen Eindruck und schien ihm nur aus Höflichkeit zuzuhören. Das machte einen guten Eindruck.

Es waren keine Polizisten bei Lewis, aber er lag nicht mehr allein in seinem Zimmer, denn am Abend vorher hatte man einen Farmer eingeliefert, dessen Fuß von einem Traktor überrollt worden war. Er lag am anderen Ende des Raumes und schlief. Ich erzählte Lewis, was geschehen war, und sagte ihm, daß Bobby sein Auto in die Stadt zurückbringen wolle und daß seine Frau oder jemand anders ihn abholen könnte, wenn er entlassen werde. Das war ihm recht.

Bobby und ich verabschiedeten uns von ihm. Er lag bequem in seinem Kissen.

«In ein oder zwei Wochen werde ich hier auch wegkommen», sagte er.

«Bestimmt», sagte ich. «Bleib schön liegen und ruh dich aus. Die Stadt ist übrigens gar nicht so übel.»

Bobby und ich fuhren wieder zu Biddiford's und warteten auf den Sheriff.

Er kam um halb sechs, und der miese Queen war bei ihm. Der Sheriff zog ein Stück Papier aus der Tasche. «Sie müssen diese Erklärung hier unterschreiben», sagte er. «Aber lesen Sie erst, und prüfen Sie, ob auch alles so drinsteht, wie Sie es uns erzählt haben.»

Ich las es durch. «Es stimmt alles», sagte ich. «Nur diese Ortsnamen kenne ich nicht. Heißt so die Stromschnelle, wo wir gekentert sind?»

«Ja», sagte er. «Griffin's Shoot.»

«Okay», sagte ich und unterschrieb.

«Sind Sie wirklich ganz sicher?» fragte Sheriff Bullard.

«Das können Sie mir glauben.»

«Von wegen sicher», sagte Queen laut, «er lügt. Er lügt wie gedruckt. Er hat da oben was verbrochen. Er hat meinen Schwager umgelegt.»

«Hören Sie mal, Sie Schweinehund», sagte ich, und meine Stimme bebte tatsächlich vor Empörung. «Vielleicht hat Ihr Schwager wen umgelegt. Was reden Sie hier eigentlich von Umlegen? Dieser verdammte Fluß bringt einen um. Und wenn Sie glauben, daß er Sie nicht umbringt, dann riskieren Sie doch Ihren Arsch, und probieren Sie's mal.»

«Nun hören Sie aber mal, Mr. Gentry», sagte der Sheriff. «So dürfen Sie nicht daherreden. Dazu haben Sie nicht den geringsten Anlaß.»

«Na schön, wenn er nicht wieder anfängt», sagte ich.

«Sheriff, er lügt, lassen Sie ihn nicht laufen. Lassen Sie den verdammten Hund nicht laufen.»

«Wir haben keinen Grund, ihn hier festzuhalten, Arthel», sagte der Sheriff. «Nicht den geringsten. Die Burschen haben 'ne Menge durchgemacht. Sie wollen schließlich nach Hause.»

«Ich sage Ihnen, lassen Sie ihn nicht laufen. Meine Schwester hat wie verrückt geheult, als sie mich gestern abend wieder angerufen hat. Benson ist immer noch nicht nach Hause gekommen. Sie weiß, daß er tot ist. Sie weiß es einfach. Er ist noch nie so lange weggeblieben. Und diese Kerle waren die einzigen, die auch da oben waren.»

«Aber das können Sie doch gar nicht wissen, Arthel», sagte der Sheriff. «Sie meinen vielleicht, daß sie die einzigen Städter da oben waren.»

Ich schüttelte den Kopf, als begriffe ich eine derartige Verbohrtheit nicht, und das war auch wirklich der Fall.

«Sie können nach Hause fahren, wenn Sie wollen», sagte der Sheriff. «Aber geben Sie mir Ihre Adresse.»

Ich tat es und sagte: «Okay. Benachrichtigen Sie uns, wenn Sie was finden.»

«Keine Sorge. Ich werde Sie als ersten benachrichtigen.»

Und wieder schlief ich, und es schien ein Schlaf jenseits des Schlafens zu sein, ein Schlaf jenseits des Todes. Ich hörte, wie die Eule von Marthas Metallmobile vor unserem Haus, vom Wind bewegt, klingend gegen die anderen Vögel stieß. Es war früh am Morgen, und wir waren frei. Ich zog mich an und ging zu Bobby hinauf und weckte ihn. Die Frau, der das Gasthaus gehörte, war schon auf, und wir bezahlten die Rechnung mit unserem letzten Geld und fuhren dann zur Tankstelle, um Lewis' Auto abzuholen. Der Sheriff saß da und unterhielt sich mit dem Besitzer. Wir stiegen aus.

«Morgen», sagte er. «Sie brechen ja früh auf, was?»

«Ja, das hatten wir vor», sagte ich. «Können wir noch etwas für Sie tun?»

«Nichts», sagte er. «Ich wollte mich nur vergewissern, ob Sie auch den Schlüssel haben und alles, was Sie brauchen.»

«Alles in Ordnung», sagte ich. «Nur noch eins, Sheriff. Wir schulden ein paar Leuten oben in Oree noch etwas dafür, daß sie die Autos hergefahren haben. Können Sie sie benachrichtigen, daß wir ihnen das Geld schicken, sobald wir wieder in der Stadt sind? Ihnen werden sie eher glauben als uns, weil Sie hier oben leben und weil sie wissen, wer Sie sind.»

«Aber sicher», sagte er. «Wie heißen die Leute?»

«Griner. Sie haben da oben eine Werkstatt.»

«Ich werde ihnen Bescheid sagen. Keine Sorge. Und Sie bleiben dabei, daß das die letzten Leute waren, die Sie gesehen haben, bevor Sie hierhergekommen sind?»

«Die letzten und die einzigen. Es war allerdings noch ein anderer Mann bei ihnen, ich weiß aber nicht, wie er heißt.»

«Vielleicht müssen wir das noch klären. Vielleicht fahre ich sogar selbst hin und spreche mit ihnen. Und das mit dem Geld werde ich ihnen sagen, seien Sie ganz beruhigt.»

«Okay. Dann können wir ja losfahren.»

«Fahren Sie man schön langsam», sagte er. «Und lassen Sie sich noch eines gesagt sein, mein Sohn. Machen Sie so was bloß nie wieder. Kommen Sie bloß nie wieder in diese Gegend.»

«Da machen Sie sich keine Sorgen», sagte ich. Ich grinste und er auch. «Wollen Sie mir damit sagen, daß ich die Stadt verlassen und mich nie wieder blicken lassen soll?»

«So können Sie's auch ausdrücken», sagte er.

«Aber Sheriff, Sie wissen doch, daß wir keine bezahlten Revolverhelden sind», sagte ich. «Wir sind harmlose Bogenschützen.»

«Na, lassen Sie sich's jedenfalls gesagt sein, mein Sohn . . .»

«Sie sollten zum Film gehen, Sheriff. Oder nach Montana. Da werden Sie wahrscheinlich schlimmere Gangster finden als mich.»

«Schon möglich», sagte er. «Hier ist nicht gerade viel los, das kann ich Ihnen sagen. Ein paar Hühnerdiebe und ein paar Schwarzbrenner. Nicht viel los hier.»

«Bis wir kamen . . .»

«Ja, und das hat uns auch gereicht. Es ist kein Spaß, den Fluß abzusuchen.»

«Uns hat's auch gereicht. Und deshalb sehen Sie uns auch bestimmt nicht wieder.»

«Okay. Gute Fahrt.»

«Auf Wiedersehen. Und hoffentlich findet Ihr Stellvertreter bald seinen Schwager.»

«Ach, der ist sicher nur besoffen. Er ist sowieso 'n ziemlicher Schweinehund. Die Schwester vom alten Queen wäre besser dran ohne ihn. Und alle anderen auch.»

Ich wollte gerade in Drews Wagen steigen.

«Halt, bevor Sie fahren, beantworten Sie mir noch eine Frage, und lassen Sie mich Ihnen noch eins sagen.»

«Schießen Sie los.»

«Wieso hatten Sie eigentlich bis zum Schluß noch vier Schwimmwesten?»

«Wir hatten eine zur Reserve dabei. Nein, sogar zwei. Die andere werden Sie bestimmt weiter flußabwärts finden. Wissen Sie, die schwimmen ja. Und was wollten Sie mir sagen?»

«Sie haben da allerhand geleistet auf dem Fluß.»

«Mußte ich auch», sagte ich. «Sonst wär's mir so gegangen wie Drew.»

«Und dabei haben Sie sich ganz schön verletzt. Aber wenn Sie nicht gewesen wären, würden Sie jetzt alle im Fluß liegen.»

«Danke, Sheriff. Das geht mir glatt runter.»

«Baumaffe», sagte er. «Wen zum Teufel haben Sie denn bloß zum Vater gehabt?»

«Tarzan», antwortete ich.

Bobby setzte sich in Lewis' Kombiwagen, und ich besorgte mir in der Tankstelle eine Karte und stieg in das andere Auto.

«Wir wollen noch das Kanu holen», schrie ich zu Bobby hinüber.

«Um Himmels willen», sagte er. «Laß es bloß, wo es ist. Ich will das gottverdammte Ding nie wieder sehen und anfassen.»

«Doch», sagte ich. «Wir werden es mitnehmen. Fahr hinter mir her. Es dauert bloß ein paar Minuten.»

Im Boot spielten ein paar Kinder, und ich fand, das sei ein gutes Zeichen, weil dann Queen sicher nicht in der Nähe war. Ich verscheuchte die Kinder und sah mir noch einmal das Kanu von vorn und hinten an. Es war ziemlich angeschlagen und mitgenommen, nicht nur am Boden, sondern auch an den Seiten am Bootsrand entlang, an mehreren Stellen. Dabei dachte ich wieder an das Stoßen der Felsen. Es hatte auch ein paar Löcher bekommen, kleine Löcher, dicht beieinander in der Mitte des Bootes. Aber es hätte wohl noch einiges ausgehalten.

Bevor wir uns mit dem Boot abmühten, blickte ich zufällig über den Fluß und sah dort einige Männer zwischen den Bäumen. Dort drüben lag ein kleiner Friedhof, der von den Bäumen und Büschen so gut verdeckt wurde, daß er mir niemals aufgefallen wäre, wenn sich nicht Menschen dort gezeigt hätten. Ich fragte eines der Kinder, was die Leute dort machen. «Ist dort eine Beerdigung?»

«Nee», antwortete ein schmuddeliges kleines Mädchen. «Aber sie müssen alle Leute rausholen, weil der Damm gebaut wird. Sie graben sie alle aus.»

Ich hatte gewußt, daß es keine Beerdigung war; dazu gab es dort zuviel Hin und Her. Aber darauf wäre ich nicht gekommen. Ich sah genauer hin, und da erblickte ich einige übereinandergestapelte grüne Särge, und ein paar Männer verschwanden in der Erde und kamen wieder hoch und hoben etwas.

«Genau wie im Tennesseetal», sagte ich zu Bobby.

«Stimmt», sagte er. «Nun komm bloß, um Gottes willen. Laß uns hier verschwinden.»

Wir zerrten das Kanu über das Ufergeflecht hoch und befestigten es auf dem Wagendach.

«Fahr schon voraus», sagte ich. «Du weißt ja, wo Lewis wohnt. Erzähl Mrs. Medlock, was passiert ist, und denk daran, erzähl ihr nur ja, wie alles gewesen ist. Sie wird sich dann schon um dich kümmern. Und ruf Martha an, wenn du da bist, und sag ihr, daß ich gleich nachkomme.»

«Ich weiß schon, was ich sagen soll», sagte er. «Wie könnte ich das vergessen!»

Ich ging zurück zu dem Abzugskanal und stand noch ein letztes Mal dicht am Wasser. Ich beugte mich hinunter und trank aus dem Fluß.

Die Rückfahrt war bequem und angenehm, obgleich ich das Auto eines Toten fuhr und mich alles darin an ihn erinnerte: der gute Zustand des Motors, die Sauberkeit des Wageninneren. Die kleine Plakette der Firma, für die er arbeitete, an der Windschutzscheibe. Aber ich mußte versuchen, das Auto zu vergessen, um mich auf die Landschaft zu konzentrieren, um zu sehen, wie um mich wieder meine Welt entstand, der ich entgegenfuhr. Nach vier Stunden hatte ich das Land der Neun-Finger-Leute und der letzten Stoßgebete hinter mir gelassen und fuhr in das Land der Drive-ins, der Motels und Riesenhamburger, aber alles, was meine Augen sahen, war der Fluß. Er kam zwischen Felsen auf mich zu – und dann drückte ich immer unwillkürlich auf den Gashebel –, er kam auf mich zu in langen Schleifen und grüner Stille, mit Bäumen und Kliffs und rettenden Brücken.

Und ich hörte nicht auf, mir Sorgen über die Details der Geschichte zu machen, die wir erzählt hatten, und was daraus noch werden mochte. Was Lewis betraf, so war ich ganz sicher, so sicher wie bei mir selbst, aber *wie* sicher kann man überhaupt bei sich selbst und bei anderen sein? Bei Bobby dagegen war ich nicht sicher. Er trank ziemlich viel, und jemand, der betrunken ist und der so ist wie Bobby, gibt oft die perversesten Dinge von sich und auch solche, die ihm selbst am meisten schaden. Was seinen Mund allerdings für immer verschließen würde, war die Tatsache, daß er über dem Baumstamm gekniet hatte, ein Gewehr an der Schläfe, daß er geheult und gewinselt und mit den Füßen getrampelt hatte wie ein kleiner Junge. Bestimmt wollte er nicht, daß irgend jemand davon erfuhr, mochte er auch noch so betrunken sein. Nein, er würde bestimmt bei meiner Version bleiben.

Diese Version war überzeugend. Von mir stammte sie, und ich hatte sie an der Welt ausprobiert, und sie hatte standgehalten. Sie war so in mein Bewußtsein eingegangen, daß es mir Mühe machte, durch sie hindurch bis zur Wahrheit vorzudringen. Wenn ich es aber tat, war die Wahrheit plötzlich wieder da: der Mond schien und lastete auf dem wilden Fluß, der Fels lastete auf meinem Herzen und pochte mit steinernem Puls. Und eine Tannennadel kitzelte mein Ohr, während ich im Baum auf die Dämmerung wartete.

Ich war jetzt auf der vierspurigen Straße. In fast jedem Drive-in, an dem ich vorbeikam, hatte ich früher schon einmal gesessen. In mindestens der Hälfte der Geschäfte des Einkaufszentrums, wo ich jetzt abbog, hatte ich schon einmal etwas gekauft, und Martha kannte sie alle. Ich fuhr die lange Anhöhe mit all den Wohnhäusern hinauf, weg von dem Gestöhn der Lastwagen und den American-Oil-Plakaten am Straßenrand. Ich bog noch einmal ab und war zu Hause.

Es war ungefähr zwei Uhr. Ich fuhr in den Hof und klopfte an die hintere Tür. Gleich würden sie mich erlösen. Martha öffnete die Tür. Eine Weile standen wir da und umarmten uns, und dann gingen wir hinein. Ich zog die schweren Schuhe aus, stellte sie in eine Ecke und ging auf dem Teppich hin und her. Dann ging ich noch einmal zum Wagen, holte Messer und Gürtel heraus und schleuderte sie tief in den Vorstadtwald hinein.

«Ich könnte einen Drink brauchen, Süße», sagte ich.

«Erzähl», sagte sie und blickte auf die Stelle, wo meine Wunde war. «Erzähl. Was ist denn bloß geschehen. Ich wußte, daß euch was passieren würde.»

«Du hast ja keine Ahnung», sagte ich. «Du kannst dir das überhaupt nicht vorstellen.»

«Komm, leg dich hin, Schatz», sagte sie. «Laß dich mal ansehen.»

Ich ging mit ihr ins Schlafzimmer, wo sie ein altes Laken über das Bett warf, und ich legte mich darauf. Sie zog mir das Hemd aus und betrachtete sachlich und liebevoll den Verband, dann ging sie ins Badezimmer und holte drei oder vier Flaschen. Der Medizinschrank war das reinste kleine Krankenhaus, bis oben hin vollgepackt. Die Flaschen schüttelnd kam sie zurück.

«Gib mir erst einen Drink, Liebling», sagte ich. «Und dann können wir Doktor spielen.»

«Alle Ärzte spielen Doktor», sagte sie. «Und alle Krankenschwestern spielen Krankenschwester. Und alle die Exkrankenschwestern spielen Krankenschwester. Besonders wenn sie jemanden lieben.»

Sie brachte mir die Whiskeyflasche, ich setzte sie an den Mund und trank. Dann weichte sie mit einem geheimnisvollen Hausmittel, das sie aus dem Badezimmer geholt hatte, den Verband ab. Lage um Lage löste sich, und darunter war es ganz hübsch blutig. Die Stiche waren blutverkrustet.

«Das sieht ganz gut aus», sagte sie. «Gute Arbeit. Die Wundränder ziehen sich schon zusammen.»

«Welch frohe Botschaft», sagte ich. «Kannst du mir einen neuen Verband anlegen?»

«Kann ich», sagte sie. «Aber wie ist das bloß passiert? Das sind doch scharfe Schnittwunden. Ist denn jemand mit dem Messer auf dich losgegangen? Das muß ja schrecklich scharf gewesen sein.»

«Ich», sagte ich. «Ich bin mit dem Messer auf mich losgegangen.»

«Hast du denn einen Unfall . . .?»

«Kein Unfall», sagte ich. «Hör mal, laß mich zu Drews Frau rüberfahren. Ich komme sofort zurück und schlafe dann mindestens eine Woche lang. Und zwar mit dir. Mit dir.»

Sie war ganz zärtliche Krankenschwester und nüchtern, wie ich es mir erhofft und wie ich es erwartet hatte – nur daß ich es nie genügend zu würdigen wußte. Sie bestrich die Stelle mit einer Antibiotika-Salbe, legte dann einige Gazestreifen darauf und schließlich, sachkundig, ein luftdurchlässiges Pflaster. Als ich aufstand, kam mir die Wunde nicht mehr so steif vor, und die Stelle wurde langsam wieder ein Teil meines Körpers, auch wenn sie noch sehr weh tat. Aber wenigstens behinderte sie mich nicht mehr bei jeder Bewegung.

«Willst du hinterherkommen und mich zurückfahren?»

Sie nickte.

Vor Drews Haus stand sein kleiner Sohn in der Uniform der Boy-Scouts und öffnete die Tür. Ich trat ein, mit den Wagenschlüsseln in der Hand, und Pope holte Mrs. Ballinger. Alles hier erinnerte an Drew – die Wände voll von Tonbandgeräten und Schallplattenregalen, von Verkaufsprämien und Ehrenurkunden. Die Schlüssel in meiner Hand klimperten.

«Mrs. Ballinger», sagte ich, als sie auf mich zukam. «Drew ist tot.» Es war, als hätte ich es gesagt, damit sie nicht weiter auf mich zukam, und es tat auch seine Wirkung.

Langsam hob sich wie im Traum ihre eine Hand an den Mund, und dann kam die andere dazu, um sie dort festzuhalten. Hinter ihren Händen zitterte ihr Kopf.

Sie sah mich fassungslos an.

«Er ist ertrunken», sagte ich. «Lewis hat sich ein Bein gebrochen. Bobby und ich haben Glück gehabt. Um ein Haar hätten wir alle dran glauben müssen.»

Sie hielt immer noch die Hände auf den Mund gepreßt. Die Schlüssel klirrten und klimperten.

«Ich habe den Wagen zurückgebracht.»

«So sinnlos», sagte sie, zwischen ihren Fingern hindurch. «So sinnlos.»

«Ja, es war sinnlos», sagte ich. «Wir hätten nicht fahren sollen. Aber wir haben es nun mal getan. Leider.»

«So eine schrecklich sinnlose Art zu sterben.»

«Alles Sterben ist sinnlos.»

«Aber nicht *so* sinnlos.»

«Wir sind so lange da oben geblieben, wie man uns beim Suchen brauchte. Sie suchen immer noch. Ich glaube allerdings nicht, daß sie ihn finden werden, aber sie suchen noch.»

«Sinnlos.»

«Drew war unser bester Mann», sagte ich. «Es tut mir so leid. Es tut mir so verdammt leid. Kann ich irgend etwas für Sie tun? Ich meine es wirklich. Kann ich . . .»

«Sie können mich allein lassen, Mr. Gentry. Machen Sie, daß Sie hier herauskommen, und gehen Sie zu Ihrem verrückten Freund Lewis Medlock, und erschießen Sie ihn. *Das* können Sie für mich tun.»

«Er ist selbst schlimm verletzt. Und es tut ihm genauso leid wie mir. Verstehen Sie das doch bitte. Es ist nicht seine Schuld. Der Fluß war schuld. Es ist unsere Schuld, daß wir uns auf diese Flußfahrt eingelassen haben.»

«Schon gut», sagte sie wie aus weiter Ferne, wie aus der Zukunft, wie aus den Jahren, die vor ihr lagen, wie aus der ersten einsamen Nacht. «Schon gut, Ed. Niemand kann etwas daran ändern. Niemand kann je etwas ändern. Es ist alles so sinnlos. Alles ist sinnlos und immer sinnlos gewesen.»

Ich sah, daß sie nicht weitersprechen konnte, aber ich versuchte es noch einmal.

«Soll Martha herüberkommen und ein paar Tage bei Ihnen bleiben?»

«Ich will Martha nicht. Ich will Drew.»

Sie schwankte, und ich ging auf sie zu, aber sie schüttelte heftig den Kopf, und ich trat wieder zurück, wandte mich um, legte die Wagenschlüssel auf den niedrigen Tisch neben den Band mit der Firmengeschichte und ging hinaus.

Als wir nach Hause fuhren, fragte ich mich, ob es ihr vielleicht etwas geholfen hätte, wenn ich ihr die Wahrheit hätte erzählen können.

Wäre es leichter für sie gewesen, wenn ich ihr hätte sagen können, daß Drew im Wildwasser des Cahulawassee lag und sein Kopf entweder von einer Kugel oder von einem Felsen eingedrückt war, daß er mit Hilfe eines großen Steins und einer Bogensehne versenkt worden war und sich im Wasser der Strömung leicht hin und her bewegte? Ich wußte nicht, was das ihr helfen sollte. Es hätte höchstens animalische Rachegefühle in ihr geweckt, zu wissen, daß man ihn erschossen hatte, und außerdem konnte sowieso nichts mehr getan werden, was nicht schon getan worden war: kein elektrischer Stuhl, kein Strick und keine Gaskammer hätten ihn besser rächen können.

Als ich wieder zu Hause war, stellte ich einen Sessel vor das Panoramafenster, holte mir eine Decke und ein Kissen und saß da und blickte hinaus auf die Straße und hatte den ganzen Nachmittag das Telefon neben mir. Ich fror innerlich. Martha saß auf dem Boden und hatte den Kopf in meinen Schoß gelegt, sie hielt meine Hand, und dann ging sie und holte eine Flasche Whiskey und zwei Gläser.

«Liebling», sagte sie. «Sag mir, was du hast. Ist jemand hinter dir her?»

«Ich weiß nicht», sagte ich. «Ich glaube nicht. Aber ich bin nicht sicher. Irgendeiner könnte schon hinter mir her sein. Auch das Gesetz könnte hinter mir her sein. Ich muß es einfach durchstehen. Wenn in den nächsten Wochen nichts passiert, haben wir es, glaube ich, überstanden.»

«Kannst du es mir nicht erzählen?»

«Nein, jetzt nicht. Vielleicht kann ich es dir nie erzählen.»

«Wer hat dir die Wunde zugefügt, Ed? Wer hat meinen Liebling verletzt?»

«Ich sage dir doch, *ich* habe es getan», sagte ich. «Ich bin in einen von meinen Pfeilen gefallen, und ich mußte ihn mit dem Messer wieder rausschneiden. Es gab keine andere Möglichkeit; ich konnte ja schließlich nicht mit dem Pfeil in meinem Leib den Fluß hinunterfahren. Und da hab ich ihn eben herausgeschnitten. Ich bin froh, daß das Messer so scharf war, denn sonst wäre ich womöglich jetzt noch da und würde an mir herumsäbeln.»

«Geh schlafen, Schatz. Wenn irgend etwas ist, sag ich Bescheid. Ich bin ja bei dir. Keine Wälder, kein Fluß mehr. Leg dich jetzt schlafen.»

Aber das konnte ich nicht. Unsere Straße ist eine Sackgasse, und jeder Wagen, der hier hereinfährt, gehört entweder den Leuten, die hier wohnen, oder hat irgend etwas mit ihnen zu tun. Ich beobachtete die wenigen Wagen, die die Straße entlanggefahren kamen und in die Einfahrten einbogen. Gegen zehn Uhr hielt ein Wagen vor unserem Haus. Die Scheinwerfer schwenkten langsam herum, und ihr Licht blendete uns. Und Martha verschloß mir mit ihrer warmen Hand den Mund, während ich wie blind dasaß. Unsere Einfahrt war die letzte, und der Wagen wendete hier nur. Er fuhr wieder fort, und schließlich dämmerte ich ein.

Als ich aufwachte, war Martha immer noch bei mir. Es war schon hell. Ihre zarten Nackenhaare rührten mich. Sie schlief, und vorsichtig stand ich auf und bettete ihren Kopf auf den Stuhl, nahm ein Glas und den Whiskey und ging ins Badezimmer. Ich drehte mich um, und Martha stand hinter mir. Sie küßte mich und setzte sich dann auf den WC-Deckel und zog mit geübtem Krankenschwesterngriff das Verbandspflaster von meiner Wunde.

«Schon viel besser», sagte sie. «Es wird gut verheilen. Mein Gott, du bist ganz schön robust.»

«So robust fühle ich mich gar nicht, das kann ich dir sagen. Ich bin immer noch müde.»

«Gut, ruh dich nur aus.»

«Nein», sagte ich. «Ich gehe ins Büro.»

«Das wirst du schön bleiben lassen; das ist das Dümmste, was ich je gehört habe. Du gehörst ins Bett.»

«Nein, ich will wirklich ins Büro. Aus verschiedenen Gründen. Ich will und ich muß.»

«Okay, du Querkopf. Dann geh doch, und bring dich um.»

«Unkraut vergeht nicht», sagte ich. «Aber wenn ich mir nicht irgendwie Arbeit mache, werde ich noch verrückt. Ich kann einfach dieses ständige Horchen auf Autos nicht aushalten.»

Sie legte ein neues Pflaster auf, und ich fuhr ins Büro. Die Hauptsache war jetzt, so schnell wie möglich wieder in mein altes Leben zurückzufinden; ich wollte mich ordentlich in die Arbeit wühlen. So, als sei nie etwas gewesen. Ich ging in mein Arbeitszimmer und ließ die Tür weit offen, damit jeder, der wollte, sehen konnte, wie ich hier in Papieren und Layouts herumwirtschaftete.

Gegen Mittag ging ich auf die Straße und kaufte eine Zeitung. Es stand eine kurze Notiz über Drews Tod darin, und daneben war ein altes Foto, das man während seiner College-Zeit aufgenommen hatte. Das war alles. Den Rest des Tages arbeitete ich hart, und als ich nach Hause fuhr, kam es mir vor wie ein Wunder, so frei zu sein.

Und so endete es – außer in meinen Gedanken, in denen sich alle Ereignisse allmählich vertieften und zu dem wurden, was sie wirklich waren und was sie mir allein bedeuteten. Bei jedem fremden Autoscheinwerfer, dessen Licht sich unserem Haus nähert, und bei jedem Telefonanruf, bei dem sich eine fremde Stimme meldet, sei es im Büro oder zu

Hause, oder wenn Martha mich unerwartet im Büro anruft, zucke ich immer noch leicht zusammen. Eine Zeitlang las ich aufmerksam beide Tageszeitungen, die es in der Stadt gibt, aber nur einmal starrte mir das Wort Cahulawassee entgegen, und das war, als sie den Staudamm bei Aintry vollendeten. Der Gouverneur weihte ihn ein, es gab eine Feier mit College- und Schulorchester, und der Gouverneur hatte angeblich eine ausgezeichnete Rede gehalten über die Vorteile – hauptsächlich auf dem Gebiet der Elektrizität und für die Industrie –, die der Staudamm dem Gebiet bringen würde, und er hatte auch die zahlreichen Erholungsmöglichkeiten erwähnt, die hier existieren würden, sobald sich der Stausee gebildet hatte. Mit jeder Nacht, in der dort das Wasser höherstieg, schlief ich besser und spürte, wie sein dunkles Grün an den Felsen emporkletterte, wie es nach den Vorsprüngen tastete, an denen ich Halt gesucht hatte, wie es sich allmählich hochzog – bis ich schließlich so tief schlief wie Drew. Wenige Tage, nachdem ich den Bericht in der Zeitung gelesen hatte, wußte ich endgültig, daß das Grab des Mannes, den wir im Wald verscharrt hatten, unter Wasser stand, und seit dem Beginn der Überflutung sanken Drew und der andere Mann immer tiefer und tiefer, Hunderte und Hunderte Tonnen Wassers und mit ihnen Dunkelheit stauten sich über ihnen auf, mehr und mehr gerieten sie außer Sicht, mehr und mehr aus unserem Leben.

Aber es geschah noch etwas Seltsames. Der Fluß und alles, was ich mit ihm in Verbindung brachte, wurden mein Besitz, mein eigener, mein ganz persönlicher Besitz. So, wie ich noch nie in meinem Leben etwas besessen hatte. Er floß jetzt nur noch in meinem Kopf, aber dort floß er, in alle Ewigkeit. Ich spürte ihn – und spüre ihn noch heute – an verschiedenen Stellen meines Körpers. Auf irgendeine seltsame Weise genieße ich es, daß es den Fluß nicht mehr gibt, ich ihn aber besitze. Er ist immer noch in mir und wird in mir sein, solange ich lebe – grün, felsig, tief, schnell, langsam und von einer Schönheit jenseits aller Wirklichkeit. Dort hatte ich einen Freund, der irgendwie für mich gestorben war, und mein Feind war auch dort.

Auf gewisse Weise ist der Fluß in allem, was ich tue. Immer findet er einen Weg, mir zu helfen, vom Bogenschießen bis hin zu meinen neuen Anzeigen und den neuen Collagen, an denen ich mich seit einiger Zeit für meine Freunde versuche. George Holley, mein alter Braque-Enthusiast, hat mir eine abgekauft, als ich ihn wieder einstellte, und sie hängt jetzt in seinem kleinen Arbeitsraum, und ihre fließenden Windungen ziehen sich durch Schlagzeilen, in denen von Krieg und Studentenrevolten die Rede ist.

George ist jetzt neben Lewis mein bester Freund. Oft führen wir ernste Gespräche über Kunst und unterhalten uns länger, als wir eigentlich dürften, da mit den neuen Aufträgen die Arbeit im Büro beträchtlich zugenommen hat.

Bobby habe ich nur noch ein- oder zweimal in der Stadt getroffen, und wir haben uns nur kurz über die Straße hinweg zugenickt. Seinem Aussehen nach könnte ich nicht sagen, wie es ihm ging, aber er hatte wieder die betont leutselige, fast ein bißchen gehässige Art angenommen, die er schon früher gehabt hatte, und ich war froh, nichts mit ihm zu tun zu haben; er würde für mich immer nach Ballast aussehen, für mich würde er immer winseln, und das war nichts für mich. Später erfuhr ich, daß er bei seiner Firma gekündigt und versucht hatte, mit einem Partner ein eigenes Geschäft aufzumachen, eine Brathähnchenstube, die in der Nähe der Ingenieurschule lag, aber nach einem Jahr machten sie pleite, und er zog in eine andere Stadt und dann, wie ich hörte, nach Hawaii.

Thad und ich kommen viel besser miteinander aus als vorher. Die Arbeit im Atelier ist immer noch langweilig, aber nicht mehr ganz so langweilig wie früher. Dean wird ein kräftiger Junge, aber er ist ein merkwürdig stilles Kind. Er sieht mich manchmal von der Seite an, als wolle er mir etwas sagen. Aber das bilde ich mir wahrscheinlich nur ein; mit Ausnahme der Dinge, über die jeder Junge mit seinem Vater spricht, hat er noch nie etwas zu mir gesagt. Im übrigen ist er gesund, robust und unkompliziert und wird allmählich hübsch. Lewis ist sein erklärtes Vorbild; er stemmt schon Gewichte.

Weil manche meiner Gedanken mit ihr verbunden waren, suchte ich das Mädchen auf, das wir für Katts' Wollhöschen fotografiert hatten, und lud sie ein paarmal zum Abendessen ein. Ich fand sie noch immer attraktiv, aber der goldene Strich in ihren Augen hatte seine Faszination für mich verloren. Er gehörte zum nächtlichen Fluß, in das Land der Unmöglichkeiten. Dort lag für mich sein Zauber. Ich ließ ihn dort, obwohl ich gern noch einmal gesehen hätte, wie sie in einem Raum voller Männer ihre Brust mit der Hand verdeckte. Ich sehe sie hin und wieder, und das Atelier beschäftigt sie gelegentlich. Sie ist ein erfreulicher Bestandteil meiner Welt, aber ein unwichtiger. Sie ist imaginär.

Martha nicht. Im Sommer sitzen wir am Ufer eines Sees, wo wir ein Fertigholzhaus haben – es ist nicht der Lake Cahula, er liegt drüben am anderen Ende des Bundesstaates, aber es ist auch ein verdammter See –, und wir blicken über das Wasser und trinken abends manchmal ein Bier. Auf der anderen Seite ist ein kleiner Bootshafen; wir sitzen da und beobachten die Boote, die hinausfahren, und die Wasserski-Läufer, die vom Ufer abspringen und ihren langen, endlosen, sprühenden Ritt über die grüne Wasserfläche beginnen. Gelegentlich kommt Lewis aus seiner Blockhütte zu uns herüber – er humpelt noch ein wenig –, und wir sehen einander wissend an: wir kennen das wahre Gewicht und die Macht allen Wassers. Auch er hat sich verändert, wenn auch nicht auffällig. Er kann jetzt dem Tod in die Augen sehen. Er weiß jetzt, daß Sterben besser ist als Unsterblichkeit. Er ist irgendwie menschlicher geworden. Manchmal nennt er mich «U. V.», und das bedeutet – nur für ihn und mich – «Ungeplantes Verbrechen», und das ist zu einem kleinen Spiel zwischen uns geworden, vor allem bei Parties und wenn wir mit Fremden in der Stadt essen.

Manchmal üben wir uns am See auch im Bogenschießen. Lewis hat dort zwischen den Bäumen, am Fuß eines leichten, gut fünfzig Meter langen Abhangs, von dem aus man wunderbar hinabzielen kann, eine große Zielscheibe aufgestellt. Wir haben schon Dutzende von Aluminiumpfeilen verschossen, aber ich habe nie wieder einen Pfeil mit Doppelspitze in den Bogen gelegt. Meine Wunde würde dagegen protestieren. Allein schon bei dem Gedanken daran schmerzt sie. Außerdem brauche ich Pfeile mit Doppelspitzen auch nicht, denn der Bogen, mit dem ich jetzt schieße, ist für die Jagd viel zu leicht.

Lewis ist immer noch ein guter Schütze, und es macht nach wie vor Spaß, ihn zu beobachten. «Ich glaube, mein Abschuß kriegt immer mehr Zen», sagte er einmal. «Diese Schlitzaugen wissen schon was. Man sollte nicht dagegen angehen, sondern mitgehen. Dann zieht es dich mit. Dann trägt es den Pfeil.»

Der Lake Cahula ist zwar noch nicht so dicht besiedelt wie unser See, aber alles deutet darauf hin, daß die Leute sich mehr und mehr für ihn interessieren, so wie es immer geschieht, wenn ein hübsches und – wie die Immobilienmakler sagen – jungfräuliches Gebiet plötzlich in Mode kommt. Ich glaube, daß es noch Wild am Lake Cahula gibt – Wild, das sich früher meist oben in den Wäldern am Rand der Schlucht aufhielt –, aber in wenigen Jahren wird es verschwunden sein, und vielleicht sind dann nur noch die unverwüstlichen Wildkaninchen da. Am Südrand des Sees hat man schon einen großen Bootshafen gebaut, und der jüngere Bruder meiner Frau sagt, das Gebiet sei im Kommen, besonders für die neue Generation, für die jungen Leute, die gerade die High School hinter sich haben.

rowohlts rotations romane

Ungekürzte Romane bekannter Autoren aus aller Welt

Verzeichnis aller lieferbaren Titel

* hinter dem Titel: Für Jugendliche ab 10 Jahren zu empfehlen
** hinter dem Titel: Für Jugendliche ab 14 Jahren zu empfehlen

Romane und andere Prosa

ABECASSIS, GUY 100 Koffer auf dem Dach [702], Kopfkissen für Globetrotter [1065]

ÅBERG, JOHN EINAR Engel – gibt's die? [1064]

ADAMSON, JOY Frei geboren . . . Eine Löwin in zwei Welten / Mit 32 Bildtafeln [844] **, Die gefleckte Sphinx / Mit Bildtafeln [1626] **

AMADO, JORGE Gabriela wie Zimt und Nelken [838]

AMALRIK, ANDREJ Unfreiwillige Reise nach Sibirien [1452]

ARNAUD, CÉCILE Die kleine und die große Liebe [1523]

ARNOTHY, CHRISTINE Sommerspiele [1629]

AYMÉ, MARCEL Die grüne Stute [402]

BACHER, MANFRED Immer bin ich's gewesen! Illustrationen: G. Bri [1375] **, Lehrer sind dagegen sehr / Illustrationen: Dieter Klama [1529] **

BALDWIN, JAMES Giovannis Zimmer [999], Gehe hin und verkünde es vom Berge [1415], Sie nannten ihn Malcolm X. Ein Drehbuch [1750 – Sept. 74]

BAUER, JOSEF MARTIN So weit die Füße tragen [1667]

BEAUVOIR, SIMONE DE Das Blut der anderen [545], Die Mandarins von Paris [761], Ein sanfter Tod [1016], Memoiren einer Tochter aus gutem Hause [1066], In den besten Jahren [1112], Der Lauf der Dinge [1250], Alle Menschen sind sterblich [1302], Die Welt der schönen Bilder [1433], Eine gebrochene Frau [1489], Sie kam und blieb [1310]

BECHER, ULRICH Das Profil [1612]

BECKETT, SAMUEL [Nobelpreisträger] Murphy [311]

BÉKEFFY, STEFAN Der Hund, der Herr Bozzi hieß [1739]

BELLOW, SAUL Das Opfer [1085], Mann in der Schwebe [1367], Mr. Sammlers Planet [1673]

BENZONI, JULIETTE Cathérine [1732]

BICHSEL, PETER Die Jahreszeiten [1241]

BIGIARETTI, LIBERO Heiß [1487]

BLOOM, MURRAY Der Mann, der Portugal stahl. Der größte Schwindel aller Zeiten [1619]

BORCHERT, WOLFGANG Draußen vor der Tür und ausgewählte Erzählungen [170] **, Die traurigen Geranien und andere Geschichten aus dem Nachlaß. Hg.: Peter Rühmkorf [975] **

BORGELT, HANS Grethe Weiser – Herz mit Schnauze [1741]

BRECHT, BERTOLT Kalendergeschichten [77], Drei Groschen Roman [263], Die Geschäfte des Herrn Julius Caesar [639], Bertolt Brechts Hauspostille [1159]

BREINHOLST, WILLY Das süße Leben des Ehemannes in Theorie und Praxis. Illustration: Léon van Roy [1249]

BRESLIN, JIMMY Der Mafia-Boss hat Scherereien [1746 – Sept. 74]

BRINITZER, CARL Liebeskunst ganz prosaisch. Variationen über ein Thema von Ovid. Mit Illustr. von Franziska Bilek [1730]

BRISTOW, GWEN Tiefer Süden [804] **, Die noble Straße [912] **, An Ufer des Ruhmes [1129] **, Alles Gold der Erde [1590 **], Morgen ist die Ewigkeit [1685], Kalifornische Sinfonie [1718]

BROWN, CHRISTY Ein Faß voll Leben [1733]

BUCK, PEARL S. [Nobelpreisträger] Ostwind – Westwind [1084] **, Die Mutter [69] **, Die Frau des Missionars [101] **, Die erste Frau und andere Novellen [134], Der Engel mit dem Schwert / Gottesstreiter im fernen Land [167] **, Die springende Flut [425]

BURDICK, EUGENE Mister Amerika [1690]

BUSCH, FRITZ B. Einer hupt immer / Heitere Automobilgeschichten mit Benzin geschrieben [1084] **, Lieben Sie Vollgas? Heitere Automobilgeschichten hinter dem Steuer geschrieben [1181] **, Wer einmal unterm Blechdach saß. Das fahrende Volk im Rückspiegel betrachtet [1574] **

CAIN, JAMES M. Es begann am Sacramento [1585], Eine schöne junge Witwe [1743]

CALDWELL, ERSKINE Onkel Henrys Liebesnest. Erzählungen [1677]

CAMUS, ALBERT [Nobelpreisträger] Die Pest [15], Der Fremde [432], Kleine Prosa [441] **, Der Fall [1044], Verteidigung der Freiheit / Politische Essays [1096], Der Mensch in der Revolte [1216], Tagebücher 1935–1951 [1474]

CAPOTE, TRUMAN Frühstück bei Tiffany [459], Kaltblütig [1176]

CARLETON, JETTA Wenn die Mondwinden blühen [1522]

CARRÉ, JOHN LE Schatten von gestern [789] **, Der Spion der aus der Kälte kam [865] **, Krieg im Spiegel [995], Ein Mord erster Klasse [1120], Eine kleine Stadt in Deutschland [1511]

CASTILLO, MICHEL DEL Der Tod der Gabrielle Russier. Geschichte einer verfemten Liebe [1573]

CAVANAUGH, ARTHUR Als die Kinder verschwanden [1568]

CÉLINE, LOUIS-FERDINAND Tod auf Kredit [1724]

CHAGALL, BELLA Brennende Lichter / Zeichnungen: Marc Chagall [1223], Erste Begegnung. Zeichnungen: Marc Chagall [1630]

CHEVALIER, MAURICE Mein glückliches Leben. Erinnerungen [1613]

COHN, NIK AWopBopaLooBop ALop-BamBoom. Pop History [1542]

COLETTE Gigi und andere Erzählungen [143]

COLLANGE, CHRISTIANE Madame und ihr Management. Der gut geplante Haushalt [1632]

COLLIER, JOHN Blüten der Nacht. Befremdliche Geschichten [1324], Mitternachtsblaue Geschichten [1559]

CONLON, KATHLEEN Rosalind, laß ab mein Kind [1473]

COOPER, SIMON Puppenspiele [1465]

COUTEAUX, ANDRÉ Frau für Vater und Sohn gesucht [1518], Man muß nur zu leben wissen [1693]

COWARD NOËL Palmen, Pomp und Paukenschlag [616]

CRONIN, A. J. Kaleidoskop in ‹K› [10], Die Zitadelle [39], Der neue Assistent [112], Der spanische Gärtner [127], Die Dame mit den Nelken [345], Doktor Murrays Auftrag [677], Dr. Shannons Weg [774], Der Judasbaum [857], Geh auf den Markt [927], Doktor Finlays Praxis [1383], Kinderarzt Dr. Carroll [1570], Ein Professor aus Heidelberg [1680], Traumkinder. Erzählungen [1720]

DAHL, ROALD Küßchen, Küßchen [835], . . . steigen aus . . . maschine brennt . . . / 10 Fliegergeschichten [868], Der krumme Hund. Illustrationen: Catrinus N. Tas [959], . . . und noch ein Küßchen! Weitere ungewöhnliche Geschichten [989]

DEGENHARDT, FRANZ JOSEF Spiel nicht mit den Schmuddelkindern. Balladen / Chansons / Grotesken / Lieder. Illustrationen: Horst Janssen [1168], Im Jahr der Schweine [1661]

DEGENHARDT, FRANZ JOSEF / NEUSS, WOLFGANG / HÜSCH, HANNS DIETER / SÜVERKRÜP, DIETER Da habt ihr es! Stücke und Lieder für ein deutsches Quartett. Zeichnungen: Eduard Prüssen [1260]

DJILAS, MILOVAN Die unvollkommene Gesellschaft / Jenseits der «Neuen Klasse» [1377], Verlorene Schlacht [1692]

DONLEAVY, J. P. Die bestialischen Seligkeiten des Balthasar B. [1705]

DÜRRENMATT, FRIEDRICH Der Richter und sein Henker. Illustrationen: Karl Staudinger [150] **, Der Verdacht [448]

DURRELL, GERALD Zoo unterm Zeltdach. Als Tierfänger in Kamerun [1366] ** Ein Noah von heute. Illustrationen: Ralph Thompson [1419] **. Eine Verwandte namens Rosy [1510] **, Ein Schildkrötentransport und andere heitere Geschichten [1631 **], Großes Herz für kleine Tiere [1700 **], Die goldene Herde und andere vergnügliche Tiergeschichten [1723]

DURRELL, LAWRENCE Justine [710], Balthazar [724], Mountolive [737], Clea [746], Bittere Limonen — Erlebtes Cypern [993], Leuchtende Orangen. Rhodos — Insel des Helios [1045] **, Schwarze Oliven. Korfu — Insel der Phäaken [1102] **, Tunc [1517], Nunquam [1595]

DYER, CHARLES Unter der Treppe oder Charlie erzählt Harry fast alles [1580]

ECHARD, MARGARET Unsere ehrbare Mama [1128] **

EDEN, DOROTHY Yarrabee [1725]

EHLERT, CHRISTEL Wolle von den Zäunen [1048] **

EKERT-ROTHOLZ, ALICE M. Reis aus Silberschalen [894], Wo Tränen verboten sind [1138], Strafende Sonne, lockender Mond [1164], Mohn in den Bergen [1228], Die Pilger und die Reisenden [1292], Elfenbein aus Peking [1277], Sechs Geschichten aus Berlin [1567], Der Juwelenbaum [1621]

ELLIN, STANLEY Die Millionen des Mr. Valentine [1564]

ELLIOTT, SUMNER LOCKE Leise, er könnte dich hören [1269]

ELSNER, GISELA Die Riesenzwerge [1141]

ERHARDT, HEINZ Das große Heinz Erhardt Buch. Illustrationen: Dieter Harzig [1679]

FABIAN, JENNY / BYRNE, JOHNNY Groupie [1477]

FALL, THOMAS Der Clan der Löwen [1309]

FALLADA, HANS Kleiner Mann – was nun? [1], Wer einmal aus dem Blechnapf frißt [54], Damals bei uns daheim [136] **, Heute bei uns zu Haus [232], Der Trinker [333], Bauern, Bonzen und Bomben [651], Jeder stirbt für sich allein [671], Wolf unter Wölfen [1057], Kleiner Mann, Großer Mann – alles vertauscht oder Max Schreyvogels Last und Lust des Geldes [1244], Ein Mann will nach oben. Die Frauen und der Träumer [1316], Lieschens Sieg und andere Erzählungen [1584], Zwei zarte Lämmchen weiß wie Schnee. Eine kleine Liebesgeschichte [1648]

FAULKNER, WILLIAM Licht im August [1508]

FESLIKENIAN, FRANCA Meine lieben Ungeheuer [1586]

FICHTE, HUBERT Die Palette [1300], Interviews aus dem Palais d'Amour etc. [1560]

FITZGERALD, JOHN D. Vater heiratet eine Mormonin [1350]

FRANK, BRUNO Trenck. Roman eines Günstlings [1657]

FREED, ARTÈLLE Nerzhäschen [1311]

GALLICO, PAUL Meine Freundin Jennie [499] *, Ein Kleid von Dior [640] **, Der geschmuggelte Henry [703] **, Thomasina [750], Ferien mit Patricia [796], Die Affen von Gibraltar [883], Immer diese Gespenster! [897], Die spanische Tournee [963], Waren Sie auch bei der Krönung? Zwei heitere Geschichten zu einem festlichen Ereignis [1097] **, Die Hand von drüben / Fast ein Kriminalroman [1236], Jahrmarkt der Unsterblichkeit [1364], Freund mit Rolls-Royce [1387], Schiffbruch [1563], Adam der Zauberer [1643], k. o. Matilda [1683]

GANS, GROBIAN Die Ducks. Psychogramm einer Sippe [1481] **

GARCÍA MÁRQUEZ, GABRIEL Hundert Jahre Einsamkeit [1484]

GENET JEAN Querelle [1684]

GILBRETH, F. B. / GILBRETH, CARY E. Im Dutzend billiger. Eine reizende Familiengeschichte [1721]

GOETZ, CURT Tatjana [734]

GORDON, RICHARD Aber Herr Doktor! [176], Doktor ahoi! [213], Hilfe! Der Doktor kommt [223], Dr. Gordon verliebt [358], Dr. Gordon wird Vater [470], Doktor im Glück [576], Eine Braut für alle [648], Doktor auf Draht [742] **, Onkel Horatios 1000 Sünden [953], Sir Lancelot und die Liebe [1191], Der Schönheitschirurg [1346], Finger weg, Herr Doktor! [1694]

GORDON-DAVIS, JOHN Die Beute [1379], Die Jäger [1687]

GOSCINNY, RENÉ Prima, Prima, Oberprima! Tips für Schüler, Lehrer und leidgeprüfte Eltern [1256] **

GOVER, ROBERT Ein Hundertdollar Mißverständnis [1449], Kitten in der Klemme [1467], Trip mit Kitten [1628]

GRASS, GÜNTER Aus dem Tagebuch einer Schnecke [1751 – Okt. 74]

GRAU, SHIRLEY ANN Die Hüter des Hauses [1464]

GRAY-PATTON, FRANCES Guten Morgen, Miss Fink [1064] **

GREENE, GRAHAM Die Kraft und die Herrlichkeit [91], Das Herz aller Dinge [109], Der dritte Mann [211], Der stille Amerikaner [284], Heirate nie in Monte Carlo. Illustrationen: Marianne Weingärtner [320], Eine Stunde in Havanna [442], Die Stunde der Komödianten [1189], Leihen Sie uns Ihren Mann? [1278], Die Reisen mit meiner Tante [1577], Eine Art Leben [1671]

GROSZ, GEORGE Ein kleines Ja und ein großes Nein. Sein Leben von ihm selbst erzählt [1759 – Okt. 74]

GRUHL, HANS Fünf tote alte Damen. Illustrationen: Dietrich Lange [1423], Liebe auf krummen Beinen [1674], Ehe auf krummen Beinen [1697]

GRÜN, MAX VON DER Irrlicht und Feuer [916], Am Tresen gehn die Lichter aus. Erzählungen [1742]

GUARESCHI, GIOVANNINO Don Camillo und Peppone / Mit Zeichnungen des Autors [215], Don Camillo und seine Herde / Mit Zeichnungen des Autors [231]

HAGEN, CHRISTOPHER S. Geheimauftrag. Authentic-Western mit 13 Illustrationen nach Originalfotos [1527]

HALLET, JEAN-PIERRE Afrika Kitabu. Ein Bericht. Mit 8 Bildtafeln [1507], Animal Kitabu. Ein leidenschaftliches Plädoyer für Afrikas Tierwelt. Mit 16 Bildtafeln [1587]

HANDKE, PETER Die Hornissen [1098]

HÄRTLING, PETER Das Familienfest oder Das Ende der Geschichte [1368]

HARTUNG, HUGO Deutschland deine Schlesier. Rübezahls unruhige Kinder [1624]

HAŠEK, JAROSLAV Die Abenteuer des braven Soldaten Schwejk – Ungekürzte Ausgabe. Illustrationen: Josef Lada Band I [409], Band II [411], Schwejkiaden. Geschichten vom Autor des braven Soldaten Schwejk [1424]

HAVEMANN, ROBERT Fragen, Antworten, Fragen. Aus der Biographie eines deutschen Marxisten [1556]

HEINRICH, WILLI Schmetterlinge weinen nicht [1583]

HEMINGWAY, ERNEST [Nobelpreisträger] Fiesta [5], In einem andern Land [216], In unserer Zeit [278], Männer ohne Frauen [279], Der Sieger geht leer aus [280], Der alte Mann und das Meer [328] *, Schnee auf dem Kilimandscharo [413], Über den Fluß und in die Wälder [458], Haben und Nichthaben [605], Die grünen Hügel Afrikas [647], Tod am Nachmittag / Mit 81 Abb. [920], Paris – ein Fest fürs Leben [1438], 49 Depeschen [1533], Die Sturmfluten des Frühlings [1716]

HESSE, HERMANN Klingsors letzter Sommer [1462], Roßhalde [1557], Gertrud [1664]

HEYER, GEORGETTE Die bezaubernde Arabella [357], Die Vernunftehe [477], Die drei Ehen der Grand Sophy [531], Geliebte Hasardeurin [569], Der Page und die Herzogin [643], Die spanische Braut [698], Venetia und der Wüstling [728], Penelope und der Dandy [736], Die widerspenstige Witwe [757], Frühlingsluft [790] **, April Lady [854], Falsches Spiel [881], Serena und das Ungeheuer [892], Lord «Sherry» [910], Ehevertrag [949], Liebe unverzollt [979], Barbara und die Schlacht von Waterloo [1003], Der schweigsame Gentleman [1053], Heiratsmarkt [1104], Die galante Entführung [1170], Die Jungfernfalle [1289], Brautjagd [1370], Verlobung zu dritt [1416], Verführung zur Ehe [1212], Damenwahl [1480], Die Liebesschule [1515], Skandal im Ballsaal [1618], Ein Mord mit stumpfer Waffe. Detektivroman [1627], Der schwarze Falter [1689], Ein Mädchen ohne Mitgift [1727], Der Mörder von nebenan. Detektivroman [1752 – Okt. 74]

HOLMBERG, AKE Frühstück zu dritt [1702]

HOCHHUTH, ROLF Krieg und Klassenkrieg / Studien [1455]

HUDSON, JEFFERY Die Intrige [1540]

HUMOR SEIT HOMER [625]

IHR ABER TRAGT DAS RISIKO. Reportagen aus der Arbeitswelt. Hg. vom Werkkreis [1447]

IMOG, JO Die Wurliblume [1471]

J . . . Die sinnliche Frau [1634]

JEAN-CHARLES Die Knilche von der letzten Bank [1616], Knilche bleiben Knilche [1665], Knilche sterben niemals aus [1734]

JOHANN, ERNST Deutschland deine Pfälzer. Wo Witz und Wein wächst [1748 – Sept. 74]

JOHNSON, UWE Zwei Ansichten [1068]

JONES, MERVYN John und Mary. Jeder Tag beginnt bei Nacht [1320]

JUUL, OLE Das tosende Paradies [1062]

KARDOS, GYÖRGY Die sieben Tage des Abraham Bogatir [1519]

KAWABATA, YASUNARI [Nobelpreisträger] Kyoto oder Die jungen Liebenden in der alten Kaiserstadt [1225], Tausend Kraniche / Schneeland [1291], Tagebuch eines Sechzehnjährigen. Eine Auswahl. Hg. von Oscar Benl [1428]

KAZANTZAKIS, NIKOS Alexis Sorbas / Abenteuer auf Kreta [158]

KEROUAC, JACK Unterwegs / On the Road [1035], Engel, Kif und neue Länder [1391], Gammler, Zen und Hohe Berge [1417]

KIRST, HANS HELLMUT Verdammt zum Erfolg [1644]

KISHON, EPHRAIM Arche Noah, Touristenklasse [756]

KOCH, THILO Ähnlichkeit mit lebenden Personen ist beabsichtigt. Begegnungen [1531]

KRÜGER, HARDY Eine Farm in Afrika / Mein Momella. Zeichnungen: Francesca Krüger [1530]

KUSENBERG, KURT Mal was andres [113], Lob des Bettes. Illustrationen: Raymond Peynet [613], Der ehrbare Trinker / Eine bacchische Anthologie [1025], Man kann nie wissen. Eine Auswahl merkwürdiger Geschichten [1513]

LAWRENCE, D. H. Der Regenbogen [610], Liebende Frauen [929], Lady Chatterley [1638]

LEVENSON, SAM Kein Geld – aber glücklich. Chronik einer Familie [1322] **

LONDON, JACK Das Mordbüro [1615]

LOWELL, JOAN Ich spucke gegen den Wind [23**], Das Land der Verheißung [1047]**

LOWRY, MALCOLM Unter dem Vulkan [1744]

LYNN, JACK Der Professor. Ein Mafia-Roman [1755 – Okt. 74]

MACDONALD, BETTY Das Ei und ich [25] **, Betty kann alles [621], Die Insel und ich [641]

MALAMUD, BERNARD Der Fixer [1150]

MALPASS, ERIC Morgens um sieben ist die Welt noch in Ordnung [1762]

MANN, HEINRICH Professor Unrat [35], Die Jugend des Königs Henri Quatre [689], Die Vollendung des Königs Henri Quatre [692], Novellen [1312]

MARCEAU, FÉLICIEN Creezy [1593]

REITBERGER, REINHOLD C. / FUCHS, WOLFGANG J. Comics. Anatomie eines Massenmediums [1594]

REXHAUSEN, FELIX Die Sache. Einundzwanzig Variationen [1418], Germania unter der Gürtellinie. Ein satirisches Geschichtsbuch [1516]

REZZORI, GREGOR VON Maghrebinische Geschichten [259], Neue maghrebinische Geschichten [1475]

RICHTER, HANS WERNER Deutschland deine Pommern / Wahrheiten, Lügen und schlitzohriges Gerede. Illustrationen: Franz Wischnewski [1537]

RINGELNATZ, JOACHIM Als Mariner im Krieg [799], Mein Leben bis zum Kriege [855]

ROBBINS, HAROLD Einen Stein für Danny Fisher [991]

ROCHEFORT, CHRISTIANE Frühling für Anfänger [1490]

RODA RODA's Geschichten [205], Heiteres und Schärferes [1521]

ROSENDORFER, HERBERT Der stillgelegte Mensch [1592]

RÖSLER, JO HANNS Die Reise nach Mallorca [1736]

ROTH, JOSEPH Radetzkymarsch [222], Der stumme Prophet [1033]

ROTH, PHILIP Portnoys Beschwerden [1731]

RUARK, ROBERT Der Honigsauger [1647], Die schwarze Haut [1696], Safari [1738]

RUHLA, FRANK Vielgeliebte alte Penne. Illustrationen: Dieter Klama [1566] **

RÜHMKORF, PETER Über das Volksvermögen. Exkurse in den literarischen Untergrund [1180]

RUESCH, HANS Im Land der langen Schatten [1715]

SABATIER, ROBERT Die schwedischen Zündhölzer [1633]

SAINT-EXUPÉRY, ANTOINE DE Flug nach Arras [206] **, Carnets [598]

SALINGER, JEROME D. Der Fänger im Roggen [851], Franny und Zooey [906], Hebt den Dachbalken hoch, Zimmerleute & Seymour wird vorgestellt [1015], Neun Erzählungen [1069]

SALOMON, ERNST VON Der Fragebogen [419], Die schöne Wilhelmine / Ein Roman aus Preußens galanter Zeit [1506]

SAND, FROMA Das Apartmenthaus [1440]

SARTRE, JEAN-PAUL Das Spiel ist aus / Les Jeux sont faits [59], Zeit der Reife [454], Der Aufschub [503], Der Pfahl im Fleische [526], Der Ekel [581], Die Wörter [1000], Porträts und Perspektiven [1443], Die Mauer. Das Zimmer, Herostrat, Intimität, Die Kindheit eines Chefs. / Erzählungen [1569], Bewußtsein und Selbster-

kenntnis [1649], Mai 68 und die Folgen. Reden, Interviews, Aufsätze Bd. I [1757 – Okt. 74]

SCHIEFER, HERMANN / HALBRITTER, KURT Die Kunst, Lehrer zu ärgern [1472] **, Wer abschreibt, kriegt 'ne 5! Illustrationen: Kurt Halbritter [1526] **

SCHMIDT, MANFRED Mit Frau Meier in die Wüste / Eine Auswahl verschmidtster Reportagen [907], Frau Meier reist weiter / Eine neue Auswahl verschmidtster Reportagen [1081] *

SCHNECK, STEPHEN Der Nachtportier oder dessen völlig wahre Beichte [1432]

SEGAL, ERICH Love Story [1623]

SEGHERS, ANNA Transit [867], Ausgewählte Erzählungen [1119]

SELBY, HUBERT Letzte Ausfahrt Brooklyn [1469]

SHADBOLT, MAURICE Und er nahm mich bei der Hand [1589]

SHARP, MARGRET, Rosa [1682]

SIMMEL, JOHANNES MARIO Affäre Nina B. [359], Mich wundert, daß ich so fröhlich bin [472], Das geheime Brot [852], Begegnung im Nebel [1248]

SLEZAK, LEO Meine sämtlichen Werke [329] *, Der Wortbruch. Zeichnungen: Walter Trier [330] **, Rückfall. Zeichnungen: Hans Kossatz [501] **

SNOW, C. P. Mord unterm Segel [1691]

SOEBORD, FINN Und sowas lebt [78]

SOLSCHENIZYN, ALEXANDER Krebsstation. Buch 1 und 2. Vorwort: Heinrich Böll [1395 u. 1437]

SOUTHERN, TERRY / HOFFENBERG, MASON Candy oder Die sexte der Welten [1482]

SPARK, MURIEL Die Lehrerin [1171]

SPEYER, WILHELM Der Kampf der Tertia. Zeichnungen: Wilhelm M. Busch [17] **

SPOERL, HEINRICH Man kann ruhig darüber sprechen [401] **

STAMMEL, H. J. Das waren noch Männer. Die Cowboys und ihre Welt. Mit 32 Bildtafeln [1571] **

STONE, IRVING Vincent van Gogh / Ein Leben in Leidenschaft [1099]

STRANGER, JOYCE Das Glück hat eine weiche Schnauze [1496]

STRICKER, TINY Trip Generation [1514]

SVEVO, ITALO Zeno Cosini [1735]

SWARTHOUT, GLENDON Denkt bloß nicht, daß wir heulen [1640]

SYKES, PAMELA Eine verrückte Familie [1704]

TAGEBUCH EINES BÖSEN BUBEN Neu bearbeitet und mit einem Nachwort von Kurt Kusenberg [695]

TANIZAKI, JUNICHIRO Naomi oder Eine unersättliche Liebe [1335], Der Schlüssel [1463]

TELSCOMBE, ANNE Oma reist aufs Dach der Welt [1538], Oma klopft im Kreml an [1740]

THOMA, LUDWIG / TASCHNER, IGNATIUS Eine bayerische Freundschaft in Briefen [1637]

TRAVEN, B. Das Totenschiff [126] **, Die weiße Rose [488], Die Baumwollpflücker [509], Der Karren [593], Die Brücke im Dschungel [764] **

TROLL, THADDÄUS Deutschland deine Schwaben / Vordergründig und hinterrücks betrachtet. Illustrationen: Günter Schöllkopf [1226]

TUCHOLSKY, KURT Schloß Gripsholm. Illustrationen: Wilhelm M. Busch [4], Zwischen Gestern und Morgen [50], Panter, Tiger & Co. [131], Rheinsberg. Zeichnungen: Kurt Szafranski [261], Ein Pyrenäenbuch [474], Politische Briefe [1183], Politische Justiz / Vorwort: Franz Josef Degenhardt. Zusammengestellt von Martin Swarzenski [1336], Politische Texte. Hg.: Fritz J. Raddatz [1444], Literaturkritik. Vorwort: Fritz J. Raddatz [1539], Schnipsel. Aphorismen [1669]

TUCKER, HELEN Horch, die Stimmen des Sommers [1737]

TURNBULL, AGNES S. Liebesidyll in einer Kleinstadt [1635]

UPDIKE, JOHN Ehepaare [1488]

UND PETRULLA LACHT. Heiteres und Besinnliches von ostpreußischen Erzählern. Vorgestellt von Hans Hellmut Kirst. Hg. von Ruth Maria Wagner. Ill. von Erich Behrend [1703]

VASCONCELOS, JOSÉ MAURO DE Ara Ara. Ein Abenteuerroman aus dem brasilianischen Urwald [1642]

VASSILIKOS, VASSILIS Z. Roman [1722]

VASZARY, GÁBOR VON Monpti [20], Mit 17 beginnt das Leben [228], Die nächste Liebe, bitte [391]

VONNEGUT, KURT Schlachthof 5 [1524], Gott segne Sie, Mr. Rosewater [1698], Geh zurück zu deiner lieben Frau und deinem Sohn. Erzählungen [1756 – Okt. 74]

WALSER, MARTIN Ehen in Philippsburg [557]

WALTER, OTTO F. Der Stumme [1688]

WANDREY, UWE [Hg.] Stille Nacht allerseits – Ein garstiges Allerlei [1561]

WELK, EHM Die Heiden von Kummerow [561] **, Die Gerechten von Kummerow [1425]

WEST, MORRIS L. Der rote Wolf [1639]

WHITE, PATRIK [Nobelpreisträger] Voss [1760], Die im feurigen Wagen [1761]

WIENER, OSWALD Die Verbesserung von Mitteleuropa, Roman [1495]

WILDT, DIETER Deutschland deine Sachsen / Eine respektlose Liebeserklärung. Illustrationen: Heiner Rotfuchs [1075] **, Deutschland deine Preußen. Mehr als ein Schwarzweiß-Porträt. Illustrationen: Ulrik Schramm [1179] **

WILSON, SLOAN Wie ein wilder Traum [1749 – Sept. 74]

WOHMANN, GABRIELE Abschied für länger [1178]

WOLF, ALEXANDER Zur Hölle mit den Paukern. Illustrationen: Kurt Halbritter [874]**

WOLFE, THOMAS Schau heimwärts, Engel! Eine Geschichte vom begrabnen Leben [275]

ZAK, JAROSLAV Pennäler contra Pauker. Strategie, Tricks und Abwehr [1325] **

---

rororo theater

BALDWIN, JAMES Blues für Mr. Charlie / Amen Corner – Zwei Schauspiele [1385]

BRECHT, BERTOLT Die Mutter – Ein Stück [971]

HOCHHUTH, ROLF Der Stellvertreter. Ein christliches Trauerspiel. Mit einem Vorwort von Erwin Piscator und einem Essay von Walter Muschg [997], Soldaten / Nekrolog auf Genf [1323], Guerillas. Tragödie in 5 Akten [1588], Die Hebamme. Komödie [1670]

LENZ, SIEGFRIED Die Augenbinde / Schauspiel – Nicht alle Förster sind froh / Ein Dialog [1284]

SARTRE, JEAN-PAUL Die Fliegen / Die schmutzigen Hände – Zwei Dramen [418] **, Die Eingeschlossenen / Les Séquestrés d'Altona [551], Bei geschlossenen Türen / Tote ohne Begräbnis / Die ehrbare Dirne – Drei Dramen [788]

SIMMEL, JOHANNES MARIO Der Schulfreund – Ein Schauspiel [642]

STOPPARD, TOM Akrobaten (Jumpers) Schauspiel [1678]

WEISS, PETER Die Ermittlung. Oratorium in 11 Gesängen [1192]

---

rororo Kochbücher

DAS GROSSE KIEHNLE-KOCHBUCH Standardwerk der Kochkunst [6414]

MENGE, WOLFGANG Ganz einfach – chinesisch [6411]

Rowohlt Taschenbuch Verlag GmbH, Reinbek bei Hamburg